Bei dem Roman *Die Armen* handelt es sich um die unmittelbare Fortsetzung des *Untertan*. Im *Untertan* beschreibt Heinrich Mann den Werdegang von Diederich Heßling als typischem Vertreter der Bürgerwelt im Kaiserreich. Zum Teil mit demselben Personal schildert Heinrich Mann jetzt die Heßling-Welt aus der Sicht des Proletariats, das den durch Lug, Trug, Raffgier und vor allem durch Ausbeutung der Arbeiter in der Papierfabrik erwirtschafteten Wohlstand des mittlerweile Geheimen Kommerzienrats Heßling erst möglich macht. Rudolf Leonhard schrieb 1917 beim Erscheinen der Erstausgabe im ›Berliner Börsen-Courier‹: »Dieser Roman ist die stärkste Konzentration der Gegenwart; für spätere Historiker das sicherste Dokument einer Epoche, die für Deutschland die wilhelminische heißen wird. Hier hat sie, die noch besteht, einen Spiegel. Und der Spiegel zeigt nicht nur, sondern urteilt. (...) Wir jungen Leser aber hören die Zukunft aus diesem Buche, alles, was wir wollen. Einzelnes sogar wie der Zusammenschluß der geistigen und der proletarischen Jugend – bei Heinrich Mann steht es immer schon.« Hermann Hesse meinte: »Eine Räubergeschichte, mit der alten konstruktiven Kraft Manns aufgebaut, an vielen Stellen von seinem atemlosen Temperament beflügelt, da und dort gespenstisch beleuchtet von seiner alten wilden Freude an der Karikatur.«

Heinrich Mann, geboren 1871 in Lübeck, begann nach dem Abgang vom Gymnasium eine Buchhandelslehre, 1891 bis 1892 volontierte er im S. Fischer Verlag, Berlin, gleichzeitig Gasthörer an der Universität; freier Schriftsteller; 1893 Paris-Aufenthalt, bis 1914 längere Italien-Aufenthalte, später München, ab 1928 Berlin; 1931 wurde er zum Präsidenten der Sektion Dichtkunst der Preußischen Akademie der Künste zu Berlin gewählt. Die Verfilmung seines Romans *Professor Unrat* (unter dem Titel ›Der blaue Engel‹ mit Marlene Dietrich) machte ihn weltberühmt. Februar 1933 erzwungener Ausschluß aus der Akademie; Emigration über Frankreich (Paris, Nizza), Spanien und Portugal 1940 nach Kalifornien. 1949 nahm er die Berufung zum Präsidenten der neu zu gründenden Deutschen Akademie der Künste zu Berlin/DDR an. Heinrich Mann starb 1950 in Santa Monica/Kalifornien. Seine Urne ist auf dem Dorotheenstädtischen Friedhof in Berlin beigesetzt.

Die wissenschaftlichen Mitarbeiter an diesem Band
Klaus R. Scherpe, Jahrgang 1939, Studium der Germanistik, Anglistik und Theaterwissenschaft (an deutschen und amerikanischen Universitäten), Professor für deutsche Literatur- und Kulturwissenschaft/Medien an der Humboldt-Universität zu Berlin. Publikationen zur deutschen Literaturgeschichte seit dem 18. Jahrhundert, zur Literaturtheorie und zur Gegenwartsliteratur. Zuletzt erschienene Bücher: *Die Unwirklichkeit der Städte* (1988), *Die rekonstruierte Moderne* (1992).
Peter-Paul Schneider, Jahrgang 1949, Dr. phil., Wiss. Mitarbeiter am Deutschen Literaturarchiv/Schiller-Nationalmuseum, Marbach am Neckar; zuvor Wiss. Assistent für Neuere deutsche Literaturwissenschaft an der Universität Bamberg (1977–1983). Veröffentlichungen zum 18. Jahrhundert (Mitherausgeber der *Friedrich-Heinrich-Jacobi-Briefgesamtausgabe*) und zu Heinrich Mann (Herausgeber der ›Mitteilungsblätter des Arbeitskreises Heinrich Mann‹, seit 1983 des ›Heinrich Mann-Jahrbuchs‹ [zusammen mit Helmut Koopmann]).

Heinrich Mann
Studienausgabe in Einzelbänden

Herausgegeben von Peter-Paul Schneider

Textgrundlage:
Heinrich Mann: *Die Armen / Der Kopf*
Berlin und Weimar: Aufbau-Verlag 1987
(= Heinrich Mann: Gesammelte Werke
Herausgegeben von
der Akademie der Künste der DDR [...]
Redaktion: Sigrid Anger. Band 8)

Heinrich Mann

Die Armen

Roman

Mit einem Nachwort von
Klaus R. Scherpe
und einem Materialienanhang,
zusammengestellt von
Peter-Paul Schneider

Fischer Taschenbuch Verlag

Veröffentlicht im Fischer Taschenbuch Verlag GmbH,
Frankfurt am Main, Oktober 1995

Lizenzausgabe mit freundlicher Genehmigung
des S. Fischer Verlags GmbH, Frankfurt am Main

Gesamtherstellung: Clausen & Bosse, Leck
Printed in Germany
ISBN 3-596-12432-8

Gedruckt auf chlor- und säurefreiem Papier

Inhalt

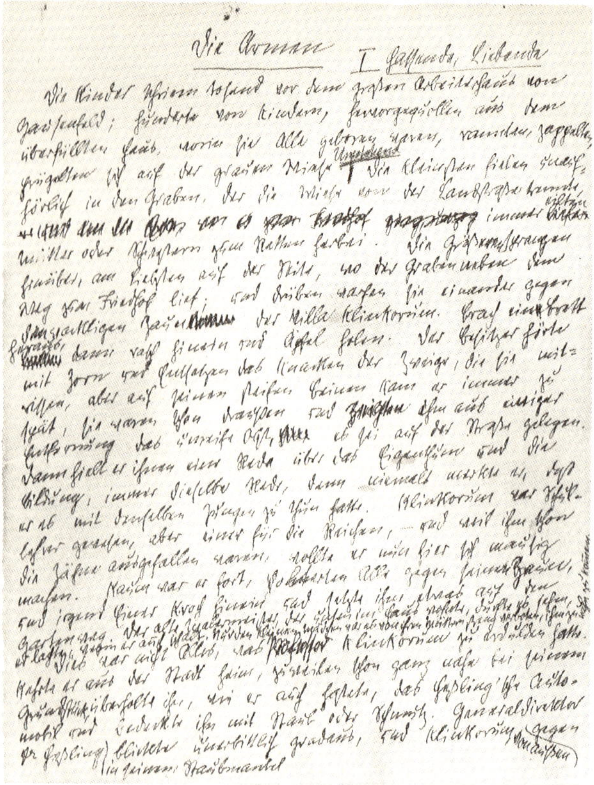

Die erste Manuskriptseite
des Romans *Die Armen*
in der Handschrift Heinrich Manns

I Hassende, Liebende

Die Kinder schrien tosend vor dem großen Arbeiterhaus von Gausenfeld; Hunderte von Kindern, hervorgequollen aus dem überfüllten Haus, worin sie alle geboren waren, rannten, zappelten, prügelten sich auf der grauen Wiese. Alte Männer, die nicht mehr arbeiteten, standen, wenn sie besonnt war, an der Mauer und sahen ihnen zu. Die Kleinsten fielen unaufhörlich in den Graben, der die Wiese von der Landstraße trennte, immer eilten Mütter oder Schwestern zum Retten herbei. Die Größeren sprangen hinüber, am liebsten auf der Seite, wo der Graben neben dem Weg zum Friedhof lief; und drüben warfen sie einander gegen den wackligen Zaun der Villa Klinkorum. Brach ein Brett heraus, dann rasch hinein und Äpfel holen. Der Besitzer hörte mit Zorn und Entsetzen das Knacken der Zweige, die sie mitrissen, aber auf seinen steifen Beinen kam er immer zu spät, sie waren schon draußen und zeigten ihm aus einiger Entfernung das unreife Obst, es sei auf der Straße gelegen. Dann hielt er ihnen eine Rede über das Eigentum und die Bildung, immer dieselbe Rede, denn niemals merkte er, daß er es mit denselben Jungen zu tun hatte. Klinkorum war Schullehrer gewesen, aber einer für die Reichen; und weil ihm schon die Zähne ausgefallen waren, wollte er nun hier sich mausig machen. Kaum war er fort, polterten alle gegen seinen Zaun, und irgendeiner kroch hinein und setzte ihm etwas auf den Gartenweg. Der alte Malermeister, der unten im Haus wohnte, durfte es sehen, er lachte, wenn er auch schalt. Nur den kleinen Mädchen war es von ihren Müttern streng verboten, ihm zu nahe zu kommen.

Dies war nicht alles, was Professor Klinkorum zu erdulden hatte. Kehrte er aus der Stadt heim, zuweilen schon ganz nahe bei seinem Grundstück, überholte ihn, wie er auch hastete, das Heßlingsche Automobil und bedeckte ihn mit Staub oder Schmutz. Generaldirektor Geheimer Kommerzienrat Doktor Heßling in seinem Staubmantel blickte unerbittlich geradeaus, und Klinkorum, von außen gegen seinen eigenen Zaun gedrängt, äugte mit ohnmächtigem Haß, bis er, ganz in einer stinkenden Wolke befangen, die Augen schloß. Innerlich hielt er in solchen Minuten seine zweite Rede über das Eigentum, die Rede dagegen – wenn es nämlich schrankenlos und überheblich war. Die Bildung war das Erste und mußte es bleiben.

Damit ging er hinauf in sein Studierzimmer. Von hier übersah er ganz Gausenfeld, hinter den Arbeiterhäusern das wüste Gelände, bis zum Wald, bis zur Fabrik. Es ward Nacht, an der Friedhofsmauer die Lampe leuchtete nahe, und weit dort hinten die gereihten Lichter der Fabrik.

Aus der Fabrik kehrten die Arbeiter heim; ihr Massenschritt dröhnte, von ferne fühlbar, bis in das Studierzimmer; und Klinkorum dachte nicht ohne Achtung an den Herrn der Massen, ihn, Heßling, Besitzer Gausenfelds, großen Reichtums und mancher Würden. Wie hatte er es dahin gebracht, als Chemiker und Papierfabrikant? Durch Machenschaften und Kunstgriffe geschäftlicher wie politischer Art, über die es auch nach sechzehn Jahren in der Stadt noch nicht still war. Der selbstgemachte Mann freilich blieb zu achten. Er wieder aber achte noch höhere Rechte! Klinkorum hatte gespart, bis er weit draußen an der Landstraße dies einsame kleine Haus erstehen konnte, die Freude seines letzten Lebensdrittels. Gepflegt und lauschig, ein Sitz der Muse, ruhte es im Grünen, unaufgestört von Weihelosen; denn nur langsame Bauernwagen zogen, mit Ochsen, breitstirnigen, schwerausschreitenden bespannt, vorüber, und Gausenfeld, das einzige größere Anwesen in der Weite, diese Stätte der Papierfabrikation, lag jenseits von Feldern und Wald, man sah, hörte und roch sie nicht.

Da aber, was geschah? Der neue Herr von Gausenfeld vergrößerte seine Fabrikanlagen. Er legte den Wald so weit nieder, als er jene unedlen Baulichkeiten dem Blick entzogen hatte. Die Arbeiterfamilienhäuser wuchsen über das Feld heran, immer nach Westen, immer auf Klinkorum zu. Auch kam es dahin, daß gleich hinter seinem Zaun dies Volk sich begraben ließ. Und dem Friedhof, als vorletzten Streich, folgten die Kasernen der Proletarier, Ungeheuer von Häusern, hinschattend über Klinkorum und seinen bescheidenen Ruhesitz, ihn mit Gerüchen bedrängend, in Ruß verschüttend so Garten wie Haus und um es her eine Zone breitend des Gestampfes, Geschreis, Totschlages und der bildungsfeindlichen Roheit!

Nun waren die Lichter ausgelöscht in der Fabrik und entzündet in den Kasernen, in der Kantine an ihrem Flügel. Dorther kam Lärm. Der Arbeiter Karl Balrich aber, still in seinem Zimmer 101 des Arbeiterhauses B, stand am Fenster, sah vor sich dasselbe wie der Besitzer der Villa Klinkorum und dachte nach, auch er, über die Welt, die ihn umgab. Freilich, die vielen Geräusche des Hauses selbst, von rechts, links, oben, unten, übertönten bei weitem seine Gedanken an das Fernere. Er hörte um sich her, des Sonntags, wenn er ruhte, und jetzt am Abend, bevor er schlief, Streit, Küsse, Gespräche über Geld und Essen, die Prügel für die Kinder, hörte durch das hallende und zitternde Haus alles, was vorging, was das Leben der Menschen war und was es schon nicht mehr war: ihr letztes Wimmern, ihr Abschiedsgestöhn. Aber öfter als Sterben hörte er Gebären. Er sagte sich dann, je nachdem ihm an dem Abend zu Sinn war: »Wieder ein Mann für die Arbeiterbataillone« oder: »Heßling kann lachen; wieder ein Dummer.«

Denn der Arbeiter Balrich sah, wie die Dinge lagen, in der Person des Generaldirektors Heßling den höchsten Zweck und das letzte Ergebnis des ihn umgebenden Lebens, aller dieser Mühen, Aufregungen und Schmerzen – und nicht nur dieser hier. Von Gausenfeld zu schweigen, die Stadt, wie sie war, arbeitete für den Reichen und fristete sich nur durch ihn. Das Land selbst drehte sich wahrscheinlich nur um seinesgleichen. Ihm zuliebe das Militär; und der König sogar eigentlich sein Narr. Den hielt er sich aus, er aber verdiente. Auf das Geld kam es an.

»Wenn es auf das Geld ankäme«, sagte an seinem Fenster der Professor, »dann würde dieser Heßling mit Recht die Umstände meines Lebens auf jene Stufe hinabdrücken, wo seine Lohnsklaven schmachten, – indes er selbst –.« Hinter dem Wald wohnte er selbst. Über dem von ihm bebauten Tal der Armut und des Unrates, aber bewahrt vor seinem Duft und Anblick, hinter eigenem Wald auf grünem Hügel, in seiner hellen und blumenumleuchteten Villa Höhe hauste leichten Herzens mit den hochgemuten Seinen der Eigentümer, Anstifter und Nutznießer dieser ganzen sozialen Schmutzerei. Das Wort fiel. Zwei Freunde traten ein bei Klinkorum, und sowohl der Arzt Doktor Heuteufel wie der Konsistorialrat Zillich wiederholten das Wort. Je höher die Bildung, um so entwickelter der soziale Sinn – und mit ihm das Feingefühl für die Herausforderungen des Kapitals, dies Hinbreiten des ausschweifendsten Luxus gleich neben dem Schauspiel des Elends, dieses Autojagen an den Enterbten vorbei, dies Hupengeheul.

Die Schwester des Arbeiters Balrich bekam droben von Dinkl, ihrem Mann, eine Ohrfeige, die bis her schallte, und sie selbst hieb die Kinder. Als alle genug geschrien und die Nachbarn genug gelacht hatten, machte sie sich plärrend an das Nachtgebet. Karl Balrich dachte noch immer: »Auf das Geld kommt es an.« Da zog links drunten der Herbesdörfer seine Harmonika lang aus, und Balrich merkte es nun, daß er mit dem Denken nicht vorwärts kam. Schwer war es, von dem wirklichen Gang der Welt, ihren Zusammenhängen und Gesetzen etwas Deutliches zu erfahren. Die Redner in den Versammlungen redeten von weit her; um sie anders zu verstehen als bloß mit unserem Haßgefühl, mußten wir uns bis dahin durchschlagen, wo sie zumeist von Geburt schon standen. Und wie jetzt noch zu so viel Bildung kommen?

Die Herren im Studierzimmer murrten: »Den Bau der elektrischen Bahn nach Gausenfeld hat er hintertrieben. Er scheut den Verkehr der Welt mit seinem Jammertal, er wünscht keine Einblicke und ist gegen einen häufig wiederholten Besuch seiner Leute in der Stadt, bei ihren Genossen, auf den Versammlungen. Am Sonntag will er sie in seine Kantine zwingen. Wie in einem Ghetto sollen sie sich fortpflanzen und nichts von allem, was sie sind und leisten, ihm verlorengehen. Die Folgen ermesse man! Was mich betrifft, ist mir bekannt, daß die Gausenfelder Körperverletzungen um viele Prozent unsere sonstigen übersteigen. Niemand wundere sich, wenn ich, Klinkorum, eines Morgens in einer Blutlache aufgefunden werde! Wäre ich nicht der Ordnungsmann, der ich bin, ich wüßte die Stelle zu finden, wo die Öffentlichkeit sich packen ließe.« – Ja, die murrenden Gebildeten warfen bei einer neuen Flasche Wein sogar die Frage auf, ob ein Mann von mittlerem Einkommen, aber einer gewissen geistigen Höhe, mit seinem Glück und Dasein denn wirklich gebunden sei an den Bestand der jetzigen Dinge. Als die Flasche leer war, sahen sie das Schlimmste voraus, eine Katastrophe, ein Weltenende. »Ich sehe es«, rief Klinkorum, vom Geist berührt. »Ich sehe, daß einer aufstehen wird und mich rächen!« – wobei er sich fester in die Ecke setzte.

Der Arbeiter sagte, drüben im Hofzimmer, seinen beiden jungen Brüdern gute Nacht; und bevor er sein Fenster schloß, stand er dann im Wind, quer über die breite Stirn liefen ihm die zusammengewachsenen Brauen, er machte Fäuste, stemmte die Schultern hinauf, als höbe er eine Last – und dachte mühselig weiter, tastete sich im Dunkeln ein Stück an seinem Schicksal hin, wie es denn aussehe, wohin es denn verlaufe mit den anderen in der Welt. Ihm schien es dunkel und windig, wie das öde Feld, auf das er hinaussah und das endete mit dem Friedhof. Zwischen sich und dem Friedhof fand er nichts als Ungerechtigkeit und Haß.

Beim Abschied lenkten die Studierten ein. Die reichen Leute hatten natürlich ihre unermeßliche soziale Nützlichkeit. Und nach außen verbürgten sie unser Ansehen, unsere Schlagkraft, die Erweiterung unserer Grenzen. Übrigens waren nicht alle reichen Leute wie Heßling – und selbst Heßling, war seine Tüchtigkeit denn zu verachten? Im Gegenteil zog ganz Netzig Nutzen aus ihr. Die wenigen Gausenfelder Aktien, die er damals bei seiner großen Operation, als er Generaldirektor wurde, in fremden Händen gelassen hatte, waren seltene Kostbarkeiten geworden, sie vererbten sich vom Vater auf den Sohn. Jeder der drei Herren vermutete von den anderen, daß sie welche hätten, und da sie es nicht gestanden, gestand auch er es nicht. Beim Abschied fragte jeder, mit unbeteiligtem Gehaben: »Wie stehen sie denn jetzt?«

Der Haß! fühlte der Arbeiter Balrich. Mit ihm gehst du schlafen und stehst wieder auf mit ihm. Vor sechs, den Rockkragen hinauf und los, den fröstelnden grauen Weg nach der Fabrik, zu Hunderten schweigend und trabend, Trab hinter sich, vor sich, in sich, Trab wie Maschinenlauf. Alle verschrieben der Ungerechtigkeit, alle unter dem unablässigen Druck des Hasses, gewohnt wie schlechte Luft und Lärm von Maschinen. Und dabei, welcher war der ärgere Feind? Heßling, für den man sich krumm rackerte, oder dieser Simon Jauner, der es auch tat – aber seit heute stand er bei der Papiermaschine am Platze Balrichs, unten, wo die fertigen Bogen ankamen und wo man von der Tür her Luft hatte. Den besten Platz hergeben müssen, an einen, der früher einmal etwas gehabt hatte mit der Frau des Maschinenmeisters Polster! Noch dazu war sie die Schwester seines Schwagers Dinkl. Balrich schwitzte den ganzen Morgen mehr von Wut als von der Hitze. Als aber der Inspektor vorüberkam und ihn fragte, wieso, biß er die Zähne zusammen. Das war unsere Sache und nichts für die Herren oben! Der Inspektor freilich wußte Bescheid, denn mit der Frau des Maschinenmeisters hatte er jetzt selbst etwas. Daher meldete er sich auch bei dem Herrn Oberinspektor, und beide gingen, als es Mittag läutete, sogar zum Generaldirektor hinein. Dann ward der Maschinenmeister hineingerufen und kam sogleich wieder herausgeflogen, der dicke Hahnrei, rot bis auf die Glatze. Und dann hatte Balrich seinen Platz zurück, Heßling war gerecht gewesen.

Darüber sprachen alle auf dem Weg zum Essen. Kam ein Beamter vorbei, sagten manche recht laut, Heßling sei gerecht gewesen – auch Jauner sagte es, denn so war er. Balrich, an den sich viele von ihnen heranmachten heute, dachte den ganzen Tag über die Sache nach, denn Heßling war gerecht gewesen, und das ging nicht. Erst am Abend, vor seinem Fenster, hatte er es. Gewiß hatte auch Heßling von den Liebesgeschichten der Polster etwas erfahren, und ihm lag nur an der Ordnung, seinem eigenen Vorteil. Um so schlimmer, dann konnte er gerecht sein, weil es sein Vorteil war, und die Reichen wurden reicher sogar durch ihre Tugend... So stand es, dachte er gleich am Morgen wieder, denn es war Sonntag. Da begann aber schon, droben in der Ferne, das Gebetplärren seiner Schwester Malli, und kaum daß es aus war, ein großes Gekeif.

Diesmal hörte er auch Leni, seine jüngere Schwester, mitschreien, weshalb er schnell hinging, um nachzusehen. Es gab einen ganzen Kübel voll Dreck. Malli wollte Dinkl ertappt haben bei Leni hinter dem Bretterverschlag; und hinweg über ihren großen Bauch, woran drei Kinder sich festhielten, schrie sie ihm zu, er solle sich nichts einbilden, er sei nicht der einzige – indes Leni aufheulte und Dinkl aus Verlegenheit seine komischen Gesichter schnitt.

»Schäm dich!« sagte Balrich zu der verheirateten Schwester. »Ich weiß ganz genau, daß das wieder nur ein Schwindel von dir ist.« Und er zog Leni an seine Schulter. Denn obwohl er gar nichts wußte, war es unmöglich, daß sie so etwas tat. Er hatte sie lieb. Er hatte sie so viel lieber als Malli, daß er ein schlechtes Gewissen fühlte und nichts mehr sagen mochte. Leni durfte noch hübsch, leicht und sauber sein, Malli, die Ärmste, ward es nie wieder. »Und ich, wenn ich erst verheiratet bin, werde aussehen wie Dinkl.« Malli hatte früher nicht gelogen. Jetzt ward nach dem Aufstehen gebetet, und dann sofort eine Klatschgeschichte, die das ganze Haus durcheinanderbrachte. Alle hier waren gute Leute, und handelten infolge ihrer Armut, als seien sie böse Leute – indes Reiche, die nicht gut waren, sogar gerecht sein durften.

Schön, jetzt trat die Polster auf und behauptete, Dinkls hätten ihr Milch gestohlen. Neuer Krach, neue Tränen, und durch die Aufregung kamen bei Malli die Wehen. Die Polster half ihr sofort wie eine wahre Schwester, zog sie aus, bettete sie, versprach ihrem Bruder Dinkl sein Essen und nahm die drei Kinder mit sich. Sie selbst hatte keine, darum konnten Polsters sich zwei schöne Zimmer halten. In dem einen standen Plüschmöbel, Blattpflanzen und ein Phonograph, es kam wohl auch von den Freundschaften der Frau. Aber wenn man das hätte genaunehmen wollen! Dinkl hatte noch die besondere Freude, daß das Familienereignis auf den Sonntag fiel und Malli voraussichtlich nicht mehr als zwei Arbeitstage verlor. Nachmittags, gerade als Balrich wieder nachfragte, kam hoher Besuch, Frau Generaldirektor Heßling und ihre Schwägerin Buck.

In der Tür blieben sie stehen, sie machten Gesichter, als ob es ihnen an die Gurgel ginge. Wahrscheinlich wirkte die Luft hier so, wenn du sie nicht gewöhnt warst. Sie aber schienen sich deswegen zu genieren und fingen an, auf Malli einzureden wie auf einen kranken Kanarienvogel. Mit der Hebamme flüsterten sie und zogen die Brauen hoch. Balrich sah sich so lange und genau die Buck an, bis die Heßling es merkte und halblaut: »Emmi!« rief, wobei sie sie streng am Arm packte. Dabei ließ die Buck ihre Tasche fallen, und Balrich, mit einem Sprung, hob sie auf. Als er sie ihr hinhielt, zog sie zuerst die Hand zurück, dann erst, unter dem Blick ihrer Schwägerin, griff sie zu. Inzwischen beroch er sie, denn sie roch nach Veilchen. Sie war noch hübsch, die Figur war, wie unsere Mädchen sie nur bis zwanzig haben. Auch Leni hatte so goldblondes Haar, aber das der Buck war nicht verstaubt. Endlich, während sie die Tasche nahm, sah sie ihn sogar an und lächelte, etwas schüchtern und sozusagen besänftigend. Vor seinen zusammengewachsenen Brauen machte ihr Lächeln aber sogleich kehrt. Darauf trat Balrich hinter den Bretterverschlag Lenis.

Dinkl kam zu ihm, stieß ihn in die Seite und wisperte, warum er sich verkrieche. Die eine sei scharf auf ihn, da habe er einen schönen Posten in Aussicht. Dinkl machte Witze, weil es ihn nichts anging. Balrich, den es anging, hatte ein Gefühl in der Brust, wie er es einmal gehabt hatte, als er entlassen worden war. Die Buck hatte ihn behandelt wie ein Tier – man fürchtet es und nimmt es doch nicht ernst; nicht aber wie einen Mann.

Nun gingen sie, Dinkl, scharwenzelnd, brachte sie hinaus, da geschah ein Unglück. Aus seinem tiefen Bückling war Dinkl noch nicht wieder aufgekommen, als sie es schon hatten und auf der Treppe lagen, die Heßling verlor den Hut samt der Hälfte ihrer weißen Haare. Über dem Geländer hoch droben wälzten die Dinklschen Kinder sich vor Lachen – worauf der Vater zu begreifen anfing. Mit geschwungener Faust verjagte er die Kinder und half dann den Damen. Zum Glück nahte von unten der Herbesdörfer, so brachte man sie bald wieder auf die Füße. »Mein Gott, was war denn das!« riefen sie, auf einmal mit ungezwungenen Stimmen. »Ist hier auf den Stufen nicht Seife?« Dinkl wollte es leugnen oder unbegreiflich finden, Herbesdörfer erhob seine eingerostete Stimme nur zu einem »Achtung!« und breitete die starken Arme aus, für alle Fälle. Sie aber baten die beiden Arbeiter, nachzusehen, wie es rückwärts um sie stehe, und als Dinkl durchaus keine Seife an ihnen fand, fanden sie selbst sie.

»Was jetzt! Wir müssen doch zum Tee in die Stadt. Noch einmal nach Hause und uns umkleiden?«

Dinkl riet hierzu, sie wieder meinten: »Das kostet eine halbe Stunde, und was sagt die Generalin!«

Angelegentlich wandten sie sich an Herbesdörfer, um auch seine Ansicht zu erfahren, freilich ohne Erfolg, er machte ein barsches Gesicht. Die Polster kam herzu, schlug die Hände zusammen und erbot sich, von den Kleidern alles abzuwaschen – worauf eine technische Verhandlung folgte. Sie blieb ohne Ergebnis; so drang Dinkl durch, mit seinem Hinweis auf die besondere Leistungsfähigkeit des Heßlingschen Autos.

»Das muß wahr sein«, sagte Frau Generaldirektor Heßling, »es ist ein Charron.«

Dinkl gab zu bedenken, ob nicht die deutsche Industrie den Vorzug verdiene, selbst wenn sie nicht ganz so leistungsfähig sein sollte. Ernste Meinungsverschiedenheiten erwuchsen hieraus nicht, unter dem Entgegenkommen beider Teile setzte die Unterhaltung sich fort bis vor das Haus. Erst beim Anblick ihres Chauffeurs ging durch die Damen ein sichtbarer Ruck, und als sie gar im Auto saßen, erwiderten sie den Gruß der Arbeiter nur noch aus den Augenwinkeln, ohne den Kopf zu rühren.

Dinkl fand sich damit ab, er stand, als das Auto fort war, und lachte, daß sein Gerüst wackelte. Die Kinder, die nachgeschlichen waren, bekamen vom Vater ihre Ohrfeigen, aber er lachte dabei, und alle mit, die Polster samt den Nachbarinnen.

Als die Bande wieder hinaufstürmte, würde sie den Karl Balrich überrannt haben. Er stand auf dem Treppenabsatz und schien vertieft in den Seifenfleck. Er machte ihnen Platz, lachte aber nicht wie sie, sondern faltete die Brauen... Sein Schwager klopfte ihn auf die Schulter und nahm ihn mit in die Kantine; der Malli seien sie doch bloß lästig in ihrem Betrieb.

Die Kantine war voll, von allen Tischen wurden Fragen geschrien wegen des hohen Besuches und der Seife. Der Vorfall mit der Seife beschäftigte alle. Seife war das Stichwort für Witze, die sich alle ähnlich sahen, und jeder erregte das gleiche Gebrüll.

Zu Balrich, Dinkl und Herbesdörfer setzte sich stumm der alte Malermeister, der seit kurzem im Keller bei Klinkorum wohnte. Er war umhergezogen und hatte sich eben durchgeschlagen, ein unruhiger Taugenichts, bis er es gut fand, seine alt gewordenen Knochen an den Ort zu tragen, wo er Heimatrecht und Verwandte hatte. Er und Balrich sagten nichts – bis Herbesdörfer sie etwas fragte. Er hatte eine Aussprache wie ein Wilder und äußerte sich so angestrengt, als verlernte er das Sprechen von Tag zu Tag. Er fragte: Was den reichen Weibern denn einfalle, daß sie ungebeten eine Arbeiterin in den Wehen zu begaffen kämen, wie eine Kuh. Dinkl stieß ihn heimlich an, und unter dem Tisch zeigte er ihm das Zwanzigmarkstück, das die Besucherinnen dagelassen hatten. Laut sagte er: »Sie haben Langeweile gehabt. Das Teewasser bei der Generalin hat noch nicht gekocht.«

Balrich inzwischen atmete schneller. Er war im Begriff, sich aufzurichten und zu bekennen, daß auch die Reichen ein Herz haben könnten! Denn vor sich hatte er das schüchterne Lächeln der Emmi Buck, und mitten in dem Qualm hier berührte ihn ihr Veilchengeruch. Da sah der alte Maler ihn an mit seinem Grinsen im Bocksbart und nahm ihm das Wort weg.

»Ich weiß Bescheid – seit ich ein reiches Luder habe laufen gesehen, weil eine Arbeiterin mit dem Arm in der Maschine hing. Sie hatte vorgesorgt, daß ihr so etwas gleich gemeldet werde.«

»Das hast du selbst gesehen, Onkel Gellert?« fragte Balrich drohend. Denn er dachte an die kleinen Mädchen, die der Alte an sich lockte.

»Ich selbst – und die Arbeiterin war später meine Frau, deine Großtante.«

»Ja, dann«, murmelte Balrich und sah den Tisch an. »Nicht hinsehen, wo Geld ist, das ist das beste.« Und innerlich bat er es seiner Schwester Leni ab, daß er ihr, fast eine Stunde lang, die Reiche vorgezogen hatte.

Simon Jauner schlich herbei; was Balrich ganz leise sprach, hatte er doch gehört; und er schlug auf den Tisch, als habe er Wut. Ansehen das Geld, sei zwecklos. Aber so! Und mit krummen Fingern grapste er über den Tisch hin. Balrich, der ihn kannte, sagte gelassen: »Ich esse lieber mein selbstverdientes Brot« – und schnitt aus seinem Brot einen Würfel. Da ließ Jauner sich in die Bank gleiten, grade neben Balrich. Nun er Balrich von seinem Platz an der Maschine nicht hatte verdrängen können, fand er es wohl geraten, sich anzunähern. Er faßte sogar treuherzig den Arm des andern und sagte eindringlich:

»Dein Brot? Heßlingsches Brot, willst du sagen! Denn in seiner Fabrik verdienst du nur gerade so viel, daß du in seiner Kaserne wohnen und in seiner Kantine essen kannst. Was darüber ist, ist vom Übel«, schloß er hämisch und zeigte zuerst Balrich, dann den anderen seine gelben

Zähne und seine gelben Augen. Sie wußten wohl, sie würden kein Wort sprechen, das der Inspektor nicht erführe; denn er hatte dem Jauner geschadet, wer mußte also beflissener gegen ihn sein als Jauner. Dennoch hielten sie nicht an sich. Kantine und Kaserne, zu wahr, brachten dem Heßling mit Zins wieder zurück, was er ihnen zahlte. Der Strom des Geldes rollte endlos unweigerlich in die eine Tasche, sie aber mit ihren Schwielen standen lechzend daneben, sie, ihre Frauen, ihre Kinder. Sie machten ihre Kinder für Heßling, wie sie für Heßling die Ware machten, wie sie für Heßling aßen und tranken. »Prost Haßling!« rief Dinkl, und an allen Tischen riefen sie mit; denn gut war es, den Haß in ein Wort zu fassen, den Haß einmal deutlich aus den Zähnen zu lassen und bitter im Glas zu schmecken. Man ging mit ihm schlafen und stand auf mit ihm – nur Gestalt fehlte ihm, Fäuste hatte er nicht. Wir haben jeden Augenblick, jeden von allen, die wir erleben, alles im Bewußtsein: die ungerechte Gewalt, unter der wir stehen, benachteiligt auf Schritt und Tritt, beim Einatmen und beim Ausatmen, mißbraucht, verachtet, hinter das Licht geführt. Ihr bildet euch ein, wir vergäßen? Jawohl, ihr denkt, wir riechen unsere schlechte Luft nicht mehr, in den überfüllten Stuben der Kasernen, die ihr uns baut. Arbeiterhäuser A und B, das heißt nicht arbeite und bete, wie der Konsistorialrat Zillich bei der Einweihung erzählt hatte; es heißt Affenbude oder alles be–. Wir riechen, und wir vergessen nicht. Sehr begreiflich, bemerkte Balrich, daß den Damen Heßling und Buck, wie sie eintraten, der Gestank an die Gurgel ging, und komisch bloß, daß sie sich deshalb zu genieren schienen. »Hätten wir sie in der Gewalt, wie sie uns haben, wir würden nicht so viele Umstände machen!« Dinkl und Jauner erklärten auf das deutlichste, was sie mit den reichen Weibern heute gemacht haben würden, trotz den weißen Haaren der einen. Einen Laut aber, der Schlimmeres verhieß, stieß Herbesdörfer aus. In seinem geröteten Kopf war die Kartoffelnase weiß wie der nackte plumpe Hals, und die Augen hinter den runden Brillengläsern starrten blind, als hätte er Gesichte.

Dinkl inzwischen war in die Mitte getreten, schob die Daumen in die Achsellöcher seines gelbkarierten Röckchens und machte vor, wie er spazierengehe. Ein feiner Fatzke begegnete ihm. Den feinen Fatzke mußte Jauner machen; er nahm sein steifes Hütchen vom Rechen und drückte die Beulen heraus. Bei ihm angelangt, schleuderte Dinkl ihm die Faust bis nahe unter das Kinn, wobei Jauner übermäßig erschrak. Dinkl aber tat, als habe er nur die Zigarette an den Mund führen wollen. Alle lärmten Beifall. So war es! Jeden Reichen konnte man mit einem Finger erschrecken, daß er in Ohnmacht fiel, denn sie schliefen immer. Sie gingen in den Straßen und merkten nicht, wie sie unter uns Arbeitern vereinsamt waren – bloß noch die Polizei war da – und wie ihre Pelzmäntel sich verloren zwischen den vielen geflickten Sommerjacken. Sie merken nichts, sie schlafen. Nie, denken sie, kommt es anders. Denn sie sind es gewöhnt, sie hatten es leichter als wir, sich zu gewöhnen.

Hier war Herbesdörfer fertig mit seinen Vorbereitungen, auszusprechen, was er sah. Er zeigte seine riesigen Hände her, ein Finger war weiß verbunden – öffnete und schloß sie, daß sie knackten, und sagte mühsam vor Kraft:

»Das Ganze kommt anders!«

Balrich, gegenüber, hörte ihm achtungsvoll zu. Dadurch entging es ihm fast, daß der alte Gellert ihn leise in die Seite stieß und ihm etwas anvertraute. Er schien es lange in sich unterdrückt zu haben, und nur die gesteigerte Stimmung der Umgebung bewirkte es, daß sein letzter alter Zahn sich aufhob und etwas herausließ.

»Längst schon könnte es anders sein«, wisperte er. »Auch umgekehrt wär ein Schuh geworden. Hab ich Heßling mit gegründet, was fehlt dann viel, und ich wäre, was er ist.«

Sein Großneffe sah ihn an; der Alte kniff die Lippen und machte sich klein, als habe er nichts gesagt. Balrich stutzte kurz; schon zuckte er die Achseln, Geschwätz ohne Kraft war nicht achtbar.

Auch kamen eben jetzt die Genossen auf die Partei zu sprechen. Die Partei war mitnichten einwandfrei, sie enthielt Elemente, die mehr an sich dachten als an die arbeitende Klasse. Jauner, als der Mißvergnügteste, kennzeichnete den Genossen Napoleon Fischer, unseren Abgeordneten, der Geschäfte gemacht hatte, aber bessere für sich als für uns. Er stand gut mit Heßling und wußte auch der Regierung nichts mehr abzuschlagen. Was bekam er für die Unmenge Militär, die er bewilligte? Wieder eine Versicherung, wieder eine Fürsorge. Und hatte doch gearbeitet, sogar bei Heßling. Was hoffen von den anderen, mit den weichen Händen.

Dies war wohl richtig, dennoch wagte sich der Beifall viel weniger entschieden heraus, als vorhin, gegen Arbeitgeber und besitzende Klasse. Hiermit war nicht zu spassen, und was Jauner dem Parteibeamten wiedererzählte, konnte dir schlechter bekommen als sein Bericht an den Heßlingschen Herrn Oberinspektor. Soviel ließ sich wohl sagen, daß die Versicherungen und Fürsorgen ihre zwei guten Seiten hatten, eine für uns und eine für die Reichen, denen sie zu einem besseren Schlaf verhalfen. Dinkl, als der Unvorsichtigste, ging weiter und behauptete, das zweite sei die Hauptsache, und der alte Arbeiter, der von dem Pensionsplunder leben könne, sei noch nicht geboren.

»Mein eigener Vater, wie oft ich ihm ins Gewissen rede, vor Mittag, wenn wir Männer noch nicht aus der Fabrik zurück sind, geht er mit seiner Eßschüssel bei den Nachbarinnen umher.«

Hierzu war der Alte genötigt, weil seine Kinder ihm das Geld seiner Altersversorgung abnahmen und ihm nicht satt dafür zu essen gaben. Dies wußte man; aber welcher Vorwurf traf einen Kameraden, der Frau und vier Kinder hindurchbrachte. Besser, es hungerte ein Alter.

Herbesdörfer, längst nicht mehr wild, hatte ein von der Furcht zusammengezogenes Gesicht und jammerte in rauhen Lauten vor sich hin. Er beklagte sich über den Kassenarzt, der ihn schon wieder zur Arbeit schickte, obwohl er im Knie seit seinem Unfall noch immer eine Schwäche hatte. Er hatte die Schwäche nicht, wenn er draußen umherging; aber kaum in der Fabrik, hatte er sie; und die Furcht, hineinzufallen zwischen die Mühlräder und zermahlen zu werden mit dem Holzstoff, machte ihm Schwindel.

»Das kenne ich«, sagten sie an den anderen Tischen. Denn sie kannten es.

»Man hat doch nur seine Gliedmaßen. Frau und Kinder haben nur meine Gliedmaßen. So ein Doktor tut immer, als wachsen sie nach.«

»Der wächst nicht nach!« schnaubte dort hinten einer, und reckte in den Schein der Lampe seine Hand, der ein Finger fehlte. Da hob auch Herbesdörfer, rauh winselnd, seinen verbundenen Finger zum Licht hinauf; und über zwei Tische, und dann nebenan, und dann an jedem kamen Finger ans Licht, dick umwickelt und weiß inmitten einer Hand, die dunkel befleckt war von den unvergänglichen Spuren der Arbeit. Wie alle diese verbundenen Wunden durch die Luft geschwenkt wurden, roch man auf einmal deutlich den dünnen scharfen Geruch, der unter den Ausdünstungen der Körper und dem Tabaksqualm, halbvergessen immer da war, den Geruch des Karbols.

Auch Karl Balrich sah einen seiner Finger in Leinen gewickelt, er prüfte ihn, die Brauen gefaltet, unter dem Tisch. Jeder in diesem Augenblick hatte ein Gesicht, das den allertiefsten Ernst des Lebens trug. Da, in einer Stille, sagte Balrich:

»Das hat seine Zeit, und dann kommt die Gerechtigkeit.«

»So ist es!« sagten sie, und ein Gewirr entstand, aus leisen Zustimmungen, den halben Lauten der Gläubigkeit. Auf dem Wege sind wir, zur Gerechtigkeit – und sähest du täglich mehr, daß er lang ist, gezählt sind die Tage der Reichen. Wir werden, mit dem, was jetzt sie uns kosten, selbst reich sein, alle; werden in gelüfteten Sälen gemeinsam unser gutes Essen haben, und Maschinen, die uns gehören, arbeiten für uns. Mit jenen aber wird es aussein. Wäre dem anders, warum säuft man nicht, oder bricht ein.

Das tun wir nicht, weil wir vernünftiger sind als sie. Wir können frei aufatmen, so, ganz frei, mitten in unserer Stickluft, denn bei uns sind Vernunft und Zukunft. Ihr dort seid erblindet durch den Besitz, ihr wißt nicht einmal mehr, was ihr in Händen habt. Wer unter euch schätzt das Wissen, den Geist, gleich uns? Ihr habt ihn vergessen, in eurem Fett. Wir, wir begreifen, daß er es ist, der die Welt erobert, und daß er auch wieder ihr Ziel ist. Jede Bibliothek, die wir zusammenbringen oder abringen eurem Geiz, ist ein Wegmal für unsere Heraufkunft und euren Untergang.

Dinkl, mit einem Luftsprung von seinem Sitz auf, rief aus:

»Nichts freut mich wie die hunderttausend Mark, die ihn die Bibliothek kostet!«

Und alle frohlockten über diese Niederlage des Generaldirektors. Kämpfe freilich kostete noch die Verwaltung der Bibliothek, denn satzungsgemäß stimmten auch Beamte beim Ankauf der Bücher und verhinderten, soviel sie konnten, die Aufnahme der Parteischriften. Herbesdörfer schmunzelte, tief befriedigt. Seit gestern hatte er, sicher verschlossen in seinem Zimmer, »Das Kapital«.

Da betrachtete Balrich ihn, sein armes grobes Gesicht, das verriegelt aussah und hinter seiner großen Brille immer in Anstrengung und Angst schien, ob es nicht endlich sich öffnen, klarsehen und begreifen werde, sein tapferes, vergeblich ringendes Gesicht.

»So steht es um uns«, fühlte Balrich. »Wir sind zu schwach, obwohl wir die Stärkeren scheinen. Die Bücher, mit denen Ausbeutung und Elend zu besiegen wären, liegen in unserer Lade, wir aber sitzen hier, verbraucht vom Knechtstum der ganzen Woche und ohne Handhabe, um unsere Waffen nutzen zu lernen. Kommt dennoch einer von uns dahin, die wissenschaftlichen Werke zu erfassen, seinen Kindern kann er es darum nicht leichter machen. Wir bleiben, wo wir sind. Trachten wir, das Glück zu genießen, das Armut uns erlaubt!«

Hier erinnerte er sich, daß ein Mädchen auf ihn wartete – sein Mädchen, wenn er wollte. Aber wollte er, und mußte es diese sein? Er stieg aus der Bank ohne Eile, trat noch an den Tisch drüben, hätte sich fast daran niedergelassen – und als er dann hinausgelangte, stand dort hinten unter der Friedhofsmauer schon das Mädchen. Sie stand in ihrem braunen Tuch ein wenig gebeugt, als wartete sie seit einiger Zeit, und sah ihn erst, als er schon nahe war. »Thilde!« rief er aufmunternd, worauf sie ihm ein Gesicht zeigte, das voll Gram war. Er kam aber so mutig herbei, breit, spannkräftig und fest, mit dem dunkeln Schopf unter der Mütze hervor, so wohlgeraten kam er, daß sie ihm dennoch entgegenlächelte.

»Warst du schon drinnen?« fragte er gedämpft und wies nach der Friedhofspforte.

Sie nickte. »Mein Kleines hat alles, was es braucht. Wenn auch wir das hätten.«

»Das sollst du nicht sagen«, verlangte er; und zarter: »Gehen wir noch einmal hinein?«

Da sie den Kopf schüttelte, bestand er nicht darauf. Es machte nur traurig, und hatten sie nicht beide mehr vor als hinter sich? »Komm fort!« sagte er bestimmt, nahm ihren

Arm und ging schneller. Im Schatten der Mauer, von der Büsche hingen, drängte sie sich an ihn mit den Hüften. Sie waren breit, die Brust voll, und dazu das magere Gesicht, aus dem sie bange zu ihm aufsah.

Am Ende der Mauer pfiff sogleich der Wind. Balrich wickelte Thilde fester ein. Erst März; kahl dämmerndes Feld; und sie stapften durch Regenlachen. Rechts zwischen dürren Bäumchen die Villen, genannt Arbeitervillen; aber fast nur noch Beamte wohnten darin. Als Arbeiter mußte man sehr wohlgelitten sein. »Der Jauner wird hereinkommen, wir nicht.«

Und wegen der Pfützen bald getrennt, bald wieder beisammen, begannen sie zu rechnen. Balrich hatte seine zwei jungen Brüder, der eine noch schulpflichtig, der andere unbezahlt. Das kleine Mädchen Thildes war keine Last mehr, sagte Balrich. Nur noch ihre Mutter, zu schwach, um zu arbeiten, hing an ihr. »Wäre das nicht«, sagte er, im Drang, sie zu schützen, »du solltest gar nicht mehr arbeiten, du Ärmste, und ich für zwei.«

Hierauf sah sie ihn an, bitter und mißtrauisch, und mit einer höheren, schärferen Stimme sagte sie, daß sie nichts brauche und ihre Mutter sei ihr sowenig zur Last, wie früher das Kind. »Du möchtest wohl, auch sie läge schon draußen!«

Da merkte Balrich, daß sie einander nicht verstanden – und wollten einander doch lieben? Er hätte darauf bestehen sollen, daß sie zusammen an das Grab gingen. Nun argwöhnte sie, daß er ihr das Kind verdenke, vielleicht immer es ihr verdenken werde. »Das nicht«, fühlte er. »Das wirklich nicht. Aber sie hat ihr Leben gehabt, bevor ich da war. Sie hat einen andern gekannt, und ich glaube zwei. Nun denkt sie von mir bisweilen nicht gut.«

Sie war zwanzig, so alt wie er; und auch er hatte schon zwei Mädchen gehabt. Ihm aber war nichts zurückgeblieben, er hätte lieben können wie das erstemal. Nur, warum denn diese, die manchmal so fremd schien, als sei sie aus einem andern Land. Durch sie hindurch erblickte er plötzlich seine Schwester Leni, unberührt, unbeschwert und vertrauend auf das Glück. Das war sein Blut, sein Land, war die gute Zukunft. Diese hier, wie müde!

Fühlte sie denn, was er dachte? Anklagend erhob sie nochmals das Gesicht gegen ihn und sagte in einem Ton, der weh tun wollte: »Gib acht auf deine Schwester Leni! Sie ist vor dem Kind nicht sicherer als wir anderen.«

Balrich ließ sich aber nicht weh tun. Er nahm fest ihren Arm in den seinen und sagte sanft:

»Dein Kind war ein gutes und liebes Kind.«

Er erlaubte ihr nicht, sich loszumachen, und am Ende gab sie nach, sank leise gegen ihn, und aus ihren geschlossenen Augen rannen Tränen. Langsam, in der Dämmerung und im Wind, erreichten sie den »Arbeiterwald«, der Bänke hatte. Umschlungen setzten sie sich auf eine feuchtkalte Bank, unter großen schwarzen Ästen ohne Blätter. Vor ihnen die Fabrik, und hinter den drei Reihen der Fabrikgebäude ging die Sonne unter, von Wolkenstreifen überzogen wie von Rauch. Sie starrten in die Röte und dachten beide, daß es gut wäre, warm zu haben. In ihrem Rücken, hinter hohen Planken, lag der »Herrschaftswald«, begann hier wild, und immer gepflegter, blumiger und geschützter gegen den Wind und gegen die bösen, sehnsüchtigen Blicke, umgab er endlich als süßer Garten die Villa Höhe, das verbotene Paradies.

»Dort friert es keinen«, sagte das Mädchen. Der Arbeiter sagte:

»Dort können sie ernähren, wen sie lieben.«

Da die Sonne fort war, der Wind kälter blies und es anfing zu regnen, standen sie auf. Thilde wollte umkehren. Balrich aber strebte der Fabrik zu. Er wisse eine Unterkunft beim Regen. Auch Thilde sah sie wohl, es waren die Waggons, die von der Fabrik zum Bahnhof fuhren. Dort hielten sie, einer mit offener Tür. Das Mädchen sträubte sich, hineinzusteigen.

»Weil die Lumpen darin so schlecht riechen?« fragte er. Sie antwortete:

»Was soll mir das machen. Ich stehe mein ganzes Leben in einem Lumpensaal.«

Und sie ließ sich hineinhelfen.

»Es ist doch trocken hier auf den Lumpen«, sagte er.

»Und sogar warm«, flüsterte sie und überließ sich seinen begehrlichen Händen.

Da sie an seine Brust gedrängt im Dunkeln nach seinen Augen suchte, schloß er sie, allein mit seinen Gedanken. Dies war das Beste, was wir hatten – und machte doch alles nur schlimmer. Die Liebe war eingesetzt, damit es mehr Proletarier gebe. »Für Heßling arbeiten wir, selbst hier – und freilich auch für unsere Führer. Heßling und unsere Führer sind darin einig, daß wir nicht zahlreich genug sein können. Denn beide brauchen sie Menschenmaterial.«

Das Mädchen sagte:

»Dies haben wir doch. Dies nimmt uns keiner. Küß mich, du Lieber!«

Aber sie fuhren auseinander, ein Schlag dröhnte an der Wagenwand, und in die Tür trat ein großer Umriß. Der Aufseher! Er schalt auf das Gesindel, das in den schönen Lumpen seine Schmutzereien treibe. Als Balrich hervorkam, hielt der Beamte ihn fest und suchte ihm mit seiner Taschenlampe in das Gesicht zu leuchten. Balrich stieß ihn aber zurück, zog auch Thilde heraus, und schon liefen sie. Verfolgt von Schimpfreden liefen sie durch den Regen, jeder für sich, und wußten schon nicht mehr im Dunkeln, wo ist der andere. Nahe beim Friedhof erst fanden sie sich wieder. Da sah er unter der Laterne, wie durchnäßt sie war, denn beim Fliehen hatte sie ihr Tuch in den Händen des Aufsehers gelassen. Er zog sogleich seine Jacke aus und hängte sie um sie und sich. Ganz aufeinander geneigt gingen sie nun, ein Kleid, und man konnte denken, ein Herz. Sie aber zitterte vor Kälte und er vor Zorn.

Die Kantine war nur noch schwach erhellt, kein Laut drang heraus, vor der Tür nur erkannten sie Simon Jauner und bei ihm, an der Mauer, zwei Schatten, die aussahen – wie Herren.

War dies nicht der Herr Oberinspektor selbst – und jener gar, o Gott! Geduckt schlichen sie vorüber, ein Kleid, ein Herz. Hinter ihnen sagte die Stimme eines Herrn:

»So gut haben es nur solche Leute.«

II Der Arbeiter und das Bürschlein

Zweitnächsten Sonntag kamen die Familien Dinkl und Balrich mit dem Neugeborenen Mallis über das Feld zurück von Beutendorf, wo es getauft war. Alle gingen geradewegs in die Kantine und tranken, der Säugling an der Brust. Sie saßen an einem langen Tisch und noch allein. Als andere Gäste eintraten, hatten sie schon zu Mittag gegessen und waren aufgeräumt. Der Großonkel Gellert, vertrocknet unter seinem schwarzen Gehrock und mit dem Grinsen im Bocksbart, vollführte einen Tanz, verbunden mit Händeklatschen und Gestampf, um seine Nichte Leni her. Er behauptete, draußen irgendwo derartiges gesehen zu haben.

Dann fiel er freilich auf die Bank und blies mühsam aus seinen Hängebacken. Indes ringsum Lärm war, beobachtete Karl Balrich gespannt das Wackeln des Alten und seinen Blick, der sich greisenhaft verglaste. Plötzlich, das Auge auf ihm, raunte er ihm zu:

»Onkel, was war es damals, mit dir und Heßling?«

Gellert starrte verständnislos. »Damals?« fragte er. Balrich nickte fest.

»Mit dir und – du weißt schon.«

Denn er hatte sich entschlossen, ins reine zu kommen mit dem Geschwätz von neulich. »Was fehlt viel, und ich wäre, was er ist«, hatte der alte Tunichtgut gesagt, von sich und dem Generaldirektor. Geschwätz, dachte Balrich, sooft es ihm einfiel, und doch fiel es ihm ein. Jetzt wartete er, bis der da kam – und schon kam er. Er begriff, fuhr auf und fragte zitternd:

»Hab ich denn geschwatzt?«

»Du hast schon zu viel gesagt«, erklärte Balrich. »Jetzt sag auch den Rest!«

»Weiß schon jemand?«

»Von mir kein Mensch. Bist du aber nicht offen mit mir –«

Der Alte winkte beschwörend. »Lieber du als die anderen. Du bist der tüchtigste. Dein Onkel leider war nicht tüchtig.«

Das sei ihm bekannt, sagte Balrich barsch. Er hatte keinen Sinn für Familienmitglieder, die mit siebzig Jahren ihren Neffen wohl etwas Erworbenes hätten mitbringen können, und statt dessen fielen sie ihnen noch zur Last. Auch der Tanz vorhin um Leni her hatte ihm mißfallen.

Der Alte blinzelte erregt. Aus Furcht vor dem Neffen ließ er alles fahren.

»Konnte man denn wissen, damals? Man hat einen alten Freund, Kriegskameraden, Fechtbruder. Mein Strohsack, dein Strohsack, meine Laus, deine Laus; und auch die Sparpfennige immer auf demselben Brett. Manchmal waren es Taler. Und als der eine im Städtchen bleiben will, sein Handwerk treiben und Meister werden, läßt der andere ihm, bis er wiederkommt, seine Taler.«

»Das warst du?«

»Gott sei es geklagt.«

»Und der die Taler nahm, war der alte Heßling.«

»Und der sie auch behielt. Verstehst du wohl?« wisperte Gellert. Balrich hob die Schultern.

»Würdest du sie sonst noch haben?«

Da griff der Alte mit Leidenschaft um die Tischkante und rief in der Fistel:

»Nicht die Taler, meinen Anteil an Gausenfeld würde ich haben!«

Kaum ausgesprochen, verfolgte er das Wort auf den Gesichtern der Nächsten. Sie hatten in ihrem Lärm es nicht gehört. Balrich seinerseits wendete sich unwirsch weg. Das war einmal der Mühe wert, um solch ein Gefasel noch nachzufragen. »Mit deinen vier Talern hat er also Gausenfeld gegründet?«

Gellert zischte. »Es waren aber vierhundert weniger vier. Ja doch! Und alles war von einer Meisterin, bei der ich gearbeitet hatte – gearbeitet, du weißt schon wie. Mit dem Pinsel, womit ich anstrich, würde ich beileibe das nicht verdient haben.«

»Unehrliches Geld«, sagte Balrich. Der Alte meckerte.

»Sie hat es hergeben müssen, sonst holte sie der Teufel.«

»Und der Heßling wußte davon.«

»Vielleicht nicht?«

»Auch ein Lump.«

Gellert ward ernst und verweisend.

»Er hatte es nicht selbst getan. Er war sogar ein strenger Mann. Auch er nannte mich Lump.«

»Wenigstens gab er dir einen Schuldschein.«

»Das mußte er nicht.«

Balrich schob den Kopf vor und sagte dem andern nahe in das Gesicht: »Jetzt hab ich genug von deinen Räubergeschichten.«

Hier fing der Alte zu weinen an. »Ich war es doch«, schluchzte er, »und du willst sagen, ich war es nicht.«

Er stieß Dinkl an und auch Herbesdörfer, bis sie ihm zuhörten.

»Ein Schuldschein, zwischen alten Kriegskameraden und Fechtbrüdern? Habt ihr das erlebt?«

Da sie nicht begriffen, erzählte er nochmals das Ganze, begegnete auch ihren Einwänden und schwor, noch immer sei sein Geld ihm geschuldet. Warum er es nicht zurückgefordert habe? Als er wiederkam nach mehreren Jahren, war es nicht mehr da. Vielmehr, es steckte im Geschäft.

»Es steckte im Geschäft? Kannst du das beweisen?«

»Ob ich es kann! Der alte Heßling hat mich doch bei der Hand genommen in seinem Kontor in Gausenfeld und hat mir alles vorgerechnet.«

Balrich sagte, grabenden Blickes:

»Gausenfeld hat dem alten Heßling nie gehört. Seine Fabrik stand in der Meisestraße.«

Gellert ward wild.

»Meisestraße oder Gausenfeld, ich sehe ihn noch an seinem Pult beim Fenster, er kratzte sich hinter dem Ohr und rechnete. Ich sollte nur warten, bald würde ich anfangen, mitzuverdienen.«

»Du siehst ihn. Hast du sonst keinen Beweis?«

»Daß er auf seinem Pult einen Tintenwischer hatte, und der war ein Mohrenkopf.«

Dinkl fragte ernsthaft:

»Wie lange ist das nun her?«

»Auf den Schlag vierzig Jahre!« schrie Gellert.

»Das ist Zeit genug«, sagte Dinkl. »Inzwischen hat der Mohrenkopf vielleicht das Reden gelernt und kann für dich zeugen.«

Da er selbst sehr lachte, wandten die anderen Gäste sich her und wollten hören. Dinkl schickte sich auch an, ihnen seinen Witz zu erläutern; Balrich aber verbot es ihm leise und kurz.

Der alte Gellert sank wieder in sich zusammen, und beim Weggehen hatte er nur noch die Sorge, daß niemand weiter von der alten Geschichte erfahre, besonders die Weiber nicht. Dinkl meinte zwar, es sei zu komisch, man dürfe es nicht für sich behalten. »Onkel Gellert Teilhaber von Heßling auf Gausenfeld! Generaldirektor Gellert!« kreischte er und tanzte auf einem Bein – indes der Alte mit blutunterlaufenen Augen dabeistand wie ein bittender Hund. Aber Balrich verlangte dringend, daß kein Wort laut werde. Ob Dinkl einen alten Arbeiter, der sich in der Fabrik mit Anstreichen ein Stück Brot verdiene, ins Elend bringen wolle. Dinkl erklärte sofort, wenn Onkel Gellert seine Arbeit verliere, werfe er selbst die seine hin, und streiken sollten dann alle!

Dennoch hatte Dinkl jetzt immer, wenn er den Alten sah, einen heimlichen Rippenstoß für ihn. »Wann lassen wir uns denn unsere Dividende auszahlen?« fragte er, und der Alte sah sich nach allen Seiten um wie ein Dieb. Eines Tages aber, in einem Winkel des großen Hofes in Gausenfeld, als er vor dem Schichtmachen sein Gerät ordnete, stieß auch Balrich ihn so an und raunte:

»Du hast wohl noch Zeit bis zur Abrechnung?«

Da entsetzte sich der Alte, und wie gerade ein Schub Arbeiter aus dem Tor kam, glitt er hinein und drückte sich. In diesem Augenblick ward es Balrich zum erstenmal gewiß, Gellert rede wahr, das mit dem Geld sei wahr.

Er hätte es nicht geglaubt – obwohl er jetzt jede Nacht darüber nachdachte. Noch nicht in der ersten: die Zweifel näherten sich langsam, nahmen immer mehr Schlaf und wurden schwerer, eben von der Schlaflosigkeit. Da er nun gewiß war, schlich er, anstatt zu seinem Mädchen, dem alten Gellert nach, der ihm auswich. Eines Abends nur traf er ihn bei Dinkls, ein reiner Zufall. Der Alte, leicht angetrunken, schien weniger ängstlich. Da trat Besuch ein, ein Herr in mittleren Jahren, recht dick schon, weiches Gesicht ohne Bart, weicher Hut, der Gang etwas einwärts – und hast du nicht gesehen war Gellert fort. Es ging so schnell, im Schatten die Wand hin und ab, daß der Herr sich nicht einmal umsah.

»Ich bin der Rechtsanwalt Buck«, sagte er. »Guten Abend, ich bringe Ihnen, was sonst meine Frau Ihnen bringt. Sie ist nicht wohl.« Und mit zarter Hand legte er neben Malli, die das Kind stillte, einen verschlossenen Umschlag.

Dinkl erwies sich gewandt, räumte die Kinder fort und machte dem Herrn Rechtsanwalt so viel Platz, als genügte seinem Umfang das ganze Zimmer nicht. Buck ließ sich wohlwollend auf den gebotenen Stuhl, hatte einen gerührten Blick für Malli mit dem Säugling, einen bewundernden für Leni, die die Brust herausstreckte, einen erstaunten über die Kinderschar hin, dann seufzte er und fragte mild und etwas fett:

»Wohnen Sie hier gut?«

Niemand antwortete. Selbst Dinkl hatte die Fassung verloren. Der Schwager des Herrn Generaldirektors fragte: »Wohnen Sie hier gut?« – anstatt nur hinzuwerfen, daß sie glänzend wohnten! In der Stille traf Buck auf die gefalteten Brauen Balrichs. Seine Augen prallten zuerst ab, dann suchten sie um so eindringlicher die des Arbeiters – dessen Gesicht sich ein wenig entspannte unter dem braunen, weich glänzenden Blick. Buck sagte sanft:

»Lieber möchten Sie natürlich auf Villa Höhe wohnen.«

Und als sei dies noch nicht genug des Unerhörten, hob er seine schweren Schultern und sagte ergeben:

»Begreiflich, aber was kann man machen.«

Es klang, als bewohnte er selbst, mit seiner Frau und seinem Sohn, nicht einen ganzen Flügel von Villa Höhe, sondern allenfalls ein Kellerloch.

Dann stand er auf, gab allen die Hand, ohne irgendeinen dabei anzusehen, und entschwand ihnen, langsam und einwärts. Die Meinung Mallis und Dinkls war: »Ein armer Herr!« Leni blies nur geringschätzig durch die Nase. Balrich schwieg, und er blieb nicht mehr lange.

Zwischen dem Onkel Gellert und diesem Buck gab es einen Zusammenhang – und was sollte er betreffen, wenn nicht die alte Geldgeschichte. Balrich zweifelte nicht, er ließ sich in der Kantine ein Fläschchen mit Schnaps füllen und ging damit durch die rückwärtige Gartenpforte der Villa Klinkorum, zu dem Anstreicher. Der Schnaps freilich erwies sich als zwecklos, denn Gellert saß schon vor einer Flasche und war nun soweit, daß er sich ganz allein etwas vorsang. Beim Erscheinen Balrichs sang er:

»So dumm ist der alte Gellert noch nicht. Das hast du gedreht!«

Was er gedreht habe, fragte Balrich. Das Zusammentreffen mit Buck sei kein Zufall gewesen, behauptete Gellert. Ihn aber gehe der Buck nichts an. »Wie soll ich ihn kennen. Als ich einmal bei seinem Vater war, trug er noch Röckchen.«

»Aha. Bei seinem Vater.«

Gellert, stark erschrocken, bot Schnaps an.

»Sein Vater ist doch tot«, sagte er, den Blick auf dem Glas. »Was willst du von ihm. Damals freilich wollte jeder etwas von ihm. Er war der mächtigste Mann in der Stadt, noch zu meiner Zeit und der Zeit des alten Heßling. Der junge Heßling dann –«

Er strich sich mit der gestreckten Hand über die Kehle.

»– ist mit ihm fertig geworden. Hat ihm sein Geld genommen, seine Aktien, seine Würden, und stellt nun mehr vor als je der alte Buck.«

»Der junge Buck aber – ist ein armer Herr«, sagte Balrich, finster grübelnd. Gellert kicherte.

»Hat sich zuerst abschlachten, dann heiraten lassen. Nicht das gesündeste Schwein hält das aus.«

Balrich rückte näher.

»Onkel Gellert, du mußt jetzt loslegen.«

Da der Alte sich duckte, faßte er ihn beim Arm. »Das hilft dir nicht mehr. Ich weiß schon zu viel. Und dann bin ich dein Großneffe. Wer wird wollen, daß du reich wirst, Onkel Gellert? Der, der dich beerben soll – wie?«

Der Alte zwinkerte von unten.

»Glaube doch nur nicht, daß da etwas zu machen ist. Hast du eine Ahnung, was für eine Laus du bist gegen Heßling?«

»Sage mir, was du mit dem alten Buck gehabt hast. Vielleicht wächst die Laus.«

Seine Faust rüttelte an dem Alten, bis er sich entschloß. Ja, bei dem alten Herrn Buck war er damals gewesen, in dem alten Haus in der Fleischhauergrube, mit den Stufen, die abgewetzt waren von den Füßen der ganzen Stadt. Der Vertrauensmann der ganzen Stadt sollte ihm zu seinem Geld helfen. »Das Seine hat er getan. Er hat sich den Vater Heßling kommen lassen, und Heßling hat ihm auch geschrieben.«

»Auch geschrieben!« rief Balrich unterdrückt.

»Hat ihm schriftlich gegeben, daß in seiner Werkstätte mein Geld stak und daß ich mitverdienen sollte.«

»Wo ist der Brief?«

»Die Abschrift vom Herrn Buck habe ich« – und Gellert entnahm sie der Kommode. »Er hat sie mir nachgeschickt auf die Wanderschaft und hat mich vertröstet. Mein alter Kriegskamerad Heßling sei schwer bedrängt, und sonst noch allerlei.«

Balrich las schon, gierig versenkt. Zurückkehrend seufzte er.

»Das ist eine Abschrift, die muß keiner uns glauben. Wo ist der Brief selbst?«

Der Alte grinste.

»Der Brief meines alten Kriegskameraden? Gewiß in den Papieren des Herrn Buck. Das ganze Haus war voll von Papieren.«

»Und die Papiere?«

Der Alte kam grinsend näher.

»Heimlich habe ich umhergehört.«

Plötzlich zerrte er an seinen Knöpfen, riß sich die Kleider auf bis zur nackten Brust. Sein Gesicht zerteilte sich in violette Fetzen, und aufheulte er:

»Aus! Der Junge hat sie verbrannt.«

Balrich rührte sich nicht. Gellert begann allmählich,

sich wieder zuzuknöpfen. »Noch ein Gläschen«, sagte er.

Balrich trank aus.

»Dann kann ich nach Haus gehen.«

Unter der Tür fiel er gegen den Pfosten, kam aber gleich wieder auf.

Er ging nicht heim, sondern die Straße nach Villa Höhe. Die Linden dufteten, ein warmer Wind schlug ihm entgegen. Sommer war geworden aus dem dürren Frühling, in dem er angefangen hatte zu leben – zu hoffen, zu wollen, zu leben. Sollte dies aussein jetzt, nie hätte es dann anfangen dürfen. Lieber tot als alles wieder sein lassen wie sonst.

»So wird es nicht mehr!« rief er in die Nacht. Vorgebeugt gegen den Wind, machte er Fäuste und zerstampfte die Lindenblüten. Jetzt weißt du! Aufgedeckt war jetzt die Grube. Gestohlenes Geld, und Geld noch dazu, das ein alter Elendsgenosse auf schmutzige Art erworben hatte, dies war die Grundlage des Heßlingschen Reichtums. So sah die Grundlage eines großen Vermögens aus, Geschlechtsschande und Diebstahl. Dies ist das wahre Gesicht derer, die ihr enteignen werdet, Proletarier!

»Enteignen! Setzet mich und die Meinen, ehrliche Arbeiter, an die Stelle solcher Verbrecher! Wäre in der Welt nur ein Funken Gerechtigkeit, hier liefen alle zusammen, zeugten und hülfen. Statt dessen würden alle nur lachen über den armen Arbeiter, und schrie er zu laut sein verlorengegangenes Recht, ihn totschlagen für toll. Lieber gleich sterben! So ist es bestellt. Lieber gleich sterben!«

Er nahm sein Halstuch ab und suchte in den Bäumen nach einem passenden Ast.

Als er aber schon in einer Krone saß, vernahm er Stimmen, und von der Villa herab kamen zwei Gestalten, Herren, schien es. Wer sollte es sein? Nun, gut, Heßling und sein Schwager Buck sollten die ersten sein, die ihn hängen sahen... Er fand aber, dies wäre dennoch eine übertriebene Genugtuung für die glücklichen Verbrecher. Ihr Eintreffen war vielleicht ein Fingerzeig ganz anderen Sinnes.

So ließ er sie vorbei, stieg hinunter und folgte ihnen. Die Nacht war schwarz, und er schlich. Dennoch hörten sie ihn, wenigstens Heßling, denn er blickte sich mehrmals um und ward unruhig, wenn ein Leuchtkäfer ihn anglühte. »Er hat Furcht vor mir«, sah Balrich und freute sich. Er fühlte: Wer schon zum Sterben bereit gewesen war, der hatte und konnte viel mehr als diese reichen Schächer. Er hatte ein doppeltes Leben, und mit denen da konnte er Schindluder treiben. Balrich im Gebüsch tat einen Sprung, daß es knackte, und stieß dazu einen Laut aus wie ein Phantasieungeheuer – worauf Heßling sich hinter einen Baum duckte. Buck blieb nur stehen und knipste mit den Fingern.

Dann gingen sie weiter, immer sprechend; und Balrich versuchte zu verstehen, soviel der warme Wind ihm übrigließ, der das meiste wegtrug. Eins war klar, daß Heßling seinen Schwager herunterputzte wie einen Tagelöhner. Er warf ihm den Weg in der Dunkelheit vor; das Volk sei verroht, es werde immer gefährlicher; und ihre Geheimnisse hätten sie sich auch anderswo sagen können... Welche Geheimnisse? Buck redete von ihnen nur leise. Darauf erinnerte Heßling ihn, um so lauter, an das Geld, das er von ihm bekomme, die Prozesse und Verhandlungen, die er für ihn führen dürfe.

»Solche nicht!« schrie plötzlich Buck – worauf es eine Zeitlang still blieb. Balrich schlich noch leiser, von Nüchternheit ergriffen. Wie kam er hierher? Was hatte er gewollt, welcher Fingerzeig war ihm gegeben? Die Herren dort hatten ihre Welt, nichts wußte man. War, was ihm im Kopf saß, nicht ein Schwindel des alten Gellert? Oder er selbst hatte geträumt?

Aber die Herren stritten weiter – ein richtiger Streit. Heßling nannte seinen Schwager einen Schöngeist und

Verteidiger in Majestätsbeleidungsprozessen, den richtigen Sohn und Erben eines alten Achtundvierzigers. Sein Gesinnungswechsel sei ihm bezahlt worden; als Heßling ihm seine Schwester gab. Buck habe kein Recht mehr auf Widerstand, auf diese gewisse unernste Ironie, die das freundschaftliche Beisammenwohnen in Villa Höhe eines Tages gefährden und ihn brotlos machen könne... Worauf Buck von Manövern sprach, gewissenlosen Treibereien, einem Ende mit Schrecken, und wer bezahle dann?

»Wir nicht!« rief Heßling und lachte.

»Nein, alle«, rief Buck. Aber Heßling hielt ihm seine Schulden vor, da gab er klein bei.

Der Arbeiter hinter ihnen fühlte sich unheimlich verstrickt in eine Nacht der Verschwörungen – und wer weiß welches Massensterben konnte hervorgehen aus dem tükkischen Gemächt dieser beiden Bourgeois, die einander doch haßten! Denn einig sind sie nur gegen uns: untereinander möchten sie sich umbringen. Behandeln wir sie doch nur so, wie sie einander! Mut! und sieh, was für arme Menschen, die Furcht haben voreinander – und auch vor uns, wenn es Nacht ist und die Soldaten schlafen. Nur angreifen! Hast du gegen sie Waffen, und sei es die schlechteste, schäme dich nicht! Balrich dachte: »Ein armer Herr!« und meinte Buck. Der war der Schwächere, zuerst an ihn! Einschüchtern, erpressen – was wäre denn unerlaubt gegen eine Verbrechergesellschaft.

Schon begannen die Laternen der Vorstadt, dem Heßling kam wohl der Mut, er sagte zu seinem Begleiter: »Magst du nicht weiter, keine Umstände!« Und Buck, nach einem Gruß mit dem Hut, kehrte allein um.

Balrich in langen Sätzen sprang zurück bis wo es dunkel war, und hinter Ästen, die er herabzog, wartete er. Es dauerte lange, Buck kam daher, watschelnd und barhäuptig, schwenkte seinen Hut und sprach mit sich selbst. Mehrmals blieb er stehen, und obwohl er den Wind im Gesicht hatte, wischte er sich den Schweiß. »Ich kann nicht länger!« sagte er, wie beschwörend. »Ich bin der am schwersten Belastete, der Verräter, Gott strafe zuerst mich!«

Da sah er auf, die Strafe nahte schon. Zweige schnellten, und ein Mensch trat vor ihn hin. Buck wartete; da der andere nichts äußerte, sagte er selbst: »Guten Abend.«

»Auweh«, dachte Balrich, »es ist gefehlt.« Und Zorn kam ihm gegen Dinkl, den Prahlhans, der behauptete, sie schliefen immer und mit einem Finger könne man sie umwerfen. Jetzt fragte Buck:

»Sie sind wohl erschrocken?« – und seiner milden Stimme war es anzuhören, daß er im Dunkeln ein spöttisches Lächeln aufgesetzt hatte. Balrich sagte heiser:

»Sie müssen sich nun bequemen –«

Weiter wußte er nicht. Undeutlich hatte er sich vorgenommen, sofort und auf der Stelle Geld zu verlangen und mit Skandal zu drohen. Buck erwiderte schließlich:

»Ich tue nie etwas anderes als mich bequemen. Sie wünschen also?«

»Alles haben Sie gestohlen!« schrie Balrich. »Sie gehören nicht dahin, wo Sie sind!«

Plötzlich brachte Buck ihm das Gesicht ganz nahe.

»Sie sind es also doch«, sagte er. »Ich habe öfter an Sie gedacht seit heute. Sie sind doch überzeugt, daß auch Sie nicht dorthin gehören, wo Sie sind?«

Nach einer Pause:

»Sondern in die Villa Höhe?«

»Ich will mein Recht.«

»Ihr Recht. Nun ja. Gehen wir doch weiter!«

Im Gehen:

»Ich gebe zu, wir haben jeder gleich wenig Recht und fußen einzig auf dem Zufall. Daß ich nicht meinen Platz räume, ist Feigheit, leidige Feigheit. Möchten denn auch Sie so feig werden?«

Er hatte den Arm Balrichs genommen und stützte sich darauf. Seine Sprache ward klangvoll und bewegt.

»Sie sind ein junger Arbeiter und stehen vor dem Leben. Ihresgleichen kann weit kommen. Ich, ich bin ein verlorener Mensch. Könnte viel Unrecht verhindern und, wer weiß, dem Verderben Unzähliger in den Arm fallen. Aber der Augenblick kommt, da du Weichling das Herz nicht mehr hast. Verstehen Sie?« fragte er, stehenbleibend.

Balrich verstand, daß der da aus der Fassung war und hier im Dunkeln mit Dingen hervorkam, die nur ihn angingen. Ein armer Herr! Er machte seinen Arm frei.

»Was ich will, muß Sie nichts kosten«, sagte er hart. »Ich will Ihre Zeugenschaft und daß Sie den alten Brief herausgeben, worin geschrieben steht, daß das Geld des alten Heßling von meinem Onkel Gellert war.«

Buck zögerte nur kurz. Wieder mit seinem gewohnten Phlegma sagte er:

»Schon gut. Dann kommen Sie.«

Er ging voran. Balrich hinter ihm fühlte das Herz im Hals und fürchtete, nicht mehr mitzukönnen. War es denn wahr? Buck hatte den Brief? Und gab ihn einfach her? War dies Wahnsinn? War es eine Falle?

Er hörte nichts mehr. Erst als Buck ihm nachrief: »Wohin laufen Sie denn?« kehrte er um. Sie waren schon vor Villa Höhe. Ein dunkler Gartenweg. »Halten Sie sich an mich», sagte Buck. »Ich gebe lieber nicht das Zeichen, Licht zu machen. Wir kommen ohne Licht besser aus.«

Er führte ihn um das Haus, an vielen dunklen Fenstern vorbei. Als es hell ward, stand Balrich in einem weiten, seidenen Raum, goldgelb mit hellen Bildern. Buck verschwand nebenan, dort war es rotgolden und voll von Büchern. Sogleich kehrte er zurück.

»Da!« – er reichte den Brief hin. »Überzeugen Sie sich!«

Indes Balrich das alte Papier hervorzog, entfaltete,

prüfte – sprach Buck in Ruhe weiter und holte dabei eine Kiste Zigarren.

»Daß er nicht mit verbrannt ist, dürfen Sie nicht für Zufall halten. Den ganzen Aktennachlaß meines Vaters habe ich gesichtet und dies zurückbehalten. Ihr Onkel war verschollen oder tot. Aber Sie, dachte ich, sein Erbe, müßten doch einmal auftreten... Was haben Sie denn?« fragte er; denn Balrich hatte eine hochgerötete Stirn, und mit wilden Blicken über die Pracht der Räume hin stieß er ein irres Gelächter aus.

»Das gehört mir«, sagte er. Buck ließ sich langsam in einen Sessel.

»Sie übertreiben. Der Prozeß wird Sie erstens viel Geld kosten.«

Balrich zog die Brauen zusammen, daß die Augen darunter wie ein schwarzes Band aussahen. Er war tief erblaßt, er kämpfte mit der Versuchung, über den Menschen herzufallen.

»Das beste ist entschieden«, sagte Buck, »Sie nehmen ein Glas von diesem hier.« Er goß Likör ein. »Und auch eine Zigarre«; – wobei er unter Balrich einen Sessel schob.

»Ich will nicht«, sagte der Arbeiter. »Sie sind mein Feind.«

Buck schüttelte den Kopf. »Schade, wenn Sie es glauben. Das erschwert unsere Sache. Zum mindesten müßten Sie doch bemerken, daß ich dem Herrn Generaldirektor gern einen Denkzettel geben würde. Mitnichten will ich Ihnen einreden, nur im Namen der idealen Gerechtigkeit hätte ich Ihren Brief mir aufbewahrt. Ich verspreche mir gute Wirkung davon, wenn dem Heßling, mindestens theoretisch, zum Bewußtsein gebracht wird, er fuße auf Enteignung und am Anfang seines Rechtes stehe der Raub.«

Buck hatte glänzende Augen und dehnte sich in seinem Sessel.

»Noch ein Gläschen«, schlug er vor und leerte selbst eins.

Balrich dachte: »Wie Onkel Gellert. Auch dieser ist ein Taugenichts, ich muß die Sache allein machen.«

»Aber«, begann Buck wieder, »zum Märtyrer bin ich nicht geboren, sonst säße ich nicht hier in Villa Höhe.« Mit dem Lächeln der Verachtung: »Leider kann ich ihn nicht erledigen, ohne auch mich zu erledigen. Darum, alles mit Maßen.«

»Das sagen Sie allein«, stellte Balrich fest.

»Nein. Auch Sie müssen es einsehen. Tatsächlich geht es nur sehr mit Maßen. Auf gütlichem Wege, will sagen mit Hilfe jeder nicht lebensgefährlichen Bedrohung, wird vielleicht eine Verzinsung des eingelegten Kapitals zu erreichen sein, wenn schon keine Tantiemen. Das ist nichts Großartiges, aber unterschätzen wir nicht den Gegner! Er wird, selbst wenn er zahlt, die Echtheit des Briefes leugnen.«

»Dann gibt es Richter«, behauptete Balrich. Buck zuckte die Achseln.

»Wollen Sie es darauf ankommen lassen, wie ein Gericht befindet? Sie als Arbeiter müssen sich doch sagen: in den Vorstellungskreis bürgerlicher Richter paßt es nicht, daß ein Armer ein gültiges Dokument sollte beibringen können gegen einen Reichen, geeignet, ihn aus seinem Besitz zu werfen.«

»Wenn es aber doch echt ist!« sagte Balrich, verbissen.

»Die Möglichkeit, daß es echt wäre«, erklärte Buck, »wird mancher interessant finden, auch unter meinen Kollegen mancher. Dennoch übernimmt nicht einer die Sache ohne einen hohen Vorschuß. Ich selbst in meiner Lage kann es nicht, zum Märtyrer nicht geboren, wie ich mich fühle.«

Balrich hörte, nahm auf, und ward unsicher, je klarer der Herr dort sprach. Man hätte nicht geglaubt, es sei derselbe, der vorhin im Dunkeln sich fassungslos hatte gehenlassen. Jetzt saß er in der Helle und wußte Bescheid in seiner Welt. Für Balrich war sie ein nächtlicher Verhau voller Fallen – und ihn stürme!

»Was würden denn Sie tun?« fragte er kleinlaut.

Buck sah ihn an wie einen Sohn.

»Ich? So wie ich bin? Ziemlich mürbe schon und in meinem Gedächtnis ohne Beispiel, daß eine gerechte Sache, die schwach war, je gesiegt hätte?... Dies würde ich tun.«

Er nahm den Brief seines Vaters aus den Händen Balrichs und bewegte die brennende Zigarre darauf zu. Balrich, mit rauhem Schrei, entriß ihm den Brief. Heraus aus dem weichen Sessel stand er fest auf seinen Beinen und schnaubte:

»Ich bin nicht Sie, Gott sei Dank. Und brauche Sie nicht, und Ihre Kollegen nicht. Mein Recht schaff ich mir selbst.«

Buck änderte seine Haltung und den leichten Ton.

»Dazu müssen Sie Anwalt sein. Wie wollen Sie das machen.«

»Das weiß ich!« stieß Balrich hervor und stapfte nach der Tür.

»Halt!« rief Buck. »Warten Sie noch! Sie hören das Auto, das ausfährt, um meinen Schwager abzuholen. Draußen ist jetzt alles beleuchtet.«

Er ging selbst zu dem jungen Menschen, er legte ihm die Hand auf die Schulter.

»Erst zwanzig, wie? Und einen festen Kopf, vorwiegend Willen. Mein Sohn möchte so sein. Durch meine Schuld ist er anders.«

Buck trat zurück und sagte prüfend:

»Man soll es versuchen. Ich hole Ihnen etwas, aus dem Zimmer meines Jungen. Er schläft im übernächsten Zimmer, ich bin sogar erstaunt, daß er nicht erwacht ist von

Ihrem Schreien. Denn mehrmals haben Sie geschrien. Sein Schlaf ist doch gut«, sagte der Vater zärtlich und ging leise in die Tiefe seiner Wohnung.

Mit einem Buch kam er zurück.

»Da nehmen Sie! Er ist nicht aufgewacht. Die Stunde der Verschwörer ist nun auch vorbei«, sagte er und zeigte auf eine Uhr, die eins schlug. »Gute Nacht.«

Er führte Balrich ins Freie. Man sah jetzt; aus den Räumen, die sie verlassen hatten, fiel Licht auf den Weg.

Vor der Pforte, auf der Landstraße, wendete Balrich sich; gerade erlosch das Licht – und im Dunkeln suchte er nach der Villa seiner Wünsche, sein brennender Blick holte ihre Umrisse hervor, zwischen herausspringenden Flügeln den zurückweichenden Haupttrakt und davor die Terrasse. »Ich werde sie haben«, fühlte er. »Die schwachen, verwöhnten Menschen dort innen ahnen gar nichts.« Er griff an seine Brust, nach dem Brief. »Der, der so dumm war, ihn herzugeben, ahnt am wenigsten. Sie denken, alles muß bleiben, wie es ist. Wie viel stärker ist der Angreifer! Wie bedroht ist der, der etwas hat!« Laut und stark sagte er:

»Ich werde dich haben, so wahr ich dich sehe!«

Da, gerade da ward der Mond frei, strömte hin sein Licht über Haus und Garten – schenkte sie ihm, geisterhaft, Farben des Traumes und der lüsternen Märchen, tiefblaue Schatten, silberne Wand; bot den Besitz ihm an wie ein Weib. Er taumelte.

Schon nahte wieder das Auto. Balrich warf sich rückwärts in die Tannen, brach hervor weiterhin und eilte fort im stampfenden Marschtakt, die Straße hinan in die Ferne, stundenlang.

Als er zurückkehrte, umschleierte blaue Frühe die Villa. Vogelstimmen erhoben sich schon und feuchte Düfte, aber noch streifte Mondlicht die Wege. Von der Terrasse dahinten rieselte es. Oder nein: ein Wesen, herabwandelnd im schleppenden Silbergewand, langsam von Stufe zu Stufe. Er suchte das Gesicht und fand nur Augen, die Augen seiner Schwester Leni.

»Siehst du«, sagte er ihr, »dies ist für uns.«

Er fühlte: »Warum ich, statt Heßling? Aber weil auch Leni da ist.«

So weinte er denn, versteckt im Gebüsch der Tannen; und nach langem Weinen ging er auf die Fabrik zu, querfeldein, unter Vermeidung der Wohnhäuser. Unnütz, daß der Aufpasser am Tor ihm diese Nacht ansah.

Am Abend, als er seinen Rock wieder anzog, begegnete er darin einem fremden Gegenstand. Ein Buch – das Buch des Herrn Buck. »Da wird es sich zeigen, wie ich es mache«, dachte er hoffnungsvoll und schlug auf. Was war das? Fremde Worte untereinander, daneben deutsche, und Sätze wie für Kinder. Ein Lehrbuch des Lateinischen – weniger noch, eine Lateinfibel... Der Arbeiter steckte sie schnell wieder ein und ging heim, gesenkten Kopfes.

Zu Haus aber erhob er ihn. Er hatte begriffen und war entschlossen. Sein Brot, seinen Käse – und gleich an den fichtenen Tisch, worauf sonst nie etwas lag. Jetzt liegt das Buch darauf. Es will gelernt sein – und dann ein anderes und wieder eins, und noch immer stehst du, zwanzig Jahre alt, bei dem, was die Knaben schon kennen. Du weißt nicht wie lange und weißt nicht wie, aber lerne! Dein ist die Nacht. Alle Nächte sind dein. Lerne!

Er legte sich hin, als es hell ward, goß sich drei Stunden später das Wasser aus dem Krug über den Kopf und ging zur Arbeit, im Tritt der Kameraden.

So fuhr Balrich fort zu leben – und die erste, der es auffiel, war Thilde. Er beruhigte sie, gab ihr eine Stunde hin, die er nachher vom Schlaf abzog; – aber da es so nicht dauern konnte, erklärte er ihr einfach, nur am Sonntag könnten sie sich sehen. Er arbeite des Nachts. Er arbeite an der Verbesserung einer Maschine, es werde ihm Geld und

Stellung bringen, seine ganze Zukunft hänge ab davon. Sie sah ihn kraftvoll erregt und ward ganz schüchtern. Er sagte noch: »Glaubst du denn, ich will hier nicht heraus? Ich zwinge es und werde reich!«

Da weinte sie und antwortete ihm:

»Dann wirst du mich verlassen.«

Er leugnete es, aber sie glaubte ihm nicht. Das Versprechen gab sie ihm dennoch, alles für sich zu behalten. Dann ging sie, fast von selbst, niedergebeugt in ihrem Tuch, und Balrich hatte vor sich seine Nacht.

Zwei Sonntage später, er hatte soeben die letzte Seite des Buches gelernt, klopfte es an seine Tür, und mit dem Kopf dienernd kam ein Bürschlein zutage, eins in weichem blauen Anzug, mit Lackschuhen und dem ahnungslosen Gesicht der reichen Kinder. Es legte seine Mütze auf das Bett und bat artig um den freien Stuhl.

»Es wird etwas länger dauern«, sagte es. »Papa will, daß Sie mir das Ganze hersagen.«

Das Bürschlein öffnete das Buch.

»Ich habe dies nämlich schon längst wieder vergessen«, äußerte es. »Warum wollen Sie überhaupt lernen?« fragte es vertraulich. »Ein Vergnügen ist es nicht.«

Balrich sagte:

»Zum Vergnügen bin ich nicht da.«

Jetzt antwortete der Knabe:

»Ich weiß, Sie wollen Geld haben. Sie wollen unser Geld haben. Wundern Sie sich nur nicht«, sagte er unbefangen. »Papa ist mein Freund und sagt mir manches.«

Der Arbeiter, nicht sicher, was zu denken sei, musterte den kleinen Reichen, der lächelte – und bemerkte dabei, daß eigentlich die Augen recht hell und wach blickten. Nur der Mund stand kindisch offen, und unbegreiflich töricht erschienen die hochgebogenen Brauen, unter diesen beiden großen schwankenden Blondlocken. Schmaler Kopf, die Schultern so schwach – ein Schlag, dachte Balrich, und der freche kleine Nichtsnutz rutscht vom Stuhl... Statt dessen begann er, holprig herzusagen. Der Knabe unterbrach.

»Einen Augenblick. Ich heiße Hans Buck. Vierzehn Jahre, elf Monate. Wollen wir eine Zigarette rauchen?«

Die Fehler Balrichs berichtigte er herrisch, aber flüchtig. Nach einigen Seiten hatte er genug.

»Besser habe ich es auch nie gewußt.«

Balrich sagte:

»Ich muß es aber besser wissen. Ich brauche es nötiger.«

»Ihre Sache«, meinte Hans Buck. »Für Klinkorum jedenfalls ist es gut genug.«

Es erwies sich, daß Balrich von Professor Klinkorum erwartet wurde. »Wir kommen sogar schon zu spät.« Das Bürschlein stieß den Zwanzigjährigen zur Tür hinaus. Nebeneinander durchquerten sie die Wiese. Mitten darauf, wo die meisten Kinder lärmten, fiel Balrich lang hin; das Bürschlein hatte ihm ein Bein gestellt. Es bog sich vor Lachen, in einer Rotte, die mitlachte. Als Balrich dann zornrot aufkam, lief Hans schon. Er lief schwebend leicht, keine Aussicht, daß Balrich ihn fing – wenn nicht ein paar junge Arbeiter ihm, trotz seinem Geschrei, es gölte nicht, den Weg verstellt hätten. Nun rangen sie; ein Griff Balrichs, und der Kleine, verzweifelt gegen den Boden gestemmt, war so gut wie aufgehoben und geworfen. Balrich aber, der ihn so schwach fühlte, tat unversehens, als verliere er selbst den Boden und sprang zurück.

Sie gingen weiter, Hans Buck mit gepreßten Lippen und die Augen gesenkt. Da plötzlich nahm er Balrich beim Arm.

Klinkorum, der es anläuten gehört hatte, empfing sie an seinem Tisch stehend, den grünen Schlafrock drapiert über dem Spitzbauch, und in weißer Krawatte. Er warf den Kopf zurück, der Bart stand in sieben harten Strähnen hechtgrau vom Gesicht ab, die Lippen entblößten lange Zacken mit ebenso vielen Lücken, und er lachte erhaben. Unter Gelächter begann er eine Rede über den Ernst des Lebens, das Eigentum und die Bildung. Die letztere gehe vor, erklärte er mit einem grünen Blick auf den Knaben von Villa Höhe. Wer aber, sagte er dem Arbeiter, bisher in fröhlicher Unwissenheit dahingelebt hat, der lerne jetzt den Ernst kennen, einen Sohn des Wissens. Vorausgesetzt immer, er sei berufen.

Balrich, zuerst eingeschüchtert, kam bald auf den Verdacht, daß dies Geschwätz sei, und ärgerte sich über den Zeitverlust. Da sagte Hans Buck, dreist und hell:

»Na los!«

Und Klinkorum schnappte nur noch, ganz auf dem trocknen.

Er ließ beide dieselbe Übersetzung machen, »um den Abstand der Geister festzustellen« – fand aber dann, daß der eine durch Flüchtigkeit ersetze, was der andere an Unbelecktheit voraushabe. Hierbei fielen die Hände Balrichs ihm unliebsam auf. Er sagte nichts, seine Pausen und die Ausrufe seiner Blicke bewirkten es aber, daß Balrich die Hände vom Tisch nahm. Der Fünfzehnjährige bemerkte hierzu:

»Er tut nämlich richtige Arbeit«; – worauf Klinkorum ihm strafweise voraussagte, auch er werde sie noch tun müssen.

Inzwischen ging die Glocke, und Besuch trat ein, zwei Herren, die schon vorbereitet schienen auf den Anblick des studierenden Arbeiters, denn sie nahmen ihn stumm in Augenschein. Hans Buck sagte schneidig: »Darf ich die Herren bekannt machen« – und stellte dem Arbeiter die Herren Doktor Heuteufel und Konsistorialrat Zillich vor.

Sie zeigten eine Teilnahme, die Heuteufel geradezu für wissenschaftlich erklärte. Klinkorum bekräftigte sie darin, er erläuterte ihnen in der Übersetzung Balrichs die

Fehler, die das Fortfallen selbst der allgemeinsten kulturmenschlichen Grundlage zur Voraussetzung hätten und Zeichen einer Klasse seien, einer hoffnungslos rückständigen Klasse.

Sie schüttelten die Köpfe und fragten, ob wenigstens im einzelnen Fall eine Aussicht sei. Der junge Buck schwatzte laut dazwischen, und in das Heft Balrichs zeichnete er recht geschickt einen Haifisch.

»Ähnlich?« fragte er, und Balrich erkannte Klinkorum – strengte sich aber nur noch mehr an, um den Reden der Herren zu folgen. Es war schwer, die Sätze verwickelten sich ihm, und gewisse Worte hatten keinen Sinn. Ein interessantes Experiment, dies wiederholte Klinkorum mehrmals. Ein rudimentäres Gehirn, unvermittelt in Berührung gebracht mit den Humaniora –.

Aber es gehe doch, meinte Doktor Heuteufel, der seinerseits die Hefte der beiden Schüler verglich. Es sehe aus, als könne es jeder.

Dies schien dem Professor zu mißfallen. Er stellte schnell mehrere Fragen an Balrich, die Balrich nicht einmal begriff – worauf alle lachten, auch Hans. Das schmerzte den Zwanzigjährigen, er zwickte das Bürschlein stark in den Schenkel. Durch seinen Erfolg ermutigt, teilte Klinkorum den Herren mit, wie groß die Liebe zur Wissenschaft bei solchen Leute oft sei – leider meistens eine unglückliche Liebe. Dieser einfache Arbeiter habe ein vom Schüler Buck verlorenes Buch gefunden, und es nicht früher zurückgebracht, als bis er es auswendig gewußt habe. »Solcher fast ergreifend zu nennenden Strebsamkeit waren wir immerhin einen Versuch schuldig«, sagte Klinkorum und lachte mit allen seinen Zacken. Die anderen Herren begleiteten ihn.

Balrich wollte nicht wissen, ob auch Hans sich freue. Er sah vor sich hin und sann düster, dies müsse ein Ende haben; allein werde er seinen Weg suchen... Da sagte Hans, mit einem gewissen Blick von einem der drei Herren zum andern:

»Aber Onkel Heßling wird sich ärgern.«

Und wie sie nun schmunzelten und nur gerade noch an sich hielten, dies bemerkte auch Balrich. Der Konsistorialrat nahm das Wort. Kein Arbeitgeber, soviel verstehe er, könne gleichgültig bleiben, überschritten seine Leute eine gewisse Grenze der Bildung. Dies ändere das Verhältnis, die Gesichtspunkte und die Rechte, dies sei in Wahrheit schon Umsturz.

Was er ernst und warnend sprach. Aber hätte seine Stimme die Schadenfreude versteckt gehalten bis auf ihre letzte Spur, die Gesichter der beiden anderen verrieten sie. Balrich sah mit Staunen, daß der Generaldirektor hier keinen Freund hatte. Er horchte auf. Doktor Heuteufel lehrte:

»Für die Gewalt eines einzelnen muß ein Gegengewicht gefunden werden, und das ist –«

»Die geistige Bildung«, schloß Klinkorum. Worauf Heuteufel:

»Die Bildung und sogar der Geist sind nur Mittel zum Zweck. Ihm und seinesgleichen muß wieder einmal klargemacht werden, was persönliche Freiheit heißt. Auf dem Wege, den die Herren, und zwar gern gesehen von der Behörde, eingeschlagen haben, kommen wir zur Staatssklaverei, sogar früher, als man denkt.«

Feierliches Schweigen. Der Arbeiter Balrich ergab sich einem heftigen Vertrauen zu denen, die so sprachen und dachten.

»Das ist aber auch wahr«, beteuerte er und schlug auf den Tisch. »Wissen Sie wohl, warum wir nach Gausenfeld keine Elektrische bekommen? Weil wir unter uns bleiben sollen und nicht aufgeklärt werden sollen und in seiner Kantine saufen sollen. Das ist doch wie ein Ghetto!« rief er, stolz auf dieses Wort.

Die Herren, mit gekniffenen Lippen, blinzelten einander schnell zu, und dann traten sie ein Stück weg. Klinkorum äußerte:

»Für heute Schluß. Das nächste Mal, Herr Balrich, könnten einmal Sie, anstatt meiner, den Unterricht geben, etwa über den Zukunftsstaat.«

»Obwohl –«, bemerkte Zillich. »Das eherne Lohngesetz liegt doch auch schon beim alten Eisen.«

Balrich fühlte, enttäuscht und grimmig: Was soll man verlangen von den Bourgeois. Dumm wie mein Steiß, und dazu falsch... Ihr Wissen haben sie nur, weil sie Geld haben. Her damit, und dann ihnen an den Hals. Da ist nicht Dank noch Schonung. Gelte jeder, was er ist!

Er räumte zusammen, stand auf, trug seinen Stuhl an den früheren Platz und verabschiedete sich mit mehreren Kratzfüßen. Inzwischen sprachen die Herren gedämpft.

»Die Sachen sind wie sie sind, und manch einer spricht sie aus. Aber es kommt doch sehr darauf an, wer.«

Als der Arbeiter schon draußen war, rückte Klinkorum mit dem Eigentlichen heraus.

»Was soll man sagen. Die Begriffe fehlen, folglich die Worte. Ihm genügt es nicht länger, mein Haus, die Zuflucht meiner Muße, hinabgezerrt zu haben in sein Tal der Armut und des Schmutzes, es entwertet und verelendet zu haben: er will mich umbringen!«

Sie wollten es ihm nicht glauben, aber er belegte es mit Zahlen und Daten, herrührend von dem Heßlingschen Baumeister selbst. Ein drittes Arbeiterwohnhaus war bereit zu entstehen; auf dem Plan bestand es schon – und wo, und wo? Hinter Klinkorum, vielmehr, im Bogen um ihn her – so daß er auf drei Seiten verstellt war, und vorn die Landstraße, Staub und Benzingestank. Das Ende von allem, man konnte ihm nur noch die Hände schütteln. Klinkorum schwur freilich, dies endlich werde nicht so hingehen, es gäbe Richter...

Balrich draußen wollte schon das Gartengitter zuschlagen, aber Hans Buck lief herbei.

»Ich habe gehorcht. Sind sie dumm und falsch!«

Balrich dachte: Dein Glück! Denn er hatte das Bürschlein schon verworfen mit den übrigen.

»Es sind nämlich bloß Neidhämmel«, erklärte Hans Buck. »Und dann das Buch, das du mir gestohlen haben sollst oder so!«

Er sagte plötzlich du. Dabei tanzte er vor Freude.

»Papa hat gewollt, ich soll es dem Haifisch aufbinden – und der tut, als glaubt er es, denn er kriegt bezahlt. So sind sie.«

»Das ist – ein abgekartetes – Spiel?« sagte Balrich schwerfällig, und starrte ernst in das schlaue Gesichtchen. Fünfzehn Jahre, und wußte Bescheid über die Menschen, und war lustig dabei! Ihre Niedertracht war ein Spaß für das Bürschlein!

»Komm mit!« verlangte es. »Bis zu der großen Fichte, wo man die Villa sieht. Weiter darfst du nicht.«

Balrich erwiderte:

»Nein. Ich will nicht.«

Und er ging über die Wiese nach Haus B. Hans Buck rief ihm nach:

»Morgen abend wieder!«

»Aber nicht, weil du es bist«, dachte Balrich. »Und Villa Höhe, die will ich erst wiedersehen, wenn sie mein ist, das schwöre ich. Dann komme ich und werfe euch hinaus.«

In dieser Nacht an seinem Tisch dachte er dennoch viel an Hans Buck. Was Klinkorum ihm mitgegeben hatte, war bald aufgearbeitet, und seine eigenen Bücher hatte er noch nicht da; ganz leicht hätte er Thilde folgen können, abends, als sie ihm nachschlich bis auf die Treppe. Er hatte sie aber fortgeschoben, und lieber dachte er, aus Sparsamkeit beim Mondschein, des feinen und schlauen

Knaben von Villa Höhe und daß er ihn wiedersehen werde.

Am Montag nach Feierabend trafen sie sich freilich bei Klinkorum, und nach dem Unterricht hatte Hans Buck nichts Geringeres vor, als daß sie zusammen in die Stadt gingen, das Bezahlen sei seine Sache. Aber Balrich, mit finsterer Miene, zeigte auf den Packen Bücher, den er bekommen hatte.

»Sechs Stunden bis zum Morgen – das reicht kaum.«

Und er ließ den Leichtfuß dastehen.

Erst am Sonntag willigte er ein, spazierenzugehen. Schwere Luft, rauchiger Sonnenuntergang – und da Balrich nichts anderes zuließ, gingen sie querfeldein und vorbei an den Arbeitervillen, eben dort, wo er ehemals mit Thilde ging. Auch jetzt herrschte Ernst; Hans Buck ging gemessen und überlegte.

»Das sind nun sieben Nächte«, sagte er, »und du hast rote Augen.«

»Anders geht es nicht«, entschied Balrich. Der reiche Kamerad gab es zu, im Tone hoher Achtung.

»Nein. Denn du willst in einem Jahr lernen, wozu sie mir im Gymnasium fünf oder sechs Jahre gegeben haben – und ich weiß es nicht.«

Plötzlich fielen ihm die Spiele der Kinder auf, an einem schlammigen Graben, in den jeder den anderen einzutauchen suchte mit dem Gesicht.

»Sie sind schmutzig und boshaft«, bemerkte er; und er behauptete: »Wenn sie das nicht wären, brauchtest du nicht so furchtbar viel zu lernen.«

Wieso? Ihm selbst machte die Erklärung Schwierigkeiten. Er fühlte nur: zuerst sauber sein – und ein anständiger Mensch. Das Lernen ist dann Nebensache.

»Besser als Lernen ist Denken; und das Denken geht am besten, solange man nicht daran denkt«, äußerte er.

Balrich sagte nüchtern: »Das ist Unsinn. Vielleicht,

wenn man Geld hat. So aber, wenn ich da heraus will« – er zeigte auf den Graben –, »muß ich lernen wie ein –« Gehässig knurrend: »Wie ein Tier.«

Hans Buck verstand dies nicht völlig, er suchte sich einzufühlen. »Ich habe doch auch nie Geld. Und sogar Papa hat es meistens nur vom Onkel Heßling. Der hat zu viel, darin habt ihr recht. Meinem Papa sollte er mehr geben. Aber mir wieder sollte Papa mehr geben. Wirklich anständig ist keiner.«

Balrich wußte nun schon, daß sogar die Reichsten noch Unterschiede machten zwischen einander; er dachte mit Verachtung: »Ihr liefert euch selbst an das Messer.«

Hans Buck seinerseits blieb plötzlich zurück; es war klar, er versteckte sich hinter dem Größeren. Und Balrich, der den Zusammenhang sogleich erfaßte, blieb stehen, einen Fuß vorgestellt, in der Haltung des Beschützers. »Ist es der Rote dort?« fragte er, den Blick auf dem nahen Rande des Arbeiterwaldes.

Ja, es war der Rote. Er war der natürliche Feind des jungen Buck, keines Zusammenstoßes hatte es bedurft, keiner Absage. Längst lauerten sie aufeinander, und nur der entscheidende Augenblick fand Buck nicht gesammelt. Balrich hörte, daß sein Freund außer Atem war.

»Er soll herankommen«, knurrte er. »Dann kriegt er genug.«

Hans Buck antwortete mit Anstrengung:

»Du darfst nicht. Es ist meine Sache.«

Balrich sah den Roten vorgehen und sah, er war der Stärkere.

»Wenn es deine Sache ist, dann hast du längere Beine. Lauf!« riet er.

»Das ist aber gegen meine Ehre«, sagte der Knabe aus Villa Höhe – worauf der Arbeiter die Achseln zuckte und dann lachte, zuerst leise brummend, endlich aber mit wüstem Hoho.

Indessen trat Hans Buck hinter ihm hervor, machte einige Schritte und faßte Fuß. Er spannte sich, ward grösser, bekam scharfe Fäuste. Der Feind schlich gebückt, seine Hände streiften das Gras. An der Wendung des Weges angelangt, hielt er an – und bog ab. Hans Buck behielt seine Haltung, bis der breite Mensch, ihn seitwärts anschielend, zu laufen, richtig zu laufen anfing. Darauf kehrte er zu Balrich zurück.

»Der Dummkopf hat sich bluffen lassen«, erklärte er, mit einer Bewegung, die die Sache abtat. Der Arbeiter hatte zu lachen aufgehört.

Am Waldrand wendete sich ein Mädchen nach Hans um. Da erst kam ihm das Selbstbewußtsein des Siegers, und er wagte es, ihr eine Kußhand zuzuwerfen – obwohl sie in Begleitung war. Sie war goldblond, ohne Hut und in einem dunklen Tuch wie die Arbeiterinnen, aber der Rock modern und kleine Lackschuhe mit Stöckeln. Ihr Begleiter trug blaues Leinen, wie ein Maschinist, aber darüber einen koketten Sommermantel.

»Es ist ein Techniker«, sagte Balrich im Ton einer Entschuldigung. »Ein besserer Mensch.« Das Mädchen war Leni, seine Schwester; dies verschwieg er. Er fühlte: das versteht so einer nicht.

Leni ging mit dem Techniker, der Bruder hatte es ruhig dahin kommen gesehen. Der Techniker war ein Arbeiter und doch mehr. Wollen wir, daß er sie heiratet? Nun also. Auch Thilde hatte hören müssen. Jetzt freilich hatte Balrich sie satt. So konnte es enden.

Er gab sich Mühe, zurückzubleiben, aber der junge Buck drängte gewaltig den beiden entgegen. Er sagte: »Das ist einmal ein Mädel!« und tat mutig. Als sie sich aber endlich begegneten, griff er so ungeschickt nach seiner Mütze, daß er sie herunterwarf. Dennoch grüßte Leni ihn mit ihren Goldaugen, und erst nachher lachte sie. Hans trotz seiner Scham, wollte ihr nach, der Techniker indessen hatte sich wohl mit ihr in die Büsche geschlagen; man fand sie nicht, soviel Staub und Kohlenruß man aufstörte im Arbeiterwald. Erst am Teich – er war braun von Schmutz, einige badeten, drei Paare ruderten – in einem wackelnden Kahn, da fand er sie. Aus dem Kahn schöpfte sie, das Kleid gerafft, Wasser und bespritzte damit den Techniker. Bleich und schweigend kehrte der Knabe um.

Beim Arbeiterhaus A wollte er Balrich durchaus nach rechts und auf die Landstraße lenken. Was Arbeit, was Essen! Etwas war noch zu sagen. Balrich wartete; es schien schwer zu sagen... Dann gab Hans Buck sich einen überlegenen Ton und begann von einem Haus, das er schon lange im Auge habe; er kenne es, er sei vorübergegangen, in der engen Straße Klein-Berlin, hinter der Marienkirche des alten Zillich, und habe in dem Haus das Lachen gehört, er müsse hinein. Groß genug sei er schon, seine Vettern Heßling hätten ihn mitnehmen können. Aber vor ihm stellten sie sich wie Duckmäuser, und so wollte er mit Balrich hingehen – er habe Geld, sagte er nachdrücklich und klimperte.

Balrich sagte zu dem allen nur nein. Ob er nicht neugierig sei? Ob man einem Freund nicht beistehen müsse? Oder gönne er ihm das Vergnügen nicht? Nein. Nein. – Hans fragte schmerzlich: »Warum – warum denn nicht?« Er bekam keine Antwort; Balrich machte lange Schritte, als wollte er ihm entlaufen, aber Hans Buck verfolgte ihn mit seinem Warum bis in das Haus. Da wendete Balrich sich um, sagte:

»Weil ich ein Arbeiter bin, und weil die Mädchen dort meine Schwestern sein könnten.«

Und ließ den jungen Reichen dastehen.

Hans Buck sagte: »Ach so«; aber er ließ seine langen Wimpern herab und dachte sich das Seine. Arbeiterinnen – die so lachten? Wie mochten sie glücklich sein, in ihrem geheimnisvollen Hause! »Hierin, wie es scheint, verstehen wir uns nicht. Er ist nüchtern wie ein Arbeiter, er sieht nicht, was das Haus für ein Märchen ist, mitten in der ordentlichen Stadt was für ein Abenteuer!«

Und auf seinem Heimweg in der Dämmerung träumte der Fünfzehnjährige von Schleiern und Goldgürteln aus Bilderbüchern oder vom Theater – die sich aber nun lösten und aufhoben von nie erblickten Gliedern. Schon ihr Gedanke war brennend. Plötzlich, zum Greifen deutlich erschienen ihm Fuß und Wade eines Mädchens, das, den Rock gerafft, in einem Kahn saß. Daheim noch lange, über sein Buch hinweg, sann er, sie, jene Goldblonde, würde eine der Schönsten sein in dem zauberhaften Hause... Sein Freund Balrich inzwischen lernte; und ging es hart, tauchte sein Geist, sich erfrischend, in das Gesicht einer bläulichen Frühe, als Leni, seine Schwester, in einem schleppenden Gewand aus Mondlicht die Terrasse herabgewandelt war von Villa Höhe. »Dort sollst du zu Hause sein«, versprach er ihr.

III Mit Euch, Herr Doktor, zu spazieren

Als sie sich wiedersahen, alle drei, Balrich, Hans Buck und Leni, war es schon Herbst und regnete wieder. Die beiden jungen Leute kamen von Klinkorum und begegneten dem Mädchen hinter A und B vor einer großen Pfütze. Sie stand drüben und suchte einen Umweg. Hans Buck fragte sich: »Wo war sie denn dort drüben, während die Pfütze entstand?« Balrich dachte: »Mit dem Techniker, dort, wo ich früher mit Thilde.«

Da stieg Hans Buck entschlossen in die Pfütze. Am anderen Ufer sagte er etwas, das »Erlauben Sie« heißen sollte, und nur ein Zähneknirschen war – worauf er Leni umwarf und sie auf seine beiden Arme legte. Er trug sie, beträchtlich schwankend, bis mitten in die große Pfütze; dort mußten schon seine Knie sie stützen, sie entglitt ihm und kreischte. Dennoch beugte er sich bis auf ihren Mund und küßte ihn. Dies vollbracht, fand er die Kraft, sie auf das Trockene zu setzen.

Dort stand Balrich unschlüssig und die Brauen gefaltet. Hans Buck ordnete dem Mädchen das Tuch über den Schultern und dem schönen Haar. Dabei sagte er:

»Was nimmst du mir übel? Ich muß nicht wissen, daß Fräulein Leni deine Schwester ist. Du hast es mir nie gesagt.«

Leni lachte verlegen, und Hans Buck, scherzhaft, aber auch verlegen, setzte hinzu:

»Falscher Freund du!«

Balrich, bestürzt und finster, wollte überlegen: dann haben sie inzwischen sich gesehen? Da bemerkte er, daß man Zeugen hatte. Thilde, die ewige Spionin, verschwand hinter dem Haus, hervor aber traten munter zwei junge Herren in Sportdreß, Heßlings, die Vettern Bucks. Achtzehn- und siebzehnjährig auf langen Gamaschenbeinen kamen sie herbei, grüßten eckig wie fertige Kavaliere, und der Leni, die alles gewandt entgegennahm, küßten sie die Hand. Wann sie wieder zum Tanz gehe nach Beutendorf – und sie nahmen sie in die Mitte. Ihr Bruder, der mit Hans, beide stumm, folgte, fühlte wohl, das Betragen Lenis war zurückhaltend und dennoch vielsagend. Sie wußte nicht, daß er kämpfte für sie – gegen jene. Große Bitterkeit, schweigen zu müssen!... Aber das Bürschlein, das es wußte, empfand es nicht Scham? Wohl, es ließ den Kopf hängen.

Die Kavaliere riefen ihrem Vetter zu, er möge sich beeilen, jeden Augenblick fahre das Auto vor. Es kam die Straße herab. Als alle die Wiese überschritten hatten, hielt es, zwanzig Schritte von ihnen. Die drei jungen Herren verabschiedeten sich ohne Umstände, stiegen ein zu den Damen Heßling und Buck, die Federn in der Frisur trugen, und fort, keiner sah sich um.

Die Geschwister standen noch immer. Karl Balrich, beklommen, fragte endlich seine Schwester: »Was denkst du dir nun?«

Leni antwortete:

»Sie hatten Reiher, solche findest du nicht noch einmal« – und wendete sich zum Gehen. Da er kein Glied rührte und brütend aussah, fragte sie eingeschüchtert: »Was hast du?«

Er fuhr auf; aber anstatt sie anzufahren, wie sie es befürchtete, lächelte er mit seliger Güte – und sagte:

»Leni, du selbst sollst solche Reiherfedern haben! Und Kleider, Automobil, eine Villa. Die Villa Höhe!«

Da lächelte sie wie er, selbstvergessenes Lächeln, an der Landstraße, im Regen.

Ihr ward es kalt, sie machte kehrt und murmelte: »Du bist verrückt.«

»Nein. Ich arbeite, bis du es hast«, sagte er fest. Sie sagte mit Wehmut:

»Dabei kann ich achtzig Jahre alt werden. Von deinem Lohn!«

Er neigte sich zu ihr:

»Du sollst etwas wissen, Leni, was ich den anderen nicht sage. Komm!«

An der Hand führte er sie bis in sein Zimmer. Er zog aus dem Tisch die Lade mit den Büchern. Sie untersuchte alles.

»Das lernst du des Nachts? Davon hast du jetzt rote Augen. Und wenn du es weißt, bekommst du Geld?«

Er erklärte ihr, daß er arbeite, damit er fähig werde, für sein Recht zu kämpfen, für ihres. Sie suchte alles zu begreifen.

»Zwei Jahre, bis du dies hier weißt? Sechs Jahre, bis du Rechtsanwalt bist? Acht Jahre oder auch zehn, bevor du genug verdient hast, um den Prozeß gegen Heßling zu führen... Danke, dann ist meine beste Zeit vorbei.«

»Dann kommt das Leben in Villa Höhe!«

»Du glaubst, sie werden einfach ausziehen und uns hineinlassen? So sehen sie nicht aus.«

»Sie werden müssen«, behauptete er erregt. »Sie wohnen dort unrechtmäßig.«

»Darum helfen ihnen alle die anderen, die ihr Geld auch nicht rechtmäßiger haben.«

Balrich verstummte. Woher kam es, daß Leni, achtzehnjährig, Zweifel hatte wie der dicke Herr Buck und die Welt schon durchschaute?

Da sie ihn enttäuscht sah, sagte sie:

»Es wäre schön, und du meinst es gut. Aber ich kenne vielleicht einen kürzeren Weg.«

Er sah sie an: den kannte auch er; aber der ging durch einen Traum. Der Weg, daß Hans Buck, wenn er erwachsen war, Leni zu seiner Frau nahm. Er liebte sie und war ein gutes Bürschlein. Aber Leni, die an den Sieg der Arbeit und des Rechtes nicht glaubte, sollte glauben können an ein so vielbedrohtes Glück? ... Dann meinte sie wohl gar etwas anderes? Er fragte dringend:

»Willst du deinen Techniker nicht mehr heiraten?«

Sofort machte sie, mit Schultern und Lippen, das Zeichen des Wegwerfens. Und er, einen Schritt nähertretend:

»Was dann.«

Da erschrak sie und beschwichtigte. »Du kennst mich doch, so dumm bin ich nicht. Wir wollen nach Villa Höhe.«

»Leni«, sagte er, noch drohend, aber so traurig: »Vor dem Techniker schäme ich mich nicht. Vor den Herren von Villa Höhe würde ich mich schämen müssen.«

Sie war auf einmal außer sich. Tränen stürzten über ihr Gesicht, sie rang die Hände und klagte.

»Denke doch nur das nicht, lieber Karl! Blind will ich werden, wenn ich das tue! Und ich glaube auch, daß du gewinnst und uns reich machst. Bei Gott, ich glaube es.«

Sie umschlang ihn heftig, auf sein Gesicht, das noch starr blieb, drückte sie ihre Lippen. Da bekam es Leben, öffnete sich, strahlte.

»Verlaß dich auf mich!« Er drückte ihr die Hand, immer wieder. »Verlaß dich auf mich!«

So ging sie, und er setzte sich an seinen Tisch.

Dort saß er alle Winternächte. Die Arbeit getan in der Fabrik, erfrischte ihn diese andere. Er ward hellhörig in der vereisten Weite der Felder vor seinem Fenster. Kein Geräusch des ungeheuren Hauses nahm ihn mehr in Anspruch, nur aus dem kleinen Buch hier drang zu ihm eine Stimme, seine eigene. Er lernte nicht mehr, den Kopf in die Hände gebohrt, das Wissen Fremder. Ihm schien es, er selbst, von einem zum andern, erfinde und denke weiter.

Sein Kopf befreite sich; und endlich als einziger wachend, empfand er manchmal mit aufsteigendem Jubel das Werden der Kraft.

Der Professor prüfte ihn nur mehr wöchentlich. Inzwischen sah er Hans Buck, immer ihn. Das Bürschlein wehte herein – atemloser als sonst, war morgen ein Heft abzuliefern. In letzter Stunde, früh fünf Uhr, trieb ihn einst die Furcht her, und von dem Arbeiter, den er aus seinem kurzen Schlaf weckte, ließ er sich die Aufgabe machen.

»Weißt du, wie ich das erstemal dir Vokabeln abhörte? Kein Jahr, und du hast mich eingeholt. Du wirst fertig sein, und ich noch immer ein armseliger Pennäler... Nein!«

Er stampfte auf.

»Das will ich nicht. Ich will heraus und Geld verdienen!«

»Auch du?«

»Bin ich umsonst dein Freund?... Warum kommst du nie nach Beutendorf zum Tanz? Ein einziges Mal doch! Du würdest sehen, daß ich dich ersetze bei deiner Schwester Leni. Niemand darf ihr zu nahe treten!« rief er kühn – und dann leichthin: »Was meine Vettern Heßling betrifft, verachte ich sie. Tue es auch!... Oder befürchtest du Böses von ihnen?« fragte er angstvoll.

Da Balrich ihn durchdringend ansah, bekam er das scheinheilige Gesicht, das seine hellen Züge ihm gaben, wenn er etwas Schlaues dachte.

»Auch mich haben deine Leute wohl verdächtigt bei dir? Mach dir nichts daraus! Über dich sagen sie bei uns, du läßt dich bezahlen – ich weiß nicht von wem und wofür.«

Der Arbeiter machte große Fäuste, da hüpfte das Bürschlein vor Freude, sprang hinter den Tisch und rief: »Siehst du?«

Dann freilich sagte es begütigend: »Was sie mir auch erzählen würden, dich kenne ich. Mir aber darfst du schon einiges Schlimme zutrauen.«

Es raffte sein Heft auf, und hinaus, mit einer langen Nase.

Draußen aber prallte Hans Buck gegen eine, die gehorcht hatte: Thilde. Sie zog ihn unter eine Lampe und fragte ihn ohne Scheu:

»Was tut er wieder! Ich muß es wissen.«

»Balrich?« fragte Hans Buck unvorbereitet. »Jetzt lernt er Griechisch.«

»Er ist verrückt!« schrie Thilde, daß es durch den Gang gellte. »Er schläft nicht mehr – keine Nacht, ich sehe es, denn auch ich kann nicht schlafen. Mit niemand spricht er, treibt Heimlichkeiten, und mich hat er angelogen. Er soll nur herauskommen!« rief sie nach seiner Tür hin, »dann sag ich es ihm.«

Da trat er hervor. Mehrere Frauen, treppauf, treppab, waren stehengeblieben, darunter die Polster. Sie erklärte den anderen:

»Thilde sagt es, wie es ist. Er hat ihr vorgeredet, er verbessert eine Maschine. Aber wir haben in seinem Zimmer nachgesehen.«

Er fuhr sie an, was ihr eingefallen sei; aber sie behauptete ihr Recht und das Recht Thildes.

»Wird einer verrückt, muß man nachsehen, was los ist«; – worin die Zeuginnen ihr beistimmten. Nur daß sie dafür hielten, es gebühre der Familie. »Dinkl muß Ordnung schaffen.«

»Nun gut«, sagte Balrich, »wir gehen zu Dinkl, Thilde und ich. Euch andere geht es nichts an.« Dies beruhigte die Weiber, nur die Polster war nicht loszuwerden. Balrich schämte sich wegen Hans. Die Aussprache mit der Familie, er sah es, war nicht länger hinauszuschieben; dazu brauchte man am Ende den Onkel Gellert. »Hans«, sagte er fordernd, »ich habe dir deine Arbeit gemacht, jetzt hole mir sofort den alten Gellert!«

Hans lief schon. Balrich, Thilde und die Polster bewegten sich, ohne einander anzureden, durch das Haus – lange Zeit immer über Treppen ohne Läufer, durch Korridore mit hundert Türen, sachlich wie in einem Spital, mit Fenstern, die nackt waren und in ihren Rahmen die kahle Winterfrühe hielten, unbeschönigt, wie das Leben der Armen. »Unser Leben!« dachte der Arbeiter Balrich, aufgestört aus seinem griechischen Lesestück.

Angelangt auf dem Absatz vor der Tür Dinkls, sah er sie offen, und heraus stürzte Malli.

»Ich gehe durch!« kreischte sie. »Das ist kein Leben«; – und überrannte die Polster, die sogleich mitkreischte. Balrich hielt Malli, aber sie rang, wie sie konnte, und schrie, sie gehe durch. Als sie dann still war, hörte man drinnen Dinkl, der schalt, und die heulenden Kinder.

»Warum läßt du mich nicht durchgehen?« klagte Malli. Balrich zeigte ihr den kalten und dunklen Tag. Das sei immer noch besser, klagte sie. Er fragte drohend:

»Tut Dinkl dir etwas?«

Da hielt sie ihn flehend zurück.

»Er kann nichts dafür. Und die Kinder, die mich totquälen, auch nicht.«

»Dann komm, es soll besser werden«, sagte er und führte sie bei der Hand in das Zimmer. Dort saß Dinkl und prügelte. Am Boden eine verunreinigte Waschschüssel. »So fängt der Tag an«, sagte Dinkl; – und wie es einen Augenblick still ward, hörte man die glücklichen kleinen Laute des Säuglings, der auf der Kommode lag und die Ärmchen reckte.

Malli trug die Waschschüssel hinaus, worauf sie, unterstützt von der Polster, die Kinder reinigte und kämmte. Dinkl, durchaus nicht lustig nach dem Aufstehen, keifte seinen Schwager an.

»Der Herr Balrich; daß man auch einmal die Ehre hat! So ein Heimlicher! Hast Geld, wie? Verdienst es wohl, wie der Jauner?«

Balrich wollte losfahren, sagte indes:

»Bald sollst du einsehen, Dinkl, war für ein Dummkopf du bist.«

»Du aber«, keifte Dinkl, »spuckst Latein, wie ein Bourgeois, drum hast du die Thilde so hergerichtet, du Lump«; – und er wies auf Thilde, die ihre Schürze vor dem Gesicht hatte.

»Onkel Gellert hat uns etwas gesteckt über dich.«

»Das soll er jetzt vertreten«, sagte Balrich laut nach der Tür hin, wo der alte Anstreicher sich zeigte. Er wollte sogleich wieder umkehren, aber Hans Buck, von hinten, stieß ihn in das Zimmer. Hierauf schnupperte der junge Reiche in die Luft; sie roch nur nach den vielen, soeben aus dem Bett gekommenen Leuten, nicht nach der, die er suchte. Dennoch trat Leni dahinten hervor aus ihrem Brettergelaß. Hans Buck, durch dick und dünn des Zimmers, war schon bei ihr.

Der alte Gellert wollte nichts wissen noch gesagt haben, er stellte sich taub. Plötzlich aber schrie er los, mit der ganzen Wut seiner noch unangegriffenen Nüchternheit.

»Es muß heraus«, schrie er. »Der da begaunert mich!«

Da Balrich ruhig blieb, nahm der Alte alle zu Zeugen seines Mutes.

»Jetzt soll er bekennen, jetzt steht er vor seinem Richter. Hab ich dir, ja oder nein, einen Wink gegeben über einen alten Brief, worin steht, mir gehört Gausenfeld?«

Balrich lächelte dunkel.

»Du sollst dich wundern. Ich habe den Brief sogar herausbekommen, aber was du sagst, steht nicht darin.«

Da bekam der Alte den Tanz. Die Arme und die Beine

werfend, beschuldigte er seinen Neffen, den Brief verkauft und das Geld versteckt zu haben.

»Ich lauere ihm auf, und er drückt sich, oder er macht Redensarten.«

»Weil die Sache schwer zu sagen ist«, erklärte Balrich. »Der Brief aber ist hier«; – und er reichte ihn hin.

Sie lasen: Dinkl, der den Brief hielt, neben Gellert, der nach ihm griff, und Malli, auf dem Arm den Säugling, und Thilde, die Augen trocknend, und die Polster, die die Lippen bewegte, und das größte der Kinder auf einem Stuhl. Die anderen, samt den Polsterschen, standen und wunderten sich der tiefen Stille. In die Stille traten auf den Fußspitzen die beiden jungen Brüder Balrichs, ihnen folgte der alte Dinkl, der nicht mehr arbeitete, mit seinem Blechtopf, worin er sich den Kaffee holen wollte; und alle schlossen sich an den Haufen und lasen mit.

Balrich allein hörte das Flüstern hinter der Bretterwand und das leise Getrappel, wie Leni das Bürschlein hinausdrängte.

Dinkl war fertig, er fragte:

»Was soll uns das nun?«

»Damit werden wir alle reich werden«, sagte Balrich. Da lasen sie noch einmal, starr und feierlich.

Gellert unterbrach.

»Wenn er mein Recht verkauft hat? Was soll ich alter Mann noch machen?«

»Du bist ein alter Mann«, sagte Balrich fest und mit Nachsicht, »bist wehrlos, und ihr alle seid wehrlos. Darum habe ich mich daran gemacht und lerne. Ich will lernen, bis ich das Recht kann. Dann hole ich es mir.«

Er stand, das fahle Frühlicht auf seinem breiten Gesicht, und sie blinzelten alle und wollten begreifen. Gellert begann nochmals zu zetern:

»Was hilft mir dein Lernen, ich bin ein alter Mann und will Geld. Da, zähle mir mein Geld hin!«

Jetzt wies Dinkl ihn zur Ruhe. Dann schöpfte er Atem und sagte zu Balrich:

»Es kann wohl lange dauern, bis wir unser Recht bekommen. Wer weiß, ob wir es erleben. Aber unsere Kinder, sollen wenigstens die es besser haben?«

Balrich sah ihm in die Augen, und dann den übrigen, einem nach dem andern. Es dauerte lange und geschah schweigend; da hatte er mit ihnen seinen Pakt gemacht. Vom Arme Mallis hob er den Säugling und zeigte ihn ihnen.

»So wahr der wächst«, sagte er.

Eine Pause; dann hustete jemand, und alle nahmen ihre Sachen, um in die Fabrik zu gehen. Balrich ließ sie an sich vorüberziehen. Thilde kam und sagte ernst wie eine Nonne:

»Ich warte auf dich. Jetzt weiß ich, du kommst wieder.«

Die Polster, die zu Haus blieb, trieb die Kinder vor sich her. Ihren Bruder Dinkl fragte sie ängstlich, ob denn auch sie etwas bekommen werde. Das wisse man nicht, erwiderte Dinkl sachlich. »Wie die Rechtslage ist. Wenn du es nicht anders willst, müssen wir prozessieren.« Dann hörte Balrich zwei noch reden, im Winkel hinten. Zuerst ein dringendes Geflüster, Hans.

»Ich weiß wohl, was du vorhast. Tu es nicht, tu es nicht! Dich liebt nur einer, und das bin ich.«

Das könne jeder sagen, antwortete Leni nichtachtend.

»Sagen! Aber tun? Auch ich sah in dir nur mein Vergnügen, ich war ein Verbrecher! Jetzt will ich für dich arbeiten, hinaus und verdienen für dich, gleich jetzt. Will sein wie ihr und immer nur arbeiten. Ich liebe nicht nur dich, sondern euch.«

Auf das flehendste:

»Du mußt doch hören, so sagt es dir nicht jeder.«

Jetzt bekam Leni eine Stimme, die Balrich nicht kannte, eine scharfe, entschlossene Stimme.

»Was nützt es. Es dauert zu lange. Es dauert auch so lange wie –«

Balrich erschrak; er begriff, was sie meinte, und schlich hinaus. Da ward von rückwärts seine Hand erfaßt, und bevor er verstand, was geschah, lagen auf ihr ein Paar Lippen, und vor sich hingekrümmt sah er den grauen Haarknoten seiner Schwester Malli und ihren demütigen Rücken. Er richtete sie auf. »Heute muß ich nicht mehr beten«, sagte sie mit ihren grauen Lippen und stampfte eilig davon in ihren Männerschuhen und dem Rock, der gegen ihre knochigen Hüften schlug.

So ging auch er, die Stirn gesenkt, überladen zum erstenmal mit Verantwortung – und dennoch gestärkt durch sie. Er fühlte: Alle helfen jetzt mit, ich schaffe es. Auch sie wird glauben lernen.

Ohne daß er aufsah, verging der Winter. In einer Frühlingsnacht erst – ihm war es warm vom Lernen – er öffnete, halb entkleidet, das Fenster und lehnte sich hinaus, um Luft zu schöpfen einige Züge und dann weiter: da hörte er atmen – atmen ringsum aus den düsteren Mauern, den geöffneten Fenstern; und lauschend vernahm er dann auch Schelten, einen Aufschrei aus dem Traum, Gestöhn beim Sterben und wieder das Winseln eines, das zur Welt kam. Vor langer Zeit, er entsann sich, hatte er dies alles schon belauscht, nur der Sinn damals war anders. Nicht länger bedeutete dies Härte oder Trostlosigkeit; und litten sie oder schliefen, er, er wachte und besann.

Er spannte sich beglückt. Seine Leute, seine Gefährten, die Seinen. Arm mit ihm, und eines Tages durch ihn reich. Die schaukelnden Rosenkränze vor Villa Höhe!... Hier verdüsterte er sich und versank. Eine Zeit gab es, da hatte er nur an sich gedacht und an niemandes Recht als nur seins; hatte auf der Stelle Besitz ergreifen wollen und genießen. Sein Herz erinnerte ihn dann doch an Leni, das geliebteste der Wesen. Aber verdienten andere Wesen es weniger, geliebt, befreit, bereichert zu werden? Sie waren nicht alle gut, nicht alle fein. Feinheit und selbst Güte, meinte der Arbeiter, bringt ihnen erst das Geld. Sie waren oftmals böse miteinander, wie gegen sie die Reichen, die das Geld nur böse machte, meinte der Arbeiter. Alle durcheinander kämpften sie, weil sie litten; kämpften sich durch, unbekannt einem jeden, wohin. Mit ihrer Vernunft waren sie sich noch nie begegnet.

Die Vernunft aber spricht doch zu jedem, daß wir einer soviel Recht wie der andere haben. Uns allen sind die Produktionsmittel vorenthalten, wir sind enterbt und werden bewuchert an Leib und Leben. Wir sollen die Reichen enteignen, das Glück der Erde soll unser sein, nachdem unser ihr Elend war... Ja; aber auch wir werden zum Unrechttun verurteilt sein, denn wir stehen auf dem Unrecht. Die Grundlage aller Reichtümer Heßlings ist ein wenig Geld, das einem der Unsrigen gehörte. Er aber, in dessen Namen wir nun hintreten vor Heßling, hat es schimpflich erworben. Wir, seine Erben, sind nicht gerechter als jener Ausbeuter; wir sollen es erst werden.

»Wie werden wir es? Wenn alle den gleichen Lohn und Gewinn haben? Kein Unternehmer; – aber ich heute, ich weiß mehr als die anderen, kann darum mehr und muß mehr haben. Wie entschädige ich sie?« fragte er inständig das Bild vor seinem Geist, die Gleichheit.

Als das Haustor knarrte, wie am Morgen, wenn es geöffnet ward, trat er hervor aus seinem eigenen Innern, sah plötzlich hellen Tag und hörte Sonntagsglocken. Viel Zeit verloren vom Lernen; aber, nie gekannt, sein Geist war absichtslos vorgedrungen, er hatte »gedacht, ohne daran zu denken«.

Hinausschlendernd in den festlichen Morgen, sah er über die Wiesen den Rechtsanwalt Buck wandeln.

»Sie promenieren?« fragte der dicke Mann. »Gehen Sie

nach Villa Höhe, es ist gut für Sie. Für mich ist es gut, sie zu verlassen an einem solchen Morgen.«

»Ich gehe nicht hin«, sagte Balrich.

»Nicht? Ihr Anblick ist Ihnen zu strahlend, zu leicht und glückumwoben? Sie lügt zu sehr? In der Tat, was für Wesen müßten wir sein, um nicht blamiert zu werden durch einen Frühlingstag?«

Balrich sagte:

»Wir alle werden uns einstmals ganz heimisch darin fühlen.«

»Frühlingstag und Villa Höhe, kann sein«, sagte Buck und sah ihm lange in das Gesicht, »für Sie sind sie gemacht.«

Er lenkte zwischen den Arbeiterhäusern auf das kahle Feld hinaus. »Sie wenden jetzt alle ihre lange aufgespeicherte Gehirnkraft auf einmal an, Sie sind ein Riese.«

»Das sind Phrasen«, sagte Balrich. »Ich bin überarbeitet.«

»Ich sehe es«, sagte Buck nachgiebig, und der Arbeiter schroff:

»Aber das ist nur eure Schuld, ihr entzieht uns die Schulbildung, damit wir Knechte bleiben. Künftig aber werden in das geistige Leben die körperlich Arbeitenden, alle Menschen, von früh an langsam hineinwachsen. Und in wenigen Stunden wird dann in den Fabriken und am Studiertisch mehr geleistet werden als jetzt in vielen.«

Buck sagte befriedigt:

»Dann wird Wissen dasein für alle. Heute übernehmen sich einige an ihm.«

»Wie am Geld«, sagte Balrich.

»Künftig beziehen alle denselben Lohn?« fragte Buck sanft.

Der Arbeiter errötete.

»Wohl nicht. Aber jeder seinen Gewinnanteil.«

»Der auch ein Verlustanteil sein kann«, ergänzte Buck.

Balrich wußte es besser.

»Nein; den trägt das Unternehmen. Es gehört nicht uns, den Arbeitern. Es gehört sich selbst.«

»Sie haben dies erdacht?« fragte Buck, schneller als sonst. Dann wandte er ein:

»Es gehört sich selbst. Aber wer verkörpert es? Wer hat teil an ihm?«

»Alle, von denen es lebt.«

»Es lebt auch von den Toten.«

»Unsinn«, sagte der Arbeiter.

»Es lebt auch von den alten Männern an der warmen Mauer dort, die nie mehr ein Werkzeug in die Hand nehmen. Denn sie haben das Unternehmen eine Weile unterhalten mit ihrer Kraft. Es lebt auch von den noch Ungeborenen; kämen sie nicht, müßte es eingehen. Endlich lebt Ihr Unternehmen von der Stadt, die ihm Menschen liefert und Nahrung für sie; von der Hochschule, deren Erfindungen es benützt; ja, von denen, die früher einmal an es geglaubt haben und betrogen wurden. Sehen Sie, mein Vater hatte Aktien, und Heßling brachte ihn darum.«

Balrich überlegte lange, bis zum See im Arbeiterwald. Wie sie standen und in das Wasser blickten, sagte er:

»Das wäre wahr? Dann ist es nicht alles. Solche Unternehmen über dieses Land hin und über alle Länder, das wäre die Gerechtigkeit, es wäre der Weltfriede. Dann wäre es ein gültiger Schwur, den vor wenigen Monaten im Münster zu Basel die Arbeitervertreter aller Länder geschworen haben: Keine Schafe mehr wie Arbeiter, stumm zur Schlachtbank geführt, keine willenlosen Instrumente der Kriegsinteressen... Wäre es wahr?« fragte er inständig.

»Da dann einer für den andern steht, keiner allein, und da wir am Ende, ganz am Ende, doch gleich sind«, sagte Buck.

Sie umschritten den See; er sogar erschien rein, im Licht des Frühlingsmorgens. An der gleichen Stelle wieder angelangt, sagte der Arbeiter:

»Mit Euch, Herr Doktor, zu spazieren, ist ehrenvoll und ist Gewinn.«

Buck, ohne zu fragen, nahm seinen Arm und stützte sich. Sie traten den Rückweg an; Balrich, nach herbem Besinnen, stieß hervor:

»Wenn das Bürgertum dies weiß, was für ein Verbrecher ist dann Heßling!«

Buck wiegte den Kopf.

»Nur sehr beschwerlich denkt man gegen das eigene Interesse«, sagte er. Der Arbeiter sagte bescheidener: »Ich kann Sie noch nicht verstehen. Vielleicht meinen Sie mich, aber Sie könnten auch die Herren dort drüben meinen.«

Er wies hinüber. Vor der Villa Klinkorum ergingen sich, den Rücken hergewendet, aber mit Gebärden, der Professor samt Zillich und dem Doktor Heuteufel. Sogleich gab Buck den Arm Balrichs frei und ließ den Arbeiter hinter sich. Balrich, erbittert, als sei er verraten, blieb stehen und wollte kehrtmachen. Inzwischen aber erblickten ihn die drei Herren.

»Da ist er!« rief Klinkorum. »Herbei, junger Mann! Verhandelt wird Ihre Sache. Wollen Sie weiter hinanklimmen die Leiter der Eingeweihten, oder mit einem hörbaren Ruck wieder zurückfallen in Ihr ehemaliges Nichts?«

Buck bemerkte, zufolge dieser gesteigerten Ausdrucksweise müsse etwas Erhebliches vorgefallen sein. Statt Klinkorums, dem im Augenblick die Sprache versagte, bestätigte Heuteufel dies im vollen Umfang. Vorgefallen war erstens, daß der Bau des geplanten dritten Arbeiterwohnhauses C, hinter der Villa des Professors und sie vollends umklammernd, jetzt wirklich begann; – und zum zweiten war an Klinkorum, dieses Opfer des Großkapitals, die Verwaltung von Gausenfeld herangetreten mit dem Ansinnen –

»Mit dem unerhörten Ansinnen!« warf Klinkorum ein.

– abzulassen von dem Mittelschulunterricht, den er einem Arbeiter des Werkes erteile. Dies war vorgefallen. »Genügt es?« fragte Heuteufel, indes der Konsistorialrat nur pfiff. Buck bedauerte den Professor.

»Gerade von diesem Schüler versprachen Sie sich das Beste.«

Klinkorum zögerte; aber dies war der Augenblick nicht, Rücksichten zu verschwenden. »Das fällt mir nicht ein«, schnob Klinkorum. »Er ist ein schwerfälliger Kopf. Durch unbegründeten Dünkel erschwert er dem Lehrer die Aufgabe«; – wobei er gegen Balrich den Finger erhob. »Aber!«

»Aber gerade darum setzen Sie Ihren Ehrgeiz ein. Sie wollen der Lehrer eines Arbeiters sein, der einst zeigen wird, was der Wille kann.«

»Ich will nicht auch noch mein Geld verlieren«, stieß Klinkorum hervor.

»Es ist Ihr heiliges Recht«, bestätigten ihm Zillich und Heuteufel.

»Er entwertet mein Haus – wie? Und diesen Zeitpunkt meiner schlimmsten Vergewaltigung durch seine Übermacht benutzt der freche Gewalthaber, um mir auch noch die Ausübung meines Gewerbes zu untersagen. Ein Rächer wird mir erstehen! Die Herren sind Zeugen, daß ich es schon längst voraussage: ein Rächer!«

»Man sieht ihn noch nicht«, seufzten seine Zeugen.

»Nein, man sieht ihn noch nicht«, bestätigte Klinkorum und sah an Balrich vorbei. Dann begann er auszuholen.

»Kommen wird die Zeit, da wird auch seine Villa, meine Herren, seine Villa Höhe erschüttert werden von dem Gestampf einer Volksmenge, verpestet von ihrem Geruch, bedroht von ihrer Rache, was sage ich, dem Erdboden gleichgemacht!«

Diese Aussicht schien die beiden andern mit heftiger Freude zu erfüllen. Der Arbeiter sah es immer nur staunend... Klinkorum kehrte aus seiner Entrücktheit wieder.

»Lasse er aber ab von dem Bau jener Mördergrube, des Hauses C, dann immerhin mag es sein, daß ich mein Amt als Lehrer seines Arbeiters niederlege.«

»Geschäft ist Geschäft«, sagte Buck, und sah Balrich nach, der den Rücken wandte und ging. Die andern, zu sehr im Eifer, beachteten es nicht.

»Soll er Ihnen Ihr Grundstück abkaufen!« gab Heuteufel zu bedenken.

»Und zwar für das Doppelte seines Wertes«, ergänzte Zillich.

»Wo nicht«, schloß Heuteufel, »machen Sie ihm ganz Gausenfeld rebellisch.«

»Wie können solche Menschen sich noch selbst betrügen!« dachte dahinten, langsam entschreitend, der Arbeiter Balrich.

Er besann ihre Lage, und sie schien ihm zwar besser, aber auch verachtenswerter als die seiner eigenen Klasse. Sie überhoben sich kindisch über die noch Ärmeren, damit sie doch, mit ihrem wenigen Geld, ihrem Wissen und ihrem schwarzen Rock noch Figur machten neben den Überreichen. Lehnten sich auf – und krochen mit dem nächsten Wort schon wieder unter das Joch des Geldes, unrettbar, weil sie selbst etwas voraushatten. Der Arbeiter fühlte: wer irgend etwas voraushat, ist ein Mitverschworener gegen uns. Zwischen denen, die nur etwas, und uns, die nichts haben, ist derselbe ungeheure Abstand wie zwischen uns und den Überreichen. Das ganze Bürgertum bis zu seinen Ärmsten ist eine von uns abgeschnittene Welt, aus der wir nur verwehte Geräusche hören – und von uns zu ihnen gelangt nichts, gar nichts.

Er besann: »Jeder Arbeiter kennt schon meine Geschichte. Denn Dinkls natürlich haben nicht dichtgehalten; aber dem Klinkorum erzählt keiner sie. Jeder alte Lumpensammler weiß Bescheid, daß Gausenfeld eigentlich unser ist und uns zufallen soll. Nur die drei Käskrämer dahinten –« Balrich spie aus, vor so viel Taubheit und Dummheit. Standen da mit ihren Aktien und sahen nicht, wie unter ihnen der Boden schon riß!

Neben der Kantine die Arbeiter kegelten mit viel Geschrei. Balrich ging vorüber, da waren sie still.

Er trat ein und stieg in die Bank zwischen zwei anderen. Der eine rückte ein Stück fort – und im Gesicht seines Gegenübers sah Balrich Feindschaft. Sie trauten ihm nicht, er war jetzt anders; denen soll man nicht trauen, die Genossen hatten recht. Er machte sich, ihnen zu gefallen, klein beim Essen. Da kam Herbesdörfer, sah durch seine runden Brillengläser Balrich an mit Ehrfurcht und riß die Mütze herunter – wobei die Mütze fortflog. Balrich war schneller als Herbesdörfer und holte sie. Als Balrich wieder saß, legte sein Nachbar ihm schwer die Hand auf die Schulter und sagte:

»Weiß schon.«

Weiß schon, du bist unser Mann, hast unseretwegen das Mitlachen, Mitschreien verlernt, machst es dir schwerer, als wir es uns machen.

Beim Fortgehen, in der Tür, traf er auf Simon Jauner. Der gab ihm die Hand, und mit der anderen beteuerte er irgend etwas, wohl seine Verschwiegenheit. Sie war ihm anzuraten. Hier hörte der Spaß auf, jeder einzeln hatte ihn dessen versichert. Wenn von der Sache mit Balrich die Herren etwas erfuhren, war dem Jauner sein Messerstich gewiß, er wußte es. So tat niemand sich Zwang an vor ihm; Dinkl machte wieder seinen alten Witz und nannte den alten Gellert Herr Generaldirektor. Es war ein Witz, und doch keiner mehr. Man lachte brüllend, aber auch Gellert lachte, er fühlte sich nicht verhöhnt, eher geschmeichelt.

Balrich wollte hinaufgehen zu seinen Schulbüchern, aber eine Frau hielt ihn noch auf. Ihr Mann trank, Balrich sollte helfen. Sie hatte vor ihm den demütigen Nacken Mallis.

Die alten Männer am Haus in der Sonne wandten ihm, wie er vorbei war, runde Augen nach und schwiegen, tiefer als irgend jemand. Die Kinder aber, das Volk von Kindern – eine Wolke von ihnen stob immer, wo er ging, verschleiernd ihn und seinen Weg.

»Wir halten alle zusammen«, fühlte Balrich hochgemut. »Jetzt hilft es ihnen nichts mehr, daß sie verschworen sind gegen uns; so fest verschworen sind sie nicht.«

Und sie wußten nichts, kein Spion steckte ihnen noch etwas, im Dunkeln liefen sie durcheinander und hätten wissen wollen.

In der Fabrik spürte man ihre Unruhe. Bis zu den Inspektoren nur Unsrige, und lächelten in den Bart, wenn von droben einer sich heranmachte und wollte riechen, was im Werk war. Man ließ sie abfallen, nicht den Mund durften sie auftun; denn nie war besser gearbeitet worden. Jeder wußte: für uns; die Ware hier ist schon für uns, die Maschinen sind unser; den Beweis hat der Balrich. Unvergleichliche Freude, wie einst der Generaldirektor, geleitet vom Oberinspektor, durch die Arbeitssäle stolzierte und hatte Furcht. Wahrhaftig, bei dem Kessel mit den Mühlrädern – Herbesdörfer stand davor und sah ihm entgegen – machte Heßling einen Bogen. Er dachte, grün im Gesicht, wie leicht man, half gar noch einer nach, zwischen die Mühlräder gerate. Die Furcht, die immer den Herbesdörfer quälte, auf einmal erlernte auch Heßling sie.

Jetzt aber erblickte er den Balrich, und jetzt – alle hatten das Auge auf ihm – fühlte er sich verloren. Er sah, und aller Augen begleiteten ihn: der da, mit den schwarzen Brauen, der da, mit der breiten Stirn, den breiten Schultern, dem Schopf – das ist er, der mich in der Hand hat und mehr kann als ich und mich zerschmettern und die Gerechtigkeit wiederherstellen wird. Die Arbeiter nickten einander zu. Wie ihm das Licht aufging! Wie er zitterte!

Balrich stand stämmig da und erwartete den Kapitalisten, seinen Bauch, sein blondes, massiges und hartes Gesicht – stand da, erfüllt wie je von dem Bewußtsein: alles Böse in der Welt geschieht für diesen... Heßling, angelangt, blieb stehen, ließ den Fuß nur ein wenig in der Schwebe; aber genug, daß Todfeinde sich messen... Dann warf der Generaldirektor den Kopf in den Nacken, und der Arbeiter legte Hand an.

Draußen, gedämpft, fragte der Generaldirektor seinen Oberinspektor, was es damals gewesen sei mit dem Arbeiter, der Latein lernte bei Klinkorum.

»Das war er«, sagte der Oberinspektor.

IV Die sittlichen Faktoren

Die folgenden Tage sah man auf der Landstraße nur Heßling. Immer raste das Auto; keine Behörde in der Stadt, vor der es nicht hielt; und fuhr es weiter, saß eine Uniform mit darin, oder Herren von der Regierung. Nicht jeden Abend kehrte es zurück – und eines Morgens früh, Doktor Heuteufel und sein Schwager Zillich gingen am »Reichshof« vorüber, trat Heßling aus dem Hotel hervor, frisch ausgeschlafen. Er sprach sie sogar an. Folgenschwere Beratungen hatten ihn gestern abend zurückgehalten, auch hatte sein Auto eine Panne –

»Und so weiter«, sagte Heuteufel; aber Heßling, mit den Augen blitzend:

»Was heißt das? Wollen Sie meine Motive beanstanden? Anspielungen und Gerüchte kümmern mich nicht. Ich sitze ruhig auf Villa Höhe.«

Heuteufel ergänzte: »Weit draußen, wie ein Fürst – aber auch mit Leibwache?« Und Heßling, voll einer Erregung, nicht mehr zu meistern:

»Ich gehe meinen Weg, mit passiver Widersetzlichkeit ist gegen mich nicht aufzukommen.«

Ob er die Stimmung seiner Arbeiter meine, fragte Zillich. Sie sei allerdings eine Tatsache. »Mich haben sie, als ich zuletzt bei Klinkorum war, betrachtet, als wäre ich meines Lebens nicht sicher.«

Da sahen die beiden mit Genugtuung, wie das tatkräftige Gesicht des Generaldirektors weiß wurde. Er wisse nichts, stammelte er. »Man weiß nicht, was sie wollen, das ist das Unheimliche.« – Sie gaben ihm heuchlerische Ratschläge: Die Anlage der elektrischen Straßenbahn nach Gausenfeld, er sehe nun wohl, wie falsch es war, sie zu hintertreiben. Gausenfeld, ein wimmelnder Menschenhaufen, sei, abgeschnitten von der Welt und in sich selbst verfressen, nachgerade zur Mördergrube geworden.

Mördergrube! Dies Wort ließ Heßling denn doch nicht gelten. »Meine Arbeiter habe ich in der Hand, das will ich mir ausbitten. Die kennen nicht nur meine Machtmittel und meine unerbittliche Strenge, sie wissen auch, daß sie an mir einen Vater haben. Wie Sie mich sehen, fahre ich in die Fabrik. Wollen die Herren sich entschließen mitzufahren, mir kann es nur recht sein, daß Sie sich überzeugen und in die Lage kommen, böswilligen Gerüchten in Zukunft entgegenzutreten.«

Die Herren entschlossen sich gern, ließen sich dann aber bei Klinkorum absetzen, um ihm ihre Beobachtungen mitzuteilen. Sie befriedigten den Professor durchaus.

»Nicht nur mir also, ihm selbst, dem Anstifter, wächst das Tal des Unrates über den Kopf. Sogar über seiner Villa Höhe schlägt es zusammen und verschlingt ihn mitsamt seiner Brut. Gemeinsam sollen wir untergehn!« – Klinkorum lachte erhaben, wackelnd mit grün drapiertem Spitzbauch, auf allen Seiten umstrahlt von seinen sieben Bartsträhnen, und die langen Zacken sämtlich entblößt.

Heßling seinerseits suchte keineswegs die Fabrik auf, wo das lagernde Geheimnis jetzt täglich zum Ausbruch gelangen konnte. Schon war er wieder unterwegs nach Netzig, und mittags zurückkehrend, brachte er den General mit. Die Herren umschritten noch vor dem Frühstück Park und Wald von Villa Höhe. Exzellenz von Popp sagten:

»Ich danke Ihnen, Herr Geheimrat. Meine Dispositionen sind getroffen«; – worauf der Hausherr ihn zum

Frühstück führte, durch die schaukelnden Rosengewinde der Terrasse und über die golden bespannte Halle in den weißseidenen Barocksaal.

Während des Frühstücks war von Popp für Geschäfte nicht zu sprechen, die Unterhaltung blieb mondän. Nachher, beim Kaffee in der golden bespannten Halle, gab er das Zeichen.

»Was ist in Gottes Namen nun los bei Ihnen?«

Alle waren still. Heßling atmete mit Geräusch, er begann kühn:

»Nichts. In Wirklichkeit nichts. Keine Sabotage, kein Angriff auf Werte oder Personen, nichts. Meine Macht steht vollkommen unangetastet da, ich wollte es mir auch ausbitten. Nur«, schloß er beklommen, »es geht etwas um.«

Von Popp erwiderte unwirsch:

»Gegen Gespenster kann ich Ihnen die Truppe nicht schicken« – indes seine Nichte, geschiedene Frau von Anklam, ein gespanntes Interesse bezeugte.

Der Generaldirektor bat Exzellenz dringend, ihn nicht mißzuverstehen.

»Der Umsturz nimmt neue Methoden an. Sie reden nicht, sie wispern und haben gewisse Blicke, als wüßten sie etwas, das wir nicht wissen.«

Der Rechtsanwalt Buck vermutete:

»Eine neue Art religiöser Epidemie?«

Sein Sohn Hans blinzelte ihm zu, hinter dem Rücken seines Onkels. Aber Heßling äußerte Bedenken.

»Wer weiß, sie haben eine Art Führer, den ich für einen ausgesprochenen Hypnotiseur halte.«

»Wie verlockend!« sagte Frau von Anklam, an den Augen das Lorgnon. Horst Heßling, neben ihr, bat sie dringend, sich keine Illusionen zu machen. Der Mann sei kein Gent – »seine Schwester dagegen, das Mädchen hat Klasse«, sagte er herausfordernd; und jetzt war es an Frau von Anklam, sich zu ärgern. Der General von Popp seinerseits verlangte, rot anschwellend:

»Werfen Sie ihn hinaus, zum Teufel!« – worauf der Industrielle ihn ansah, als sei von Popp im Stande der Unschuld.

»Wenn das so einfach wäre.« Dann bekam er einen Ausdruck, wie wenn er hinter dem General jemand sähe, der nicht da war.

»Was hat er vor?« murmelte er, sichtlich erblaßt. »Ich bin bereit, der Gefahr ins Auge zu blicken, nur wissen muß ich, wo sie ist.«

Dies ward als peinlich empfunden. Von Popp erleichterte alle durch lautes Geschrei.

»Sie sollen nur losgehen«, schrie er, »wir werden sehen, wer die Macht hat!« Assessor Klotzsche, in einem Winkel um Gretchen, die Tochter des Hauses, bemüht, zog hinter ihr die Hand hervor und streckte sie zum Schwur hin. »Sie sollen nur!« keifte er mit angestrengtem Augenrollen – und kehrte, seine Entschlossenheit einmal bewiesen, zu seiner vorigen Beschäftigung zurück.

Die Söhne Horst und Kraft waren »unbedingt für das Aufschneiden des Geschwürs«: und aus ihren beiden Klubsesseln ragten ihre vier Gamaschenbeine. Ihre Mutter Guste, stolz auf ihren Mut, aber noch stolzer, weil die geschiedene Frau von Anklam ihnen ermunternd zulächelte, setzte sich derart, daß sie ihren Gatten Diederich absonderte mit dem General und der beginnende Flirt nicht gestört war. Die Anklam sah jüdisch aus, aber bei der Nichte der Exzellenz war dies sicher nur ein Naturspiel. Sie entschied sich für Horst, anstatt für Kraft, den Liebling der Mutter. Kraft gab es schon auf, ihm lag nichts an Weibern: mir einzig gehört er, fühlte Guste.

Emmi inzwischen, Mutter des jungen Hans Buck, war nur bedacht, ihn zu entfernen. Zu gut wußte sie, wie es um ihn stand und daß er weiter ging als sein Vater in der Auflehnung gegen alles dies, seine Klasse, seinen Vorteil. Was war es mit Buck? Er widersprach schon wieder dem General, und nicht nur der General war rot, auch Heßling. »Mein Bruder Diedel«, sann Emmi, »hat sich hart gemacht. Ich weiß noch Zeiten, als er es nicht war. Jetzt kennen sie ihn nicht anders, darum denkt er, es muß so sein.«

Die Schwester sann weiter. »Ich weiß noch. Sie beide aber können sich nie mehr verstehen. Buck würde wohl wollen, erlaubte Diederich ihm nur, über dies alles hier die Wahrheit zu denken. Das ist die Leidenschaft Wolfgangs«, sann die Gattin, »die Wahrheit zu denken. Dann fügte er sich doch, läßt sich gehen, auch wenn es nicht recht wäre, und bleibt im Nest. Er hat es früher wohl zu schwer gehabt; wie sollte er noch die Kraft finden, zu verhindern, daß die vielen anderen leiden.«

Nun aber Hans!

»Mein Hans«, sann die Mutter gramvoll, »ist sehr gefährdet. Denn er, er will die Wahrheit nicht nur denken; ich fühle es voraus, er will sie ausführen. Wie könnte man das. Soll ich wünschen, er wäre anders, mein Hans?«

Da fühlte sie auf sich den mißbilligenden Blick ihrer Schwägerin Guste. Die hatte nie gezweifelt an ihren Söhnen – die doch schlechter waren als der Vater! »Meiner ist besser, und ich muß zweifeln. Verworrene Welt«, dachte Emmi Buck.

Inzwischen, auf der Terrasse unter den Rosengewinden, da Klotzsche gehen mußte, hatte Gretchen Heßling einen Streit mit ihm und mit ihren Brüdern. Gretchen, bleichsüchtig und versteckt, war für die Arbeiter, und die Aussicht auf einen Streik mißfiel ihr nicht. Warum, war nicht herauszubringen. Auf alles antwortete sie ihrem Verlobten Klotzsche: »Ach du mit deinem Bauche!« Ihr Bruder Kraft endlich, der nicht mehr an sich hielt, verriet ihr Geheimstes.

»Du Gans! Nur das Theater ist es. Sie hat im Theater einen Streik gesehen, und der Streikführer war Herr Stolzeneck, verstehst du, Klotzsche? Leon Stolzeneck, erster jugendlicher Liebhaber.«

Horst stieß Kraft in die Rippen, aber der Assessor nahm es, wie es war. »Das gibt sich«, grunzte er gemütlich. »Theater ist etwas anderes, ich habe auch mitgeklatscht.«

Das Auto mit dem General und dem Assessor war fort, da, in der goldbespannten Halle, herrschte Heßling seinen Schwager an.

»Sehr verbunden, daß du mir die Exzellenz flau machst. Schickt er dann keine Soldaten, haben wir im äußersten Fall noch dein Mundwerk.«

Das Wort als Tat unterschätze man immer, erwiderte Buck – so wie man die sittlichen Faktoren unterschätze.

»Bin ich unsittlich?« herrschte Heßling.

»Deine Machtmittel«, fuhr Buck fort, »sind dieselben, auf die auch der Umsturz pocht; und jene anderen, die er nicht kennt, sind dir so fremd wie ihm. Ihr seid einander wert«, schloß er milde. Heßling brach vollends aus.

»Ich kenne nur mein Recht. Gehen sie los, wird geschossen. Schleichwege sind meinem treuen Gemüt ein Greuel.«

»Deinem treuen Gemüt«, wiederholte Buck.

»Auch deinem, hoffe ich!« Diederich blitzte. »Einen meiner – meiner eigenen Arbeiter Latein lernen lassen, bedeutet eine heimtückische Förderung der subversiven Tendenzen. Dem Professor Klinkorum verzeih ich es nie. Noch unerbittlicher wäre ich, wenn ich wüßte, wer ihn dafür bezahlt.«

Buck wehrte ab.

»Er tut es ohne Entgelt, aus wissenschaftlichen Motiven.«

»Das sagt er. Das kann jeder sagen. Auch dein Sohn

wird sich auf die Wissenschaft ausreden, wenn er dem Balrich seine Bücher leiht und nur mit ihm noch gesehen wird.«

Buck zog sich ein Stück zurück, er sagte vorsichtig und ohne Ironie:

»Hans? Ein Kind, nicht wahr. Das schließt noch Freundschaft ohne Ansehen des Standes.«

Hans, hinter einem Rohrsofa mit getürmten Kissen, hörte, sah – und schlug die Hände vor das Gesicht. Papa verleugnete ihn! Er log. Papa und Hans, beide mußten lügen vor dem Onkel Heßling... Er schlich sich hinaus, unter die Rosenkränze. »Darf ein Mensch uns zwingen, zu lügen? Ich hasse ihn – ewig, ich schwöre es!« – wobei er dennoch ganz wohl wußte, er habe auch sonst schon gelogen und das Leben sei so.

Heßling drinnen schrie noch:

»Was man mir sagt, muß ich glauben. Alle sagen dasselbe, wie falsche Zeugen. Es ist, als wäre man in eine Mördergrube gefallen.«

»Du bist leidend«, sagte Buck milde. Seinem Schwager schnappte die Stimme über.

»Aber wehe, wenn ich euch fasse!«

Und er schwenkte sich auf den Absätzen herum.

Im Garten bei der »Borkenhütte« fand er seine Söhne. Über den Fenstern aus Rinde nagelten Horst und Kraft gebleichte Tierschädel an den rauhen Stamm. Was dies bedeute?

»Es sind die dem Odin heiligen Pferdeschädel«, erklärte Horst, und das Wasser troff ihm unter seinem Monokel hervor. Die kleinen Ralph und Fritzheinz, die zusahen, erklärten ihrerseits:

»Es sind die Kalbsköpfe, die wir zu Mittag gegessen haben.«

Kraft, lang, gebeugt, mit Ringen um die Augen, sagte schleppend und zittrig:

»Hier ist die richtige Stelle, Vater, für die Maschinengewehre.«

Heßling erschrak, er sagte: »So weit halten wir noch nicht.«

Dann gab er zu:

»Auf Villa Höhe haben wir die ganze Luft für uns, aber die Kaserne ist zwei Stunden weit.«

Er nahm seinen Ältesten beim Arm.

»Deine Mutter denkt immer, alles muß glattgehen, weil wir es sind. Mache einmal du ihr begreiflich, daß man einen Frühlingsmonat ganz schön auf Reisen verleben kann.«

»In Monte –?« fragte Horst, erwartungsvoll.

Am Abend dann holten die Söhne den Vater ab, um »die Runde« zu machen. Hierbei sagten sie: »Melde mich gehorsamst zur Stelle«, und machten die Runde in strammer Haltung. Einmal fiel aus dem Dunkeln ein Schuß. Der Generaldirektor prallte zurück, schwankend, als sei er getroffen. »Er ist es«, ächzte er. »Ich sehe ihn.« Horst und Kraft erhoben ihre Revolver; es war aber Hans Buck, er hatte mit dem Mund geknallt.

Der Generaldirektor in seiner Angst verfiel sogar auf die »sittlichen Faktoren« seines Schwagers. Man konnte sie versuchen, vor dem Äußersten; – und so knüpfte er mit Zillich an, wegen des Pfarrers von Beutendorf. Der Konsistorialrat indessen wandte ein, er sei zerfallen mit jenem Freigeist, der sich behaupte nur dank den weltlichen Behörden, ihrer Gleichgültigkeit in Sachen der Religion. Dabei drückte er dem Industriellen den Zeigefinger auf die Brust. Auch hier war etwas versäumt, sah Heßling.

Der Pfarrer Leiditz von Beutendorf, nicht nur im Streit mit der Synode, auch verschuldet wie er war in jedem Hof seiner Gemeinde – diesmal schien der vielgejagte Mann selbst etwas erschnappt zu haben; er sprach am Sonntag zu den Arbeitern von dem brennenden Gegenstand – worauf er noch heller brannte. Denn Leiditz hatte aus der Schrift zusammengetragen, was sie an subversiven Tendenzen, Gott sei es geklagt, enthält. Ihm zufolge, Heßling persönlich überzeugte sich den Sonntag darauf, hätten ohne weiteres die Sturmglocken läuten sollen.

Vor Schluß der Predigt verschwand der Generaldirektor. Nachher stand sein Auto leer auf der Straße; wo war er? ... Und das nächste Mal – nicht nur Frauen und Greise machten jetzt den Weg zur Kirche, alle Männer von Gausenfeld! – was hieß dies? Er machte kehrt, der Pfarrer, er fand nicht mehr die Stellen der Schrift, in denen sonst sein Finger lag, er fand andere. Die gingen wie von selbst auf, vielbenutzt, mit Unmut angehört. »Das kennt man«, murrten die Männer und verliefen sich, noch während des Amtes. Der Pfarrer, mit verfallenen Zügen, verkroch sich hinter sein Buch... Vier Wochen aber, und was er schuldete, war alles bezahlt.

Jetzt kam Napoleon Fischer daran. »Von dem Manne ihrer Wahl«, dachte Heßling, »nehmen sie hoffentlich noch Vernunft an. Der alte ehrliche Umstürzler kennt mich.«

Das Mitglied des Reichstages reiste auch herbei, der Generaldirektor empfing es gleich an der Bahn, bevor irgend jemand es zu sehen bekam, und führte es in ein leeres Wartezimmer. Hier fragte es:

»Was drehn Sie wieder für ein Ding gegen uns, Herr Doktor?«

»Ich brauche Sie, Fischer. Wir haben schon mehr Dreck zusammen verscharrt.«

»Früher einmal, Herr Geheimrat, habe ich daran Sie erinnert, und Sie nahmen es übel, denn damals war ich Ihr Maschinenmeister. Immer standen Sie vor der Pleite, und machten Schiebungen mit Ihrem Proleten. Schöne Jugendzeit!« – Und die gealterten Geschäftsfreunde musterten sich. Napoleon Fischer unter seiner weißen Empörermähne, aus seinem vom Fluchen und Geschrei zerarbeiteten Kopf, den sogar die gegnerische Presse einen alten Feuerkopf nannte, lugte giftig. Diederich Heßling, breitflächig und hart, dünn behaart und über seine Augensäcke hinstarrend, schnaufte.

Dann hielt der Abgeordnete in dem Saal hinter der Kantine eine Versammlung ab. Ein Beamter suchte im Namen der Leitung es zu verhindern, aber gegen die Tatkraft des bewährten Führers drang er nicht durch. Napoleon Fischers brauner Jackettanzug, fast neu, ward von den Genossen mißtrauisch gemustert. Aber die Hosen hatte er nicht bügeln lassen und den Rock falsch zugeknöpft, so ging es ihm hin.

Er redete unter Mitbenutzung seiner langen Arme, seines gefletschten Affengebisses und der weißen Empörermähne. Als er schon längst nur noch heiser keifte, fand er dazwischen plötzlich einen zärtlichen Ton, um seinen »armen Hals« zu bemitleiden. Dann wieder: die Wehrsteuer, eine nicht zu rechtfertigende Herausforderung des Proletariates, aber die Folgen wird das Kapital selbst spüren – Faustschlag. Russische Methoden verbitten wir uns. Pogrome, Kulturschande – und wenn es sein mußte, nahm auch er noch die Flinte auf seinen alten Buckel.

Nun aber, worauf es ankam, die persönliche Berührung und Aussprache in der Kantine, einfach von Bank zu Bank, mitten drunter das Mitglied des Reichstages, schweißtriefend und menschlich schlicht.

»Also los, Kinder, was hat er wieder ausgefressen, mein alter Ausbeuter, droben auf seinem Fürstenschloß.«

»Wenn es seines ist!« murrte der alte Gellert, ward aber durch heimliche Stöße zur Ruhe verwiesen.

»Ich hab es nie nicht gesehen«, schwur Napoleon Fischer. »Mir kümmern die Freudenhäuser der Ausbeuter nicht, ich kenne sie höchstens aus die ›Woche‹«, beteuerte er, obwohl er in den Zeitungen, auch in der »Woche«, schon seit langem so richtig deutsch schrieb wie jeder andere. »Er möchte, daß ich hingehe«, Faustschlag, »aber nach Canossa gehen wir nicht. Er wird den Weg zu mir schon finden, heute braucht er mich, er – mich, das laßt euch gesagt sein, Genossen!«

Da ihm der Erfolg nicht durchschlagend schien, verschwur er sich noch, auf dem Wege nach Villa Höhe solle ihn der Schlag treffen. Die Arbeiter hörten ihm zu; nun ja, nach Villa Höhe ging er wohl nicht. Darum aber war es noch nicht gesagt, daß er sich mit Heßling nicht anderswo traf, zum Beispiel bei dem Regierungspräsidenten.

»Also los, Kinder!« wiederholte Fischer. »Er will verhandeln, dann hab ich ihn allemal schon in der Hand, das wißt ihr aus Erfahrung. Ohne mich, sagt selbst, Genossen, was hättet ihr erreicht!«

Sie schwiegen, sie ließen ihn weiter im dunkeln tappen. Herbesdörfer sagte schwer:

»Was haben wir denn erreicht?«

Der Abgeordnete, unversehens, sprang aus der Bank und arbeitete sich zur Tür hin, einem Alten entgegen, der hereinschlich mit seinem Blechgefäß, ob ein Bissen für ihn abfalle.

»Vater Dinkl! Alter Klassenkampfgenosse!« rief er und stieß den Bettler vor seinen hohlen Magen. »Wie? Wenn wir jetzt die Alters- und Invalidenversicherung nicht hätten! Wir! Wir haben sie zusammen gemacht« – und er nahm Dinkl unter seinen Arm und zeigte sich mit ihm.

»Da seht uns alten Freunde! Ich und er, Hose wie Jacke. Ich war auch bloß Maschinenmeister bei Heßling, so gut wie mich könnt ihr den Vater Dinkl wählen. Was weiß so ein hergelaufener Akademiker, der am Tisch der Kapitalisten praßt, von euren Sorgen und Schmerzen. Ich aber, Genossen, wenn der Heßling, grün vor Wut, zu mir kommen muß und verhandeln, das ist der Triumph des Proletariats!«

Dies verfehlte denn doch nicht seine Wirkung, sie riefen: »Bravo!« und »Sehr richtig!«

Daraufhin überließ der Abgeordnete den alten Dinkl sich selbst und begann noch einmal: »Also los! ... Macht er Schwierigkeiten mit der Bibliotheksstiftung? ... Hat er die versprochenen Waschgelegenheiten nicht eingeführt? ... Nun also, dann ist alles in Ordnung. Und in die städtische Arbeitsvermittlung bring ich noch einen Genossen hinein.«

Wieder erfolgte nichts. Nur Dinkl Sohn sagte:

»Wissen Sie keine Vermittlung, daß ich nicht mehr arbeiten muß?«

Hier fand Napoleon Fischer seine Würde verletzt. »Das sind Witze«, sagte er und erhob sich streng. »Ich beantrage, daß die Versammlung die Äußerung des Genossen Dinkl mißbilligt.«

Niemand mißbilligte sie; jemand rief sogar: »Ihre Weisheit kennen wir!« – genau wie beim Pfarrer Leiditz.

Da sah der Abgeordnete sich um und sah, die schweigenden Gesichter waren düster und höhnisch. Er begann, hastiger als früher, umherzufragen: »Was wollt ihr? Streiken?« – fragte einzeln umher, aber nur bei denen, die am Wege zur Tür saßen... Karl Balrich sagte laut:

»Streiken? Wir werden uns hüten.«

Sie stimmten bei, sie verstanden ihn. In einem Betrieb, der von Rechts wegen uns gehört, streikt man nicht. Der Abgeordnete faßte es anders auf.

»Das ist ein verständiges Wort, Genossen. Streiken kostet die Partei bloß Geld; und das Geld der Partei, was ist das für ein Geld? Euer eigenes Geld, Genossen.«

Unversehens stand er unter der Tür. Wieder ganz auf der Höhe, rief er:

»Hier herrscht ein gesunder Geist, da weiß man, wofür man arbeitet. Und so will ich euch zum Abschied, Genossen, denn verraten, was bei dem Kuhhandel mit der Wehrvorlage für euch herauskommt. Zwei Prozent Lohnerhöhung! Genossen! Dafür stehe ich ein mit meiner vollen Überzeugung! Wir bewilligen die Wehrvorlage, aber ihr kriegt zwei Prozent. Hoch die internationale revolutionäre Sozialdemokratie!«

Er wartete nicht ab, daß sie einstimmten, schon war er draußen. Zu seiner Verwunderung hörte er nichts, und niemand holte ihn zurück. Eine Weile horchte er im Dunkeln, dann ging er hintenherum über die Felder; – am Zaun zwischen dem Arbeiter- und dem Herrschaftswald sagte er zu Diederich Heßling, der drüben schon wartete:

»Es ist nichts. Streiken wollen sie nicht, sie wollen zwei Prozent – und das sage ich Ihnen, davon bringen Sie, Herr Doktor, mich nicht ab, denn da spricht einzig mein Gewissen. Ich bin klassenbewußt geblieben, trotz meiner paar Kröten, mich fängt der Kapitalismus nicht ein, für die paar Kröten verrate ich meine Genossen noch lange nicht!«

»Schreien Sie nicht so!« verlangte Heßling. »Sie kennen doch Ihre Leute; meinen Sie, hier im Dunkeln lauert keiner?«

Er klomm mühsam über den Zaun, Genosse Fischer half ihm; und gemeinsam tasteten sich der Generaldirektor und das Mitglied des Reichstages durch den nächtlichen Arbeiterwald.

»Ihre zwei Prozent«, sagte der Kapitalist, »sind zum Lachen. Ich will wissen, was der Balrich vorhat.«

»Das ist der Vernünftigste von allen. Er spricht gegen den Streik.«

»Dann ist es noch schlimmer, als ich dachte«, murmelte Heßling. Napoleon Fischer verstand nicht.

»Was soll dahinter sein? Hat er Macht? Ich bin Machtpolitiker. Entweder hat er Macht oder er hat keine Macht, der Rest ist Mumpitz.«

Napoleon schrie schon wieder. »Und außerdem regnet

es«, bemerkte Heßling. »Kommen Sie mit, und halten Sie den Mund, bis ich Sie wieder loslasse.«

Er ließ ihn erst los, als sie sich in einem Waggon befanden, draußen auf freiem Feld. Zwischen Lumpen hockten sie beisammen, die politischen Gegner, raunend, wie sonst hier die obdachlosen Liebenden. Und wie einst Balrich mit Thilde, wurden sie aufgeschreckt durch Schläge gegen die Wagenwand und krochen hervor, beleuchtet von dem Aufseher – der Reißaus nahm. Aber auch sie schlugen sich schleunigst in das feuchte Dunkel.

Wie nach seiner Nachtarbeit der Arbeiter Balrich hervorkam, trat ihm der Genosse Fischer entgegen und begann ihn zu loben für seine Vernunft und seinen Fleiß. Wenn er selbst sich dereinst von den Gesch-, das heißt vom politischen Leben zurückziehe, wer weiß, ob nicht die Partei ihr Augenmerk auf einen Genossen richten werde, der es gleich ihm, Fischer, vom einfachen Arbeiter durch eigene Kraft zum höher Gebildeten gebracht habe.

»Das ist gewiß das Ziel, das Sie heimlich vorhaben«, vermutete der Abgeordnete gespannt. Balrich sagte:

»Das möchten Sie wohl wissen.«

»Ich muß gar nichts wissen«, belehrte ihn der Ältere. »Der einzelne weiß nichts und kann nichts. Wenn ich auch auf meinen Schultern noch immer meinen alten Feuerkopf trage. Aber das Große wie das Kleine vollzieht sich doch immer nach den unumstößlichen wissenschaftlichen Gesetzen, auf denen unsere Partei ruht.«

»Ruht«, wiederholte Balrich.

»Alles vollzieht sich historisch«, beteuerte nochmals der erfahrene Genosse. »Tun muß man nichts. Der Kapitalismus wirkt sich auch nur aus.«

»An uns«, sagte Balrich.

»Und hat er sich ausgewirkt, sind wir die Erben.«

Balrich mit Bedeutung:

»Unser Erbrecht müssen wir geltend machen.«

»Wie wollen Sie das machen?«

Balrich sah ihn sich an, seinen Giftblick, sein ratloses Lauern. »Das möchten Sie wissen«, sagte er wieder; worauf Fischer:

»Sie sind doch wohl von meiner Treue überzeugt, Genosse?«

Und Balrich, kalt, wütend:

»Nein, Genosse.«

Dem Mitglied des Reichstages ward es bange. »Nur keine Gewalttat!« riet es dringend. »Streiks und andere Gewaltmittel treffen zuerst uns« – und es dachte an seine paar Gausenfelder Aktien.

Der Arbeiter erriet beiläufig. Er sprach nicht mehr zu dem Armseligen neben ihm, zu sich selbst sprach er:

»Wir müssen wollen und müssen glauben, an uns und an alle. Wir haben doch Seelen, wir wissen doch von dem Guten, Menschen sind wir doch. Damit allein sind wir schon stärker als das Geld.«

Der alte Politiker schielte ihn an, höhnisch aus gelben Augenwinkeln. Dann seufzte er, denn dunkle Erinnerungen kamen ihm, an den jugendlichen Luxus der Gefühle. In seiner Jugend, ihm war es, nicht er nur, alle hätten damals so gefühlt und hätten geglaubt – Unsinn wohl, aber man glaubte... Ein ganzes Stück ging er beschämt, in ungewissen Gedanken an die gealterte Partei und an ein nicht genütztes Leben.

Dann klopfte er dem jungen Menschen auf die Schulter und prophezeite ihm trotz allem eine schöne Karriere. Zu seinem Erstaunen stieß aber Balrich seine Hand fort und schrie ihn an. Denn auch Balrich schämte sich, er fühlte: »Ich habe schon zu viel gelesen. Ich laß mir Redensarten vormachen wie ein Bourgeois.«

»Was geht das Sie an«, schrie er, »was man für sich redet. Sie spionieren hier nur. Sollen Sie also wissen, was wir hier denken!«

Von seiner Wut überwältigt:

»Alles herausgeben muß die Bande! Bis jeder von ihnen sich selbst mit seinem Rasiermesser –«

Er sah sich um, der Abgeordnete war nicht mehr da... Zur Besinnung gelangt, schlug Balrich den Weg nach der Fabrik ein.

Eine Untersuchung durch die Sanitätspolizei, wußten sie dort, stehe bevor. Viele versprachen sich Unannehmlichkeiten davon für Heßling und sahen ihr gern entgegen. Nach einigen Tagen, schon früh morgens, hieß es »antreten«, der Medizinalrat war da. Die Einrichtungen, dies ward bald klar, konnte er nicht genug loben, mehr als entzückt war er von den Waschgelegenheiten. Dem Oberinspektor Herrn – bitte?

»Wachsmut, Herr Medizinalrat.«

Ihm trug er auf, dem leider verhinderten Herrn Generaldirektor seine lebhafteste Anerkennung auszusprechen. Da sahen die unter den Arbeitern, die sich gefreut hatten, einander an. Ein Licht ging ihnen auf. Der Medizinfatzke war schon vorher abgerichtet auf die Waschgelegenheiten, und auch Napoleon Fischer, der sich stellte, als habe er sie errungen, steckte mit unter der Decke. Die Waschgelegenheiten, ein Vergnügen, solange sie keins für die Herren waren, jetzt wurden sie ein gegen uns gerichtetes Komplott.

Nach den Einrichtungen kamen die Leute daran. Der Herr von der Behörde, massig gebaut, schritt ihre Reihen ab wie die Kolossalstatue eines siegreichen Feldherrn. Mehrmals blieb er stehen, in die Hüfte geworfen und die Hand darauf, und prüfte. Sie mußten die gehabten Krankheiten hersagen, wobei er immer des festen Glaubens schien, daß etwas nicht stimmte. Er konnte wohl auch befriedigt und leutselig sein; so bei Jauner. Herbesdörfer dagegen, gleich neben Balrich, flößte ihm ein erklärtes Mißtrauen ein.

»Den Verband weg!« herrschte er; und als er den Finger sah, herrschte er:

»Wie heißt der Mann?«

Der Oberinspektor sagte es ihm, worauf alles erklärt schien.

»Natürlich haben wir den Finger in Lehm gewickelt. Naturheilverfahren, natürlich. Aber wenn der Brand hinzutritt, wer bezahlt uns die Operation? Der Naturpfuscher? Und bezahlt er auch das Begräbnis des Mannes?«

Zu dem Oberinspektor:

»Herr, Herr –«

»Wachsmut.«

»Wachsmut. Mehr goldene Rücksichtslosigkeit, wenn ich bitten darf. Unser Menschenmaterial ist belastet mit Versicherungen, es darf nicht nach Belieben kaputtgehen.«

Hiernach wollte er weiter, fuhr aber unerwartet herum, wie an einem Seil gedreht.

»Der Mann dort hat einen stieren Blick. Ist Ihnen das nicht aufgefallen?«

Der Oberinspektor sagte merkwürdig harmlos:

»Der Mann ist ein guter Arbeiter.«

»Sie wissen nichts Besonderes über ihn?«

»Er studiert.«

Da nickte der Medizinalrat grimmig befriedigt.

»Aha! Meinem Scharfblick entgeht nichts, wie Sie sich überzeugen können.«

Und zu dem Arbeiter:

»Sie, wie heißen Sie?«

Balrich sah ihn sich an, dann sagte er, stark betont:

»Ich heiße – Herr – Balrich.«

»So, so. Noch schöner.«

Der hohe Herr, diesmal warf er sich nicht nur in die Hüfte, er schlug im Stehen die Beine übereinander; man sah, er verweilte.

»Wie lange treiben Sie schon Ihre Studia?«

»Ein Jahr.«

»Scheint Ihnen nicht zu bekommen. Leiden Sie an Reizzuständen?«

»Wenn man mich reizt«, sagte Balrich.

»Wird es Ihnen zeitweilig, besonders beim Studieren, aufgeregt zumut? Werfen Sie dann die Kleider ab?«

»Nein«, sagte Balrich.

Da ging das Gesicht des Medizinalrates in die Breite, es begann zu strahlen.

»Sie sind aber gesehen worden. Nackt am Fenster, gegen Morgen, als das Haus schon offen und Leute unterwegs waren.«

Balrich, überrumpelt, behielt seine verschlossene Miene; in ihm jagte es. Wann hab ich denn –? Doch, damals hab ich. Es ward Tag, ich lag im Fenster und dachte. Das war doch Zufall, ich wußte es selbst nicht mehr, woher soll dieser –. Aha! Er hat es von Heßling, und Heßling? ... Er wandte den Kopf. Die Kameraden blickten alle in derselben Richtung, auf einen Mann, der sich zu verstecken suchte. Jauner, wer sonst... Balrich sagte rauh:

»Das kann wahr sein oder nicht. In meinem Zimmer jedenfalls bin ich mein eigener Herr, und Spione kümmern mich nicht.«

Der Herr von der Behörde fragte lauernd:

»Sie halten sich hier wohl überhaupt für gleichberechtigt?«

Balrich antwortete:

»Ich habe einen freien Vertrag geschlossen. Was mich angeht, ich erfülle ihn auch.«

»Aber die Gegenseite?«

»Ich muß nicht ausspioniert werden.« Ihm kam eine Erkenntnis, er faßte den Herrn ins Auge. »Hier muß auch keine Komödie aufgeführt werden meinetwegen.«

Der Medizinalrat zuckte mit den Lidern; dann fragte er schnell und mit einer Art Freundlichkeit:

»Sie haben wohl viele Feinde?«

Da Balrich nicht mehr antwortete, setzte er hinzu:

»Dann ist es auch begreiflich, daß Sie geäußert haben: Alles herausgeben soll die Bande und jeder einzelne soll sich mit dem Rasiermesser selbst die Gurgel abschneiden.«

Balrich stand starr: Es ist klar, dachte er.

Der Medizinalrat seinerseits sagte zu dem Oberinspektor: »Die Sache ist klar. Der Mann ist verrückt. Das können Sie dem Herrn Geheimrat von mir ausrichten.«

Der Oberinspektor verbeugte sich; der Medizinalrat aber, inmitten der Stille des Entsetzens, die sich um ihn herlegte, redete geläufig weiter, und nicht etwa leiser.

»Der Mann fühlt sich verfolgt, und alles bezieht er auf sich. Zudem fällt noch auf, er überhebt sich und verkennt die örtlichen Verhältnisse. Das genügt für Paranoia, man kann ihn einsperren.«

Da er es murren hörte, wandte er sich erstaunt herum. Die Gesichter, in die er blickte, bewirkten sofort, daß er das übergeschlagene Bein wegnahm, die Hüfte einzog und viel weniger anspruchsvoll dastand. »Nach dem Gesetz«, rief er schnell, »und nach den medizinischen Verordnungen gehört der Mann in die Obhut der Anstalt.«

Das Murren wuchs. »Zunächst zur Klärung«, setzte er hinzu, worauf er, seiner Haltung wegen, vor Balrich hintrat und ihm den Daumen in die Augenhöhle und von unten gegen den Knochen drückte. Der Daumen stank. Balrich, dem es vor Wut schwindelte, hob schon die Hand. Mit aller seiner Kraft zwang er sich nieder – kalt vor Schrecken bei dem Gedanken, was geschehen wäre.

Dem Oberinspektor erläuterte der Medizinalrat:

»Er soll sich sogleich in der Heil- und Pflegeanstalt melden. Auf die Herren dort können wir uns verlassen.«

Eine Stimme rief: »Das ist das Irrenhaus!« – worauf aus dem Murren ein offener Lärm ward. Der Medizinalrat zuckte auf, er machte einige Schritte wie ein Tanzbär; »ich telephoniere gleich hin«, rief er, eilig aufbrechend. Erst jenseits der Schwelle ward er allmählich wieder aussehen wie die Kolossalstatue des siegreichen Feldherrn.

Balrich in dem Lärm bewegte sich umher und beruhigte. »Ich gehe einfach hin, sie können nichts machen, ich komme schon wieder«; – und als alle Hände gedrückt waren, ging er.

Auf der Landstraße, weit ausschreitend, steigerte er noch seinen Mut. Wie sie ihn fürchten mußten, daß sie ihn zu unterdrücken versuchten auf solche ungeheuerliche Art! »Sie sind verloren und wissen es, sonst würden sie dies nicht wagen. Zu viele kennen doch den Tatbestand, es kommt in die Zeitung. Wahnsinnig sind sie selbst!«

In den ersten Straßen der Stadt kam ihm ein Gedanke, der ihm auffiel. »Sonst holte ich mir dort drinnen die Schulbücher. Jetzt gehe ich mit dem, was ich gelernt habe, in das Irrenhaus.« Hierbei spannte es sich ihm kalt in der Magengrube, er ging zögernd – dann aber um so schneller, und naß vom Laufen kam er an.

Beim Pförtner vorüber, wollte er in einen Gang eindringen, der aber verschlossen war, und nicht einmal einen Griff hatte die Tür. »Da gehören Sie hoffentlich nicht hinein«, rief der Pförtner und schickte ihn hinüber in die Aufnahmeabteilung. Hier ging man ungehindert durch weiße, lange Gänge, bequemer und reinlicher als die im Haus B. Pflegerinnen in steifen Flügelhauben rollten in jedem Stockwerk Karren mit Essen hindurch. Im höchsten, an einem Tisch ein junger Herr in weißem Mantel schrieb und sprach gleichzeitig. Der Arbeiter wagte nicht Halt zu machen, der Herr selbst rief ihn an.

»Herr Balrich!« rief er.

Da stand nun Balrich, drehte seine Mütze und zog die

Brauen zusammen. Der junge Blonde sah ihm aufmerksam in die Augen, aufmerksam, nicht feindlich, und sprach dazu – schien aber selbst nicht zu hören, was er sprach.

»Sie habe ich gleich erkannt. Sie sind mir gut beschrieben worden. Weiß Gott, auf Sie bin ich hingewiesen.«

»Nun schön«, schloß er munter. Die Pflegerin, mit der er verhandelt hatte, fragte er nach einem freien Zimmer. »Besonderer Fall«, sagte er zu einem Kollegen, der vorbeikam. Dann nahm er Balrich unter dem Arm, öffnete von den vielen Türen eine, dahinter noch eine, und ließ ihn hinein. Drinnen ein Bett, ein Heizungskörper; das Fenster geöffnet auf Blätterdächer.

»Setzen Sie sich doch«, sagte der Arzt. »Wissen Sie, wo Sie hier sind?«

Balrich, der Vorsicht wegen, antwortete nur:

»In einem Zimmer.«

»Nun ja – immerhin«, sagte der Doktor und lachte. »Aber weshalb sind Sie eigentlich gekommen?«

»Weil ein Medizinalrat«, sagte Balrich sicher, denn hierauf war er vorbereitet, »meine geistige Gesundheit bezweifelt.«

»Was noch nichts beweist«, fügte der junge Arzt hinzu... »Aber Sie haben sich nicht gesetzt. Bewegen Sie sich ganz wie Sie wollen! Wir unterhalten uns hier nur; Sie sehen, ich schreibe mir nicht einmal auf, was Sie sagen.«

Dennoch fühlte Balrich, es komme an, nicht allein auf jedes seiner Worte, auch darauf, wie er die Hand rührte und ob er einen schnelleren Schritt tat oder hoch sprach anstatt tief. Er blieb regungslos stehen.

»Also setzen wir uns?« fragte der Arzt nochmals. Da ging Balrich steif auf den Sessel zu und setzte sich auf die Armlehne.

»Weil es schon gleich ist«, dachte er dabei. Der Arzt

schien es nicht zu bemerken, er warf den Kopf in den Nacken und sagte in die Luft:

»Fühlen Sie sich krank? ...Nein? Kein Blutandrang oder Schwindel? Nein? Aber Sie haben sich doch nackt in Ihr Fenster gestellt«, sagte er plötzlich mit Nachdruck und prüfend den Kopf gesenkt. Balrich saß starr. Dann war alles eine Falle gewesen? Der da hatte sich zum Schein auf seine Seite gestellt, eine gemeine Falle! Wütend warf er sich nach vorn, die Faust war schon gemacht! Da sah er den andern hinter sich fassen, nach der Klingel – und fühlte sich weiß werden, angesichts der großen Gefahr. Statt der Faust zeigte er eine bittende Handfläche.

»Es ist nur«, bat er, »weil schon der Medizinalrat mich damit hat reizen wollen. Das hält man doch nicht aus, wenn alle mir vorhalten, was die Spitzel sagen. Bei uns sind Spitzel, Sie wissen das nicht.«

Der blonde Herr hatte wieder sein harmloses Gesicht. Er wehrte begütigend ab, weil Balrich die Sätze gar so gewaltsam hervorstieß und nun so rot ward.

»Das kann ich freilich nicht wissen«, bestätigte er. »Darum müssen Sie sich nicht aufregen.«

Er setzte sich bequemer. Balrich tat folgsam das gleiche.

»Unterrichten Sie mich, bitte«, begann der Arzt. »Wie leben Sie in Gausenfeld?«

Der Arbeiter sagte verbissen:

»Schlecht. Ausgebeutet, geknechtet und wie das Vieh zusammengesperrt.«

Das wollen sie hier gerade hören, fürchtete er, und setzte schnell hinzu: »Das wissen aber alle. Ich bin nicht verrückter als die anderen.«

»Ich möchte es Ihnen glauben«, sagte der Arzt einfach. »Ist es wahr, daß Sie Einfluß haben auf Ihre Genossen?« ...Unter dem mißtrauischen Blick Balrichs erklärte er:

»Es wäre nur natürlich. Sie haben eben mehr Willenskraft – was Sie auch durch Ihr Studium beweisen... Es muß doch hart sein?«

Dies klang teilnehmend; der Arbeiter sagte dennoch, rauh klagend:

»Ich soll wohl überarbeitet sein? Sie wollen mich nur hineinlegen.«

Der junge Blonde beugte sich weiter vor.

»Denken Sie das nicht! Ich weiß selbst, was schuften heißt. Sie wollen eben heraus aus dem Elend.«

»Nicht nur ich!« sagte Balrich, und Begeisterung ergriff ihn unversehens. »Auch die anderen sollen da heraus! Einer muß es doch machen, der bin nun ich.«

»Sie fühlen den Beruf?«

Da schlug er sich an die Brust.

»Mir ist es aufgetragen. Es ist meine – meine –«

»Sendung?«

»Ja«; und Balrich fühlte sich tief erleichtert – trotz der zögernden Miene des Arztes. Der Arzt sagte dann aber:

»Sie haben eine Sendung. Warum nicht. Sendungen gibt es.«

Er nahm das Kinn in die Hand und sprach jetzt leiser.

»Weiß man es schon bei den Oberen?«

»Daher die Verfolgung«, sagte Balrich; und der Arzt ganz leise:

»Wer verfolgt Sie?«

»Immer der eine; für ihn geschieht alles Böse. Aber seine Werkzeuge sind viele, die Spitzel, der Pfarrer von Beutendorf, unser Abgeordneter, der ein Verräter ist, und jetzt der Medizinalrat.«

Als Balrich dies hervorgebracht hatte, schien der Blütengeruch aus dem Garten ihm schwüler, eine Vogelstimme klang ängstlich. Der Arzt hielt die Augen gesenkt.

»Warum nicht«, wiederholte er. »Es gibt auch Feinde. Ich habe nicht den Beruf, das Kapital, das Sie hassen, zu verteidigen. Das mögen die Bonzen tun«, sagte er nebenhin; aber dann eindringlich:

»Nur bedenken Sie doch, ob es nicht etwas unwahrscheinlich ist, daß gerade der sozialdemokratische Abgeordnete Ihr Feind und der Freund Ihres Widersachers sein soll.«

Das klinge so, erwiderte kurz Balrich, denn er hatte gesprochen. Der Arzt sagte behutsam:

»Weil Sie vorhin so böse wurden, will ich Sie an das Wort, das Sie ihm gesagt haben, nicht erinnern. Sie wissen, das Wort von den Rasiermessern. Es ist ihm aufgefallen, er hat es herumgesprochen. Sie nennen das gleich Verrat. Und der Medizinalrat? Wir Doktoren sehen überall Symptome; nur menschlich. Ich glaube wohl, Sie sprechen von Dingen, die sind; nur möchte ich sie gemäßigter auffassen.«

»Die Gemeinheiten, die wir nicht selbst erleben, fassen wir immer gemäßigter auf«, bemerkte Balrich; worauf der Arzt:

»Da haben Sie wieder recht.«

Und er stand auf. Balrich tat wie er. »Muß ich hier bleiben?« fragte er dumpf. Der junge Blonde sagte sorglos:

»Die kurze Gastrolle hier darf Sie nicht verdrießen. Wir sind gut ausgekommen. Ich bin kein schlimmer Untersuchungsrichter, wie Sie wohl schon sehen, Sie hätten an schlimmere geraten können. Im Vertrauen« – er hielt die Hand an den Mund –, »der Medizinalrat, als er telephonierte, hat meinen Namen verwechselt.«

Jetzt lachte er hell auf. Balrich mußte mitlachen. Er nahm die hingereichte Hand.

»Dies Zimmer gefällt Ihnen doch? Auch die Zimmer, Sie haben wohl davon gehört, sind bei uns nicht alle so angenehm… Eins muß ich noch fragen«, sagte der Arzt schnell, »sehen Sie manchmal etwas und merken nachher, es war nicht da?«

»Sie meinen Visionen? Nein!« sagte Balrich entrüstet. Gleich darauf, sich erinnernd, erschrak er heftig. War es eine gewesen, damals, vor Villa Höhe?

»Wäre es schlimm?« fragte er.

»Weihen Sie mich ruhig ein! Vielleicht hatten Sie nur lange gehungert oder waren übermüdet?«

»Nein«, sagte er starr. »Es kam, weil ich wollte.«

»Wunschbilder kann am Ende jeder haben, der nicht ganz glücklich ist, oder der viel erwartet. Wie war es?«

Da fühlte Balrich: »Ich habe Leni gesehen als reiche schöne Dame auf Villa Höhe. Ein Traum, aber wirklicher als ihr alle – und im Irrenhaus wollt ihr ihn herausholen aus mir? Pfui Teufel!« – und ehe er es wußte, stampfte er auf, schlug aus Leibeskraft gegen den Kleiderschrank und schrie ein Schimpfwort. Der Arzt hörte es an, er schüttelte sanft den Kopf.

»Sehen Sie, jetzt ist es doch mit Ihnen durchgegangen«, sagte er mißbilligend; – und da er Balrich vernichtet sah: »Nun, Sie werden nicht wieder nachgeben.«

Er ging zur Tür. Jäh anhaltend: »Wer ruft da Dieb?« fragte er. Balrich sah auf.

»Mir kann niemand es nachrufen. Aber ich kenne Diebe genug«, sagte er mit Verachtung. Darauf nickte der Arzt und ging.

Eine Weile des Lauschens – dann endlich frei ausschreiten, schnell, noch schneller; die Arme heben, den Tisch verrücken, alles war wieder erlaubt. Auch lehnte er sich zum Fenster hinaus. Das Dach der Baumkronen konnte er berühren, nicht aber hindurchsehen, was unten war. Plötzlich fiel ihm ein, daß in solchen Häusern Löcher sein können in Tür und Wänden. Er fand keine; – aber er warf sich vor, er habe dem Aushorcher zu viel schon preisgegeben. Wenn du schweigst, nur schweigst, welche Handhabe bleibt ihnen. Statt dessen gibst du ihnen dein Höchstes preis – aus Furcht, weil sie die Macht haben. Er fühlte: der grauenvollste Mißbrauch der Macht war erst hier verübt worden. Das Ideal, untersucht im Irrenhaus.

Jetzt aber ward es ihm bewußt, der Geruch aus dem Garten, es war der Duft von Lindenblüten, derselbe, bei dem er vor einem Jahr fast schon gestorben wäre, erhängt in einer Baumkrone. Duft des Schicksals, fühlte er; wie viel zwischen damals und heute, wie viel! Auf das Sofa gestreckt, bis es dunkel ward, dachte er, ja freute sich des Denkens, an seine Sendung, seinen Kampf – und dir, dir dies vorbehalten, Auserwählter! Sollst um dich greifen, Heilbringer, von Gausenfeld weithin, in das Land, in die Welt. Hier weißt du es nun, gerade weil du hier bist, wie sehr sie auf dich zu hoffen, dich zu fürchten haben. Dein höchster Augenblick, er ist hier. Sie dachten dich zu vernichten, und stärken dich.

Im Dunkeln, entwöhnt des Schlafes, ward er nur wacher. Er drehte Licht an; da erschien auf breiten Schultern vor ihm ein Kopf mit breiter gebuckelter Stirn, das Gesicht aber darunter schmal wie ein Ei. Er erschrak, denn er kannte ihn nicht. Also wahr? Dies, dein Gesicht? Er kannte es noch viereckig wie ein Klotz. Hast du denn schon so viel gedacht und gesorgt, armer Mensch? Dich gesorgt um Dinge, die fern sind, und den heilenden Erfolg dir lange vorenthalten? Wie lange noch?

»Ich überlebe es nicht«, erkannte er, starren Geistes. »Ich weiß besser als sie, wie es steht mit mir. Sie nennen es Größenwahn und Verfolgungswahn. Sie wissen nicht, daß ich schon versucht war, den Fischer anzufallen und den Medizinalrat. Heute ist es mit mir durchgegangen. Das Haus wirkt, ich bin verloren.«

Die Hände um das Gesicht, neigte er es, in betender Haltung. Furchtbar, hier zu sein, und furchtbar, wieder hinauszugehen, allein auf immer mit deiner Kraft, ob sie aushält – deine Kraft gegen die Welt... Da sagte Gott ihm: »Nicht allein! – und keine Sendung, die nicht alle haben.

Ihr alle sollt hinaufgelangen in der Vernunft des Menschen, einer gestützt auf den andern, und nicht einer dürfte fehlen. Der Bettler Dinkl ist so würdig wie du.«

Es ward Morgen, Balrich schlief ein.

Er erwachte müde, aber noch unruhig. Das Hin und Her der Gedanken, dann bald wieder Schlaf, den halben Tag, die ganze Nacht – und kaum ward es hell, verlangte er nach dem Arzt. Es zeigte sich, daß er erwartet wurde, im Garten.

Der Garten war grün, die Wege auch, und auch die Bretter, die ihn hoch einzäunten. Man sah nicht weit, wilde Büsche schoben sich vor, oder eine Baumkrone schwebte groß herab bis in das Gras. Durch das Gras manchmal huschte jemand oder stolzierte. Einer nur ließ sich länger blicken. Am Ende des Gartens lang und hager stand er, das Gesicht erhoben in die grünliche Luft, und auch mit dem ausgereckten Arm, wenngleich er ihn nicht rührte, grüßte er hinauf.

Der junge Blonde kam herbei, er sagte:

»Herr Balrich, ich habe Sie rufen lassen, weil ich schon jetzt entschlossen bin, Sie zu entlassen. Sie werden sich wundern, denn Sie sind sich bewußt, einiges Auffallende getan zu haben, kürzlich. Auch seitdem waren Sie recht erregt, aber dann habe ich Sie schlafen gesehen, es sah gut aus. Wenn Sie einmal wieder zu viel gearbeitet haben, erlaube ich Ihnen, wiederzukommen und sich auszuschlafen.«

»Ist es nur das?« fragte Balrich.

»Noch andere Namen und Titel sind zur Hand für den, der sie anwenden will. Ich will nicht. Sie haben die Irrtümer des Geistesgesunden; dies nehme ich an, weil ich niemandem zu Gefallen das Gegenteil annehmen will, das mir nicht bewiesen ist. Sie irren oft, in Ihren Sinneseindrücken wie in Ihrem Denken. Aber mir ist es nicht bewiesen«, sagte er, abgewendet, in die grünliche Luft hinauf, »daß gerade dieser unterwertig ist und nicht gerade dieser zu viel wert. Wir wären weit öfter Genies, wenn nur das Leben sie immer brauchen könnte.«

»Dann bin ich dennoch verloren?« fragte Balrich, denn so hörte er es.

Sie waren im Garten am Ende; hier der den Himmel Grüßende ließ sich nicht stören und grüßte weiter das Unbekannte. Der Arzt blieb stehen.

»Ich ahne Sie; denn ich bin jung. Wäre ich alt und ein Bonze, würde ich Sie eingesperrt haben. Weil ich jung bin, fühle ich mich noch verbunden mit dem Unbekannten, dem All.«

Er hatte das Gesicht und den Arm erhoben, stand und grüßte nach oben – wie jener dort.

Nun wieder zu Balrich, mit einem ernsten Lächeln.

»Seien wir schlicht. Sie haben Unrecht erlitten, sehen Ihre Mitmenschen fortgesetzt viel Unrecht leiden, und schließen daraus, die Welt sei ungerecht.«

»Was soll ich anderes schließen?« fragte der Arbeiter.

»Ich – weiß es auch nicht«; – mit dem ernsten Lächeln. »Aber vielleicht sollten Sie fünf grade sein lassen, ich muß es auch.«

»Ich kann es nicht«, sagte Balrich.

Schweigen. Sie gingen zurück.

»Lieben sie jemand?« fragte der Arzt.

»Ja, o ja!«

»Lieben Sie denn! Es ist das Mittel, den Haß zu überdauern.«

Sie gaben sich die Hand. Balrich durchmaß noch einmal die weißen, langen Gänge; Pflegerinnen schoben Karren mit Essen; – und war draußen. Es gibt auch Freunde, dachte er in dem fremden Gedränge der Stadt. Aber auf der Straße nach Gausenfeld ward es ihm härter zumut, die Luft trug ihm Kampf entgegen, ihn erwartete Kampf. Er dachte: »Der Doktor soll sich nur nicht den Mund verbrennen. Er ist doch angestellt, daß er mich verrückt macht. Er läßt mich hinaus, was mag dahinterstecken?«

In der Fabrik erfuhr er es sofort. Sie ward von Gendarmen bewacht; schon seit gestern drohte ein Zusammenstoß. Die Arbeiter hatten die Leitung vor die Wahl gestellt, Streik oder Balrich. Aha! Er lachte grimmig und ging an die Arbeit. Daher der Edelmut des Arztes! Alle gleich, alles eine Bande! ... Ein Zweifel: war es Zufall? »Er sah mich doch an wie ein Freund ... Als könnte es Freunde geben! Sie sind abhängig, einer von dem anderen, und alle von dem Reichsten. Der aber ist nicht mein Freund ... Niemandem glauben, nur arbeiten!«

V Das Richtfest

Er arbeitete so sehr, daß er nicht merkte, was Festliches im Werk war. Haus C, der Schrecken Klinkorums, war unter Dach und sollte gerichtet werden. Ein Septembersonntag stand bevor mit Freibier und Musik, Tanz, Aufzügen, Rausch. Balrich sah den glücklich Erwartenden nach, den Mädchen und Frauen, die ihren Putz besprachen, den Liebespaaren, erfüllt vom Vorgeschmack ihres Glückes – und ihn bewegte ein Mitleid, mächtiger sogar als sein Zorn. Er konnte ihnen sagen: »Belügt euch nicht! Ihr wißt doch, ein Almosen wirft er euch hin, den Bettelpfennig eines sorglosen Tages für all euer lebenslanges Leiden, damit ihr es weiter leidet, lebenslang.« Aber er schwieg, kaufte der armen Thilde, die ihm nachschlich und freilich mehr hoffte als dies, ein neues Tuch, und für seine Schwester Leni ein Paar Schuhe, bronzefarbene Tanzschuhe, mit Stöckeln wie für eine Fee.

Der Festtag, blau wie er sein sollte, ging auf – und da wehten auch schon vom Hause C die Fichtenkränze, Fahnen rückten heran, Arbeiterkegelklub, Arbeiterturnverein, und Obmann oder Ordner genossen die Wonne zu kommandieren, alle anderen das Glück, strammzustehen nach eigener Wahl. Auf der Wiese indessen, vor den Häusern A B wurde ein Karussell in Betrieb gesetzt. Und die Kinder hatten nicht nur dies, sie hatten Waffelbuden, Schießhallen und Kioske mit Limonaden, alles die Wiese entlang, am Weg zum Friedhof. Das Programm der Erwachsenen war anders.

Zuerst das Essen, Geräuchertes und Bier ohne Grenzen,

in dem Saal hinter der Kantine, bei dröhnender Blechmusik, beim Geruch der getünchten Wände und grüner Kränze. Dann die Rede Horst Heßlings.

Er vertrat seinen Vater, den Generaldirektor, aß freilich nicht, stand aber oben an der längsten der Tafeln, in der Hand ein Glas Bier. Der Arbeiter Dinkl, wie es seine Art war, schob dienstfertig dem jungen Herrn einen Stuhl hin – und so fest in die Kniegelenke hinein, daß es klar war, er sollte knicken. Horst Heßling knickte aber nicht, er hielt die Knie durchgedrückt. Er drehte nur die Schultern herum und sagte: »Durchaus nicht, mein Lieber« – was den Dinkl dann freilich Achtung lehrte. Andere, bewogen durch Jauner, machten sich heran und erbaten die Ehre, daß sie auf das Wohl des jungen Herrn ein Glas dürften leeren. Horst Heßling erhob, ihnen zutrinkend, das seine bis an sein Monokel – was ihnen schmeichelte. Viele stimmten heute darin überein, daß er mit seinem Vater nicht vergleichbar und in seiner Person die Gewähr besserer Zeiten sei. Die Verheißung des Arbeiters Balrich, gebunden an Arbeit, Willen, langewährendes Vertrauen, wurde übertönt heute von Blechmusik, dem Lärmen des billigen Glückes. Balrich, dahinten eingeengt, stand nicht hoch im Wert. Nur Heßling Vater mußte abfahren, und hoch Heßling Sohn!

Der Erbe ließ auf den Tisch einen Stock niedersausen, daß die Weiber, die nahe saßen, aufkreischten; dann in der jähen Stille, die Handballen auf den Tisch gestützt, sagte er scharf: »Leute!« – sah sich herausfordernd um und sagte es nochmals.

»Leute! Das Haus, dessen Richtfest wir heute feiern, erinnert gewiß auch euch daran, daß hier früher überhaupt keines stand.«

Balrich dahinten in der Enge verachtete den kühn blikkenden Erben wegen dieses Satzes. Er verstand nicht völlig; ihm schien es, der Erbe gehe die Geschichte Gausenfelds durch, »auch nur eine Klitsche«, bis »mein hochverehrter Herr Vater« »die Zügel in seine feste Hand nahm« und dem Unternehmen »den Schwung seines Geistes aufdrückte«. Mit erhobener Stimme:

»Und nun seht mal, wie es sich entwickelt hat. Nicht wiederzuerkennen! Und woran liegt es? Einzig an der Führung!«

Ein Vergleich sollte dies erweisen, der Vergleich mit dem großen Ganzen. Wenn der Erbe in der Schule von dem Deutschen Reich lernte und seinem glänzenden Aufschwung unter der berufenen Führung, dann habe er immer an Gausenfeld denken müssen und »meinen Herrn Vater«. Mit erhobener Stimme:

»Wie es in Gausenfeld aussieht, sieht es auch im Reich aus, und immer wird noch angebaut, das Haus C beweist es. Wir schreiben 1913.«

Der Erbe machte eine Pause, um nachzuzählen. »Wir schreiben 1913, und in den letzten zwanzig, fünfundzwanzig Jahren ist die Sache gemacht worden. Papier haben wir fabriziert in Gausenfeld, daß wir die ganze Welt damit zudecken können. Und vielleicht werden wir auch einmal etwas fabrizieren, was unser Reich noch notwendiger braucht.«

Hier wieder eine Pause, und dann das Glas schwingend, mit gesammelter Kraft:

»Darum Seine Majestät der Kaiser und Herr Generaldirektor Heßling, hurra, hurra, hurra!« – was die Arbeiter erwiderten, mit Stimmen, als ob sie schössen. Die Blechmusik brüllte den Tusch.

Jetzt aber den Saal ausgeräumt! Die jüngsten der Männer legten die Röcke ab und schafften es, indes in den Winkeln die Mädchen schon kichernd bereitstanden. Balrich half den langen Tisch auseinandernehmen, da trat Leni ein. Sie kam erst jetzt, als verdienten Lärm und Gestank der Abfütterung nicht ihre Anwesenheit – und war sie nicht seit dem vorigen Jahr eine Dame geworden, nicht weniger als eine Dame? Ihr Bruder sah es auf einmal. Das Tuch der Arbeiterinnen noch über den Schultern: aber darunter ein Seidenkleid, eng und so lang, daß er nicht sehen konnte, ob sie seine Schuhe trug; und das goldblonde Haar ein so kunstreich glatter Aufbau, als sei es nur von feinen, ganz weißen Händen berührt worden. Er sah auf ihre Hände: sie hatte Handschuhe, die reichten bis unter die Ärmel.

Sie hielt den Kopf hoch, wie eine Dame, die das Vergnügen dieser Leute in Augenschein nahm, und sie ging mit kleinen behinderten Schritten, ihre lang gewölbten Schenkel zeichneten sich ab dabei. Balrich stand, als er seine Schwester so sah, rot und müßig da – und dennoch war er stolz, liebte sie und wollte hin, sie geleiten. Während er aber im Laufen den Rock anzog, erschien neben ihr Horst Heßling, auf sein Zeichen ging Musik an, und schon tanzten sie dahin, an Balrich vorbei, den sie nicht sahen. Er blieb stehen; viele andere Paare hinter ihnen her stampften und scharrten; nun aber wieder sie kamen, hörte er so wenig, wie wenn Staub wirbelt.

Lange ging es fort; ein Tanz beendet, sogleich schwang sich ein neuer, und Leni immer darin und immer mit dem einen. Balrich merkte, man sah ihn an, weil er dastand, nicht fortkam und sein Blick immer finsterer ward auf ihnen. Dastehend, nannte er seine Schwester schamlos und den jungen Herrn einen Lumpen, machte sich anheischig dazwischenzufahren, sagte ihnen die Minute voraus, in der es aussein sollte mit ihnen und er selbst daran kam mit seinem Recht und seiner Ehre; aber sie inzwischen tanzten. Sahen ihn nicht, tanzten nur und lächelten sich an – was ihn entwaffnete. So schön war Leni, mit den weit auseinanderstehenden Augen, ihren roten Lippen, dem weissen Schimmer auf dem eingedrückten Nasensattel – so schön seine Schwester, daß er um ihretwillen auch ihren

Kavalier schön fand, samt Monokel, zurückgekämmtem Strohhaar und der rötlichen Haut, die schwitzte. Er führte sie doch, wie niemand führte. Sie war bevorzugt, war glücklich durch ein Nichts, einen Tanz – »und ach! wann wird sie es sein, weil ich darum gekämpft habe... Ich sollte nicht zusehen, ich weiß es. Aber was geschieht hier?« sann er und sah bunte Röcke vorbeiwirbeln, bunte Blumen, Augen, vom Rausche bunt. »Staub wirbelt doch nur. Wir Armen!«

Da um die beiden freier Raum ward, sah er, seine Schwester hielt hoch das Kleid gerafft über dem seidenen Fuß, und der stak in seinen Feenschuhen. In Schuhen von mir doch tanzt sie durch das bißchen Leben; damit ging er hinaus, gefolgt von der sehnsüchtigen Thilde.

Er kaufte ihr zu trinken und sagte, er wolle nun kegeln. Hinter den Buden das Karussell kreiste und flirrte in der Sonne, mit Brüll- und Klingelmusik, bebänderte Kinder umher, wartend, schreiend. Oder sie wälzten sich schreiend auf der Wiese, und von den Buden holten sie Getränke für die Mütter – indes je drei oder vier in dem Wägelchen mit dem Esel hockten; von der Landstraße bis zum Friedhof fuhr es, Staub verbreitend, rastlos hin und her. Staub zog über die Wiese, die Buden, den Bauplatz, die Kegelbahn; und in dem Staub das Geschrei und der Dunst von Schmalzgebäck wälzten sich die Friedhofsmauer entlang, bis wohin Trinker saßen, und hinein in den Friedhof, wo zwischen den Gräbern einige schon ausschliefen.

Den Bauplatz hatten andere erwählt, die kühnen Kletterer und nüchternen Witzemacher. In dem treppenlosen Neubau schwangen sie sich bis in die höchsten Fensterhöhlen, dort vollführten sie ein Getöse, daß gegenüber endlich Klinkorum zum Vorschein kam. Er hatte sich weit zurückgezogen vor den hemmungslosen Kundgebungen des Volksfestes; getroffen in der tiefsten Würde des Gebildeten, saß er in seinem Studierzimmer, es war auf immer nun verdunkelt und mit schlechter Luft erfüllt vom Haus C, dieser alles beschattenden Kloake des Pöbels, ihm vor die Nase gesetzt durch das ruchlose Kapital. Jetzt zeigte er sich in seiner Balkontür, um, was noch möglich wäre, von den Ausschreitungen der Besitzlosen zurückzubannen kraft seines Auftretens. Zuerst, da er sich zeigte, war ihr Freudengeschrei furchtbar. Die Rechte kühn in seinem drapierten Schlafrock, heraus den Spitzbauch und drohend mit den Zacken, den sieben Bartsträhnen, dem Brillengefunkel, brachte er sie freilich zur Unterwerfung, wie sonst wohl die aufrührerischeste Schulklasse. Sie schwiegen; nur daß, er glaubte sich schon Sieger, auf seine Hauskappe etwas niederfiel. Würdig trat er den Rückzug an; er erkannte, die Waffen, mit denen sie ihm begegneten, waren nicht die des Geistes, sie spuckten. Schon traf es auch seinen Spitzbauch, Klinkorum sprang und verschwand. Am Fenster seines Schlafzimmers erschien er wieder, ward aber empfangen wie zuvor; denn auch dort standen sie bereit, der Neubau beschrieb einen Winkel und umklammerte ihn ganz. Da gab er es auf, die Stirn zu bieten. Aus dem hintersten Dunkel seiner Bücherei sah er es weiter in langgestrecktem Bogen aufglänzend herüberschiessen und auf seine Dielen fallen, auf seinen Studiertisch, ja in seine Pfeife, die daranhing und die es auslöschte. Wer spuckte, er sah es nicht, sie waren ein Greuel, sie und Heßling, der sie dort hinstellte. Ja, Klinkorum, alles hassend, fühlte es deutlich, der Dämon des ruchlosen Großkapitals, leibhaftig stehe er hinter jenen dort und lenke ihre Geschosse... Dies war der Zeitpunkt, da Klinkorum sich verschwur zum vorbehaltlosen Verderben Diederich Heßlings. Seine Proteste gegen den Bau der Mordhöhle drüben waren vergeblich geblieben bei Heßling, und auch das dringendste Angebot, ihm sein Haus zu verkaufen, vergeblich. Ruchlose Mißachtung, der Machtwahn derer, die fallen sollen! Künftig nun verschlug kein Paktieren mehr, Klinkorum war ein Empörer und hielt es mit den Empörern. Der Feind der Proletarier war auch seiner, und darum, geschehen war es um ihn. Wehe den Gewaltigen, wenn gegen sie verbündet aufstehen die Muskelstärke und die unüberwindliche Kraft des Geistes!

Nicht etwa, daß das Vergnügen geringer war auf der Kegelbahn. Der wilde Wein, der sie umrankte, war schon rot, das Bier kam ohne Umweg aus einer Klappe in der Wand der Kantine, auch ward ein Schwein ausgekegelt; alles aber zahlte Kraft Heßling, der hohe Protektor des Arbeiterkegelklubs. Er zahlte das Bier, das Schwein, und trug noch die Kosten der Witze. Sooft er schob, ließ Dinkl, die geschickteste Hand, ihm eine Kugel zwischen die Füße rollen, so daß er stolperte und manchmal auch hinfiel, worüber alle lachten. Um Weiterungen zu vermeiden, tat er immer, als merkte er nichts, und verteilte sogar Zigaretten. Denn erstens durfte er kein Spielverderber sein, Heßling Vater hatte ihm unweigerlich befohlen, sich populär zu machen. Und dann wohin? Der Tanzboden, wo sein Bruder Horst mit dem Volke Freud und Leid teilte, war nicht der Ort für Kraft; er fürchtete zu sehr die Mädchen. Da roch er lieber den Schweiß der kegelnden Männer. Jeden Augenblick kam ihm einer unter die Nase mit seinen Achseln oder seiner rauhen Brust, und dann wälzten sie sich; denn Kraft war erbleicht und hatte Augen, die, geisterhaft umrändert, von nichts mehr wußten. Auch er entledigte sich des Rockes; Jauner, ergeben wie er war, half dem jungen Herrn und hängte den Rock über einen Stuhl – worauf Kraft, lang und mit achtzehn Jahren verfallen, einen ohnmächtigen Schub tat. Um ihn wieder gutzumachen, zog er aus seiner Hose schon die zweite volle Zigarettentasche.

An Balrich, der vom Eingang her zusah, trat Polster, der Maschinenmeister, heran und erklärte ihm, was er jetzt sagen wolle, sage er nur als Verwandter. Da er nicht weiterkam, tauchte aus dem roten Weinlaub seine Frau hervor und ermunterte ihn. »Sag, was wahr ist, Polster!« Da bekannte er:

»Sie will, daß ich dir einen Wink gebe wegen Leni. Mir kann es gleich sein, was Leni vorhat.«

»Wieso gleich«, sagte die Polster und setzte schon die Hände auf die Hüften. »Ein seidenes Kleid, einen echten Kamm, und Schuhe für dreißig Mark...«

»Sie sind von mir«, sagte Balrich, abweisend.

»Die Schuhe?«

»Alles«, sagte Balrich.

»Er hat Geld erspart«, bemerkte Polster. »Wer immer nur arbeitet.« Seine Frau aber, wie eine Natter: man wisse, was man wisse. Noch jeden Tanz habe Leni mit dem jungen Herrn getanzt, und jetzt seien sie beim Schieben. Alle Leute redeten; die Schande falle auf die Familie.

Balrich sah sie fest an; er dachte an die Freundschaften der Frau, dank denen die Polsters sich zwei gute Zimmer halten konnten – und der letzte war noch dazu der Spitzel Jauner. Balrich zeigte auf ihn.

»Dreh dich um«, sagte er zu Polster verachtungsvoll, »damit du siehst, was eine Schande ist!«

Die Frau, grau im Gesicht, faßte sogleich den Mann an und wollte ihn fortzerren. Er aber hielt stand, denn wirklich gab es etwas zu sehen. Der Simon Jauner hatte die Hand in dem Rock des Herrn Kraft und brachte sie nicht mehr heraus, weil jemand sie festhielt. Herbesdörfer war es, dumpf stieß er aus: »Ich habe den Dieb« – bis seine ungelenke Stimme sich gelockert hatte, da rief er lauter als die Kugeln rollten, und hallo, alle stürzten auf einen Haufen. Lange sah man nur ein Wimmeln und Händelangen, vernahm nur Geschrei; dann kam der Gendarm. Der brachte, fest zupackend, den Jauner an das Licht, und welch einen Jauner! Zerrissen, fletschend und geifernd, das Haar auf der Nase und gelb bis in die Augen, statt der kriechenden Freundlichkeit bloß noch gelb und toll, so schrie er. Bellend schrie er, jetzt sei es gewesen, keinen kenne er jetzt mehr, und alles solle heraus. »Muß ich schon fort«, bellte er, »vorher liefere ich euch noch!« – und schnellte dabei die Hand gegen den, der dahinten allein stand, Balrich... Herbesdörfer wollte über ihn her, auch noch den zweiten Gendarm, der jetzt anrückte, brauchte es, ihn aufzuhalten.

Zugleich erschien der Herr Oberinspektor. Er äußerte, der Fall werde sich hoffentlich aufklären lassen, in Anbetracht des schönen Festes. Gerechtigkeit freilich müsse walten, er selbst werde streng untersuchen, drinnen im Versammlungssaal, Haus A; – und ließ den Jauner vorangehen zwischen den Gendarmen. Hinterdrein er selbst mit Kraft Heßling, und den Zug schloß Herbesdörfer.

Die Zurückgebliebenen freuten sich lärmend, Dinkl zahlte eine Runde. Den Jauner hatte es! Jetzt ward er abgestochen wie das Ferkel hier. Ausgekegelt war er, wie das Ferkel!

Dies hörte Balrich, trübe schweigend, mit an. So wußten sie nichts und kannten noch nicht den Lauf der Dinge. Was hatten sie denn auch erfahren. Sie waren nicht ausgesondert, in ihrer Seele angetastet und die schwere Nacht der Selbstprüfung allein gelassen mit ihrem Gott. Sie kamen nicht zurück dorther.

Er versuchte sich; was taten alle diese, wenn drinnen ihre Schwester –. Die? Sie würden es sich gefallen lassen wie Polster – vielleicht noch stolz. Nein! So waren seine Klassengenossen nicht. Herbesdörfer an seiner Stelle ging und schlug ihn nieder, den Hund! In Scham und Zorn machte er sich auf.

Drinnen drehte es sich noch immer, eingeschlafen und von der Welt vergessen. Die Musik spielte wie in dem Karussell, wie für Tiere aus Holz. Balrich sah seine Schwester, die Augen geschlossen, im Arm ihres Herrn immerfort rundum wanken. Ihre Schenkel und seine lagen fest aufeinander, nur die Füße bewegten sich und lebten. Er wäre dazwischengestürzt, aber sie hielt die Augen geschlossen, wie durfte er sie wecken.

Der Tanz endete, Balrich sagte ihrem Herrn, er werde seine Schwester um den nächsten bitten – und der nächste begann schon. Er führte sie und sagte:

»Du bist schöner heute als sonst, woher kommt das?«

Sie lachte schläfrig. Am Rande des Saales begegnete er dem flehenden Blick der armen Thilde. Er lachte auf, so schmerzlich wild, daß Leni endlich ihn ansah.

»Ich denke immer«, sagte er an ihrem Ohr, »dies ist dein Fest, deins allein – auf Villa Höhe, und die Herrin bist du.«

»Wer weiß«, flüsterte sie und öffnete ihren Goldblick. Sie lachte, den Kopf im Nacken, er pfiff die Musik mit, und sie begannen zu schaukeln.

»Mit Blumen bewerfen sie dich auch«, bemerkte er zwischen dem Pfeifen. Sie erschrak lachend, denn wirklich, eine Rose fiel ihr auf das nach oben gewendete Gesicht. Da sah er, Horst Heßling war es, er griff in den Korb der Blumenverkäuferin, warf nach ihr und traf sie immer. Er hatte eine selbstsichere Miene. Balrich, im Tanzen, stieß hervor:

»Sieh dich nicht um! Du hast ihn schon zu viel angesehen. Du wirfst dich weg, woher ist dein Kleid, du bist eine Dirne, unsere Schande, ich laß dich bessern in einer Anstalt.«

»Und du? Aus welcher kommst du?« sagte sie ihm frech in die Augen, und hatte an der Nasenwurzel dieselbe Falte wie er.

»Grade du!« Sie strebte fort von ihm, aber er zwang sie, weiterzutanzen. »Du als erste sagst mir das – und ich war dort, weil ich nicht will, daß ihr Bettler und Dirnen seid.«

»Wenn ich aber eine sein will?«

Da zwang er sie nicht weiter. »Geh!« schnaubte er; aber jetzt blieb sie, und beide aus ihren weißen Gesichtern schnaubten sie und kamen nicht los. Der Bruder sagte endlich:

»Danke Gott, daß ich – dorther – komme. Dann ist alles arm und kurz, man hat Mitleid. Sonst schlüge ich dich nieder.«

Horst Heßling trat herzu, er hatte gehört. »Aber Herr Balrich! Sie als zukünftiger Akademiker! Aus der moralischen Enge Ihrer bisherigen Klasse müssen Sie doch auch bald heraus sein.«

»Gedulden Sie sich noch etwas!« sagte Balrich und drehte den Rücken.

Draußen bei den Männern ging es still zu. Niemand kegelte, sie standen in einem Halbkreis um den Oberinspektor – aber auch Jauner war wieder da. Jauner ohne Handschellen, ohne Gendarmen, Jauner mit dem Gesicht der triumphierenden Unschuld. Der Oberinspektor hatte ihnen erklärt, daß irren menschlich sei, und zusammen mit dem ganz vertatterten Kraft Heßling ging er seiner Wege. Jauner, möglichst unscheinbar, machte sich hinterher.

»Aufgeschoben ist nicht aufgehoben«, versicherte Herbesdörfer. »Den trifft es.« Und hinter seinen runden Gläsern glotzte er fanatisch.

Wie sie es nur hätten machen können, fragten die anderen. Dies wußte auch er nicht. Es schien, Kraft Heßling bei der Untersuchung gab an oder stotterte etwas, das der Oberinspektor so auslegte, als habe der Herr Kraft den Jauner beauftragt, in seinen Rock zu greifen und ihm die dritte Zigarettentasche zu bringen. »In der Faust aber, als ich ihn faßte«, schwur Herbesdörfer, »hat er die Brieftasche gehalten; – und da haben die Lumpen getan, als wüßten sie es nicht mehr, und haben nach Villa Höhe telephoniert.«

»Was?«

»Das kann ich nicht wissen, ich mußte hinausgehen…

Aber sie haben untereinander geflüstert, und auf den Jauner, das ist gewiß, haben sie eingeredet, bis er ganz hin war. Wie sie herauskamen, hat er geschlottert.«

Da sahen alle zu Boden – und als sie, einer nach dem anderen, sich ihre Blicke zeigten, las jeder: »Wir sind verraten.«

»Den trifft es«, wiederholte Herbesdörfer.

Ein Stück vor ihnen den Balrich, wie er die Stirn gesenkt hielt auf seine verschränkten Arme, den streifte jeder nur, scheu, ahnungsvoll. »An dem geht es aus. Sie haben ihn schon verrückt machen wollen, weil sie nichts wußten. Jetzt wissen sie es, was werden sie ihm noch antun.« Die Arbeiter trennten sich, jeder für sich allein bedachte, was bevorstand. Aber begegneten sich zwei, sagten sie heimlich: »Der macht es doch.«

Indessen schien es, daß die Musik im Tanzsaal immer lauter ward, und jetzt, was war dies, kam sie leibhaftig aus der Kantine. Die Musikanten waren rot wie Zinnober, manche auch schwitzten bleich, und alle, wie auf Befehl im Parademarsch, warfen die Beine. Ein Abstand – dann aber, man wollte es nicht glauben, ein Paar, Leni Balrich mit Horst Heßling. Die Köpfe erhoben gegen alle die Blicke, tanzten sie hervor. Leni raffte den Rock bis zum Knie, und so, mochten doch alle um sie her zusammenlaufen, tanzte sie in den Staub... Ihnen nach, andere Tänzerpaare, puppenhaft springend, als müßte es so sein, mit Gesichtern, die selbst nicht wußten, was vorging.

Die Arbeiter vom Kegelklub wichen, machten freie Bahn – und über die Bahn lief eilends das Kegelschwein, verfolgt vom Fluchen und Gelächter. Die Tänzer ließen sich nicht stören, drehten sich, verbreiteten Staub; und Staub verbreiteten die Kinder, die vom Karussell herbeiflogen und sich drehten. Hurra! schrien noch die Leute und verschwanden schon im Staub, worin unsichtbare Hunde kläfften und die Tanzmusik mit der des Karussells irr und wild ineinander verbissen war. Dazu, vom Neubau herab, von den Witzbolden sausten Hüte in die quirlende Menschheit – indes erhaben über sie, aus seinem Dachfenster der wissende Geist Klinkorum sie verachtete wie noch nie.

Von der Friedhofsmauer die Trinker winkten mit Flaschen, was die Musikanten bestimmte, die Beine dorthin zu werfen. Auf, hinterdrein, Sprung, Schleifschritt, Schleifschritt, Sprung, und vom Friedhof winken die Flaschen. Wer stößt da, man sieht ihn nicht? Drängt sich hindurch nach der Gegenseite? Verschwindet? ... Leni, die Augen geschlossen, tanzte, vorbeigeführt von ihrem Tänzer an den Steinen, an dem Kot... Da hob er sie, sie sah, in ein Auto. Sie war gefangen in ihrem engen Kleid, er hob sie hinein. Los!

Von rückwärts aber, glatt wie eine Katze, stieg im Fahren noch einer ein. Schwingt sich hinein, stößt zu. Horst Heßling fand sich plötzlich neben seinem Bruder Kraft auf dem Rücksitz, und bei Leni saß Balrich. Horst rief Halt; – aber kaum stand der Wagen, bedachte er die verbogene Mütze des Menschen dort, seine pathetisch eingesunkenen Züge, dies Halstuch; und er folgte dem Angstgeflüster Krafts: »Fange nichts an mit dem Apachen!« – »Weiter!« befahl er.

Balrich griff an die Mütze und bemerkte fest:

»Wenn Sie mit meiner Schwester wegfahren, muß ich mit.«

»Ein Familienausflug«, sagte Horst, mit leichter Verbeugung.

Aber Leni, aufschluchzend, aufglühend, warf um den Bruder die Arme, drückte die nassen Augen an ihn, küßte ihn, welch ein Kuß! »Glückliche Fahrt«, fühlte der Bruder. »Ich bin stark, stehe ein für meine Schwester; und weil ich gefürchtet werde, liebt sie mich.«

Leni fühlte: »Er schenkt mir Villa Höhe, wer weiß. Er

ist so stark« – indes Horst erwog: »Peinlich. Ändert aber nichts«, und Kraft nur Angst hatte.

Der Tannengeruch von Villa Höhe sauste ihnen um die Gesichter; da war sie. Kraft verlangte dringend zu halten, noch vor dem Gitter. Er war ausgestiegen, und Balrich hob Leni heraus, so mußte der junge Horst, trotz seinem Rausch, es wohl aufgeben, kühn einzufahren mit seiner Eroberung auf den Grund seiner Väter. Auch hörte er keine Stimmen, nur vor der Terrasse sonnte sich noch die kleine Person der Anklam. Auf sie ging Horst zu. Quer über den Rasen, Leni entgegen, rannte Hans Buck. Balrich ließ die zwei allein zusammenstoßen, er blieb zurück, und in eine beschnittene Hecke gedrängt, verfluchte er sich, der nur als Herrin seine Schwester hier einzuführen einst schwur...

Hans, mit fliegender Stimme: »Leni! Ich habe meiner Mama versprochen, hier zu bleiben, sonst wäre dies nicht geschehen. Leni! Wie konntest du dies tun.«

»Mein Bruder ist bei mir«, hörte Balrich in seiner Ohnmacht.

»Leni! Siehst du es nicht? Horst will dich verderben. Denkst du wirklich, er liebt dich?«

Leichtes Lachen Lenis. Hans wimmerte auf; dann, entsetzensvoll geflüstert:

»Er bringt euch her, damit ihr entlassen werdet aus der Fabrik. Das wollen sie hier, sie wollen einen Skandal, ihr sollt vernichtet sein – und du, Leni, ihm ausgeliefert!«

Der Knabe bedeckte die Augen.

»Ich nur muß alles sehen – und soll nichts tun können?«

Schritte, die kamen.

»Sieh die Frau dort bei ihm! Sie will er eifersüchtig machen mit dir. Sogar dazu bist du hier!«

Wieder ihr leichtes Lachen – Hans sprang auf. Frau von Anklam hatte den Arbeiter im Busch entdeckt. Horst kam ohne sie daher. Hans sprang zu, an die Kehle dem da, unwiderstehlich im Krampf. Bevor Horst es noch wußte, lag er, und das Gesicht ward ihm in den Kies gedrückt. Hans stand stürmisch vor Leni.

»Liebst du ihn noch jetzt?«

»Weder ihn noch dich«, sagte sie. »Denn« – mit einer Bewegung im Kreis, erblaßt und sehr frech: »Wer von euch schenkt mir das?«

Da ließ der Sechzehnjährige die Stirn sinken. Senkrecht aus seinen Augen fielen die Tränen, so ging er fort.

Horst inzwischen tilgte, wie er es nannte, die Spuren der ruhmreichen Szene. Von den Kieseln trug er Male wie Pockennarben, so bot er Leni den Arm. Grade traf auch die Anklam ein, geführt von Balrich. Der Arbeiter und seine Schwester, einander gegenüber, sahen sich scheu an, der Gent und die Dame sich mit Bedeutung.

»Sie, Horst«, sagte die Anklam, »Furcht erregen Sie nun einmal nicht. Wo Gefahr ist, bleibt ein Rest; mysteriöser Rest«; – wobei sie den Kopf mit Ironie geneigt hielt gegen die Schulter Balrichs. Und Horst Heßling, über Leni ironisch geneigt: »So ist es.«

Die Geschwister fühlten: »Die Herrschaften, weil wir da sind, machen sich zueinander mehr Lust.« – Nur wagten sie keinen Widerspruch.

Einem Diener, der droben hervorkam und sich fächelte, befahl Horst mit Kommandostimme, Tee zu servieren auf der Terrasse. Vorher fand er es angezeigt, durch den Park zu spazieren. Dieser Meinung war auch Kraft, der sich einfand und an Zuversicht gewonnen hatte. Hohl, aber höhnisch bemerkte er:

»Wer auf eine Besitzung reflektiert, sieht sie sich vorher an.«

Dann machte er sich aber nahe an Balrich heran und sagte nur für ihn: »Hier können Sie mir nichts mehr tun, Sie Muskelmensch – obwohl ich eigentlich ach so gern Furcht habe.« Mit weiblichem Ton, wie die Anklam, und sogar ein Schmiegen deutete er an mit der Schulter.

Man gelangte zu einem Brunnen mit Venus. »Göttin der Schönheit und der Liebe, ist ja bekannt«, erklärte Horst den Besuchern; und gleich darauf zu der »Borkenhütte«. Hier wendete sich Kraft an die Gäste.

»Dies halten wir für den besten Platz zum Aufstellen der Maschinengewehre«, erklärte er, frohlockend in seinem Verfall.

Zurück vor der Terrasse, fanden sie den Tisch gedeckt, aber schon besetzt. Unter den schaukelnden Rosengewinden lehnten heiter in sanft knarrenden Korbsesseln die Damen Heßling, Mutter Guste, Tochter Gretchen; sodann hatte sich eingestellt Frau Emmi Buck mit ihrem Hans, der sie unterhielt, als sollte sie nichts hören und sehen – und auch die Anklam war schon da und hatte sicher erzählt, wenn man wüßte, was. Horst und Kraft wurden besorgt. Mit seinem Bauch an einer Rosensäule, äugte Klotzsche, Verlobter Gretchens, entrüstet her. Kraft wollte sich drücken; aber Horst, mit einem Stoß, beförderte ihn hinauf. Der Leni hielt er sogar den Arm hin; aber sie nahm ihn nicht.

»Voilà«, sagte Horst, wie einer im Varieté, der fertig ist mit seinem Kunststück. »Unsere Gäste.«

Kaltes Schweigen allerseits. Gretchen kicherte vielleicht, aber bei ihr wußte man nie. Ihr Verlobter, zur Sicherheit, strafte sie mit dem Blick. Emmi Buck, sichtlich bestürzt, zog sich auf ihrem Stuhl zurück bis in die Türnische – wo auch ihr Gatte erschien, mit einem aufmunternden Lächeln, als sagte er: »Was geschehen ist, ist geschehen.«

Die Anklam gebrauchte ihr Lorgnon, um Ironie und Wohlgefallen zu bekunden. Guste, die Majestät der Versammlung, legte in dasselbe Instrument ihren Zorn und den allerhöchsten Zweifel, ob man sie etwa zu verkennen wage. Aufrecht in ihren Spitzen, Schleifen, Perlen und Steinen saß sie da, Busen und Bauch vereinte das Korsett zu einem einzigen, stolzen Gebilde. Ihre Nase freilich war eine Kartoffel, wie die des Herbesdörfer.

»Mein Sohn«, herrschte sie. »Was heißt dies, mein Sohn.« Und bevor Horst sich weiter vergessen konnte: »Deine Mutter verdient mehr Achtung.«

»Mit ihren schneeweißen Haaren«, bemerkte Gretchen, schleppend, ob infolge von Bleichsucht oder aus Hinterlist.

»Mein Sohn Kraft« – Guste mit beringten Wulstfingern winkte ihn heran, »steht allem Unpassenden fern, das weiß ich« – wobei das Lorgnon vernichtend auf Leni fiel. Dann hielt sie dem Liebling die Wange hin. »Trinke deine Milch, mein Kraft, du hast dich angestrengt«; und durch eine Wendung ihres Sessels gab sie zu verstehen, daß der Zwischenfall für sie abgetan sei, sie kehre zurück in ihre wohlgeordnete Welt. Sie übersah es kurzweg, daß jene Person sich setzte – weil ein Diener, auf wessen Wink wohl, ihr den Stuhl hinschob. Leni ohne Umstände fiel hinein, daß es krachte. »Uff, es war Zeit«, äußerte sie, wandte die aufgeworfene Nase umher und schlug die Beine übereinander, nicht ohne Mühe in dem Kleid.

Horst, der nichts mehr zu verlieren hatte, brachte ihr selbst eine Tasse Tee, er würde sie auch haben rauchen lassen. Der Rechtsanwalt Buck indessen riet ab; es gebe Grenzen. »Immerhin«, sagte er zu Balrich, der starr hinter seiner Schwester stand, »Zutritt haben Sie nun schon erlangt.«

»Sie meinen, dabei bleibt es?« fragte Leni über ihre blonde Schulter. Buck meinte:

»Jetzt setzen wir uns hier in Verteidigungsstand.«

»Nützt nichts«, sagte Leni.

Aber da erschien auf der jenseitigen Treppe eine Helmspitze. In kriegerische Farben getaucht, folgte das Gesicht des Generals von Popp – und unter dem Schutz seiner gepolsterten Schultern der Hausherr.

»Nanu?« bemerkte der Hausherr. »Hier ist Maskerade?«

»Das wirst du, mein Freund«, versetzte Guste, und mit königlichem Nicken: »das werden Sie, Exzellenz, genauer unterscheiden können als eine Hausfrau, die noch die altmodische Gepflogenheit hat, ihr Haus reinzuhalten.«

»Und andere Häuser zu versauen«, sagte Balrich rauh, und ins Auge faßte er den Sohn Horst.

Der Generaldirektor tat, als erkennte er erst jetzt seinen Arbeiter. »Nun also!« rief er, erhaben in seinem Hohn. »Da ist er!«

Feixend erklärte er:

»Der will mich vertreiben. Exzellenz verstehen? Raus aus Gausenfeld, raus aus Villa Höhe. Ich soll Lumpen sammeln.«

»Komischer Kauz«, sagte der General, ernst wie ein Nußknacker. Der Generaldirektor war weiter erhaben:

»Vorläufig studiert er für mein Geld, dann aber kommt über mich das Gericht.«

»Die Leute haben Begriffe«, äußerte Guste. »Es kommt von der Religionslosigkeit«; – und sie wandte sich weg. Klotzsche, Verlobter Gretchens, bestätigte es, auch er sah weg.

»Ach du mit deinem Bauche«, äußerte Gretchen schleppend und musterte den Bauch. »Du bist nun freilich kein Freigeist, in keiner Beziehung«; – und nur ahnen konnte Klotzsche, in welcher Beziehung.

Der General besah mit blutigen Glotzaugen zuerst die reiche Familie, dann den Proletarier. Zuletzt fragte er unbeteiligt:

»Was denkt er sich eigentlich, der komische Kauz?«

Nur seine Nichte Anklam erklärte hierauf, sie verstehe vollkommen.

»Ich will nichts Unrechtes«, versetzte Balrich fest. Da hielt Heßling sich nicht länger. »Nein!« schrie er. »Köstlich! Das heilige Eigentum bedrohen!« Die Erhabenheit war fort, dringend sah er umher nach Zeugen und hielt sich an den General. »Das heilige Eigentum, auf dem egal der ganze Staat ruht!«

»Wenn es angemaßt ist«, behauptete Balrich. Der General sagte: »Komischer Kauz. Hat er gedient?«

Heßling war so sehr außer sich, daß er dem hohen Herrn dazwischenfuhr. »Mich läßt es kalt«, brüllte er schlagflüssig, »was den Menschen auf seinen Irrsinn gebracht hat.«

»So sehn Sie aus«, sagte Leni mit ihrer klaren, eindeutigen Stimme, und auf ihrem Stuhl schaukelte sie sich.

»Das Irrenhaus hat er schon hinter sich«, brüllte Heßling. Leni sagte klar: »Sie noch nicht. Aber die Vorfreude ist das Beste.«

Horst sowohl wie der Rechtsanwalt Buck ermahnten sie dringend, sich zu mäßigen. Von der Tür her der junge Hans lächelte sie selbstvergessen an. Guste zuckte beleidigt mit dem Rücken. Ihre Tochter Gretchen aber, trotz Katerblicken Klotzsches, rückte wie im Traum immer näher zu Leni.

Heßling wollte weiterbrüllen, seine Stimme überschlug sich, und dann klang sie gequält.

»Mich interessieren seine Geheimnisse nicht. Ich schmeiß ihn raus, und die Sache ist behoben.«

»Sie schmeißen mich nicht hinaus«, Balrich zeigte seine guten Zähne. »Denn Sie wollen mehr wissen, als Ihre Spitzel Ihnen zutragen.«

Da Heßling nach Luft schnappte:

»Sie sind schon ganz krank, weil Sie die Hauptsache nicht wissen. Aber ich will Sie nicht krank machen«, sagte er finster, »obwohl Sie mich haben verrückt machen wollen.«

Einen äußersten Augenblick zögerte er – dann ein Griff in die Tasche, er hielt dem Heßling ein Stück Papier hin.

Heßling las, Balrich folgte finster seinen Augen. Von Popp inzwischen sagte zu der Allgemeinheit:

»Ihr Zivilisten seid komische Käuze. Das ist doch Rebellion. Da schlägt man doch mit der eisernen Faust drein!« Er schwoll rot an. Der Sohn Kraft aber schlug wirklich los. Bitterböse schlug er auf den Tisch zwischen die Teetassen. Sie klirrten leicht – indes Kraft erschöpft in sich versank.

Der Generaldirektor nahm den goldenen Zwicker wieder herunter. »Da, stecken Sie Ihr Eigentum wieder ein«, sagte er kurz ablehnend. »Der Brief ist natürlich unecht.«

»Das mußten Sie sagen«, meinte Balrich.

»Gefälscht! Erstunken!« ...Heßling sammelte sich. »Sollte er indes für echt erkannt werden, kann ich beweisen, daß der Schreiber mein persönlicher Feind war. Wie?«

Er wandte sich an seinen Schwager Buck.

»Du wirst es bezeugen. Dein Vater ist von mir gestürzt und erledigt worden, daher war er mein Feind.«

»Einwandfreie Beweisführung«, sagte der Rechtsanwalt gelassen.

»Komm fort!« sagte sein Sohn Hans zu der Mutter; aber sie hielt still, die Stirn in der Hand.

»Hier«, erläuterte Heßling, »vorgeblich vor mehr als dreißig Jahren, schreibt der alte Buck einem gewissen Gellert, daß mein verehrter seliger Vater, verstehen Sie«, erklärte er dem General, »sich zu dem Kapital bekennt, das der gewisse Gellert in sein Geschäft eingelegt haben soll. Haha, wer lacht da.«

Der General von Popp war es nicht, der lachte. Er ließ sich den Brief reichen, sah ihn an und äußerte streng:

»Wenn es aber wahr ist?«

»Sind Sie –« Heßling verbesserte sich. »Exzellenz scherzen.« Er lächelte vertraulich, ungeachtet einer gewissen Beklemmung. »Den Brief hat der ehrliche alte Buck selbstverständlich nicht vor dreißig Jahren geschrieben, sondern viel später, als er Grund hatte, sich an mir zu rächen – und hat ihn vordatiert.«

»Das müßten Sie aber beweisen«, sagte von Popp streng – und die Beklemmung Heßlings war nicht länger zu unterdrücken. Er erstarrte am Fleck, wo er stand. Alle anderen, wie sie da saßen oder an den Säulen lehnten, schienen mit offenen Augen in Schlaf gesunken, selbst die Rosenkränze schaukelten nicht mehr auf der schimmernden Terrasse des Dornröschenschlosses.

Der Generaldirektor nahm einen Anlauf.

»Der Alte lügt, soviel ist sicher.«

Da sagte Hans Buck, so hell und ungehemmt wie Leni:

»Nicht mein Großvater, du selbst lügst.«

Der Generaldirektor lachte plötzlich auf; seine Frau fürchtete schon, ihm sei etwas zugestoßen. Er zuckte aber die Achseln.

»Ich soll beweisen, meinen Exzellenz? Ich? Um Vergebung, der alte Herr da in seinem werten Grab soll beweisen, was er behauptet. Lügt er nicht, dann muß er in seinen hinterlassenen Papieren das Schriftstück haben, worin mein hochverehrter Herr Vater sich zu dem Gellertschen Gelde bekennt.«

Sieghaft sah er umher, auf Balrich stoßend aber erschrak er. Balrich sagte hart, mit Richterstimme:

»Das Schriftstück ist da, ich habe es.«

Bewegung. Der General wiederholte: »Er hat es«; und seine Miene forderte den reichen Mann auf, sich zu verantworten. Der aber behielt den Mund offen, und es schien, er schwankte... Diederich Heßling erkannte viel in diesem Augenblick. Sein Schwager Buck, nur er hatte die alte Handschrift seines hochseligen Herrn Vaters dem Proletarier ausgeliefert – der nun dastand und forderte. Der General aber, deutlich genug, findet mich zu reich, zu mächtig, und mit Vergnügen sieht er den bedroht, bei dem er schmarotzt hat. Die Menschen bereiten selbst dem Besitzenden, der sie kennen sollte, immer neue Enttäuschungen, es sei denn, er begebe sich jedes Idealismus...

Er blitzte dorthin, wo sein Schwager weich und ergeben das Weitere erwartete. »Wir rechnen ab!« blitzte er, und wendete sich fort, um zu schnaufen, sonst konnte bei Gott ein Unglück geschehen. Fassung! Kraft gesammelt für den Kampf, den sie mir aufzwingen! Sie greifen an meine Wurzeln, es geht um mein Dasein, sie sollen mich kennenlernen!

So gefestigt, zeigte er wieder sein Gesicht; den Arbeiter traf es zuerst.

»Sie da! Kommen Sie weiter! Ehre, wem Ehre gebührt.«

Am äußersten Rande der Terrasse sagte er zu Balrich, halblaut und gemessen:

»Sie sollten sich überlegen, was Sie tun.«

»Ist geschehen«, sagte Balrich.

Hierauf maßen die Gegner sich noch einmal.

Von Popp inzwischen bemerkte vor der Hausfrau: »Nette Geschichten hier!« – in einem Ton, als sei er hier mißbraucht worden. Die Anklam gab mit ihrem Lorgnon dem Sohne Horst dasselbe zu verstehen.

Guste wahrte ihre Majestät. »Was will man geltend machen? – Märchen«, entschied sie. »Große Vermögen sind immer beim Volk umwoben mit Legenden.«

Der Generaldirektor, gemessen zu dem Arbeiter:

»Was wahr ist, lieber Freund, entscheiden niemals Sie. Das wird entschieden von dem Nutzen, den es bringt, und von der Macht, die ich habe.«

Assessor Klotzsche, von Guste stumm angeherrscht, tat das Seine.

»Exzellenz glauben doch nicht«, keifte er, den Bauch schlenkernd, »ein Gericht wird sich finden, das die Klage auch nur zuließe? Klatsch und falsche Papiere gegen die wohlbegründeten Mächte? Da sind wir denn doch«,

Klotzsche rollte die blassen Augen, »zumindest eine so eherne Mauer wie Sie, Exzellenz!«

Der Generaldirektor, gemessen zu dem Arbeiter:

»Sie bringen nicht nur sich ins Elend. Denken Sie an Familie und Genossen.«

»Ist bedacht.«

»Dann sehen Sie mich an, wo ich stehe. Ich bin reich. Ich bin Stadtrat und Geheimer Kommerzienrat. Der Herr Regierungspräsident hat mir den Orden hier angehängt. Über das alles müßten Sie weg – und dann bleiben noch die Richter«, Wink auf Klotzsche, »und«, neuer Wink, »die Herren mit dem Säbel... In Ihrem Interesse fordere ich Sie auf, mir den Brief meines seligen Herrn Vaters auszuliefern.«

»Den brauche ich«, sagte der Arbeiter.

Von Popp sagte:

»Eherne Mauer? Komischer Kauz. Das hängt immer von den Gründen ab, die man hat, ehern zu sein.«

»Die Welt!« seufzte ironisch die Anklam. »Sie ist so mißtrauisch und an das Böse zu glauben leider sehr geneigt.«

Gretchen, mittlerweile ganz nahe bei Leni, streckte ihren langen Hals vor, und unter dem Katerblick Klotzsches wisperte sie bleich:

»Wollen Sie Kokotte werden?«

»Dummes Luder!« erwiderte Leni; und Gretchen, die Augen verdreht:

»Es muß reizend sein.«

»Also nicht!« stellte der Generaldirektor fest. »Ihr Wille. Sie haben das Dokument gestohlen, ich zerschmettere Sie.«

»Ihnen glaubt man auch nicht alles«, sagte der Arbeiter – und Heßling fühlte, eben dies lag zutage in der Haltung von Popps, wie auch in den peinlich berührten Mienen der Seinen. Dieser Vorwand, elend wie er war, der Welt kam er dennoch gelegen, den Neidern, den Erpressern... Da sagte der Blick seiner alten Guste ihm, was der seine ihr; sie verstanden sich. »Vorsicht! Ballast auswerfen!«

»Hier sind hundert Em« – und er drehte den Arbeiter am Arm herum, niemand sah sie.

»Blödsinn« – und der Arbeiter kehrte in seine Stellung zurück.

»Tausend«, bot Heßling geschäftsmäßig. Balrich, finster lächelnd:

»Sehen Sie wohl? Sie müssen daran glauben.«

»Zweitausend«, bot Heßling, und erfaßt von Spielerangst:

»Fünftausend... Mein letztes Wort: zehn.«

Immer nur finsteres Lächeln und Kopfschütteln; – ermattet fragte Heßling:

»Ja, was wollen Sie denn?«

»Das Ganze«, sagte Balrich. »Aber nicht geschenkt.«

»Sie sind verrückt!« Der Generaldirektor fuhr auf; dann ward er kleiner und lallte.

»Sie erreichen nichts, wenn Sie Lärm machen. Ich, hier, heute, biete hunderttausend. Schluß.«

Guste dahinten machte sich süß. »Liebe Frau von Anklam, Ihre Perlen, ein Zauber« – obwohl sie falsch waren. Die Anklam sagte ironisch:

»Und Ihre, sind sie echt?«

Guste hüpfte auf, ließ sich aber mit Majestät wieder auf den Sitz.

»Versuchen Sie doch!« Gnädig hängte sie selbst der Person die Schnur um. Der kleinen Anklam hing sie bis zwischen die Knie.

»Nun?« fragte Guste.

»Wirklich sehr nett«, sagte die Anklam. »Onkel Popp, was meinst du?«

»Firlefanz«, sagte von Popp, aber man merkte, in der rauhen Schale stak ein weicher Kern.

Dort vorn der Generaldirektor sah es, Guste kam zum Abschluß. Da schlug er einen anderen Ton an.

»Jetzt schlagen wir einen anderen Ton an«, verkündete er. »Bisher habe ich mit Ihnen sozusagen verhandelt.«

»Und haben hunderttausend Mark geboten.«

»Weil ich sehen wollte, wie weit Ihre Frechheit geht. Jetzt verhandle ich nicht, ich bin dein Vorgesetzter und befehle: Strammstehen! Her mit dem Brief!«

Der Rechtsanwalt Buck hatte es sich zur Aufgabe gemacht, besänftigend einzuwirken auf Leni, die schon mehrmals vom Stuhl aufspringen und Lärm schlagen wollte. Jetzt begab er sich in kleinen Schritten nach der Türnische, zu seiner Frau. Er hob ihr die Stirn aus der Hand; bittend suchte er ihre Augen. Der junge Hans, wie er dies sah, ging beiseite.

»Ich habe uns in eine schwere Gefahr gebracht«, sagte Buck seiner Frau ins Ohr. Sie sah ihn an mit Bewunderung.

»Du warst es wirklich, der dem Arbeiter geholfen hat?«

»Gegen deinen Bruder.«

»Er kann es tragen.«

»Aber wir?«

Sie fragte schüchtern lächelnd:

»Sind wir verloren? Wenn Diederich von uns die Hand zieht?«

»Wir werden nachlassen müssen von unseren Ansprüchen.«

»Gern.«

»Ich – nicht gern. Auch werde ich ihn wohl am Seil behalten. Nach wie vor wird er alles aus schlechtem Gewissen tun – weil zu viele sich erinnern, wie er meinen armen Vater in den Sumpf manövriert hat. Ich war für ihn eine Mahnung. Künftig werde ich auch eine Drohung sein« – wobei sein dickes Schauspielergesicht wirklich drohte.

»Du würdest gegen ihn –?«

»Soweit bin ich noch gesund. Geht es um das Ganze, übernehme ich die Sache des Proletariers, und er soll sehen, ich räche alles auf einmal.«

Emmi senkte schon wieder den Kopf.

»Er wird uns weiter Geld geben. Auch das ist schlimm.«

»Schlimm ist alles«, murmelte Buck.

»Einen Spiegel!« befahl Guste; und als der Diener ihn herausbrachte, wollte sie selbst ihn der Anklam vorhalten. »Erst an Ihnen, Liebste, kommen die Perlen zur Geltung«, sagte sie entsagungsvoll. »Meine weißen Haare... Aber wie glücklich bin ich! Ein Gastgeschenk, wenn auch bescheiden, nach den so schönen Sommertagen, für die wir Ihnen und Ihrem verehrten Onkel zu danken haben.«

»Bitte, bitte«, warf von Popp hin.

Aber am Rande der Terrasse brach offenes Kampfgetümmel aus, war es zu glauben, zwischen dem Generaldirektor und seinem anspruchsvollen Knecht. Heßling, unter Berufung auf die Gewalt des Vorgesetzten, hatte es unternommen, in die Tasche Balrichs zu greifen. Hierauf ein leichter Stoß vor seine Brust, die halbe Treppe stolperte er rückwärts hinunter – und zum Angriff zurückkehrend, heulte er auf:

»Er hat mich angerührt!« – heulte und schlug um sich: »Vergriffen hat sich der Hund an mir!«

»Vergriffen hat sich der Hund!« machte ein Echo, es war der Sohn Kraft; für sich selbst aber, bebend: »Der süße Hund!« Der Sohn Horst wollte dem Arbeiter zu Leibe, flog aber im Bogen gegen den Teetisch. Da war alles auf den Beinen, nur Leni nicht. Atemlose Pause, nichts als das verhaltene Wimmern Gustes, die den Gatten und die Söhne vom Feinde umdroht sah... Inzwischen zog Hans Buck seine Mutter an der Hand, bis sie aufstand und mitging.

»Jetzt kommt das Schändlichste«, sagte er, bleich und zitternd. Auch Buck Vater, mit kleinen Schritten, folgte ihnen.

Wer zuerst sich faßte, war Assessor Klotzsche. »Hier liegt Hausfriedensbruch vor! Außerdem Bedrohung und tätlicher Angriff!« Er keifte mit Weiberstimme.

»Und Erpressung!« heulte der Generaldirektor. Seinerseits schrie von Popp: »Komischer Kauz!« – und einem eisernen Gartentisch versetzte er einen Faustschlag. Es donnerte furchtbar, Guste, die Anklam und Gretchen kreischten und hielten sich vor dem eigenen Gekreisch die Ohren zu.

Der Arbeiter Balrich brach jäh eine Bahn durch die feine Welt. Er stieß und trat, so kam er hindurch. Als seine Schwester Leni ihn zur Seite hatte, schleuderte sie ihre Teetasse der Hausfrau zwischen die Füße, und vor dem Bruder her, der den Rückzug deckte, humpelte sie, in ihrem engen Rock gefangen, die Treppe hinab.

»Sie sind entlassen!« brüllte der Generaldirektor dem Arbeiter nach. »Sie und Ihre ganze Sippschaft!«

»Ganze Sippschaft!« machte hohl das Echo Kraft – und entfesselt schrie alles mit. Guste, entfesselt:

»Begriffe haben die Leute! Das ist die elende Religionslosigkeit!«

Donnerschlag des Generals auf den eisernen Tisch, und Kraft, ohne Tisch, donnerte auch. Die Anklam verfiel in einen Schreikrampf.

»Ich zerschmettere den Umsturz!« schrie der Sohn Horst im Namen seines Vaters, der keine Stimme mehr hatte. Klotzsche keifte dasselbe, um Eindruck zu machen auf Gretchen, die selbstvergessen kreischte:

»Kokotte will sie werden!«

Die vier kleinen Heßlings, durch das Getöse der Grossen fortgelockt von ihren kindischen Spielen, sprangen herbei und taten mit, Wolfdieter, Ralph, Bernhard und Fritzheinz – bliesen Trompete, machten muh, krähten; und der zweijährige Wolfdieter mit seinem pfeifenden Stimmchen rief unermüdlich: »Drecksau!«

»Begriffe haben die Leute!« Guste, leidenschaftlich über die Treppe gebeugt, streckte den blitzenden Finger vor. »Ausziehen wollen sie uns!« – und da sie das Gleichgewicht verlor, griff sie um sich, in die Perlenschnur, die jetzt an der Anklam hing. Die Schnur zerriß, zwei Lakaien stürzten herbei und lasen die Perlen auf. Die Anklam, ihren Schreikrampf vergessend, paßte auf, daß sie keine verschwinden ließen. Als sie alle zurück hatte, kam auch der Schreikrampf wieder.

Vorgebeugt sämtlich nach dem Beispiel der weißhaarigen Hausfrau, mit verwilderten Gesichtern, Augen wie Mord, Stimmen wie das Vieh – Damen, Herren, die Kinder, ihre Lakaien, alle in Ausfallstellung gegen den Rücken des abziehenden Feindes, Bedrohers, Enteigners. Donnerschlag; Geheul; – und in der Spannung dieser Schlacht um ihr Vorrecht und Eigentum fanden sie, mitsammen dem Schlaganfall nahe, keinen höheren Ausdruck mehr für ihre Seele, keine Entladung... Da aber, der Tochter Gretchen ward es gegeben. Sie hörte auf mit dem Schimpfen, sie begann zu singen, »Kommt ein Vogel geflogen«. Ausgereckt den dünnen Hals und drehende Kreise vor den entgeisterten Augen, noch im Umfallen sang sie, und alles durchdrang ihr Geplärr:

»Kommt ein Vogel geflogen!«

Erst hinter dem Gitter der Villa blickten die beiden Armen zurück auf die Besitzenden und ihre bewegte Kampfstellung. Leni zeigte ihnen die Zunge. Balrich sah in den Abendschatten, die heraufzogen, noch einmal aufschimmern das Haus und die Kränze schwanken.

Sie gingen. »Die haben es von dir bekommen«, sagte Leni. »Aber auch von mir! Hast du mich gesehen?«

Fieberhaft lachend: »Das war das Beste vom ganzen Tag.« Und sogar in die Hände klatschend: »Einmal mußte man es erleben, soll man schon hinausfliegen.«

Sie gingen lange, im Staub und in der rot rauchenden

Dämmerung. Immer zögernder gingen sie. Die Schwester endlich versuchte zaghaft:

»Du sagst nichts. Ach! du bist müde. Und erst ich.«

In seinem Arm lehnend, den engen Seidenfetzen hinaufgezerrt bis zum Knie, schleppte sie sich. Der Bruder sagte:

»Komm! Ich trage dich.«

»Um die ganze Welt habe ich heute getanzt«, murmelte sie, indes er sie hinaufhob. Da entstand fern ein Brausen, schon nah das Hupengeheul, und hier und vorbei war es, das Auto, das sie beide hingetragen hatte nach Villa Höhe. Staub nahm es auf, war es je gewesen? Eingehüllt in Staub geht der Arbeiter Balrich, auf den Armen seine Schwester, ihre schlafschweren Arme um seinen Hals, und sie, einschlafend, murmelt:

»Ach, lieber Karl, uns hilft nichts, wir sollen verloren sein.«

In Gausenfeld das Fest ging weiter bei Lichtern. Er kam ungesehen mit ihr in das Haus, über die leeren Treppen – und hinter dem Bretterverschlag legte er sie auf ihr Bett. Sie seufzte im Schlaf; er wagte es nicht, ihre Füße, die um eine Welt getanzt hatten, frei zu machen von den Schuhen. Aber er drückte seine Lippen ab, in dem Staub auf ihren Schuhen.

Vor der Tür stand Thilde, auf seiner Spur wie je, bittend wie je. Er hörte noch immer: Wir sollen verloren sein – und nahm sie um die Hüfte.

»Hast du mich denn lieb?« – worauf er, zu der Armen:

»Ja.«

So gingen sie hinaus in die Nacht. Aus stürmenden Wolken kämpfte ein sanfter Mond sich hervor.

VI Geh nicht fort!

Was tun? Die Entlassung ernst nehmen? Sie war es schwerlich. Wollte Heßling den Brief seines Vaters schon vergessen und alle Drohungen in den Wind schlagen – übrig blieben die Arbeiter. »Die hat er nicht, die habe ich. Was ich ihnen biete, er kann es nicht.«

In der Frühe endlich fand er Ruhe und wollte arbeiten; aber da trat in seine Tür der Rechtsanwalt Buck. Balrich stand nicht auf.

»Ich sehe, daß Sie sich wundern«, sagte Buck und setzte sich auf das Bett. »Sie wundern sich grundlos. Ich habe Ihnen schon immer gesagt, daß ich mich zum Märtyrer nicht geboren fühle.«

Er machte es sich bequem, tat wie ein alter Bohemien, der zu einem jüngeren kommt. Balrich blieb steif.

»Ihre Art, es zu treiben, mag ich nicht«, sagte er. Buck wandte sanft ein:

»Sie kennen sie aber nur durch mich selbst.«

»Das Wissen nützt nichts. Bessern Sie sich!« sagte der Arbeiter; und dem anderen, der lächeln wollte, verging das Lächeln. Die Augen gesenkt, leise brachte er vor:

»Ich wollte Ihnen sagen, Sie täten gut, sogleich hier auszuziehen, mit allen Ihren Leuten.«

»Das habe ich mir selbst überlegt, und danke dafür. Was kann er gegen mich machen. Der Streik ist ihm sicher – und Schlimmeres!«

Buck schüttelte den Kopf, so heimlich, als sähe jemand zu. Heßling habe sich etwas ausgedacht, raunte er, mit Blicken nach der Tür; damit werde er die Arbeiter zum besten halten – vorläufig. »Ihre Zeit kommt wieder. Sehr bald; die Arbeiter brauchen den Unrat nur zu riechen. Bis dahin treten Sie einen strategischen Rückzug an!«

Balrich, unter finsteren Brauen, maß ihn lange.

»Wer sagt mir«, äußerte er, die Silben abteilend, »daß Sie nicht von ihm kommen?«

Hiernach sah Buck eine Weile seine Knie an, seufzte und stand auf. »Nichts zu machen«, damit wollte er gehen. Balrich holte ihn zurück.

»Nein. Dafür halte ich Sie nicht.« Und rauh: »Dann soll ich gehen, bevor ich hinaus muß?«

»Mit Ihren Leuten«, ergänzte Buck. »Er hat sie sich alle nennen lassen, gleich gestern. Mit Ihren beiden Brüdern, Ihren beiden Schwestern, Ihrem Schwager, den Kindern, dem alten Gellert und dem alten Dinkl. Ausgenommen sind die Verwandten Ihres Schwagers.«

»Polsters? Wohl wegen des Inspektors Salzmann, der mit der Frau etwas hat.«

»Sie sehen, wie die Tugend belohnt wird«, bemerkte Buck und wollte sich ein wenig freuen, doch ließ er es.

»Alle werden sie leben müssen«, sagte er. »Das wird schwer sein, besonders für Sie selbst, mit Ihrem Studium. Auf mich dürfen Sie leider nicht rechnen.«

Das läge ihm fern, brummte Balrich. Trotzdem erklärte Buck ihm noch, daß er ihm auf keine Weise von Heßling unbemerkt etwas zukommen lassen könne. »Und Sie kennen meine Feigheit«, sagte er ironisch – worauf er ging. Balrich dachte: Er überlege sich wohl nicht, daß man ihn hier könne gesehen haben.

Dann weckte er seine jungen Brüder, wir müssen fort, und machte sich auf zu Dinkls, wir müssen fort, entlassen sind wir. Malli erhob ein Jammern. Dinkl stellte den Fuß vor und drohte, das werde man sehen. »Wo ist Leni«, fragte der Bruder; schon seit den ersten Eröffnungen Bucks dachte er im Grunde nur: Was wird aus Leni… Sie schlief noch. Er atmete auf – als hätte sie schon wissen können und könnte schon getan haben, was er fürchtete, so sehr fürchtete.

Was Dinkl betraf, er war seiner Sache gewiß. Heßling mochte noch eine Weile Schindluder treiben mit uns, seine Zeit war doch herum, und Gausenfeld gehörte uns. Daß er uns austrieb, bewies nur, wie sehr er Angst hatte. Auch der alte Gellert, der hierüber sich einfand, war überraschenderweise die Zuversicht selbst. Er machte sich anheischig, bei Klinkorum Unterkunft zu schaffen für alle. Klinkorum habe auf Heßling einen Haß!

Dies erwies sich sogleich als richtig. Der Professor erlaubte dem Gellert, in das Souterrain aufzunehmen, wen er wollte. Seinem Schüler Balrich räumte er sogar eine Kammer im Erdgeschoß ein.

Sie zogen um, als gerade die Arbeiter in die Fabrik aufbrachen. Umringt mußten sie anhalten und mit ihren Karren auf dem Weg um die Wiese. Das Karussell ward auseinandergenommen. Dinkl, den Arm erhoben, rief aus: »Wie die Zigeuner packen wir zusammen, Genossen! Aber was unser ist, bleibt unser, und bald macht ein anderer den Zigeuner.« Alle stimmten murrend bei.

Da ward ein Anschlag entdeckt, zwischen den Häusern A und B im Torbogen ein großer gelber Zettel, darauf sollte etwas stehen, von der Generaldirektion. »Natürlich wegen Balrich«, sagten sie rückwärts. »Wer streikt wegen Balrich, wird auch entlassen. Das findet sich, zuerst streiken!« Und sie riefen: »Ausstand erklären!« Vorn aber, in dem Torbogen, riefen sie etwas anderes; und je mehr Leute sich hineindrängten und gelesen hatten, um so viele weniger riefen nach Ausstand.

Herbesdörfer kam zurück, er sagte zu Balrich:

»Er hat sich etwas ausgedacht. Wer dich im Stich läßt, bekommt die Gewinnbeteiligung.«

Balrich fuhr auf. »So weit ist er? Gewinnbeteiligung?

Dann gibt er bald noch mehr her. Wer will mich jetzt noch im Stich lassen!«

Sie sahen ihn zweifelnd an. Er selbst wagte kaum zu glauben, was er sagte. »Solche Angst hat er seit gestern. Schickt mich fort zum Schein, und tut doch, was ich will.« Der Sieg, fühlte er, wäre zu leicht, dafür daß er so ungeheuer wäre... Er sprang, brach durch bis in den Bogen, las... Laut lachend kam er zurück. Sie drängten herbei, warum er lache; sie waren es nicht gewohnt von ihm.

»Eure Löhne sollen gedrückt werden!... Das habt ihr nicht gelesen; natürlich, ist auch ganz klein gedruckt.«

»Aber die Gewinnbeteiligung!«

»Die ist groß gedruckt. Ob sie aber an die kleingedruckten Löhne heranreicht? Muß überhaupt ein Gewinn kommen?«

Dies erbitterte sie.

»Gausenfeld! Hunderttausende werden verdient!«

»Auch wenn ihr beteiligt seid?«

Da wurden Stimmen halblaut, die sagten, er sei neidisch. Sobald er sie hörte, schwieg er. Sie wollten glauben, nur glauben: ihm oder dem Heßling. Wer ihnen das nähere Glück versprach, dem glaubten sie.

Der Maschinenmeister Polster stellte sich wohlhäbig auf und lehrte: »Die Gewinnbeteiligung ist eins der wirksamsten Mittel zur Hebung des Arbeiterstandes und das wirksamste Mittel zur Versöhnung von Arbeiter und Unternehmer.« Er wußte den Anschlag schon auswendig.

Herbesdörfer erwiderte ihm:

»Den Unternehmer kennen wir.«

Dies machte viele stutzig; – und eben jetzt wagte der Jauner sich hervor: Die Herren dort oben hätten ihn zwar falsch beschuldigt und beinahe einsperren lassen, hier aber müsse er sagen Hut ab! Worauf viele erwiderten: Schnauze! – und ernüchtert den Weg zur Fabrik antraten.

Einige sagten zu Balrich:

»Wenn es wirklich etwas ist mit der Beteiligung, es ist noch nicht alles. Wir brauchen dich weiter, Balrich.«

Händeschütteln. »Hoch Balrich!« Auch »Ausstand!« ward gerufen. Er aber sagte ihnen:

»Laßt das nur! Ich weiß den Weg! Abwarten!«

Und er zog seinen Karren weiter; hinter ihm Dinkl und Malli mit den ihren, auf einem das Letztgeborene; und am Schluß schoben die jungen Brüder Balrichs. Die Kinder nebenher; Leni war nicht mehr zu sehen; – so führte der alte Gellert sie in ihr neues Heim.

Es waren zwei Zimmer mit Fenstern in der Höhe des Erdbodens. Die Kammer im Parterre, nach Norden auf das Haus C hinaus, war nicht weniger dunkel, nur trockener. Balrich arbeitete darin, schlafen aber mußte dort Leni. Sie hatte sogleich eine Stellung als Modistin und kam erst abends heim. Dinkl, ebenso schnell, kam bei der Städtischen Abfuhr unter; Malli durfte ihm sein Essen einfach auf die Landstraße hinaustragen. Sie selbst tat die groben Arbeiten bei Klinkorum, alle hatten ihr Auskommen, Gellert sogar mehr Wände anzustreichen als sonst.

Ja; – aber Dunkelheit, alles feucht, und der Geruch nach Unrat, den Dinkl heimbrachte, als sei es die Essenz von Gausenfeld, seines Elends, langfristigen Elends. Balrich, der droben Horaz las, hörte unter sich die Dinklschen Kinder einander quälen und Schmutzereien treiben. Zuweilen kam Gellert, man wußte nicht wann, denn er machte Schicht nach Belieben; betrank sich und gab Schnaps auch den Kindern. Dann, regelmäßig, vergaß er sich noch weiter. Balrich hörte von oben, wie sie kreischten, vor ihm hinausflüchteten, und das Einjährige, das sie fallen ließen, schrie dann, bis Malli kam... Balrich schämte sich, er ging dem alten Lumpen aus dem Weg, um nicht sprechen zu müssen. Nur seiner Schwester sagte er, sie solle achtgeben; was für Augen mache schon die elfjährige Liesel! Da weinte sie bitter und senkte ihren grauen

Kopf. Sie wußte noch mehr als er; was aber soll werden, quartiert der Gellert uns aus.

»Dann verdiene ich es euch, für eine bessere Wohnung«, erwiderte er, und sogleich ging er hinauf zu Klinkorum: die angebotenen Nachhilfestunden, jetzt sei er bereit, sie zu übernehmen. Er hatte bisher nur so viele gehabt, daß sein Unterhalt bezahlt war, jetzt belegte er damit den ganzen Tag, Klinkorum verschaffte sie ihm mühelos; – und Balrich saß wieder die Nächte bei der Lampe.

Er tat es für Leni. Die Dinklschen Kinder waren das Ärgste nicht. Unerträglich war es, hier Leni zu sehen, wie sie daherkam, schnell, leicht, in ihrem Mantel, der einen Pelz imitierte, ihrem Modehut, auf den Stöckeln, die Schenkel abgezeichnet unter dem raschelnden Rock – und schon im Garten bekam sie eine widerwillige Miene; die Stufen hinunter zu der Tür, die aussah wie ein wackliger Kleiderschrank, schritt sie vorsichtig, um in keinen Kot zu treten; mit Selbstüberwindung nahm ihre weiß behandschuhte Hand den Griff... Der Bruder ging mit ihr aus, er führte sie zum Essen. So wenige Augenblicke wie möglich sollte sie in der Höhle der Armen sein. Eines Abends dann, als sie das Zimmer im Erdgeschoß betrat, fand sie es neu möbliert, in Weiß, mit rosa Vorhängen am Bett und über dem Toilettenspiegel. Eine Minute staunte sie; dann wandte sie sich um, in der Tür stand der Bruder; und er sah, sie hatte mit ihm Mitleid. Da wußte er, nichts half mehr, und seine größte Furcht, eben jetzt, da er auch dies noch gegen sie versucht hatte, traf sie ein.

Seine Schwester umarmte ihn, als dankte sie. Aber er wußte, sie erbat Verzeihung und nahm Abschied. Er wollte nicht heucheln. »Geh nicht fort!« sagte er rauh und so flehentlich. Ihre Augen waren voll Tränen, ihre Goldaugen; sie stammelte:

»Wenn ich könnte. Der Weg ist so weit. Am Abend die

Arbeit dauert oft lange.« – Im Schluchzen küßte sie ihn: damit er dies hinnehme, nicht frage.

Drunten an einem geöffneten Kellerfenster saß er und horchte, ob bei ihr es still würde. Der alte Gellert schimpfte, weil es ihn fror im Bett... Und als es still war droben, begann er schon auf ihr Erwachen zu horchen. Noch längst nicht Tag – war dies ein anderes Geräusch als das vom Wind, Ästeknacken oder dem Nieseln in den Wänden? Doch! Die Tür geht. Im Garten springt ein Kiesel. Auf, ihr nach! Hasten, fliegen wollen und das Gefühl haben, du steckest im Boden, nie mehr erreichst du die, die fortgeht.

Das Gitter fällt, sie hört den Verfolger, sie läuft... Ein Sprung, er hält sie. Auf der Landstraße, kalt und noch vor Morgengrauen, standen die Geschwister und suchten ihre Gesichter, das Leiden und den Haß darin, um die sie wußten, die sie nicht sahen. Der Bruder griff nach der Schachtel in ihrer Hand, sie zerrten. Er, im Zerren:

»Du grade, für die ich es tue – alles tue. Sie verleugnen mich, sie gehn mit Heßling. Du aber mit dem Sohn.«

»Nein!«

»Mit meinem schlimmsten Feind.«

»Nein!« schrie sie entsetzt.

»Ich weiß, wohin du gehst in der Stadt. Du bist schon nicht mehr im Geschäft, keine Arbeiterin mehr, du bist –«

Leni, beschwörend dazwischen:

»Es ist alles nicht wahr!«

»Du bist eine Hure!«

Sie schluchzte, ein letztes Mal. Plötzlich hart: »Dann ist es wahr... Jetzt laß mich!«

Sie ging; aber er blieb an ihrer Seite und beschimpfte sie weiter. Sie antwortete.

»Betrüger du! Betrügst die Leute um ihr Leben. Ich soll wohl werden wie Malli?«

Da schlug er nach ihr, aber schlug in die Luft. Dort lief

sie, nur noch ein Schatten in der Nacht. Er rief ihr nach: »Du hast mich immer nur belogen« – machte kehrt und redete doch weiter, als sei sie noch da.

Aber sie war fort. Fort das Rascheln hinter ihm, wenn er vertieft saß. Vorüber die Begegnungen, er auf dem Weg zu einer Stunde, sie zu einer Kundin, und zwei Straßen weit gingen sie zusammen. Kaum ihren Rücken fing er jetzt auf, schon war sie dahin um die Ecke. Dahin, tödliche Verräterin! Dahin, süße Schwester! – und er saß in dem Zimmer, das sie verschmäht hatte und an dem er abzahlte, saß und wollte nichts wissen, als was in diesen verachteten Büchern stand.

Er verachtete die Bücher, welchen Ersatz konnten sie ihm noch bringen statt der Verlorenen, welche Rache ihn lehren für ihr Geschick!... Damit nicht alles umsonst sei, sorgte er besser für seine zwei jungen Brüder, gab Unterhalt und Lehrgeld, wenn sie nur hinaufgelangten, dieser in einer Buchhandlung, der andere als Monteur. Sie sollten ihm nicht sagen, wie Leni, er betrüge sie um ihr Leben. Da allen sein Werk zu lange währte – diese beiden mochten kleine hartherzige Bürger werden und Pfennige fuchsen. Er sah, nichts anderes ersehnten die Genossen, alle, wie sie waren, für nichts anderes lebten sie. Die Gerechtigkeit? Das Glück aller? Ein gefüllter Bauch war ihnen lieber. Nicht einmal wahrhaft zu hassen, seid ihr stark genug! Gehaßt hätten sie den Heßling? Und er braucht nur das Wort Gewinnbeteiligung hinzuschreiben, da glauben sie so gern ihm, wie vorher mir. Erfahre, armer Mensch, daß du zwecklos kämpfst! Sie brauchen dich nicht, viel lieber wollen sie betrogen sein. Was immer du tust, mach ab mit dir und deinem Haß. Du hast nur ihn.

Das Gewissen sagte ihm, er verleumde sie; ruchlos und verstiegen sei die Forderung, sie sollten, nur um seinetwillen, alles hinwerfen, streiken, hungern. Er selbst hatte es ihnen widerraten, und wartete dennoch darauf. War die

Schuld bei seiner Beschäftigung? – den Büchern, die nicht vom Brot, immer nur von Ideen wußten und ihn langsam abtrennten von seiner Klasse – ihn in seinem bürgerlichen Zimmer, seinem schwarzen Rock, ihn mit seinem Denken, das keinen Ausgleich mehr hatte durch die körperliche Arbeit... Kein Arbeiter mehr! – und er fing an, ihnen auszuweichen. Heimkehrend aus der Stadt von seinem Broterwerb, drückte er sich in den Garten, in das Haus, und hörte nicht, riefen sie ihm nach. Er sah den Heßling um das Haus Klinkorum her gewisse verdächtige Wege gehn, aber ihn verlangte es nicht, ihn abzufangen. Er eilte vorüber an Buck, den er nicht achtete, an den Genossen, die ihn im Stich ließen, und vermied trotzig die Begegnung mit dem jungen Hans, sooft auch das Bürschlein ihm nachlief oder an seine Tür klopfte. Einmal verlegte er sich darauf, durch die Tür zu sprechen; Balrich hörte: »Leni«; da vertrieb er es, mit einem Unflat geschriener Worte. Nachher dachte er: »Schade. Es war ein gutes Bürschlein.« Aber die Leidenschaft seines Menschenhasses war stärker. Er erinnerte sich wohl des jungen Blonden in dem Irrenhaus, der ihm gesagt hatte: »Lieben Sie denn?« Er wollte es nicht; und er glaubte sich stärker so.

Da kam im Dezembersturm seine Schwester Malli, brach ein bei ihm, schlug um sich, fiel hin und heulte zum Entsetzen. Geschehen war es mit der Liesel und dem Alten. Eben noch ein Kind, und jetzt? »Wir waren doch so gut daran hier!« jammerte Malli. »Jetzt müssen wir fort.« Diese Worte erbitterten ihn mehr als das andere.

Er ging mit hinunter. Das Kind war davongelaufen, der alte Gellert hatte sich ins Bett gelegt, spielte den Kranken und sprach weinerlich. »Reiche mir doch nur den Wacholder her, sonst ist es aus« – und die Mutter mußte ihn mit Schnaps tränken. Da Balrich gegen ihn losbrüllte, verkroch er sich vollends unter das karierte Bett; nur seine tränenden Äuglein zeigten sich noch, und er wimmerte:

»Weiß schon, ihr seid herzliche Leute, haltet euch zum alten Gellert und rührt euch nicht fort.« Er zwinkerte sie an. »Gebacken und gebraten zusammen, da drückt jeder ein Auge zu.«

Balrich spie nach ihm, der Alte duckte den Kopf in die Federn. Balrich schrie: »Für deinen Stall hier, wenn wir fortziehen, schaffe ich uns noch eine Menschenwohnung.«

Gellert sagte zerknirscht:

»Das wird wahr sein. Auch Arbeit schaffst du der Malli, dem Dinkl, und dir deine Stunden. Wen geht es an? Wer hat dir geschenkt so lange? Doch nicht der Buck, der arme Herr.«

Er zwinkerte nur; Balrich aber, erbleicht, stand mit Mühe noch fest.

»Nimm ruhig den Stuhl«, sagte der Alte und kroch aus dem Bett, wobei es sich erwies, daß er angekleidet war. Er streckte die langen Beine von sich, das Greisengesichtchen mit den violetten Sprüngen zeigte wieder Mut. Listig gab er zu verstehen: »Für den alten Gellert hat aber mancher ein Herz übrig, nicht ihr bloß. Der liebe alte Gellert braucht nur einmal seinen Namen zu schreiben, dann hat er Geld bis an das Ende seiner Tage.«

Balrich, die Fäuste geballt, stürzte vor, der Alte wollte zurück in das Bett; aber Balrich packte ihn an, er schüttelte ihn. »Tu es doch! Verrate uns! Verkaufe dem Heßling unsere Rechte! Liefere sie aus, deine Klassengenossen, und zieh ab mit dem Blutgeld!«

»Gib acht, was du selbst tust!« Der Alte höhnte noch im Ersticken: »Wenn erst die liebe Seele entfleucht, was habt ihr dann?«

Balrich stieß ihn fort, beide brachten sich in Ordnung. Der Alte, mit Ächzen:

»Der Buck, der Klinkorum, alle die Herren wollen es dem Heßling anstreichen. Stelle dich nicht dumm, die sind es, die machen dich zum Advokaten. Ist aber der alte Gellert tot und sein Recht verfallen, wozu noch der Advokat.«

Balrich ergab sich; ja, er wußte es, hätte er es noch niemals sich eingestanden. Gebrochen wich er gegen die Tür zurück – sie sprang weit auf im Sturm, Herbesdörfer und Polster kamen, sie wollten den Balrich hier überraschen. Schon hatten sie draußen gehört von einem Krach im Hause Dinkl, die Kinder draußen schwatzten.

»Und Dinkl!« jammerte Malli, in neuem Entsetzen. »Wenn er draufkommt, erschlägt er mich.«

Sie wollte sich anvertrauen und Trost suchen bei den Gästen; aber Gellert, wieder ganz auf der Höhe, warf sie hinaus.

Sogleich fragte Herbesdörfer: »Was wird jetzt?«

Balrich, die Hände in den Taschen, lehnte neben der Tür. Er fragte schlaff: »Womit?«

Herbesdörfer, aufschnellend: »Mit uns! Mit unserem Recht!«

Balrich betrachtete ihn von unten. Polster indes, stattlich und gefestigt wie er dastand, erwiderte:

»Was Recht. Die Menschen sind, was sie sind, und wie einer sich bettet, liegt er.«

Höhnisch sagte Balrich: »Sehr richtig«, und dachte an die Polster. Herbesdörfer hielt sich allein an Balrich. Hinter seinen runden Brillen stierte er fanatisch. »Du mußt handeln! Alle fallen ab. Sie wissen es schon wieder nicht anders, als daß ein Elend sein muß. Wozu hattest du sie aufgebracht!«

Balrich höhnisch: »Die Gewinnbeteiligung!«

»Ist das wirksamste Mittel –« setzte Polster ein, und er sagte den Anschlag her; auch erläuterte er die Folgen. »Wir werden uns stehen, als ob jeder einzelne ein eigenes kleines Geschäft hätte – und dabei keine Verantwortung.«

»Euer Traum«, sagte Balrich. Herbesdörfer stammelte wild:

»Hätte kein einziger eine Verantwortung, du, Balrich, hast sie! Soll Betrug und Schmutz sein wie vorher? Eher« – er stierte und stammelte – »mußt du, Balrich, die Fabrik anzünden.«

Balrich stieß sich von der Wand ab und stand.

»Dafür habe ich nicht gekämpft«, sagte er drohend. Herbesdörfer war erstaunt.

»Nicht für uns?«

»Laßt es euch gesagt sein, meinen Weg kenne ich, was schiert mich euer ganzer Betrieb.« Damit ging er hinaus.

»Verräter!« rief Herbesdörfer ihm nach.

»Vernünftiger Mensch«, sagte Polster.

Balrich, in der Jacke und barhäuptig, drang vor gegen den Sturm. »Die bekommen mich nicht«, sagte er laut. »Ich, anzünden und in das Zuchthaus für die? Sie möchten mich ganz fortschaffen, das ist es. Ich störe sie in ihrer Zufriedenheit; da schicken sie mir den Pinsel Herbesdörfer.« Er lachte auf. »Das glaube ich euch, auch euer Genosse Heßling würde mich gern fortschaffen, ich komme ihm noch auf seine heimlichen Gänge.«

Da stieß er an jemand. Der alte Dinkl war es. Zerfranster Umhang, flatternd im Sturm, und am erfrorenen Finger das Blechgefäß, schlich er sich in die Kantine, betteln. Sein Hut flog fort bei dem Anprall. Balrich sprang und brachte ihn – ein kleiner alter Hut, so schlecht wie die weggeworfenen in den Gräben, aber schwer, sonderbar schwer: Balrich begriff, von dem vielen Staub, der dem alten Dinkl an den Kopf geweht war auf den weiten Straßen und sich vermischt hatte mit dem Wasser, hervorgetreten aus seinem Kopf. Der Greis sagte demütig:

»Viel Ehre, Herr«; – und Balrich erinnerte sich, als er ein Junge war, hatte dieser ihn einst geschlagen. Da sagte er: »Ich habe Geld für Sie von Ihrem Sohn«, und gab ihm, was er bei sich trug. Weiterirrend dachte er: »Sie sind zu elend, was will ich von ihnen. Wir sind viel zu elend, wer darf fordern oder rechten.«

Er sah, er war wie alle. Nicht eine Sendung hatte ihn anders gemacht, die Prüfungen nicht, noch der Kampf des Geistes. Geklammert bleibst du an die Not des Lebens, Armer. Dir ist versagt der Aufschwung, dich zu opfern, Armer. Bevor du dich empörst, müssen vor dir und hinter dir die Gewehre starren und die Wahl muß heißen: sterben oder sterben. Sonst lebst du weiter von jedem Brot. Sie werfen es dir hin, du darfst nicht fragen, wer und woher. »Wozu wirft der Buck mir das Brot hin, bezahlt den Klinkorum und den Gellert? Einen Versuch macht er, ein Kunststück. Denkt sich, was heißt Kampf oder Recht oder Sieg; aber es ärgert manchen, und ein Arbeiter soll Jurist werden. Dann werden wir sehen, was noch übrig ist von seinem Ideal.«

Er schrie in den Sturm vor Qual.

»Das Ideal im Hause Gellert! In sauberen Pfützen schwimmt es. Vor gar nichts muß es den grausen, der es herausfischt.«

Von den Schneefeldern sauste ihm eisige Nässe entgegen. Dahinter im Arbeiterwald entschwand eine Gestalt – kaum streifte er ihren Umriß. Er ging, verloren in seinen Zusammenbruch.

»Zwei Jahre bald, da fand ich hier die arme Thilde. Sie hatte viel Kummer; ich machte sie glücklich. Das war etwas. Seitdem, was hab ich vollbracht?«

Er besann seinen Kampf und wie er nun stehe. »Gut«, sagte er grimmig, »wenn man genug hat am Träumen. Die Wirklichkeit aber? Der feste Boden zum Kämpfen? Ein altes Stückchen Papier in meiner Brusttasche ist alles; das soll zum Schwert werden und die Welt niederringen, zum Evangelium und sie umwälzen.« Alle die Mächte, aufgetürmt zwischen ihm und dem Feind, sie erschienen ihm erst jetzt leibhaftig. Dort hindurch! – und du bist nichts als der verstobene Funke eines Gedankens.

Er stand, hielt sich den Kopf und stöhnte. »Was war es mit mir? So hatten sie recht, daß sie mich dorthin schickten, wo der junge Blonde so mitleidig war, mir meinen Wahn zu erlauben? Namenloser Wahn!«

Er rang um den Glauben, der ihn verließ. Er erblickte ihn unter den Zügen Lenis, und sie wandte sich ab. »Geh nicht fort!« rief er wieder, die Arme hingereckt. Aber auch dieses Mal ging sie.

Am Waldrand die kahlen Äste kreischten im Sturm; erst drinnen ward es stiller: kalte Moderluft; den Schritten widerstand die zähe Masse verfaulten Laubes. Dort unten der See, dünn beeist, und im Wind auf seiner Decke kreisend Blätter und schwarze Zweiglein – kreisend und dann verschwindend in den Löchern. Da streifte in solcher Wüste sein Blick einen menschlichen Umriß, Thilde; – er hatte sie nicht erkannt vorhin und doch schon gewußt um sie. Die Bank war schwarz von Nässe, an dem Pfad beim See. Sie hatte, zusammengekrümmt, ihr schwarzes Tuch bis über das Haar gerafft. Auf der grauen Fläche des Eises erschien ihm ihr graues Profil. Bleichen Himmel um sich, standen Bäume darin wie Trauergäste.

Er wollte rufen und tat es nicht, sah sie Schultern und Knie noch tiefer beugen, und wollte es nicht glauben. Jetzt sank sie zu Boden – bog die Arme und ließ das Tuch entgleiten, schaudernd, als würfe sie mehr ab. Der Wind trug es ins Wasser; und sie, auf die Brust gelegt, rutschte hin, wie aus Durst, oder als glaubte sie, dort sei ein Bett.

Er lief; er meinte auch, daß er schreie und nur der Wind mache, daß sie nichts hörte. Hinab warf er sich den Abhang, fiel in eine Grube voll braunen Schnees, arbeitete sich hervor, stürzte dahin... Ihr Gesicht und auch schon die Brust waren im Wasser gelegen. Eissplitter hatten ihr die Wange zerschnitten. Er brachte sie zu sich, zog unter der Jacke seine Wollweste aus, trocknete und bedeckte sie, führte sie zurück auf die Bank. Ihr breitknochiges, hohles Gesicht blickte unbeteiligt, noch nicht zurückgekehrt von dort. Er nahm ihre harte, kalte Hand. Er starrte dorthin, wie sie; so saßen sie lange, stumm. Leise sich nähernd, legte er um sie den Arm und flüsterte rauh.

»Tu mir es nicht an!«

»Dir?« sagte sie, aufstehend. Aber er mußte sie stützen. Kaum auf ebener Straße, machte sie sich los von ihm. Er sah an ihr hin und sah sie verändert, die Brust gesunken, den Leib hoch zugespitzt.

»Darum?« fragte er.

»Darum«, sagte sie gradeaus in die Luft. »Es sollte nicht hungern. Es sollte nicht schlechter daran sein als das andere, im Friedhof.«

»Hungerst du denn, Thilde?«

»Du wolltest es nicht wissen«, sagte sie hart – und er senkte die Stirn, er trat fort von ihrer Seite. Ich bin ihr ausgewichen. Ich wollte es nicht wissen, daß auch sie entlassen war um meinetwillen und Not litt mit dem Kind, das von mir ist. Ich handle wie mein ärgster Feind, ein Bourgeois handelt nicht schlechter. Was wird aus mir!

Er fand kein Wort, das zu sprechen es wert wäre. Sie langten an bei der Hütte auf weitem Feld, da fiel sie nieder. Er trug sie auf das Bett unter der Treppe, wartete sie und blieb, bis sie schlief. Er ging Essen zu holen, gab den Hausleuten Geld und versprach ihnen mehr. Alles ihr. Er hatte nicht zu arbeiten für die, die gegangen war, noch für jene, die ihn verrieten, und auch für sich nicht, seit er ohne Glauben war. Für diese.

Sie war erwacht und hatte gegessen, da sagte er: »Ich will dich heiraten, Thilde.«

Sie blieb hart. »Das tust du nicht.« Er sagte es bittend noch einmal. Zuletzt ergab sie sich, ward sanft, weinte, und nun mußte er schwören, daß er sie liebhabe. Er schwur es, und sie nahm es hin. Dann ging er, im Herzen gewiß, daß er gelogen habe und, vollends der Liebe verlustig, verdammt sei zum Haß.

Eines Abends, früher in der Dunkelheit heimkehrend, stieß er auf Heßling. Der Generaldirektor in Person stand wartend im Garten Klinkorums. Sein Auto hielt neben dem Haus, im Schatten der Mauer, als hätte er es versteckt. Einen Zweiten sah Balrich verschwinden, er dachte, es sei Gellert, schon wieder habe der Reiche ihn versucht. Auch fiel es ihm ein, daß letzthin in seinem Schreibtisch, wie er heimkam, die Papiere anders lagen, als er sie gelegt hatte. Er trat drohend ein. Heßling, wider Erwarten, drückte sich nicht, er kam entschlossen unter dem beschneiten Busch hervor und keuchte:

»Mensch, wie lange treiben Sie sich hier noch umher?«

»Und Sie, Mensch?« erwiderte der Arbeiter und ging den Weg weiter, als stände niemand darauf. Heßling taumelte unter seinem Anprall in den Busch zurück – indes droben ein Fenster klirrte. Die Stimme Klinkorums erscholl: »So ist es nicht zu machen, Herr Geheimrat«, rief sie – und aus dunkler Höhe, aber einen ungewissen Glorienschein um das redende Haupt, tönte sie fort, in eintöniger Größe.

»Der Reiche hat sich vergriffen am heiligsten Menschentum – und will nicht einmal bezahlen.«

»Doch«, rief der Reiche.

»Aber nicht reell«, tönte die unerbittliche Richterstimme. »Darum wehe! Der Rächer steht hinter dir!«

Die Stimme sagte du. Auch Balrich ward von ihr geduzt.

»Du aber, mein Rächer, packe zu, pack ihn an!« Dies wartete der Reiche nicht ab, er nahm Reißaus.

Balrich sah jäh: »Auch um den steht es nicht gut.« Er hatte gemeint, das sei ein Sieger – da er selbst doch besiegt war. Aber sind wir besiegt, wenn der Sieger Furcht hat?

Der Heßling hat nun die Gewalt, ich bin verlassen, ihm glauben sie. Nur glaubt er sich selbst nicht. Die Sieger wissen, sie bleiben es nicht. Sie müssen immer schlechter werden, damit sie es eine Weile noch bleiben. Abhängen von Gellert und mit Klinkorum einen dunklen Handel haben: sieht so der Sieg aus, um was kämpft man?

Indessen glühte es auf, durch den kahlen Garten, als bräche Feuer aus. Klinkorum stürzte auf seinen Balkon hinaus, und Balrich, der umkehrte, sah es lodern über die Wiese her: Fackeln. Da schmetterte auch Blechmusik los, zum Empfang des Autos; denn mit vielem Schnauben hatte es sich aus dem Feldweg losgearbeitet und kam zum Vorschein. Es fuhr langsam, voran die Musik, und die Fackeln umringten es. Welch sieghafter Anblick: Heßling, aus dem Wagen heraus den Zylinderhut hebend und sein überallhin dankendes Gesicht, glutüberflogen wie von den Bränden einer Schlacht! Die Arbeiter, grell ausgeschnitten aus der Nacht, mit toten Schatten unter den Wangenknochen und hölzern klappenden Mündern, brüllten ihm zu. Vorn brüllte Jauner, und Polster hinten, in der Mitte aber brüllte der Sohn Kraft. Eine geschwenkte Fackel warf Streiflichter in sein wankendes Gebiß, in die Nasenlöcher, gebläht, um den Geruch dieser Menge von Männern aufzunehmen – und wohin verlangten seine verstörten Augen? Zu Balrich; ihn suchte er, ihm winkte seine schwache Hand, ihm selbstvergessen jauchzte der Sohn Kraft... »Abgesehen, ich weiß, ist es auf mich«, sagte Balrich. »Die ganze Mache doch nur auf mich!« Das Gebrüll um den Heßling verfing sich in dem der Musik, Takt ward das Stampfen, dahin zog Heßling, welch sieghafter Anblick!

Jemand war im Schatten zurückgeblieben, Herbesdörfer; er trat zu Balrich. »Da hast du es«, stammelte er wild. »Du hast ihm kein Feuer machen wollen, jetzt machen die es ihm. Einen Fackelzug dem edlen Spender der Gewinnbeteiligung. Was willst du tun. Mit den niedrigen Löhnen beziehen sie heute mehr als sonst mit den höheren. Da fährt er hin auf sein Fürstenschloß und hat uns alle in der Tasche.«

»Da hat er etwas Rechtes«, sagte Balrich und trat fort, in die Nacht, die sich schloß.

Der Generaldirektor hielt noch, von der Terrasse seiner Villa Höhe, ein berauschter Herrscher, die Ansprache, befahl Bier für alle aufzufahren in den Räumen der Dienerschaft und rühmte noch feierlich vor den Seinen das Hochgefühl der Verantwortung, die er trage. Dann aber, er hatte mit seinen Söhnen »die Runde« gemacht und im Haus nach den Selbstschüssen gesehen, schloß auch um ihn sich die Nacht.

Er lag im Bett, und geschwellt bedachte er, daß die Liebe des Volkes wert sei, was sie koste. Ergreifend diese Menschen in ihrem Vertrauen, die Gewinnbeteiligung werde dauern, das Leben friedlich und glücklich bleiben. Ach! so war es nicht gewollt von Gott. »Ich wäre reif, erledigt zu werden, verstände ich mein Interesse so schlecht. Was sie sich wünschen, würde das in meiner Person verkörperte Ganze verzwergen, ich aber bin von meinem Gewissen verpflichtet, es zu erweitern, immer zu erweitern, mag der einzelne bestehen oder nicht. Was zählt, ist nur das Ganze; das Ganze um seiner selbst willen; und ich bin das Ganze.«

Dem einzelnen, erklärlicherweise, machte allein der Zwang dies begreiflich. Waren jene großen Kinder ergreifend, nicht weniger waren sie gefährlich, denn der Glaube an Frieden und Glück ist äußerst gefährlich. Sie waren, bis sie verstanden, was not tat, noch rauhe Wege zu führen, vielleicht blutige. Inzwischen trage der Verantwortliche Sorge, ihren Wahn einzuschläfern durch eine Gewinnbeteiligung. Schon haben sie den Aufwiegler vergessen – vergessen den, der ihnen das Ganze versprach, und das Ganze als Mittel zum Frieden und Glück!

Der Generaldirektor drehte das Licht an und ab, es half nicht, er selbst vergaß nicht jenen. Dahinten saß er, ein heller Punkt in der Nacht, saß wach und arbeitete für den alten Brief in seiner Tasche. Ein Wisch Papier, zum Lachen wertlos vor der angesammelten Macht, die besteht – aber wenn Tausende eines Tages in seinem Namen das Recht anriefen, was gab es dagegen? Es gab die Aussperrung, von Popp, das Zuchthaus. Das war nicht genug. Er hatte immer geglaubt, es sei genug – bis jener kam. Der mußte fort, um jeden Preis. Freilich, Klinkorum, der ihn beherbergte, erriet die Lage und verlangte für seine Baracke jetzt einen Betrag – wer ihn bezahlt hätte, gestand offen ein, er fürchte sich... Aber er mußte fort zum Heil des Ganzen und damit nicht länger ein Phantom umgehe, das sie Recht nannten – ungreifbar, verderblich den Gemütern, wesenlos vor der Macht, die besteht, und dennoch sie lähmend.

Grausig, träumte ächzend der Generaldirektor, als sie noch ihr Geheimnis behüteten, mystische Sage vom Erbrecht der Enterbten, überliefert durch einen alten Tunichtgut, vertreten von dem Arbeiter, der Latein lernt. Man ging wie auf geladenen Minen, kein Schritt ohne Angst. Jetzt wissen wir. Die Minen sind entladen, der geheime Feind ein Nachhilfslehrer im blanken Gehrock. Die Welt kann nur die Achseln zucken, würdest du glauben. Statt dessen –

»Statt dessen!« stöhnte der Aufgeschreckte; – und er sah Gesichter, hörte Stimmen, er kämpfte in seinem zerwühlten Bett gegen den Alpdruck der Gerüchte, die ihm zugingen, den Stachel der Fragen, die man stellte, gegen die Verleumdungen und ihren würgenden Griff. Viel Feind, viel Ehr! Aber wenn jeder, der ihm die Hand drückte, und noch der an seinem Tisch zum Gichtkranken gewordene von Popp ihn als bedroht hinstellte, seinen Besitzstand anzweifelte und in Gausenfeld, diesem ehernen Fels, nichts Festgegründetes mehr sehen wollte: dann kam ein Augenblick – und war er nicht schon da? Bei den Verhandlungen über große Aufträge, ja, mit den Behörden, gebrauchten die Gegner die Waffe, die jener Arbeiter in der Tasche trug. In seiner eigenen Aktionärsversammlung war es erwähnt worden. Dies war nicht Mystik mehr, nicht Utopie; die Wirklichkeit selbst will dir an den Hals. Herangewühlt haben sich die Feinde. Katilinarische Existenzen reißen an sich, was heilig in deine Hand gelegt ist, Besitz und Macht!

Der Generaldirektor warf die Decke ab und trank Wasser. Er wußte Bescheid um solche Existenzen und was die Begehrlichkeit, so arm sie sei, vermag – die Lebensgier. Da bringt man die Beneideten wegen eines Wortes ins Gefängnis und enteignet sie. Was du selbst gekonnt hast, wird auch jener können!... Jetzt klapperte er, das Fieber kam... Damals warst du jung, jetzt ist er es. Der Feind schwingt das Messer, was rettet dich noch. Komm ihm zuvor, kein Mittel, das nicht gut wäre! Bluten soll er! Auf ihn!

Der Generaldirektor drückte den Kopf, er läutete Sturm. Indem im Hause ein Laufen begann, wappnete er sich mit der geballten Seidendecke, schwang ein Rasiermesser und brüllte »Auf ihn!« Frau und Söhne, die ihn in ganz erschöpftem Zustand vorfanden, schickten zum Arzt. Das Auto raste.

Balrich, wach sitzend, hörte es rasen, sein Lichtkegel fiel in die Finsternis und zerfiel – und so schnell und so klar wußte Balrich: jetzt ängstigt sich der Feind. Dies gilt dir – wie zuletzt nur dir der Fackelzug galt. Der Reiche hat alles für sich, er liegt auf dem Grab der Gerechtigkeit wie ein Tier aus Stein, zu schwer, um es fortzuwälzen. Aber das Tier, obwohl aus Stein, hat Angst, gern würde es dir dein Recht abkaufen. »Ihm war es ernst mit den Hunderttausend, die er bot; ich kann sie haben.«

Da stand er auf und drückte sich in den Winkel. Das

Recht deiner Brüder verkaufen – dahin führten dich deine Zweifel. Zum eigenen lichtscheuen Vorteil! Für das Recht nicht mehr kämpfen, es nur gebrauchen wie einen Dietrich – und sein, wozu sie dich machen, ein Erpresser!... Er hielt sich die Stirn. »Das dachte nicht ich! Aber ich muß doch schlau werden wie er. Ich kann ihm eine Fälschung verkaufen, oder kann heimlich Zeugen bestellen zu dem Handel, dann halte ich ihn. Jedes Mittel ist gut. Das Messer in seinen Bauch!«

Die Nacht inzwischen verging, die auch dem anderen verging.

Am Tag in der Stadt hatte Balrich wieder einmal den Hans Buck hinter sich, das Bürschlein ließ sich nicht abschütteln. »Ich kann dir etwas verraten«, sagte es. »Er hat Angst.«

»Lassen Sie mich in Ruhe!« verlangte Balrich. Das Bürschlein sagte trotzdem du.

»Es geht dich an. Er gibt her, was du willst.«

»Er soll nur hergeben, was mein Recht ist.«

»Hunderttausend Mark hat er wieder gesagt.«

Balrich fuhr auf. »Du lügst!« worauf das Bürschlein befriedigt lächelte.

»Du weißt es also noch. Nimm sie!«

Rauh drohend sagte Balrich: »Auf solche Gedanken kommt nur ein reiches Bürschlein.« Haßerfüllt gegen seine eigenen Nachtgedanken stieß er hervor:

»Diebe seid ihr, jeder für sich. Mein Recht ist das Recht aller!«

Da ward der Sechzehnjährige rot und sagte fest:

»Sei nicht zu stolz! Du sollst noch sehen, ob ich schlechter bin als du. Ein Enterbter bin ich auch, und ich hasse den Heßling. Du aber –«

Er reckte sich.

» – kannst nur noch hassen. Du liebst niemand.«

Jetzt versuchte Balrich nicht mehr zu entkommen, er

ging ganz langsam. »Nicht einmal sie«, sagte leise der Knabe.

»Hast du sie gesehen?« fragte der Bruder, auch leise. »Geht es ihr denn schlecht?«

Er war bei dem Haus, wo er eine Stunde geben sollte, aber er ging vorüber. Der Knabe flüsterte jagend sein brünstiges Geheimnis.

»Ich würde für sie betteln oder die Leute anfallen. Ich liebe sie, wie noch kein Mensch geliebt hat. Wenn ich von weitem sie kommen sehe, zittern mir die Knie; ich bin schon hingefallen, wo sie ging. Vorüber – da lauf ich, will sie packen und forttragen. Um vier Jahre älter zu sein, als ich bin, gäbe ich den ganzen Rest meines Lebens! Du weißt noch nicht, was ich tue. Nachts schleiche ich mich in das Haus und liege vor ihrer Tür.«

»Sie läßt dich nicht ein?« fragte der Bruder angstvoll; denn er fragte für sich.

»Ich war bei ihr. Ihr wurden die Sachen verkauft, Möbel und Kleider. Er gibt ihr nichts mehr. Er hat nichts mehr. Er liebt sie nicht, der Schuft. Im Gedränge kam ich mit hinein. Ich sah sie weinen wegen eines Kleides und habe es mit meiner Uhr bezahlt, damit sie es behielt. Da hat sie mich umarmt.«

Der Knabe blieb stehen, bleich und die Augen geschlossen.

»Dann hat sie mich fortgejagt.«

»Warum?« fragte der Bruder. Der Knabe machte plötzlich lange Schritte. »Ich weiß es nicht«, sagte er hastig – aber er hatte es vor Augen, wie sie ihn fortstieß und ihm nachrief: »Dich kann ich nicht brauchen, du hast nichts!« ... Er sagte:

»Weil ich bezahlt hatte«; – und bei dem Wort zu ihren Ehren war es ihm, als küßte er sie.

Plötzlich mit Zorn: »Du aber, ihr Bruder, kannst Geld haben und bringst es ihr nicht. Was weißt du also!«

Dabei lief er schon – lief davon. Der Zurückgebliebene dachte: »Weiß ich denn nichts? Das Bürschlein wüßte mehr? Es spricht, als habe es den Trojanischen Krieg gesehen und sei selbst ein Held, der für Helena stirbt. Was nützt es Leni... Aber alle sind für sie in die Unterwelt gestiegen, Ajax, der so stark war, Hektor, der so schön war – und endlich kam wohl auch sie. Soll es nicht für sie sein, wozu dann all mein Bemühn!«

Er sah, es war schwer, lange, lange und gar das Leben lang nach einem Gedanken zu zielen, und inzwischen, abseits von unserem einzigen Weg altern und verderben die, die wir lieben sollten. Der Versucher kam nachts, er sagte nur immer, daß es kein Recht und kein Gewissen gäbe vor dem Leben, seinem und ihrem. Bei Tage, neu erstarkt, fürchtete er einzig, sie wiederzusehen.

Nach Neujahr 1914 ließ er sich zum letzen Mal von Klinkorum prüfen. Hiernach hielt Klinkorum ihn, ungewöhnlicherweise, zurück, er ließ sogar Kaffee bringen; und dann eröffnete er dem Schüler, seine Gönner seien besorgt um ihn. Er sehe überanstrengt aus und stehe nun vor dem Examen. In den drei Monaten, die fehlten, habe er so viel zu lernen wie andere in dem ganzen letzten Jahr. Klinkorum wolle ihm keine übertriebenen Hoffnungen machen. Nach seinen schulmännischen Erfahrungen –. Hierüber verbreitete er sich. Als Balrich ihn unterbrach, schnappte er nach Luft und sagte: »Ach so. Sie bekommen ein Theaterbillett.«

Was das solle? Zur Ablenkung und Auffrischung. Klinkorum würde es nicht empfohlen haben, aber die Gönner –. Welche Gönner? Nun, sie seien unter den Vätern seiner jungen Schüler. Balrich aber erriet wohl, wie immer war es Buck. Vielleicht konnte auch Klinkorum dies nur erraten. Der Professor rief ihm nach über die Treppe: »Auch einen neuen Anzug bekommen Sie.«

Neu gekleidet begab Balrich sich in das Apollo-Theater.

Es hatte schon im Vestibül geschliffene Spiegel nebst vergoldeten Stukkaturen, und unter diesen die Hauptrollen spielten Kronen und Füllhörner. Der Platz sodann, der ihm auf die Nennung seines Namens an der Kasse ausgefolgt ward, war ein Balkonplatz, der teuerste im Hause – was ihn zuerst sehr drückte, als sei es Hohn und Versuchung. Die Treppe war weich belegt und ganz flach, man kam hinauf wie von selbst. Die warme Luft, schon im Gang vor den Logen, duftete. Den Duft verbreiteten die Damen, die aus ihren Pelzen mit nackten Schultern hervorkamen. Von weicher Hand wird dir der Mantel abgenommen; sanft, hinter einer Tür, die nicht klappt, läßt dich der glatte Diener in deinen samtenen Sessel. Lau und wohlverwahrt wie im Bade sitzt man. Ein jeder hier bewegt sich gelassen, niemals kann es ihm fehlen. Die Herren im Frack erstiegen heimisch die Stufen zu den rotgepolsterten Logen, sie küßten den Damen die langen Handschuhe, und wurden diese abgestreift, die beängstigend weißen Hände. Manche Dame neigte sich so dreist hervor, als hätte sie gar nichts zu fürchten für ihre Blöße; und an ihren langen Perlenketten spielten sie alle so satt und unachtsam, als könnte in alle Ewigkeit niemand sie ihnen entreißen. »Ihr seid nicht so sicher, wie ihr denkt«, dachte Balrich – und wich ihnen doch aus, wenn sie das Lorgnon auf ihn richteten. Buck hatte ihn wohl hergeschickt, damit er sich seine Opfer ansehe? Oder sollte er nur irre gemacht werden – irrer noch, als schon so vieles ihn machte?

An ihm wollte einer vorbei. Um Platz zu machen, stand er auf, fand sich nicht schnell genug in die Lage und drehte sich um – was jener übelzunehmen schien. Er wartete, bis Balrich wieder Front machte, und musterte ihn mit toten Augen frech durch sein Monokel. Balrich zeigte finstere Brauen und eine Faust, worauf der Herr, den Versuch zu lächeln in seinen starren Mundfalten, weiterging. »Ihr seid reif«, dachte Balrich. »Doch gut, daß ich hier sitze, einer von uns, auf deren Kosten ihr euer freches Leben führt.« Das Orchester begann zu spielen in seinen Haß hinein, das reizte noch mehr. Den leeren Sessel neben ihm wollte jemand aus der Reihe ziehen, aber Balrich lag auf der Balustrade und rührte sich nicht. »Na wollen Sie oder wollen Sie nicht?« sagte da zornig eine Stimme – ihn lähmte der Schrecken – die Stimme Lenis. Sie schob ihn fort, daß es krachte: »hat man das erlebt«, sagte sie, so kam sie auf ihren Platz. Hier aber machte sie plötzlich »Ach!« – und warf sich zur Seite, als suchte sie zu fliehen. Inzwischen ging der Vorhang auf.

Da zeigte es sich, daß die Bühne nur eine Fortsetzung des Saales war. Zwischen feinen Möbeln bewegten sich dort dieselben Herren und Damen, benahmen sich wie diese hier und redeten. Was sie redeten, schien fein zu sein wie die Möbel, es schien feiner, als es in Wirklichkeit bei Heßlings gehört ward, und war wohl auch unterhaltend und leicht, wenigstens für sie, die es so hurtig sprachen und verstanden. Balrich folgte nur langsam, war immer in Gefahr, den Faden zu verlieren, und kaum daß er die Gefahr einen Augenblick überlegte, hatte er ihn wirklich verloren. »Ich stehe vor dem Abiturium«, überlegte er; »und ich habe nicht nur gelernt, habe auch erlebt. Hat der Herr mit den Mundfalten so viel erlebt? Dennoch kann er folgen. Sie haben etwas, das ich nicht ersetzen kann« ... Eingeschüchtert hielt er still – indes neben ihm Leni immer unruhiger ward. Endlich wandte sie den Kopf nach ihm, zog ihn aber zurück und sagte laut zu sich selbst:

»Was ist hier denn los heute? Wo sind die Amerikaner?«

»Welche Amerikaner?« fragte Balrich, bevor er es bedacht hatte.

»Die komischen. Hier wird wohl jemand begraben?«

»Kann sein«, sagte Balrich, um zu schließen. Aber ihr schien das Gespräch nun angeknüpft. Sie sah ihn an.

»Zu merkwürdig doch. Ich komme her, weil ich denke,

hier ist noch das Varieté, sonst komme ich natürlich nicht her – und da sitzt du.«

Auch er fand dies merkwürdig, mehr als sie es wissen konnte in ihrem leichteren Herzen; aber da er sich nicht rührte, mußte sie weiter versuchen. »Wie das Leben spielt«, sagte sie, schüchtern lächelnd; und sogleich, damit nur das Gespräch nicht einschlafe:

»Bist du mir noch böse?«

Auch er sah nun hin, in ihr Gesicht, das sie verführerisch machte. Aber da erschrak es; sie sah, er weinte. »Karl!« rief sie unterdrückt. Nie hatte sie ihn weinen gesehen. Und flehentlich: »Wenn ich gewußt hätte, so sehr geht es dir nach, ich hätte es nicht getan.«

»Doch«, sagte er und sah sie immer an. »Aber nicht das geht mir nach. Mir geht es nach, daß ich dir nicht soll helfen können.«

Sie begriff, er hatte erfahren, wie es mit ihr stand. Er fühlte, sie sei nun gedemütigt. Beide ratlos, sahen sie auf die Bühne, wo mittlerweile ein Herr und eine Dame aufeinander losgingen, bis er die Tür warf und sie hinfiel.

»Was haben sie?« flüsterte Leni. »Sie sind doch reich?«

Statt seiner Antwort fiel der Vorhang – und nun es hell ward schrak links von ihm jemand auf, er sah hin, eine Dame, halb alt und noch schön – wie die Frau Buck; und auch verstört und schmerzensreich wie jetzt diese hatte die Mutter des Bürschleins wohl schon ausgesehen... Leni zog ihn am Arm und raunte:

»Sieh her, der Mensch mit den Leichenaugen.«

Balrich überzeugte sich, daß der Herr von vorhin ihn anstarrte.

»Der ist hier, weil ich hier bin«, raunte Leni. »Ich brauche nur zu pfeifen«, sagte sie schon lauter und spitzte wirklich nach dem dort die Lippen. Er lächelte wie eine Maske, und Leni sagte erfreut:

»Du siehst, auf einen, der sich dünn macht, kommt es

nicht an.« Schnell fragte Balrich: »Dann liebst du den Heßling nicht?« Hierüber erschrak sie. Ihre schönen Goldaugen zuckten, er hatte Mitleid mit ihr, noch bevor sie sprach. Sie sagte aber, ergeben wie eine Magd:

»Einen lieben? Das darf ich noch nicht. Das darf ich erst, wenn ich reich bin.«

Worauf sie zum erstenmal die Augen senkte.

»Man weiß doch schon viel«, murmelte sie, und hiernach schwieg er. Eine lange Weile, dann erst bemerkte sie, daß die Musik längst aufgehört hatte und daß auf der Bühne wieder gespielt ward. Die Herren und Damen gingen durcheinander, drehten und rieben sich wie die Teile einer Maschine – die man aber kennen mußte. Jeder hatte mit jedem etwas vor; und obwohl doch alles nur Worte waren, lauerten vorgeblich überall die aufreibendsten Schwierigkeiten und Gefahren. Hörte man jenen Herrn mit seinen Markenzigarren, diese schmuckbedeckte Dame, es ließ sich für sie kaum leben. »Warum? Was wollen sie«, fragte Balrich. Leni hatte wohl schon Wind bekommen, sie erklärte:

»Es juckt sie innerlich – sie suchen einander die Flöhe ab.«

Dazu lachte sie höhnisch, und ihr Bruder lachte mit. Links von ihm die Dame, bei der man an Frau Buck dachte, beugte sich vor und zischte ihm in das Gesicht. Leni, um ihn zu rächen, zischte zurück. Halblaut machten sie sich so lange lustig über die Alte, bis auch der zweite Akt aus war und sie sich eilends davonmachte.

Dies erhöhte die Stimmung der Geschwister. »Bin ich schön?« fragte Leni; und in ihrem Kleid, das die reichen Frauen genau nachahmte, machte sie schaukelnde Schritte, die Arme vom Leibe, das Gesicht in der Luft – als spazierte sie noch durch Gausenfeld, am Sonntag, wenn alle ihre Verehrer unterwegs waren. Der Bruder lachte, tief überzeugt. Ob sie schön war! Bedeckt die Hüften und die Schenkel mit gestickten Silberblumen, die Büste prahlerisch glänzend aus den Spitzen und falschen Perlen, das Gesicht aber, nie hatte es so freche Farben gehabt. Der Bruder unwillkürlich schaukelte wie sie und trug den Kopf hoch. Einige Gänse an ihrem Wege wollten Gesichter schneiden, und die zu ihnen gehörigen Hämmel wollten aufmucken; da machte der Bruder seine drohenden Brauen, und die Ellenbogen hielt er steif, so ging es. Die Schwester sagte:

»Ich kaufe uns Bier. Die Alte dort, mit dem massierten Busen, hat es auf dich abgesehen. Sie denken, dich halte ich mir aus. Du kannst dein Glück machen«, worauf er leichtsinnig mitlachte.

»Wir müssen gradeso gemein werden wie sie«, sagte die Schwester, in dem spiegelnden Foyer, weithin reiche Leute. »Du willst ihr Recht studieren, damit du sie enteignen kannst. Auch ich tue nichts, was ihre eigenen Weiber nicht schon tun. Die Nichte des Generals –«

»Die Anklam?«

»Die hat eine andere Klaue.«

Flüchtig sah sie ihre geschminkten Nägel an.

»Solche Rechnungen, bei Gott, hat er für mich nicht bezahlt. Ich habe ihm, zu meiner Strafe, die Quittungen gestohlen und lese sie manchmal.«

Zweites Glockenzeichen, das Gedränge lief ab, noch blieben die Geschwister. Da sah er ihre gefärbte Lippe wanken, auf den schwarzen Rand der Augen trat ein heller Tropfen. Hilfesuchend griff sie nach seinem Arm – und ihm sagte ihr Zittern, dieser kurze Atem, die Hast: sie liebt jenen Mann! Was immer sie tut, was aus ihr noch wird, die Schuld hat der Mann. Nur ihn hat sie geliebt – und hat durch ihn nun schon ein Herz, das nur noch haßt.

Brüderliches Schicksal! Erschreckend wie ein Vorzeichen! Stumm aneinandergedrängt hasteten sie durch den leeren Gang und kamen als letzte auf ihre Plätze. Da fragte die Schwester noch einmal wie zu Anfang:

»Bist du mir noch bös?« – aber er hörte es diesmal, als fragte sie: »Jetzt, da du weißt? Jetzt, da du sogar vorausweißt?«

Er ergriff ihre Hand. Auf der Bühne trugen sie nachgerade schon Trauer, infolge von Schmerzen, die man nicht begreifen konnte – und waren sie es wert, daß man sie begriff? Meine Schwester, sah Balrich, liebt einen Reichen. Er hat sie gehabt. Jetzt verläßt er sie, denn sie ist arm... Er stieß hervor:

»Er soll dich heiraten! Sonst –!«

»Was sonst?« Sie lächelte erfahren. »Auch ich habe schon auf ihn schießen wollen – erst heute früh. Und abends bin ich hier. Das Leben spielt«, sagte sie nachlässig. Er sagte streng:

»Das soll es nicht. Komm heim! Du mußt wieder heimkommen!«

»Und du, würdest du wieder in die Fabrik gehen? Ich kann nicht mehr so werden wie Malli.«

Er wollte widersprechen, sie ließ ihn nicht. »Heirate doch Thilde!« Er versicherte, er tue es, aber darauf achtete sie nicht. »Wir können uns die Hand reichen!« Hochtrabend streckte sie ihm die Hand hin. Er wandte sich zornig ab. Bevor sie es sich versahen, war das Theater aus.

»Was denn«, machte Leni. »Die Schauspielerin ist wirklich ins Wasser gegangen?«

»Mit einem Autopelz«, sagte Balrich. »Damit es nicht so kalt ist.«

Er wußte, wie man ins Wasser geht. Es war zu schwer für die Reichen... Nun sie aber aufstanden, sah er rückwärts unter den Logen die Dame noch sitzen, die ihn an Frau Buck erinnerte. Vor ihm und seiner Schwester hatte sie sich dorthin geflüchtet, saß als letzte noch da und sah auf den geschlossenen Vorhang... Da sie nahe vorbeikamen: nein, sie sah nicht, auch ihre Augen waren geschlossen, und aus den Lidern hervor weinte sie.

Er brachte Leni zu einem Mietsauto. Sie sagte:

»Nun, es war schön. Es war doch etwas anderes... Fährst du nicht mit?«

Da er es ablehnte, sagte sie, wieder einmal demütig:

»Also auf ein anderes Mal. Alles kommt, wie es muß.«

Trotzdem wartete sie noch. In seine Augen spähend endlich wagte sie sich heraus.

»Du weißt, wenn du vielleicht Geld brauchst –«

Da sie die Antwort schon las, sprach sie schnell weiter. »Obwohl erst gestern bei mir der Gerichtsvollzieher war.«

Sie lachte; und damit es ihr leichter sei, lachte auch er. So fuhr sie.

Balrich, nach Gausenfeld wandernd, das Gesicht zerschnitten von der Eisluft, dachte: »Warum weinte die Frau?... Die ins Wasser ging in dem Stück, war eine Junge. Weinte die Alte, weil sie selbst einmal fast gegangen wäre? Oder im Gegenteil, weil sie nie den Mut gehabt hat? Was fehlt ihr? Hat sie wirklich ihr ganzes Leben verfehlt, obwohl sie doch reich ist?« Eine andere Welt, dir unzugänglich; nur dieses siehst du, auch die dort leiden. So wären sie denn nicht die Unwissenden, auf jeden Fall Glücklichen. Was immer sie wirken oder tun, das Leiden würde selbst sie rechtfertigen, du hast es jetzt schwerer, ihre Vernichtung zu wollen.

Da erschrak er tief. Du hast nun schon erfahren, daß die Nächsten dich verlassen und daß es unmöglich ist, mit ihnen eins zu sein. Du weißt schon, der Sieg – der Sieg, für den du doch lebst, bleibt immer zweifelhaft und ist nichtswürdig. Du weißt, dein Kampf hat dich nicht besser gemacht. Jetzt sollst du auch noch lernen, daß die Feinde so viel Recht haben wie du...

Er war in seinem Zimmer, aber er machte nicht Licht, und noch im Dunkeln verhüllte er sein Gesicht. So stand es, so und nicht anders trat er nächstens in die Prüfung ein, jene Schulprobe, die für die meisten vor allen ihren Lebensproben liegt.

Fortan arbeitete er schwerer als sonst und um so heftiger. Er wollte nichts wissen von den Schmerzen, die ihm den Kopf in Reifen spannten, noch von den schlaflosen Stunden der Todesangst. Er sagte: »Ich will nicht wehrlos werden. Sie sollen mich nicht entwaffnen. Mögen sie leiden, sie sind dafür bezahlt! Ihr Leiden ist nicht genug, sie müssen gutmachen! Herausgerissen aus ihren Samtlogen, sollen sie werden wie alle. Mit allen aber soll es besser werden. Vielleicht, im Grunde hat dann auch die Dame es besser, die im Theater geweint hat.«

Und nachdem er aufgetrumpft hatte und um sich gedroht in seiner Einsamkeit, kam es endlich doch so, daß er sich hinbeugte und weinte. Auch er, wie jene Fremde, weinte, weil wir zu sterben nicht wagen, zu sterben nicht einmal wünschen, wennschon wir erkannt haben. Beweine uns Armen und auch die Reichen! Du wendest nicht ihr Geschick, und unser Elend ist unsterblich. Herausgerissen diese aus den Logen des Übermuts, werden andere sich hineinsetzen. Die Armut aber ist mehr, viel mehr, als ein Gesetz der Wirtschaft; die Seele will sie.

Nie hatte er sich so schwach gefühlt – da sprachen draußen vor dem Hause bekümmerte Genossen ihn an. Sie hatten, nach der ersten Üppigkeit, nun weniger mit der Gewinnbeteiligung als früher ohne sie. Das Geschäft ging reißend zurück. Sie waren betrogen und darbten wie nie. Herbesdörfer verlangte den Ausstand, Polster wollte noch hoffen; wer sie hetzte, war Gellert. »Bedankt euch bei dem Balrich! Er hat euch die Gewinnbeteiligung verschafft, er bringt euch noch weiter fort!«

Balrich zuckte auf, er wollte rufen: »Der Alte sinnt nur,

euch zu verkaufen!« Aber er selbst? Worauf hatte er selbst schon gesonnen?... Er stammelte demütig:

»Ich habe mich wohl geirrt und es falsch gemacht. Wollt ihr, so gehe ich und bitte den Heßling, er möge es sein lassen wie früher.«

»Das wird uns helfen!« murrten sie.

»Er verhöhnt uns noch!« stieß wie einen Tierlaut der Herbesdörfer hervor. Sie drängten Balrich in den Feldweg, wo das Automobil des Generaldirektors sich bereitgehalten hatte, damals für den Fackelzug. Der Jauner war da und stieß mit. Gegen die Mauer warfen sie den Verlassenen, sprangen zurück und hoben Steine auf. Nach demselben Stein griffen Herbesdörfer der Fanatiker und der Spitzel Jauner. Balrich hielt still und wartete. Aber Polster mit Dinkl riß ihre schon erhobenen Arme herab.

Balrich trat wieder unter sie, mit der festen Miene, die sie kannten.

»Sogar jetzt noch bin ich mit euch. Euer Recht habt ihr abgelegt und mich verlassen.«

»Wenn unsere Kinder Hunger leiden! Ein feines Recht!«

Polster, vernünftig und breitbeinig, faßte ihr Geschrei in richtige Worte.

»Du, Balrich, denkst nicht mehr wie wir. Du hast etwas gelernt, brauchst nicht zu sorgen, und willst durch dick und dünn, weil du eine Idee hast. Wir aber sollen hungern für deine Idee.«

»Nein!« rief Balrich.

»Hättest du einem einzigen geholfen auf der Stelle, wir würden mehr von dir halten, als selbst wenn du uns alle endlich reich machst in zwanzig Jahren.«

»Es ist wahr!« riefen sie. »Nimm, was du kriegst!«

Da sagte auch Balrich: »Es ist wahr«; und zur Bekräftigung ging er mit ihnen trinken.

Als erster heraustretend aus der Kantine, stieß er auf

Napoleon Fischer. Der Abgeordnete machte sein weltkundigstes Gesicht.

»Da sind wir«, sagte er. »Ich muß den Karren aus dem Dreck ziehen, worin Sie ihn verfahren haben, Sie junges Talent.«

Er grinste – und Balrich sah ihn schon wieder auf der Tribüne, geschäftsmäßig keifend, in seinem Herzen aber kaltblütig und ganz ohne Glauben. Der Abgeordnete seinerseits hatte Balrich gemustert.

»Sie haben wohl auch schon manches erlebt diesen Winter?« fragte er, mit seinem falschen Blick.

Balrich nickte. Auch schon! Dies alles erlebte man demnach überlicherweise: Sendung, Verrat, Erkenntnis und Abdankung – bis endlich du dich darein ergibst, nur eben dein Schäfchen zu scheren, gewöhnlicher Mensch, der du bist... Er bäumte sich auf.

»Sie aber lügen! Sie halten uns Armen hin, und Ihr Geschäft ist Tücke. Sonst würden Sie sagen: Glaubt nichts, aber handelt!«

Napoleon Fischer lehnte ab.

»Dann wäre ich kein zielbewußter Sozialdemokrat, sondern gradezu ein Anarchist.«

»Das bin ich!« sagte Balrich.

VII Ultima ratio

Die Kinder schrien tosend vor dem großen Arbeiterhaus, rannten, zappelten, prügelten sich; nur polterten sie nicht mehr gegen den Zaun der Villa Klinkorum, denn die Planken waren jetzt bedeckt mit Stacheldraht. Die alten Männer, die nicht mehr arbeiteten, wärmten sich an der Mauer, in der Sonne des Vorfrühlings. Dann wuchsen die Schatten, die Greise verschwanden mit den Kindern, von der Arbeit kamen die, die Kraft hatten; – nur Balrich verharrte noch immer in dem feuchten Garten, ging und stand, grübelte, horchte. Malli drinnen im Keller saß beisammen mit Thilde, sie bejammerten das Geschick und wurden erzürnt, übertönte sie einmal das Lachen der Kleinen. Der Gellert lachte mit den Kleinen.

Da streckte Balrich den Kopf durch einen Busch; nun galt es, dort kam er. Horst Heßling kam daher, ohne Monokel, mit einem dummen Gesicht, und sein Gang sah aus wie stotternd vor Verlegenheit. Dies war der Moment! Balrich tat einen Gleitschritt, unvorhergesehen stand er vor ihm.

»Sie haben mich erwartet«, sagte er rauh. »Früher oder später. Jetzt bin ich da und fordere. Heiraten Sie meine Schwester!«

Horst Heßling lächelte schlaff, als sagte er: »Hätte ich sonst keine Sorgen!« Dann gab er sich einen Ruck, sogar nach dem Monokel faßte er und bemerkte: »Komisch, das müßte doch ihr selbst einfallen.«

»Oder Ihnen«, sagte Balrich. »Denn Sie haben die Schuld.« Er ließ sich nicht unterbrechen. »Nur Sie! – obwohl sie schon vorher nicht mehr unschuldig war. Ein Reicher kann keine Unschuld verlangen. Aber was ihr geschieht und was immer aus ihr wird, kommt alles auf Sie; denn Sie –«

Die gekrampften Fäuste hob er bis unter das Gesicht des andern.

»– sind der, den sie liebt.«

Horst Heßling fuhr zurück. »Sie sind außer sich«, sagte er und wollte weiter. Balrich, ihm nach mit einem Sprung, warf ihn an den Schultern herum. Horst Heßling war plötzlich tiefrot, den Angreifer stieß er fort.

»Achtung! Hier ist mein Stockdegen«; – und er zog ihn. »Ich bin in Notwehr.«

»Lump!« sagte Balrich. »Feigling!« Mit Schimpfworten wich er vor den gereizten Ausfällen des Feindes zurück, immer zurück, bis an die Planke. Da, ein Schlag, der Degen klirrte und fiel hin, die Handgelenke des Feindes wanden sich unter den Fäusten Balrichs.

»Los!« sagte Balrich. »Stoßen Sie mich in den Stacheldraht! Wer übt jetzt Notwehr? Mit den Stichen im Nakken darf ich Sie totschlagen.«

Horst Heßling sah es ein, er hörte auf, sich zu winden. »Verhandeln wir!« keuchte er, worauf Balrich ihn losließ. Sogleich hatte der Reiche wieder seine überlegene Fresse. »Hunderttausend«, warf er hin. Balrich schnob: »Heiraten!«

»Hunderttausend. Ich fange dort an, wo mein Vater aufgehört hat.«

»Ihr Vater hat beileibe nicht aufgehört. Er bietet mir noch ganz Gausenfeld.«

»Also ganz Gausenfeld«, bot der Sohn, korrekt und höhnisch. Balrich schnob:

»Wenn Sie auch könnten, es wäre noch nicht genug. Heiraten!«

»Ihre Schwester ist mehr wert als ganz Gausenfeld?« –

Hierbei streckte er den Kopf vor, um das Gesicht des Bruders zu unterscheiden in der Dämmerung. Der Bruder schrie auf. »Das wissen Sie noch nicht?«

Leise, schnell und mit Knirschen sprach er.

»Wenn Sie es nicht wissen, müssen Sie es lernen. Heiraten Sie nicht Leni, soll Ihr Leben, verstehen Sie mich, Ihr ganzes Leben nur noch Angst sein. In kurzem bin ich Student, dann fordere ich Sie; aber Sie dürfen nicht sterben, nur Krüppel werden sollen Sie. Versuchen Sie nicht, zu lachen! Sie sind der Feigste nicht, ich weiß. Gegen mich aber können Sie nichts, denn ich will, hören Sie, ich will.«

Da der Feind zurückbebte, folgte er ihm mit dem Körper.

»Sie sollen mich finden, wo immer Sie zu atmen wagen. Stückweis sollen Sie absterben unter meiner Hand. Sie sollen erfahren, was einer kann, der nur noch lebt, um Ihr Feind zu sein.«

»Prahlerei«, stammelte der Feind, aber er wich, wie vor einem Feuer. »Auch Sie«, stammelte er, »haben etwas zu verlieren.«

»Aber gerächt ist meine Schwester.«

»Was nützt es Ihnen?«

Balrich, aufgereckt:

»So lieb werden Sie nie jemand haben, daß Sie mich verstehen.«

Da sah er im Schatten den Feind kleiner werden. Horst Heßling fragte, raunend:

»Wie sollen wir es denn machen?«

»Ihre Sache, Geld zu beschaffen.«

»Sie haben gesehen, in welchem Zustand ich aus der Stadt kam. Die Wucherer lassen sich kaum noch hinhalten.«

»Ihre Sache«, wiederholte Balrich. »Beschaffen Sie Geld, fahren Sie nach England mit meiner Schwester, heiraten Sie sie!«

Eine schwankende Handbewegung, der Reiche sagte: »Ich will es versuchen.«

»Und glauben Sie nicht, Sie könnten mir entkommen! Ich treffe Sie noch im hintersten Versteck der Erde – leichter als hier. Ich habe mich aus der Lohnsklaverei befreit, sagen Sie sich das! Wo sind für den die Grenzen.«

Vor sich hin sagte der Sohn: »Was bleibt übrig, ich breche in die Kasse ein.«

»Und Sie reisen erst, wenn kein Verdacht gegen uns mehr aufkommen kann.«

»Gegen uns«, wiederholte Horst Heßling, von unten. Dann wuchs er wieder. »Aber wieviel verlangen Sie eigentlich selbst?«

»Sie bekommen keinen Fußtritt. Meinem Schwager gebe ich keinen.« Und Balrich drehte sich schroff um.

Er wollte um die Ecke, da vertrat ihm den Weg ein machtvoller Wuchs.

»Ei, ei«, sagte die Schattengestalt Klinkorums. »Erpresser, Mordbube und Dieb, ei, ei! Das wäre nun der Prophete.«

Balrich, überrascht, sah ihn eine Art Tanz beginnen, als wackelte ein Turm... Aber Klinkorum bezwang sich, er senkte die Hand auf die Schulter Balrichs. »Mein Sohn!« rief er aus.

Erschreckt durch dies sein Bekenntnis, horchte er in das Dunkel, es schwieg tief. Da legte er los.

»Sohn meines Geistes! Hast ererbt von mir, was ich als Letztes, Tiefstes in mir trug, den Haß der Mächtigen, die Todfeindschaft gegen die Macht.«

Er umfaßte auch die zweite Schulter Balrichs.

»Sohn! Was hat sie aus mir gemacht. Ein Narr ich, ein Spielzeug der Reichen – ich, der Intellektuelle! Der Geist selbst ihr Spielzeug, verhöhnt und benutzt! Räche mich! Ich werde gelebt haben durch dich!«

Hier fiel er vollends über Balrich her; auf der Wange

Balrichs schallte ein Kuß. Balrich ließ es vorbeigehen. Dann sagte er:

»Tue ich es aber, wer weiß, so verleugnen Sie mich.«

»Nie! Bei den Flügeln des Heiligen Geistes, nie!«

Wie ein Turm in der Nacht. Balrich tastete sich um ihn herum und schnell zur Pforte. Noch nicht erreicht, und einem Vorsprung im Zaun entstieg noch einer.

»Ich habe den Drang, Ihnen zu sagen –« Es war Kraft Heßling. »– daß ich meinen Bruder nur mißbilligen kann. Er ist nicht feinfühlig, nicht edelgesinnt. In Ihnen vermute ich eine verwandte Seele.«

Da Balrich zweifelte, woran er sei, beteuerte Kraft: »Sie dürfen mir glauben. Nie wäre ich so unzart gewesen, Ihre Schwester zu verführen.«

Allerdings. In dieser Beziehung war ihm zu glauben. »Was wollen Sie denn?« fragte Balrich.

»Ihnen helfen, Sie Lieber.«

»Die Reichen sind verrückt«, dachte Balrich. »Kommst du ihnen mit Gewalt, geben sie nicht nur ihr Geld her, sondern sogar ihr Herz.«

Kraft versuchte seiner hohlen Stimme Wohllaut zu verleihen. »Ihnen ist es doch wohl lieber, wenn man nicht erst die Kasse erbrechen muß? Da weiß ich nun Rat. Mein Bruder Horst weiß sich keinen mehr, er ist verkauft an die Weiber. Ich aber habe Ersparnisse.«

»Und Sie wollen ihm helfen«, stellte Balrich fest, »daß er handeln kann wie ein anständiger Mensch.«

»Das ist schön, nicht wahr? Ich liebe so sehr die Schönheit der Menschen, die seelische – und auch die des Körpers« – wobei Kraft, leicht rankend, den Arm um die Schulter Balrichs schlang. Balrich schüttelte ihn ab, Kraft lispelte noch: »Darf ich denn nicht den Freundeslohn erhoffen?« – da hatte er eine Ohrfeige, und sofort drohte er dem Seelenfreund, ihn anzuzeigen auf der Stelle, zu zeugen gegen ihn, ihn zu vernichten. Hierbei lief er schon.

Kraft eilte heim, in Finsternis gehüllt und seine Rache bedenkend. Der Mut, den sein stärkerer Bruder hier nicht hatte, Kraft fand ihn in seiner enttäuschten Liebe... Er meldete sich krank und ging ohne Essen schlafen. Stundenlang harrte er in Geduld, bis Horst kam. Horst tat, als entkleidete er sich, wobei er aber Blicke auf den Schläfer warf. Kraft atmete seufzend, darauf gab Horst es auf, sich zu verstellen, zog das Jackett wieder an, und beim Mondschein wartete nun auch er. Das letzte Licht in der Fassade war erloschen, da machte er sich auf, in biegsamen Hausschuhen.

Kraft, kaum war sein Bruder fort über die Treppe, schlug einen anderen Weg ein. Das Schlafzimmer betrat er unhörbar, woraus das Stöhnen seines Vaters drang. Die Lampe brannte auf dem Bett-Tisch des Generaldirektors, sie beschien sein vom Traum zerrüttetes Gesicht; mit dumpfem Murmeln aus seinen Lippen kamen Worte, kamen Zahlen... Da lief ein jäher Schrecken durch alle Massen seines schlafenden Leibes, hoch fuhr er, und gestützt auf beide Hände, starrte er weiß. Wie zum Angriff krümmte dort sich ein schwarzer Mensch. »Lieber Gott!« hauchte er und sank hin.

Kraft sagte heiser: »Papa«; da sah der Vater ihn sich an, den schwarzseidenen Schlafanzug, die hohlen Augen und den Schatten unter der Höckernase – worauf er in Zorn geriet und noch nachträglich zu dem Revolver griff. Kraft, erfüllt von seinem Geschäft, wich keinen Fußbreit. »Komm, Papa!« sagte er beharrlich und winkte langsam, winkte knochig. »Komm, Papa, du sollst dich wundern.«

Der Generaldirektor, ohne mehr zu erfahren, stand endlich auf und folgte. Kraft, eins mit der Dunkelheit, führte ihn an der Hand über die Treppe. Drunten schien der Mond in die golden bespannte Halle. Kraft wich ihm aus; die Wände entlang schlichen sie in den weißseidenen Barocksaal. Hier nun, grauenvoll, lag Lampenschimmer!

Aus der angelehnten Tür fiel er, vom Herrenzimmer! Der Generaldirektor wollte einwurzeln, Kraft riß ihn mit. Der eine lang und schwarz, überquellend aus seinem weißen Hemd der andere, so traten sie auf. Horst sah ihnen entgegen, mit dummem Gesicht. Er stand halb versteckt hinter der geöffneten Schiebetür, die das Allerheiligste barg, mit dem Kassenschrank – und der Kassenschrank klaffte, und in den Fingern Horsts zitterten Banknoten.

Der Generaldirektor, bei diesem Anblick, ward ein anderer. Sicherheit und Tatkraft prägten sein Gesicht. »Hände hoch!« rief er stark und erhob den Revolver.

»Pardon«, äußerte Horst, »ich bin es nur.«

Der Generaldirektor, der hieran nicht zweifelte, trat sachlich vor, er untersuchte den Kassenschrank.

»Unverletzt«, sagte er. »Wie hast du das gemacht?«

Horst konnte sich der Auskunft nicht entziehen. Er hatte die Zahl, die den Kassenschrank öffnete, aus dem Schlaf seines Vaters erlauscht, aus dem von seinem Feind beschwerten Schlaf des Arbeitgebers – schon längst. »Schon längst?« Denn Horst, dessen erlaubte Hilfsquellen nicht ausreichten, sah keineswegs erst seit heute der Tat in die Augen, die nun vorlag. Er zeigte keine unangemessene Reue, er beklagte nur, in männlicher Form, die Kargheit der ihm gewährten Lebenshaltung. Der Generaldirektor, als Antwort, entnahm dem Kassenschrank ein Buch, stellte Ziffern zusammen und nannte eine Summe, der er zuzutrauen schien, sie werde Horst zum Wanken bringen. Horst aber wankte nicht. Statt seiner fiel der Vater in einen Klubsessel, er seufzte auf, ganz Vater.

»Was schiert mich das Geld, soll es nehmen, wer will, nur gerade du! Mein Sohn ein Einbrecher! Mein Ältester ein Dieb! Nagel zu meinem Sarge, nur noch totschlagen mußt du jemanden, dann liegt deine Verbrecherlaufbahn abgeschlossen hinter dir.«

Dies hörte der Sohn mit aller gebotenen Achtung an.

Dem Vater hingen die Arme wie abgehackt von den Lehnen, er war so tief verfallen in seinem Klubsessel, daß der Bauch auf dem Sitz lag wie ein Luftkissen. Da er sich wiederholte und von neuem bei dem Geld anfing, das jeder nehmen könne, sah Horst diesen Teil der Zeremonie für beendet an und beschäftigte sich damit, die Banknoten in den Geldschrank einzuordnen. Eine Note entfiel ihm, flatterte fort und glitt unter eine Tür – die Verbindungstür nach der Wohnung der Bucks. Horst ließ sie vorläufig dort liegen, in Voraussicht jedes möglichen Verlaufes, den der Auftritt des Vaters etwa nahm.

»Und alles wäre noch verzeihlich«, winselte der Vater, »hätte mein Sohn nicht als Kanal für die Vergeudung meines Besitzes jene Person gewählt. Denn glaube nur nicht, dein Vater täuschte sich über den Grad deiner Gemütlosigkeit. Die Schwester meines ärgsten Feindes, gerade um ihretwillen hast du den Kassenschrank deines leiblichen Vaters nicht mehr für heilig erachtet.«

Endlich etwas Neues, Horst sah die Möglichkeit, das unfruchtbare Feld der Gefühle zu verlassen. »Ich muß dich aufmerksam machen, Papa«, äußerte er, »daß deine Informiertheit, sosehr ich sie bewundere, hier gerade in der Hauptsache versagt. Der Posten, auf den du anspielst, hat in meinem Haushalt eine verhältnismäßig unbedeutende Rolle gespielt: Ehrenwort. Bei weitem das meiste nahm andere, und ich darf sagen, rühmlichere Wege.«

»Welche?« fragte der Vater, aber weiterzugehen in seinen Eröffnungen, erklärte Horst aus Kavaliersgründen für unzulässig. Kraft sagte höhnisch: »Ich kann vielleicht aushelfen«; aber ein Griff, und Horst schickte ihn in einen entfernten Winkel. Dort ward seine hohle Stimme verschlungen von dem Gepolter der Möbel, die sein Vater in Bewegung setzte. Denn der Vater winselte nicht mehr, sondern brüllte, und aufgesprungen warf er mit den Möbeln. Horst, demgegenüber, fand es um so leichter, Kavalier zu bleiben. Schon sein korrekter Jackettanzug setzte ihn in Vorteil vor den schwach Bekleideten... Da erschien, von dem Lärmen angelockt, in einem Schlafrock mit Spitzenschleppe Guste, die Gattin und Mutter. Sie sah, ahnte, griff ein.

»Es ist die kleine Anklam, daß du es nur endlich weißt, du Ärmster«, herrschte sie. »Nun also, da machst du andere Augen. Von meinen Söhnen wirst du nicht erleben, daß sie sich wegwerfen.«

Der Vater versuchte: »Er gibt zu, daß er auch jene Person –«

»Es ist nicht wahr«, herrschte Guste.

»Aber Mama, ich habe doch ihre Einrichtung gesehen«; – und auch Gretchen fand sich ein, süß verschlafen in ihrem langen Nachtkleid. »Ich war bei der Auktion, denn Horst gab ihr unanständig wenig, das muß wahr sein.«

Dies bekam Gretchen schlecht. »Unanständig?« fragte der Bruder und erhob die Hand. Die Mutter drang gegen sie vor. »Ein junges Mädchen weiß das nicht. Es glaubt es nicht einmal, wenn es dabei ist. Fort, unpassendes Geschöpf!« – und Gretchen war entwichen so schnell wie aufgetaucht.

Der Generaldirektor inzwischen sah Licht, einen Weg und offenen Himmel. In voller Manneskraft riß er die Zügel an sich.

»Die Dinge stehen so«, befahl er, »daß mein Sohn den niederträchtigsten Erpressungen unterliegt.«

»Mann!« kreischte Guste. »So spricht man nicht von einer Dame. Unser Sohn hat Glück bei der Nichte des Generals.«

Aber der Generaldirektor blitzte furchtbar. »Schweig! und folge deiner Tochter. Wo der Ernstfall eintritt, ist nicht der Ort für Weiber.« Er fuhr fort zu blitzen, bis Guste es einsah, sie habe ausgespielt, und sich, rauschend so gut sie konnte, zurückzog. Der Generaldirektor schloß selbst die Tür.

»Du unterliegst den niederträchtigsten Erpressungen« befahl er.

»Zu Befehl, Papa«, sagte Horst.

»Und zwar von seiten einer liederlichen Person, deren Bruder gegen mich den Umsturz mobil macht. In seine Hände gelangen die Unsummen.«

Horst verstand. »Wenn wir das beweisen können –«

»Wir beweisen es«, befahl der Generaldirektor. »Er hat dich tätlich angegriffen. Er hat dich bedroht, falls du nicht seinen Willen tust.«

Erschreckend sagte Horst: »Das ist sogar wahr.« Der Generaldirektor blühte auf. »Wo sind deine Zeugen?«

»Wieviel bekomme ich?« fragte Kraft, dumpf von hinten. Schon hatte der Generaldirektor ihn beim Wickel.

»Maulschellen nach Belieben, oder du redest. Was hast du gesehen, wie kamst du dorthin. Deine Beziehungen zu dem Menschen will ich wissen.«

Kraft, die Gefahr erkennend, leugnete alles. Klinkorum sei es gewesen. »Gleich nach Horst hat er verhandelt mit dem Balrich.«

»Er ist Mitwisser!« Der Generaldirektor frohlockte. »Vielleicht Mittäter. Auch ihn hab ich in der Hand. Los! Wir räumen auf in einem. Morgen früh die Verhaftung.«

Er hielt sich das Herz.

»Ah! es wurde Zeit. Ich dachte wahrhaftig schon –«. Der Generaldirektor faßte Fuß seinem Kassenschrank gegenüber. Feierlich nickte er ihm zu.

»Der Brief! Der Brief, der mich enteignen soll! Ihn zurückholen und dort einsperren – damit noch meine spätesten Enkel gewarnt werden durch den Anblick der entsetzlichen Drohung, die über dem Haupt ihres Ahnen hing. Dafür bin ich zu allem entschlossen.« Höher gereckt und lauter: »Ich schwöre es, zu allem; – denn der mir aufgezwungene Kampf um mein Dasein rechtfertigt auch das härteste Mittel. Und sollte ich den Brief aus rauchenden Trümmern hervorziehen ...« Er brach ab.

»Drei Stunden können wir noch schlafen«, stellte er fest. »Ich brauche es.«

Zwischen Kraft, der voranging, und Horst, der folgte, machte er sich auf den Rückweg, durch den weißseidenen Barocksaal und die golden bespannte Halle. Auf der Treppe wiederholte er noch: »Entschlossen zu allem« – da hielt Horst ihn an. Kraft war droben verschwunden. »Erlaube, Papa«, sagte Horst leichthin. »Nur zu deiner persönlichen Information. Er hat nichts weiter gewollt, als daß ich seine Schwester heirate.«

Der Generaldirektor sah ihn schroff an. »Ich habe keinen Grund, dir zu glauben. Wir sind übereingekommen, daß er Geld von dir wollte. Der Wert geschäftlicher Abschlüsse scheint dir noch nicht klar zu sein.«

Horst schluckte hinunter. »Als Kavalier«, begann er wieder, »empfinde ich es peinlich –«. Der Generaldirektor machte »Haha! Die Ehre des Fräulein Balrich. Sie muß wiederhergestellt werden.«

»Nicht mehr und nicht weniger«, sagte der Sohn; er war erbleicht; »und im Weigerungsfall ist nichts gewonnen, im Gegenteil.«

Der Generaldirektor sah angestrengt in die Augen des Sohnes. Was drohte hier, oder was ließ sich in Anschlag bringen? Er fragte lieber nicht. Vielleicht, daß auf eine gewisse Art die Sache sich stillschweigend abtat. Sicherer und endgiltiger als durch eine leichte Gefängnisstrafe des Erpressers. »Ich werde schwer getroffen«, überlegte der Generaldirektor, »wenn dem Jungen ein Unglück zustößt. Aber bezahlen muß jeder, und es gibt Geschäfte, die nicht zu teuer liquidiert wären mit der Darangabe eines Sohnes.« So kaufte man dem Feinde sein Recht ab, und die Macht verblieb, wo sie war. Der Vater blinzelte, der Sohn erriet ihn; es durchschnitt ihn kalt... Beide zugleich traten voneinander zurück – worauf der Generaldirektor etwas beschleunigt in sein Zimmer drang.

Der Sohn setzte, obwohl allein in der Weite, das Monokel ein, und in leidlicher Haltung kehrte er wieder um. Was auch Entscheidendes vorgefallen war, die Banknote unter der Tür hatte es ihn nicht vergessen lassen. Da lag sie noch – wie er aber hingriff, riß sie aus und war drüben, bei den Bucks. Eine neue Gefahr. Er kauerte und wagte sich nicht zu rühren. Dann kam von drüben ein Pfiff – der bedrohliche Pfiff, den man in dunklen Nächten wohl hörte, aus einem Graben oder Busch, war man allein noch unterwegs. Horst begriff, Hans Buck war es, und er drohte. Er konnte weitersagen, was er erhorcht hatte hinter dieser Tür. Rätlich war es, ihn stillschweigend abziehen zu lassen mit dem Schein. Horst, in seiner Lage, sah keinen Anlaß, sich tiefer einzulassen in die halsbrecherische Politik des Generaldirektors. Noch immer kauernd, zog er sich sacht zurück.

Hans Buck, der durch das Schlüsselloch dies feststellte, tat einen Sprung, und dann lief er. Sie konnten ihn fangen wollen – rasch fort, nach hinten durch den Park, den Wald, den Arbeiterwald und querfeldein über Gausenfeld hin, fliegen zu ihr! In die Stadt, jene Straße, das Haus und zu ihr! Ihre Arme, ihr Mund! Du hast Geld. Lauf, lauf mit dem Geld zu der Liebe!

Er war schon durch den Torweg zwischen den Arbeiterhäusern; die Wiese; die Landstraße – da hielt er an, wollte weiter, stockte – und trat endlich doch ein in das große Haus der Armen. Das Tor ward gerade geöffnet, es dämmerte; sie standen auf, schon waren sie auf den Treppen. Hans Buck hielt an, wen er traf. Schnell ein Wort, und auch dort eins. Zurück nun, und zu Klinkorum. Die Lampe Balrichs glomm gelb im Morgen. An das Fenster gepocht und hastig hineingeraunt, was not tat. Schon lief er, es spritzte der Kies. Zwischen ihm und ihr nichts mehr als der Lauf.

Er lief, und ihm voran lief sein Herz. Es war schon angelangt, es sah sie schon, sein Herz sah ihr Gesicht schon, das es so sehr fürchtete um seiner Schönheit willen – und wie sie ihre weißen Arme auseinanderschlug... Plötzlich fand er sich auf der Landstraße, noch immer hier, kaum hinaus über Klinkorum. Am Himmel, der sich erhellte, flitzten Schwalben dahin bis über die Stadt, bis über ihr Haus – kehrten um, waren zurück und bebten noch. So war sein Herz.

»Wenn ich hinkomme«, fühlte er, »wenn ich noch hinkomme!« Nur dies, dann nichts mehr. Nach diesem das Ende, was sonst. Ihr Haus, auf das er zulief, von jenseits lief der Tod auf es zu – sie mußten sich treffen in ihren Armen. Jauchzend lief er auf den Tod zu, der die Liebe war.

Aber kaum eine Stunde, da schlich er hilflos wieder herbei. Sein Herz war unbeflügelt, in den Staub auf seinem Gesicht rannen Tränen. So kam er zu der Villa Klinkorum. Im Garten stand Polizei; auch die Familie Dinkl, die aus ihrem Keller herausstrebte, ward im Zaum gehalten von einem Schutzmann. Hans Buck gab an, sein Lehrer erwarte ihn, und durfte hinaufgehn. Droben begegnete er Männern ohne Uniform und mit schlechteren Gesichtern als die Uniformierten; sie suchten oder lauerten auf. Ein Höherer stand in dem Studierzimmer vor Klinkorum. Der Generaldirektor Heßling saß sogar auf dem Schreibtisch und warf Papiere durcheinander, wer weiß wegen welches Papiers. Beide herrschten Klinkorum an. Mit Würde hielt er ihnen stand. Den Balrich, den sie suchten, habe er nicht gesehn. Er wisse nichts von Attentaten des Balrich. Er, sein Helfershelfer? Er würde lachen – wenn er nicht fürchten müßte, noch mehr verkannt zu werden in seiner staatstreuen Gesinnung.

Der Generaldirektor sagte schneidend: »Die wird an einem anderen Ort geprüft werden. Wir haben Zeugen für Ihre staatstreue Gesinnung«; – und er zeigte in jenen dunklen Winkel, wo nichts zu erkennen war. Klinkorum aber, noch immer unerschüttert, ging hin und legte jemandem die Hand auf die Schulter. Kraft Heßling war es, mit dem er hervorkam. »Zeugen«, sagte Klinkorum nicht ohne Ironie, »hat jeder, und wäre es nur Gott. So dunkel sind selbst nicht die verstohlensten Herzenstriebe. Wohlan, deutscher Jüngling!« Mit einem leichten Schub schickte er Kraft seinem Vater zu – und hatte dabei um seinen Haifischrachen einen so vielsagenden Zug, daß der Generaldirektor ohne weiteres vom Tisch rutschte. Wohl brachte er noch einige Drohungen hervor, war aber schon im Rückzug begriffen, mitsamt Kraft und den Kriminalern.

Die Luft war rein; Hans Buck, hinter der Tür, machte huhu! – um zu sehen, wie Klinkorum erschräke. Doch erschrak er nicht, er hob gegen seinen Schüler den Finger und lehrte: »So hast du denn mit angesehen, Knabe, was aus den armseligen Machthabern wird, wenn das Wissen gegen sie aufsteht. Wir Intellektuellen tragen in unserem Geist den Sprengstoff für sie alle.«

Hiermit entlassen, machte der junge Buck sich aus dem Hause, das er inzwischen umringt fand, nicht mehr von Polizei, vom Volk, zumeist Frauen. Sie drangen in den Garten, Dinkls berichteten ihnen – und schon, von ihnen herbeigeholt, liefen Männer über die Wiese. Sie hatten, von der Arbeit weg, die Fabrik verlassen, sie wollten selbst sich überzeugen, ob der Heßling es wagte, den Balrich zu verhaften, ihren Balrich, ihren Führer, den, auf den sie hofften. Denn sie hofften wieder auf ihn allein. In Gruppen standen sie und sagten halblaut, als würden sie bewacht: »Er ist der Wahre. Er hat es immer gewußt, der Heßling mit seiner Gewinnbeteiligung werde uns nur hineinlegen. Jetzt hat er etwas vorgehabt, wozu verhaften sie ihn sonst.«

»Was wird er vorhaben.« Herbesdörfer wühlte umher. »Den Streik, was sonst soll uns helfen. Er hat ihn nie gewollt. Will er ihn jetzt, dann weiß er das Seine, dann los!«

Sie teilten sich, die einen zogen nach der Fabrik, die Genossen zu holen. Andere, leis eingeweiht von den Frauen, kamen mit in das Haus, sie verteilten sich über Treppen und Gänge. Den Spitzel Jauner drängten mehrere in ein Gelaß und versprachen ihm für diesmal das Schlimmste, falls er sehe oder höre. Es währte lange, bis alle sich wiederfanden, vor dem Zimmer 101 im Haus B. In seinem alten Zimmer saß Balrich.

Er sah ihnen entgegen, die Hand auf seinem fichtenen Tisch, an einem Revolver.

»Ich kann hier nur Freunde gebrauchen«, sagte er, die Brauen gefaltet. »Wenn andere mich hier finden, ich habe etwas zuviel für euch getan, mir bleibt nur der da.«

Hierauf, so wild sie waren, schwiegen sie – bis einer sagte, es sei nun gleich, so stänð es um sie alle, sie seien die Seinen. Auf Gedeih und Verderb, sagte Herbesdörfer. Nicht einer mache flau, sagte Polster.

Da riet er ihnen: die Arbeit niederlegen und still sein. »Keine Gewalt – nur warten, bis er tut, was ihr wollt.«

»Tarif!« verlangten sie. »Mindestlohn 28 Mark.« Er riet ihnen:

»Keinen Tarif, aber fünfunddreißig... Das tut er nicht? Abwarten! Ich habe eine Sache mit seinem Sohn.« Eindringlich fragte er umher.

»Ihr glaubt doch nicht, er läßt seinen Sohn im Stich. Wo nichts von ihm verlangt wird, als daß er euch nicht mehr betrügt und euer Blut saugt, da sollte er es ausschlagen, seinen Sohn zu retten? Wer glaubt das!«

Ein alter Arbeiter legte auf die Schulter eines Jungen seine Hand und sagte: »Das glaubt keiner.«

»Das gibt es in der Welt nicht«, sagte einer nach dem andern; – und einzeln und umsichtig brachen sie auf.

Ein Geräusch hinter dem Bett, Balrich faßte nach der Waffe; aber hervor kam das Bürschlein. Da lief Balrich hin und umarmte ihn. »Du gutes Bürschlein! Ohne dich wäre es nun schon aus mit mir.« Aber er fühlte einen Widerstand. Der junge Reiche wollte dies nicht hören, er machte sich los.

»Danke mir nicht«, sagte er zornig, mit Augen, groß und von Tränen schimmernd wie die eines Mädchens. »Nur nebenher und nicht gern habe ich mich aufgehalten bei den Arbeitern und bei dir. Ich lief zu einer anderen –«

Er krümmte sich über den Bettpfosten.

»– und die war es nicht wert.«

Schluchzen, über dem Bettpfosten. Dann stellte er sich vor ihrem Bruder auf und fragte:

»Sie hat mich weggeschickt, kannst du es ihr verzeihn, der du mein Freund bist?«

»Du Bürschlein«, sagte der Bruder mit Nachsicht. Der Siebenzehnjährige rang die Hände.

»Welch ein Unglück! So ist es denn möglich, daß ein Mädchen nicht fühlt, kein Mensch, in ihrem ganzen Leben kein Mensch werde so sehr sie lieben! Ich hätte es nie geglaubt. Für mich geht die Welt unter.«

Der Bruder umspannte seine gerungenen Hände. Es rang auch in ihm, er sagte gequält: »Laß sie! Du bist der Bessere. Ich liebe sie auch, aber wir sind nicht gut, wir lieben das Geld.«

Da schäumte der Liebende auf gegen ihn. »Das Geld? Das hatte ich, und sie wollte es nicht!« Er zeigte den Schein her. »Nicht einmal den – und welche würde den ausschlagen. Wir Reichen haben sie erzogen, daß sie Geld nehmen, warum beschimpfst du nun sie?«

Jetzt weinte der Bruder. Er legte dem Siebenzehnjährigen die Hand auf die Locken und murmelte: »Du Bürschlein.« Jener warf die Arme zum Himmel.

»Wir würden geflohen sein und wären in der Welt nun allein. In der Menge der Menschen nicht einer wüßte um uns. Ich würde arbeiten, harte Arbeit, schmutzige Arbeit, ich würde arbeiten für sie, um jedes ihrer süßen Glieder zu bekleiden und ihrem süßen Mund die Nahrung zu bringen. Ich würde leben für ihre Küsse – und wäre es nicht erlaubt, so selig zu leben, würde ich sterben in ihrem Kuß. Wir wären gestorben, besiegt und arm; aber so viel Leben, so unvergängliches Glück wäre ausgeströmt aus uns, daß unsere Dachkammer, lägen wir tot, noch strahlen sollte!«

Er war niedergesunken; vor dem Bett kniete er und sagte sein Herz der einen, die er sah. Balrich, hinter ihm, fragte mitleidig:

»Warum wollte sie dein Geld nicht?«

Der Knabe stand auf, er sah zu Boden. »Weil es gefährlich sei für mich. Weil ich es gestohlen habe, und ich solle es zurückgeben. Aber ich weiß –«

Feindlich richtete er sich auf. »Sie meinte: gefährlich für dich. Ich? Was kümmere ich sie! Einen Kuß hat sie mir gegeben – für dich. Aber du bekommst ihn nicht. Ich behalte ihn, damit ich nicht doch die Lust verliere, zu sterben.«

Heftig wandte er sich fort. Balrich zog ihn wieder herum. »Was sprichst du denn!« Der Knabe machte einen Mund, bitter wie ein Greis.

»Du denkst wohl, das alles soll hingehen und vergebens sein? Eines Tages soll ich sie vergessen haben? Für wie schlecht und feige hältst du mich denn? Könntest etwa du selbst vergessen, was dein Ziel und Leben ist?«

Hierauf schwieg Balrich. Hans Buck streckte wild die Hand hin. »Sie will mich nicht, jetzt bin ich dein – bis an das Ende. Du sollst sehen, was ich kann.«

Er sah nach, ob niemand horchte.

»Du gehst nicht aus dem Zimmer, niemand wird dich finden, ich bürge dir. Ich führe sie auf falsche Fährten. Deine Leute sollen wieder so fest zusammenhalten wie damals, als sie das Geheimnis hatten und Heßling sich fürchtete.«

»Auch jetzt hat er etwas zu fürchten«, sagte Balrich. Hans Buck schüttelte den Kopf. »Jetzt treibt er zum Äussersten, er kann nicht anders. Alles treibt zum Äußersten, auch du, auch ich. Nicht länger darf es ohne Gewalt gehen und ohne daß ich sterbe.« Bleich und feierlich; – aber er faßte sich und sagte mit Beweglichkeit:

»Laß alles mir! Ich melde dir alles, was vorgeht. Durch mich befehligst du sie. Du sollst nur mich sehen. Ich bin der einzige, der überall durchkommt, und niemand bemerkt ihn.«

Er flüsterte, spähte, glitt aus der Tür.

Balrich hatte auf seinem Tisch die Bücher, er wollte arbeiten wie immer; aber ihm klopfte das Herz. Hierher hatte er sie geführt, auf Wegen, die an so viel Größerem enden sollten, unwissentlich nun doch hierher; und konnte bei ihnen nicht sein. Gewalt stiften – und dann zusehen, wie sie sich vollzog: eine Führerrolle. »Aber ich bin kein Führer; das war. Ich will nur noch dreinschlagen, es soll nur noch drunter und drüber gehn – zu welchem Ende? Zu keinem.«

Er versteckte sich hinter dem Vorhang des Fensters. »Die Pfennige, um die ihr kämpft, sind meine Strafe. Wie sehr habe ich einst euch geliebt, und das ist nun alles. Wie groß war meine Sendung, und nun die Pfennige.«

Er sah durch den Vorhang, sie kämpften schwer und täglich schwerer. Gegenüber am Haus C hing einer der Zettel, worauf die Verwaltung Stellung nahm zum Streik. Von weitem lesbar ein großes Wort: Erpressung. Arbeiter standen davor, die ersten Tage lachten sie. Vor der Fabrik hin und her gingen Streikposten; sie wurden verhaftet für das Verbrechen, die Arbeitswilligen aufzureizen. Sie mußten im Dunkeln werben – indes auf offener Straße die Herren ihren Kriegsrat hielten, der Heßling und sein Freund von Popp. Der Heßling und seine Leute gingen in die Arbeitervillen, dort wohnten jetzt die fremden Streikbrecher – und brachten ihnen Geschenke. Laßt aber nur einmal zwei Streikende hingehen, das ist Hausfriedensbruch. Die Gerichte haben Arbeit, und hier denken sie: was du tun willst, tue gleich. Ein Arbeiter, vorbestraft, stiehlt eine Wurst, sie kostet anderthalb Jahre. Kleine Kohlenstücke, von den steifen Fingern der Frauen in ihre Schürze gelesen, sind ein halbes Jahr wert.

Grau schlichen drunten die Frauen, am gestreckten Arm Kinder nachschleppend mit hohlen Augen. Wenige Wochen erst, und nicht einer lachte mehr von den Männern. Vor den Befehlen und Drohungen auf den Mauern spieen sie aus, aber mit einem Blick rundum nach dem Schutzmann. Hungere doch, und bleibe stark! Hungere, und behaupte dein Recht! Der Heßling auf seiner Villa Höhe tafelte mit von Popp. Dabei verging ihm die Zeit – und inzwischen ließ er in der Fabrik neue Maschinen aufstellen, Maschinen von einer Art, die man nicht kannte. In einem eigenen Gebäude, ganz hinten am letzten Hof standen sie, wie ein Geheimnis, eine neue Gefahr, über die man raunte, die noch mehr aufhetzt.

Als alle schon müde waren, erschien Napoleon Fischer und wollte vermitteln. Er riet ihnen, anzunehmen, was Heßling bot, dreißig Mark ohne Tarif. Es sei gerecht; die Partei lehne es ab, Streikgelder zu geben, zugunsten gewissenloser Hetzer. Napoleon wisse, wen er meine. Wo sei der Mensch, wohin habe er sich verkrochen... Dies erfuhr er nicht, und er ward, zum erstenmal in seinem parlamentarischen Leben, von seinen Wählern fortgeprügelt. Das Bewußtsein nahm er mit, er habe gerecht gesprochen – und heimlich wußten auch sie es. Dreißig Mark Mindestlohn, das war mehr als früher. Aber dazwischen lag jener Betrug der Gewinnbeteiligung, lagen Erbitterung, Gewalt und Hunger. Dazwischen lag mehr. Wir haben den Kopf erhoben einmal im Leben und haben geglaubt, nahe bevor, uns und den Kindern bevor stehe der Tag der Gerechtigkeit. Gezählt seien die Tage der Reichen. Wir wären, mit dem, was so lange sie uns kosteten, nun selbst bald reich, hätten in gelüfteten Sälen gemeinsam unser gutes Essen, und Maschinen, die uns gehörten, arbeiteten für uns. Wir haben geglaubt, es gebe das Glück, und es sei da. Dies büßet nun, Arme!

Karl Balrich, in seiner Brust das Abbild ihres gemeinsamen Herzens, fühlte: wir büßen mit Trotz, mit der Verzweiflung unseres Lebens, und will es Gott, mit unserem Untergang. Vom Feind umringt, stündlich enger bedrängt und zum Ausbruch bereit, zum Todeskampf, so leben wir. Die fremden Streikbrecher mit ihren Knütteln marschieren in Reihen und wollen uns überrennen. Frech höhnen sie uns für ihren Schandlohn, sie werfen alte Brotrinden nach unseren hungernden Frauen.

Da, eines Abends stellt Polster, der Maschinenmeister, sich auf, bei dem Torweg, wo sie hindurch müssen. »Ihr Lumpenhunde!« sagt er laut. Keinen hat er hinter sich als einige Frauen, die vor Schwäche an der Mauer lehnen, die Kinder in ihren Rockfalten. Was kommt ihn an, den ruhigen Mann? Er steht, die Fäuste geballt, und läßt sie heran, als sei es nichts und ihn schütze sein Recht. Gibt sich Halt, der gesetzte Mann, stemmt sich fest auf seine Beine, die mutig in diesem harten Leben standen. Ihm schlottern die Kleider seit diesen Wochen, die Wangen hängen ihm grau herab. »Ihr Lumpenhunde!« Da prallen sie an ihn, entblößt wird sein kahler Kopf, seine Fäuste stoßen in sie hinein, sie werfen sich auf ihn, er verschwindet.

Als sie sich zerteilten, lag er da, ein Messer in der

Brust, und röchelte. Balrich droben riß das Fenster auf, er wollte schreien. Umklammert und zurückgezogen schlug er zu und traf das Bürschlein. »Du bist gesehen«, sagte es. »Flieh!« Er wollte nicht, aber es drang in ihn. »Vor der Nacht noch kommen sie und fangen dich. Aber heute nacht geht es los. Du siehst doch, es kann nicht länger dauern. Willst du den Deinen in den Arm fallen? Sollen sie niemals dreinschlagen?«

Das Bürschlein drückte ihm die Mütze in die Hand, es spähte aus der Tür: alles leer, alle drunten bei dem Getöteten. Balrich brach auf. »Du weißt, wohin«, flüsterte zitternd das Bürschlein; – so entkam er, über die Wiese, im Abendgrau.

Er suchte Deckung die Landstraße entlang, machte Umwege in der Stadt durch die leersten Gassen, schlich hervor, unter ihr Haus... Sie selbst öffnete ihm, zog ihn wortlos bis in das letzte Zimmer und zeigte ihm das Fenster. »Drunten ist der Hof. Du kannst auf das Waschhaus springen und über die Mauer.« Dann ihm zugewendet, als träte er jetzt erst ein: »Daß du gekommen bist!« Da wich sie zurück. »Aber du bist grau geworden.«

Sie ließ sich auf einen Stuhl fallen. »Mein lieber Karl!« sagte sie, die Hand vor dem Mund, »was ist mit dir geschehen.«

Er fragte: »Waren sie schon hier?« Und da sie nickte: »Ich wollte doch kommen.«

Sie sprang auf. »Ich wußte es! Ich habe dich erwartet, du sollst nun essen.« Und als sie ihm am Tisch gegenübersaß: »Die ganze Zeit habe ich Angst gehabt, jetzt nicht mehr. Alles ist gleich, solange wir beisammen sind.«

Er hatte gegessen, sie schob ihren Stuhl neben seinen. An seine Schulter gelehnt: »Weißt du noch, wie wir als Kinder in einem umgeworfenen Faß saßen? Es war unser Haus, wir warteten auf den Mann aus dem Wald, der uns holen wollte. Ich hatte große Furcht, aber wie tapfer warst du, ich hoffte nur auf dich.« Sie machte ihr mit dem Leben bekanntes Gesicht. »Jetzt können wir wieder so spielen. Der Mann aus dem Wald kommt mich zu holen – oder hat er mich schon geholt. Aber du kannst mir nicht helfen, sie werden dich fangen.«

»Sie werden mich nicht fangen.«

»Du bist schön, wenn du das sagst. Du bist das Beste von mir, ich werde wohl nie jemand liebhaben, nur dich, immer und wo ich auch ende.«

Plötzlich sah er den Koffer, der dastand. »Sie schicken dich fort! Sie drohen dir! Alles um meinetwillen.«

»Du aber duldest für mich«, sagte sie feierlich. Beide schwiegen... Da zuckte sie zusammen, sie horchte. Schnell ausgedreht die Lampe; »sie sind wieder da«; – und zurück mit ihm in das letzte Zimmer. »Du mußt nun fort.« Im Fieber des letzten Augenblicks: »Lauf! Aber die Reichen sind schneller. Auch ich werde ins Gefängnis kommen durch sie. Ich werde durch sie immer schlechter werden. Vergiß nur du nicht, wer ich war!« An seinem Hals: »Ich war deine Schwester.«

Hinaus, sie klingelten schon. Der Bruder sah noch die Tür sich schließen vor ihrem Gesicht. Er fühlte: noch seh ich sie, noch, noch. Da sah er sie nicht mehr.

Er sprang aus dem Fenster, entkam über eine Mauer und durch dunkle Gärten ins Freie. Vor dem Stadttor aus der Kaserne rückte die Truppe aus, er wußte wohin. Er ließ sie voran und wandte sich laufend nach Beutendorf. Von weitem loderte ein Schein in der Nacht, und von Beutendorf läuteten sie. Nun stand das Feuer seitwärts ihm gegenüber. Läufst du jetzt darauf zu, wohin kommt du? Er wußte es schon, wohin, und er lief. Von weitem, im Licht des Brandes, sah er etwas sich bewegen, wie eine wandelnde Mühle: Klinkorum, der um sein brennendes Haus her die Arme durch den Himmel drehte. Als Balrich unversehens hinter dem Hause C hervorkam, riß jemand aus, am Boden, wie ein Hase. Aber bei dem Aufflammen des Balkons, der grade stürzte, erkannte Balrich den Hasen; es war Jauner, der Spitzel, Dieb, Verräter und Brandstifter.

»Seht ihn laufen!« rief er den Dinkls zu; sie saßen auf gerettetem Plunder am Grabenrand, starrten in den Brand und wandten sich nicht um. Der alte Gellert aber, mit nichts Gerettetem als einer Flasche, schwenkte sie drohend. »Niemand läuft! Gefälligst läuft niemand!«

Balrich ließ den Betrunkenen, er sagte zu Klinkorum, der herbeiirrte: »Der Brand kommt dem Heßling sehr gelegen. Ihnen muß er jetzt nichts mehr zahlen – und dann mein Brief. Er denkt, dort brennt der Brief, der ihn enteignen soll.«

»Brennt er denn nicht?« fragte Gellert, viel weniger betrunken als vorher.

»Sei ein ausgemachter Schurke«, sagte Klinkorum dumpf, »du kannst mehr als selbst der Heilige Geist.« Die Arme drehend, irrte er weiter. Gellert rief ihm nach: »Der Heßling, ein Mann wie Gold! Er kauft alles, was Ihnen übrigbleibt. Er kauft sogar uns unnützes Pack!« – und Balrich, der schon fort war, sah ihn noch feixen gegen die Lohe.

Vor sich, unterwegs nach Villa Höhe, fühlte Balrich ein Stampfen, als schritte sein wildes Herz. Davon dröhnte die Straße, die nun die seine war, seine einzige, seine letzte. Dorthin! Das Dunkel ward dunkler, es ballte sich zu einem stürmenden Menschenhaufen, ausgeschleudert wie ein Arm, stumm wie ein erstickter Schrei – der Haufe der Armen. In ihm verschwand Balrich.

Sie waren tausend, hinter ihnen die Kasernen der Armut, ihre erbrochenen Gefängnisse, und die Stadt mit den Mächtigen, deren Hand ihnen nachgriff noch jetzt; hinter ihnen die Soldaten. Sie waren tausend und doch nur ein Windstoß. Stürmten ausgeschleudert in das Land vor ihnen, das dunkle und unermeßliche, das sie nicht kannten, und worin andere ihresgleichen ihnen unbekannt stürmten wie sie, nach einer Villa Höhe, die sie niemals erreichten. Nie kommen wir hinein, nie wird sie unser; aber dennoch, wir stürmen. Wir sind beisammen im Sturm, wissen nichts als unsern Sturm, nichts vorher, nichts nachher. Halt! da ist Villa Höhe. Wir wären über sie hinausgestürmt. Das Tor auf! Wir können nicht warten. Warteten zu lange. Wir sehen das Gitter nicht, stoßen uns blutig, zerstechen uns beim Hinübersteigen an den Lanzen. In den Garten springen wir, stampfen in den Beeten, nehmen Anlauf... Auweh, Schießen! Kugeln um uns her schlagen in die Gartenerde. Geteilt den Haufen, und jeder einzeln tappen, kriechen, rennen wir. Auweh, Schießen! Auch von der Straße. Wir sind zwischen zwei Feuern. Da hilft nur eins noch, Tapferkeit. Zurück, das Tor geöffnet, und hindurch zwischen der Truppe und um sich schlagen, stechen, beißen. Im Dunkeln wissen sie nicht, sind wir es, sind sie es. Sie schreien: »Licht!« – aber als nun die Bogenlampe angeht über dem Tor, sind wir hindurch und weit, bis auf die, die liegen. Auch Soldaten liegen. Das Maschinengewehr im Garten der Reichen hat nicht unterschieden zwischen uns und ihnen.

Die Truppe ordnete ihre Reihen. Vom Waldrand kam wüstes Gebrüll, noch sprangen welche hervor aus den Fichten, wollten es nicht verloren geben, schimpften, drohten, und einer schoß. Die Truppe legte an. Flucht; – aber grell beleuchtet ein verwilderter Mensch, nackt die Brust und mit einer Brille, schleppte etwas heraus auf die Straße – einen andern, der schrie und sich wehrte. Ein Schwung, der Kleine flog vor die Gewehre. Die Truppe gab Feuer. Zwischen Getroffensein und Hinfallen zappelte der da kniend noch in die Luft und kreischte: »Nicht schießen! Ich bin ein guter Mann!« Dann fiel er auf den

Magen, kratzte den Staub mit den Füßen, den Händen und war tot, der Spitzel Jauner.

Im Wald riefen sie: »Bravo Herbesdörfer!« – und stolperten, wohin sie konnten. Auch Balrich; – aber da setzte er sich schwer in einen Graben, neben einen andern, fast auf ihn. Der stöhnte, und schon von seinem Stöhnen wußte Balrich: das Bürschlein. »Du, Bürschlein?« Er zündete ein Streichholz an. »Warst bei uns – und blutest?« Nun sah er auch, das Bürschlein lag in Ohnmacht. »Blutest für uns«, murmelte er, »ich aber bin unverwundet« – und lud es sich auf. Kroch hervor mit ihm und tastete nach den Stämmen, damit es sich nicht anschlage. Licht fiel herein, dort lag Villa Höhe, weiß, verlassen und von der Truppe abgesperrt. »Ich trag es hin«, dachte Balrich. »Sollen sie mich haben!« Schon setzte er den Fuß aus dem Waldrand, da erwachte das Bürschlein. »Was tust du denn! Fort!« – und es zog ihm den Kopf in den Nacken, das Genick würde es ihm gebrochen haben. »Zu dir!« verlangte es. »In das Haus B!« Und da sie an einen Stein stießen, fiel es wieder in Ohnmacht.

Balrich gehorchte und nahm einen Umweg, es kostete die halbe Nacht. Umstellt der Wald, die Straße, alles, nur nicht die Kasernen. Wen sollten sie hier suchen. Noch niemand war heimgekehrt; sogar das Tor stand offen. Sanft legte er das Bürschlein auf sein Bett, stand davor und faltete die Hände. Er fühlte: »Das ist nun ein Held. Denn wer zwang ihn, und was ging es ihn an… Sind so die Helden? Dann können wir Armen auch das nicht sein.«

Da stand er und sah den Knaben an, als habe nicht er ihn die halbe Nacht getragen und hier gebettet, sah ihn an unter gefalteten Brauen – bis er aufschrak und eilends daranging, den Schlafenden zu verbinden. Es war geschehen. Nun sagte Balrich vor sich hin: »Ist siebenzehnjährig, ist reich, und geht mit uns Armen, uns Verzweifelten.« Hierauf, mit noch geschlossenen Augen, fragte das Bürschlein:

»Verzweifelt? Warst du nicht glücklich?«

Balrich antwortete: »Ja; wie man glücklich ist, wenn endlich der Selbstmord kommt, nach dem langen Elend.«

Der junge Reiche, die Augen geschlossen, lächelte. »Es war schön – wie ein Fest. Wie hatten wir es nur so hell und solche Rosenpforten.«

Balrich legte ihm die Hand auf die heiße Stirn. »Triumph«, sagte der Fiebernde. »Wir laufen durch den Himmel.«

Balrich sagte: »Wir gehen über die schwere Erde und sind gewiß, nur ihr Schoß ist unser Ziel.«

»Alles ist unser, die Freiheit, das Glück!«

»Worte«, sagte Balrich. »Wer glaubt daran.«

Da öffnete der Reiche die Augen. Der heiße Rausch in ihnen ward überwölkt von Trauer. »Ihr glaubt nicht daran? Nicht einmal heute nacht?«

»Für uns sind keine Götterfeste.«

»Wozu dann stürmtet ihr?«

»Und du?« fragte Balrich. Er stand mahnend da. »Schon hast du vergessen?«

Auf einmal ward das gerötete Gesicht des Kranken weiß, er flüsterte mit Grauen: »Leni! Ich wollte sterben für sie, und konnte sie vergessen.«

Um Balrich, der sich schmerzensvoll neigte, warf er die Arme, brach in Tränen aus an seiner Brust: »Wie wir elend sind!« – und durch nichts getrennt weinten sie.

Der Morgen wollte grauen, Hans schrak auf. »Du mußt fort, sie werden dich suchen.« Balrich bewegte gleichgültig die Hände. »Wohin? Es ist unnütz.«

»Mein Rock dort, nimm das Geld heraus –«

Hans stockte; die Miene des Freundes erinnerte ihn daran, welches Geld er meine. »Gib es deinem Vater«, riet Balrich. »Dein Vater ist dein Freund.« Da er den Mund des Knaben zucken sah: »Willst du nicht heim?« Der Knabe senkte den Kopf, er schämte sich; aber er ließ es zu, daß Balrich ihn ankleidete.

»Schicke hin«, sagte er ihm ins Ohr. »Die Soldaten werden abgezogen sein und der Heßling noch nicht zurück.«

»War er denn fort? War gar nicht dort in der Nacht?« Balrich lachte auf. »Wir hätten es wissen können, wir Stürmer.«

»Er ist schlau«, sagte der Knabe; »wenn du ihm begegnest, hüte dich.«

»Jetzt kommt er zurück? Schon gut, ich gehe. Deine Leute werden dich holen. Lebe wohl, mein Bürschlein, mache es gut.«

»Mache du es gut«, sagte Hans Buck tiefernst. Sie schüttelten einander die Hände, wie Männer, die weiter nichts sagen müssen.

Balrich schickte ein Kind zu dem Vater des Verwundeten; dann ging er hinüber nach der Brandstätte. In den Trümmern bewegte sich nur der Rauch; er sah umher. Die Nacht des Aufruhrs hob sich von diesen Trümmern, dieser Leere – die Streikenden versteckt, fortgekrochen auch Dinkls, aber Klinkorum dahinten stand mit den Armen kreisend als leere Windmühle vor all dem Seinen. Balrich ließ ihn laut in die Luft plappern, er suchte in den Bäumen an der Straße nach einem Versteck.

Hinaufsteigend in die Krone, erkannte er sie. Dies der Ast, an dem er einst sich erhängen wollte. So hatte es angefangen, und hierher führte es zurück. Was dazwischen lag, war Kampf, Prüfung, Erliegen und Aufstehn, Kampf bis aufs Messer und bis zum bittern Ende. Du hast es vorausgesehen damals, Armer, das Ende sei die Verzweiflung. Wärest du doch gegangen, schon damals! Jetzt ist es schwerer; das ganze Leben, das du erlittest seitdem, tobt jetzt in dir und sträubt sich gegen den Griff deiner Hand. Stirbst du, muß es im Kampf sein, und der Feind muß mit!

Er spähte durch die kahlen Zweige. Damals wogten die Kronen und entsandten den lauen Duft ihrer Blüten. Der Verzweifelte fühlte: »Mir duften sie nie mehr. Ich soll es nie wieder warm haben, nie wieder satt sein, kein Weib mehr lieben.«

Er entsann sich, nun er am Äußersten war, nur seiner Sinne noch. Wirf es hin, lauf, rette dich, lebe! Da erscholl der Schritt.

Heßling ward sichtbar, weit hinten unter den letzten Bäumen, auf der Straße allein. Balrich hielt sich bereit, er prüfte den Revolver. Aufgepaßt, keine Schwäche mehr! Das ist der Mensch, der dir einzig im Weg stand. Hat dich zum Hungern bringen wollen und zum Wahnsinn. Ein Dieb solltest du sein, ein Zuhälter, solltest gefangen werden und in Schanden untergehn. Bin hier, aufgepaßt, bin hier! – und er legte an. Aber der Heßling verschwand.

Hinter dem Baum dort mußte er stecken! Balrich sprang herab; die Waffe ausgestreckt, rannte er; – da stak er fest. Noch dachte er, er sei gegen ein Hindernis gerannt, zappelte noch und wollte weiter. Dann erkannte er, von jeder Seite hielt ihn ein Mann. Ein dritter entwand ihm schon den Revolver; ihm ward es klar, hinter jedem Baum hatte einer gestanden. Es war wie ein Traum, weithin kamen welche hervor; – und erst als er vorn und rückwärts ganz zweifellos beschützt war von bewaffneten Gestalten in Zivil und mit schlechten Gesichtern, verließ auch Heßling seine Dekkung. Gebläht, gehoben, die Wangen nicht mehr hängend, die Augen nicht mehr matt, mit Kraft geladen wie je, schritt er durch das Spalier seiner Garde los auf den ohnmächtigen Attentäter. Da war er, der Mensch, der ihm den Schlaf genommen, ihn verfolgt und krank gemacht, in gottloser Vermessenheit angetastet hatte sein Heiligstes, Besitz und Macht – da war er zwischen Detektiven, die Handgelenke kräftig gepackt, und hier halfen keine finsteren Brauen mehr, man hätte ihm können in das Gesicht spucken.

Indes aber der Sieger den Anblick genoß, stieß der Besiegte rauh aus: »Lassen Sie mir die Waffe zurückgeben! Ich will mich töten!«

Gelächter der schlechten Gesichter. »Und wen noch?« fragte der Generaldirektor fein. Balrich stieß aus: »An Ihnen liegt mir nichts mehr. Nur mich!«

Der Generaldirektor sagte herablassend: »Mensch, ich hätte Sie nicht für so dumm gehalten. Sehen mich allein, zu Fuß daherkommen und denken in kindlicher Unschuld, dahinter steckt nichts. Wenigstens haben Sie jetzt einen wirksamen Abgang.«

Balrich maß ihn. »Sie wollen großtun? Ihren Sohn haben Sie nicht so gut bewachen lassen. Ihren Sohn hätte ich abschießen dürfen und mich damit erledigen.« Er sah ihm in die Augen. »Sie rechneten damit.« Worauf Heßling auswich. Auf einmal schien er nicht mehr so zielbewußt – sah die schlechten Gesichter an, tat schon den Mund auf, damit sie sein Opfer abführten; aber dann entschloß er sich anders.

»Wollen Sie vernünftig sein?« fragte er, nahe an Balrich. Der Besiegte sagte: »Was ich getan habe, ist vernünftig.«

»Ich habe mit dem Mann zu reden«, herrschte der Generaldirektor. »Aber legen Sie ihm Handschellen an.« Dies geschah; darauf Balrich: »Ich mit Ihnen nichts, oder Sie lassen mir die Hände frei machen.«

Der Generaldirektor wehrte sich, aber Balrich sprach ihm zu: »Wozu soll ich Sie eigentlich beseitigen. Sie kommen doch mit, wohin ich gehe, auch ohne Schießen.«

»Drohen gilt nicht!« rief der Generaldirektor, aber er bat die Herren, dem Menschen die Handschellen vorläufig wieder abzunehmen. Er begab sich sogar mit ihm abseits, hinter einen Trümmerhaufen der Villa Klinkorum. Die Organe der bürgerlichen Ordnung sahen es mit Staunen, der Generaldirektor trat in vertrauliche Verhandlungen mit seinem Attentäter.

»Augenblicklich lassen Sie mich frei!« verlangte Balrich.

»Augenblicklich geben Sie mir den Brief!« heischte Heßling. Balrich bemerkte: »Also zweifeln Sie doch, daß er mit verbrannt ist?«

»Gellert schwört ihn ab«, raunte Heßling. »Hat ihn nie gesehen. Ich will es ihm raten, nach seinen Seitensprüngen mit der kleinen Dinkl. Vor seiner Abreise habe ich ihm den Brief bezahlt, was er wert ist. Behalten Sie ihn ruhig.«

»Und die Arbeiter?« fragte Balrich. »Die alles wissen aus seinem Munde? Und die Sie, Mensch, betrogen haben mit der Gewinnbeteiligung?«

»Von meinem Sohn haben Sie Geld erpreßt«; – leise, hastig.

»Ihr Dasein, Heßling, ist eine einzige Erpressung.«

»Redensart der Tribüne! Aber ein Mordversuch, mein Lieber...«

»Wie viele wollten Sie ermorden, als Sie dem Klinkorum sein Haus anzündeten?«

Dem Generaldirektor verschlug es den Atem. Inzwischen stieg aus seinen Trümmern Klinkorum hervor, beschmutzt und zerrissen, in den Händen eine Flasche. Mit einem großartigen Lächeln begrüßte er seine Gäste. »Auf gerettetem Kahn«, sagte er und zeigte die Flasche her. »Die Herren belieben?« Da sie nicht antworteten, tat er selbst einen langen Zug. »Die Gastfreundschaft und das Studium«, sagte er, Atem schöpfend, »das war mein Leben.« Er versuchte sich aufzurichten, so majestätisch wie einst, und seine Zierden hervorzukehren, die sieben Bartsträhnen, den Spitzbauch in dem klaffenden Wollhemd. Aber er wankte und zitterte. Dennoch schwang er die Flasche und sprach.

»Generaldirektor unser aller!« rief tönend Klinkorum. »Sie haben gezeigt, wer Sie sind. Ich kann Sie nur hochachten und verehren. Sie sind die Ordnung. Sie sind die

Macht. Sie sind die Herrlichkeit.« Klinkorum breitete, sich neigend, die Arme aus. Hierauf feierlich, getragen von seiner Erkenntnis: »Zu mißbilligen ist der Empörer! Die Welt kann nur bestehen in Strenge und Ungerechtigkeit. Bereit bin ich, auszusagen gegen ihn!«

Hier ging dem Generaldirektor vor Spannung der Mund auf. Klinkorum sah ihm hinein, nicht ohne Ironie; dann nahm er zuerst noch einen Schluck, worauf er leichthin schloß. »Oder es wenigstens für mich zu behalten, wer es war, der wie ein Hase davonlief, als mein Haus brannte.«

Auch dies befriedigte den Generaldirektor. Er bekümmerte sich nicht weiter um Klinkorum; denn erschöpft setzte Klinkorum sich auf seine Trümmer und nahm nicht mehr teil. Er raunte wieder nahe an Balrich: »Sie haben verstanden?«

»Aber Sie nicht«, sagte Balrich. »Der tote Jauner redet noch weniger als der abgebrannte Klinkorum. Aber darum sind Sie noch immer geliefert.«

»Mensch, was wollen Sie!« Der Generaldirektor fing heiser zu kreischen an. »Ihre Rechnung stimmt. Erpressung! Aufruhr! Mordversuch!«

»Ihre!« schnob Balrich. »Enteignung! Betrug! Brandstiftung!«

»Sollten sich die beiden Rechnungen nicht ausgleichen?« fragte jemand. Der Rechtsanwalt Buck, sie hatten ihn nicht kommen gesehen. Das Auto hielt auf der Straße.

»Ich habe meinen Sohn schon geholt«, sagte Buck zu Balrich; und zu Heßling: »Auch Hans hat etwas abbekommen heute nacht... Genug, ich hörte die Herren verhandeln und biete meine Dienste an.«

»Werden nicht benötigt«, herrschte der Generaldirektor und sah sich drohend nach seinen Leibwächtern um. »Meine letzte Antwort sind die Handschellen.«

Aber Buck fiel ihm in den Arm, mit einem unerwarteten

Griff. Heßling erschrak. »Mein Hans sitzt im Wagen«, sagte Buck, leise und fest. »Er hat von seiner Wunde etwas Fieber, er spricht. Er spricht von einer Unterredung, die du eines Nachts mit deinen Söhnen gehabt haben sollst, vor deinem Kassenschrank. Ein Schwur soll sie beendet haben, ein Schwur von einem Brief und rauchenden Trümmern.«

Der Generaldirektor bäumte sich. »Ich zerschmettere euch!« schnob er. »Ich werfe euch auf die Straße.« Hierauf aber ward er kleiner und machte sich ohne Umstände wieder an Balrich heran. »Was wollen Sie noch?« fragte er sachlich. »Ihren Mordversuch könnte sogar ich nicht aus der Welt schaffen.«

»Dann bringe ich Sie wegen Brandstiftung ins Zuchthaus«, erwiderte der Feind, nicht weniger sachlich. Der Generaldirektor verfiel zusehends. Sein Schwager Buck breitete die Arme aus, um ihn aufzufangen, da hauchte er: »Was macht das Zuchthaus Ihnen. Aber mir!«

»Die Herren sind beide zu weit gegangen«, bemerkte der Rechtsanwalt. »Von ihrem Recht zu siegen überzeugt, haben Sie, einer dem andern zuvorkommend, immer zweifelhaftere Kampfhandlungen begangen, und so stehen Sie nun da.«

»Ich habe ihn in der Hand«, beteuerte Balrich, den Arm ausreckend.

»Ich ihn«, schnob Heßling und reckte den Arm aus.

»Dann bleibt den Herren nur übrig, die Faustpfänder auszutauschen«, riet der Rechtsanwalt. Aber sie sträubten sich.

»Ich weiß mehr«, drohte Balrich.

»Ich kann mehr«, behauptete Heßling.

»Lassen Sie mich frei!« verlangte Balrich noch einmal. »Sonst kommen Sie mit mir.«

Da brüllte der Generaldirektor auf. »Kann ich denn? Sie soll ich laufen lassen, mit dem, was Sie wissen, mit Ihrem

Brief, mit Ihren Plänen gegen mich? Lieber gleich ins Zuchthaus... Bleiben Sie hier und kuschen Sie, dann wollen wir sehen.«

»Lieber ins Zuchthaus«, sagte auch Balrich. Jetzt nahm der Generaldirektor die Zuflucht zu seinem Schwager. »Ich verspreche dir –« sagte er dringlich. »Berede ihn! Er soll hierbleiben – nahe bei mir – in Gausenfeld – wie immer. Im Arbeiterhaus dort, im Haus B, als Arbeiter. Er soll wieder arbeiten in der Fabrik, unter meinen Augen. Sonst bin ich keine Stunde mehr meines Lebens sicher. Berede ihn!«

Und Buck, der gesonnen hatte, machte sich auf. Watschelnd ging er auf Balrich zu, nahm ihn beim Arm, und im Bogen einherwandelnd mit ihm, sprach er. Heßling inzwischen saß auf einem Trümmerhaufen, gegenüber Klinkorum.

Balrich hörte zu, wollte nicht mehr hören, und mußte doch weiterdenken, was er vernahm von dieser befreundeten und unerbittlichen Stimme. Er mußte denken, des Kampfes sei es genug und gut wäre der Friede... Aber alles umsonst gewesen, das erworbene Wissen, die verbrauchte Kraft! Aber zurück, dorthin, wo du anfingst! Kann es sein?... Buck sagte: »Ja. Sie hoffen nicht mehr, zu siegen über Ihre Feinde, die Reichen. Sie könnten nur noch erwerben und hinaufgelangen in ihren Diensten, als Mitwisser, Helfershelfer –« Buck bewegte den Finger, unbestimmt wohin, vielleicht auf seine Brust? »Als Verräter«, schloß er. Balrich sagte noch:

»Und immer ein Besiegter? Nie anders leben, bis zum Tode, als im Schatten dessen, der die Macht hat?«

Da sagte Buck und lenkte schon ein, auf den Generaldirektor zu:

»Die Macht – das ist mehr als Menschenwerk; das ist uralter Widerstand gegen unser Atmen, Fühlen, Ersehnen. Das ist der Zwang abwärts, das Tier, das wir einst waren. Das ist die Erde selbst, in der wir haften. Frühere Menschen, zuzeiten, kamen los aus ihr, und künftige werden loskommen. Wir heutigen nicht. Ergeben wir uns.«

So ging denn Balrich heim, in das Haus B. Nur über eine Wiese brauchte er zu gehen. – –

An der Maschine stand wieder der Arbeiter Balrich, aß wieder das Brot des Heßling, um Kraft zu haben für den Heßling. Vor sechs, den Rockkragen hinauf und los, den fröstelnden grauen Weg nach der Fabrik, zu Hunderten schweigend und trabend, Trab hinter sich, vor sich, in sich, Trab wie Maschinenlauf. Abgerackert zurück am Abend in seinem Zimmer, wollte er wohl einmal auch denken, sich erinnern, klarstellen; aber die vielen Geräusche des Hauses übertönten, wie einst, bei weitem seine Gedanken; und er fand es gut. Gut, einzuschlafen, gut, still zu sein. Nicht länger ein arbeitender Kopf, von dem die Chimären das Fleisch nagen. Nur Arbeit unserer Hände bezwingt den Sinn des Lebens, so daß er weniger furchtbar wird. Der Arbeiter Balrich heiratete das Mädchen Thilde, nahm sie zu sich mit ihrem Kind, ihrer Mutter, und ernährte sie alle.

Von da an saß er auch wieder in der Kantine mit den Genossen. Sie sahen endlich, er war ganz wie sie, niemand mußte vor ihm sich zurückhalten. Dennoch erfuhr er weder Feindschaft noch Undank. Er fühlte, dankbarer sind sie mir jetzt, da es vergebens war. Ein Händedruck sagte ihm manchmal, es ist in Ordnung mit dir und uns. Wir lieben uns, verraten uns, kämpfen, werden müde, ergeben uns. Wir haben viel gelernt, und vergessen es schon wieder.

Bei der Taufe ihres Kindes trug Thilde schon ein zweites. Balrich sagte: »Wir sind Proletarier«, – und als einziger verstand er das Wort. Da es ein Sonntag war, ging er und zog aus dem fichtenen Tisch seine lateinischen Bücher, die wenigen, die dem Brande Klinkorums entgangen waren. Er sah sie an, die Brust ein wenig beklommen, aber entschlossen, sie wegzutun und zu vergessen. Wem sie Kraft genug gaben, den Heßling zu besiegen, der mochte sie lesen. Du hast es doch versucht, durfte Balrich sich sagen. Hättest du sie gelesen wie Klinkorum, du lasest sie fruchtlos und zu Unrecht. Das Wissen, das nicht hilft, ist eitel und schlecht. Der Geist, der nicht handelt, ist strafbarer als die Tötung keimenden Lebens. Wer denkt, soll auf das Glück der Menschen denken.

Er hatte sich ergeben – aber einmal schrieb Leni. Gleich der Duft des noch geschlossenen Umschlages rührte alles auf in dem Bruder. Was ist aus ihr geworden? Du bist schuldig, du hast sie verlassen. Für sie mußtest du weiterkämpfen... Aber ihr ging es gut, sogar glänzend, behauptete sie. Ihr Verkehr in Berlin waren Baroninnen, und sie ging zum Theater. Er dachte zurück. Kampf ist Kampf, dem Elend entrinnst du auch so nicht, ohne Blut zu lassen. Ich hätte ihr ein leichteres Leben zugedacht... Der Glanz aber, schrieb sie, freue sie nicht mehr, gedenke sie ihres lieben Karl. Die Worte warfen ihn nieder, mit der ganzen Wucht eines verfehlten Lebens. Fremd hier bei Frau und Kind, und alles verloren! Da weinte er, bis sie ihn fanden.

Weggesteckt den Brief – aber als er ihn später noch einmal las, begegneten ihm Wendungen, die er nicht recht erfaßte. Dahinter stand wohl eine unbekannte Welt, wie damals im Theater hinter den schwierigen Reden der Schauspieler. Villa Höhe nannte sie »Provinz«, und sein höchster Traum für sie war einst doch Villa Höhe. Wie nannte sie heute wohl ihn selbst? »Schließlich hat jeder sein Leben. Sie hat ihres, und dies ist nun meins.« Er schrieb ihr plump, sie solle sich nur Geld sparen, das lustige Leben werde auch nicht immer dauern.

Darauf antwortete sie nicht mehr; und er, wenn er dachte, jetzt seien es drei, jetzt sechs Wochen, dachte hinzu, es müsse sein. Sie dort oben wird immer höher steigen, du hier unten sinkst täglich weiter zurück. Was ihr noch wißt voneinander, soll immer weniger werden. Fünfzig Jahre könnt ihr fortleben – Zeit genug, um zu vergessen, wie es war, als du sie, die um die ganze Welt getanzt hatte, auf deinen Armen einst trugst durch den Staub der Landstraße. Sieh, du weinst schon nicht mehr.

Aber träge floß das Leben. Des Kampfes, der doch beendet und verloren ist, vergißt du nicht und rufst ihn zurück in Sommer und Frieden. Er ist noch da, eine geheime Unruhe erfüllt die Luft. Was fern liegt, rückt herbei und läßt dich auffahren, als wollte dir einer an Weib und Kind. Rußland! das ist der Feind. Frankreich! England! das ist er. Wer fragt noch nach Heßling. An Heßling konnten wir nicht hinan – mit ihm denn gegen die, die uns überfallen! Dort winkt der Sieg. Krieg muß sein, damit endlich wir Armen das Glück erraffen, das kein Kampf des Lebens uns bringen wollte. Heßling zahlt bis 80 Prozent unserer Löhne an die Familien der Einberufenen. Was Proletarier, was Bourgeois – das Vaterland! Dem Generaldirektor lag es schon längst im Sinn, beizeiten hat er seine neuen Maschinen aufgestellt. Jetzt machen sie Munition.

Einberufen unter den ersten! Balrich, Dinkl, alle sahen den hohen Tag der Erfüllung, als wir ausrückten. Durch beflaggte Straßen, Feldküchen säumten sie, eine Mutter trug uns Blumen nach oder Würste, in der kleinen roten Faust unserer Schwester hing unser Köfferchen, und sie weinte in ihre Schürze, indes wir sangen. Wir sangen und hatten auf dem Helm einen Kranz. Wo unsere Regimentsmusik um die Ecke bog, flogen die Straßen entlang alle Fenster auf. Die Autos hielten und ließen uns vorbeimarschieren. Auch am Bahnhof hängen Fahnen und Kränze. Werden wir noch einmal die sehen, die uns suchen? Wo ist Thilde?

Einsteigen, es kostet nichts. Das Bürschlein ist da, es hat helle, aufgerissene Augen, hat sich freiwillig gemeldet, es wird nachkommen. »Paris dürft ihr nehmen, bevor ich dabei bin, aber London noch nicht! Bitte, noch nicht!« Dinkl macht Witze und faßt schon die zweite Tasse Fleischsuppe umsonst von einer Dame. Noch kommt Thilde nicht. Welch ein Gedränge! Wer einander nicht am Arm hat, findet sich nie wieder. Die Züge entlang Haufen Gepäck, für Beförderung keine Garantie. Geschrei aus den Zügen: »Sie, Herr Leutnant, nun sorgen Sie doch bitte dafür, daß wir abfahren, wir wollen die Kerls verdreschen.« Die Bande gelöst, Tränen und Lachen in einem, Prahlerei und Herzweh, Pfiffe gellen, ein Zug fährt ab, jemand liegt unter den Rädern – keine Garantie; und auch die Unordnung wirkt begeisternd und selbst das Elend. Wo bleibt Thilde? Auf einem Sack sitzt, den Rücken rund wie ein Pilz, eine Greisin, sauber und arm, und ringt die Hände: »Ich hab ihn nicht mehr gesehn.« Balrich weiß, wen: Herbesdörfer. Dahin ist er, keinen Spitzel wird er mehr vor die Gewehre werfen... Balrich reicht die Hand seiner Schwester Malli, nun los! Aber Thilde? Das Kind und Thilde?

Da, von der Stufe des Wagens her, erblickte er Thilde, seine Frau, und sie ihn. Er ward bleich, schon wie der Tod, so sah sie ihn. In ihrem braunen Tuch, mit ihrem hohlen grauen Gesicht, auf dem Arm das Kind und neben dem blonden Haar des Kindes das ihre verstaubt, eine alternde Arbeiterin, so sah er sie. Er winkte; keine halbe Minute mehr! Mit ihrem gewölbten Leib hastete sie beschwerlich hindurch. Er winkte, auf einmal fühlte er: keine halbe Minute mehr, und so vieles drängt. Ich habe sie nicht genug geliebt, nicht genug die Armut geliebt, unser einfaches Menschentum, das ebenso gut wie schlimm ist – wollten wir nur nicht hart sein, nicht schonungslos begehrlich, alle, die von oben und daher auch die von unten, die Schlechten unter uns und auch wir Besseren. Er fühlte: »Keine halbe Minute mehr, und versäumt ist, sosehr ich auch kämpfte, das wahre Leben, das nur Vernunft und Güte ist. Wir planten Kampf, suchten Kampf, lebten Kampf, schon längst bevor wir in diesen Kampf ziehn. Auf Feindschaft waren wir gestellt, und finden nun Feinde. Ich hatte teil an meiner Zeit und büße für sie. Dies ist das Ende.«

Nun trafen sich ihre Hände. Die Räder, langsam und unwiderruflich, machten die erste Drehung. Ein Kuß dem Kind, und ineinandergeschlossen die beiden harten Hände, diese Sekunde noch und noch diese. Er sagte, dringend vorgebeugt:

»Alles wird besser, wenn ich wiederkomme.«

Sie, nachhastend, die Angst des ganzen Lebens in ihrem Gesicht und in der Stimme keinen Trost, sagte:

»Wenn du wiederkommst.«

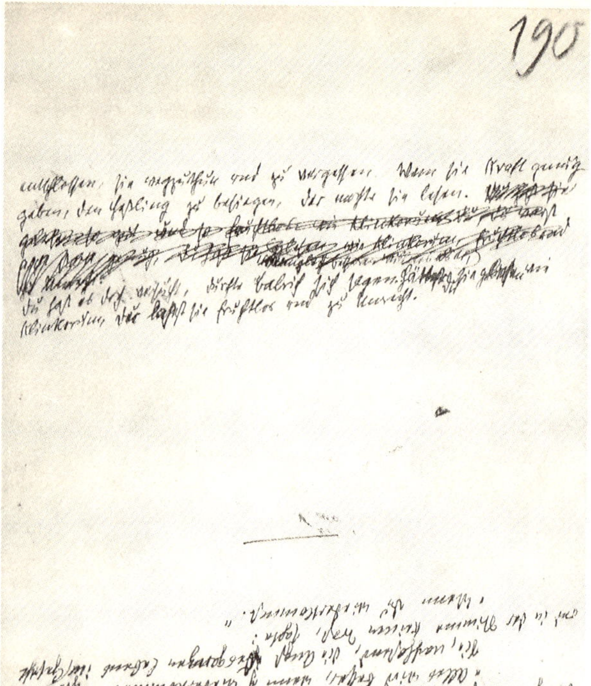

Der Schluß des Romans *Die Armen*
in der Handschrift Heinrich Manns

Nachwort

von Klaus R. Scherpe

Mitten im Weltkrieg geschrieben, erschien Heinrich Manns Roman *Die Armen* 1917 im Kurt Wolff Verlag. Die an sich aufregende Tatsache, daß eine Fortsetzung zum Erfolgsroman *Der Untertan* existiert, wurde keineswegs zur literarischen Sensation, ja nicht einmal zum Geheimtip der Literaturgeschichte. Die Gründe dafür sind wenig geheimnisvoll. Eine doppelte Peinlichkeit hat das Schweigen befestigt: zum einen die Tatsache, daß die in einem ganz anderen sozialen und künstlerischen Milieu verankerte Autorschaft Heinrich Manns sich ausgerechnet einen »Roman des Proletariats« zugemutet hat, zum anderen die unvermeidliche Einsicht, daß dieser Roman ganz offensichtlich unter die gar nicht seltenen erzählerischen Fehlversuche Heinrich Manns einzureihen ist. Für derart negative Pointen hat die Literaturgeschichte keinen Sinn.

Warum geben wir nicht einfach zu, daß das Scheitern eines Romans kulturgeschichtlich, politisch und sogar darstellerisch interessanter sein kann als sein Gelingen? Warum mißlingt – auf interessante Weise und durchaus produktiv – das Schreibexperiment eines Romans über das Proletariat aus der Feder Heinrich Manns?

Im Rückblick kaum vorstellbar ist die damalige Gewißheit eines politisch-missionarischen Bewußtseins, das auch Heinrich Mann in seinen Essays bis zum *Zola* von 1915 so überzeugend demonstrierte. Die literarische Intelligenz der Naturalisten der 1880er Jahre, die der Expressionisten und der »geistigen Arbeiter« nach der Novemberrevolution von 1918 fühlte sich, herausgefordert durch das imperiale und völkische Kulturgebaren der Reaktion, zuständig und verantwortlich für die Veränderung der Gesellschaft von Kaiserreich und Republik. »Die französische Revolution ist anerkanntermassen von missvergnügten Literaten gemacht«, schrieb Karl Bleibtreu allen Ernstes in seiner *Revolution der Litteratur* von 1886 (S. 77). Das die Welt beherrschende Kapital wurde auch als Feind der Literaten und Künstler ausgemacht, so zum Beispiel in Victor Huebers Initiative zur »Organisierung der Intelligenz«, für die Franz Pfemfert 1911 seine Zeitschrift ›Die Aktion‹ zur Verfügung stellte: »Es [das Kapital] hat sich die ganze menschliche Tätigkeit untertan gemacht. Auch die rein geistige. Der Gelehrte, der Dichter, der bildende Künstler sieht sich genau so den Gesetzen des Kapitalismus unterworfen, wie ein Feldarbeiter, ein Schriftgießer oder ein Dienstmann.«

Der Verrat der herrschenden Macht am Geist und die daher notwendige Verbündung der literarischen Intelligenz mit dem Volk war auch das große Thema von Heinrich Manns Essay *Geist und Tat* von 1910: »Die Zeit verlangt und ihre Ehre will, daß sie [die Literaten] endlich, endlich auch in diesem Lande dem Geist die Erfüllung seiner Forderungen sichern, daß sie Agitatoren werden, sich dem Volk verbünden gegen die Macht, daß sie die ganze Kraft des Wortes seinem Kampf schenken, der auch der Kampf des Geistes ist.« [*Macht und Mensch*, Fischer Taschenbuch Bd. 5933, S. 18] Die Intelligenzsoziologie der zwanziger Jahre (Alfred Weber, Karl Mannheim, Hans Speier) hat das missionarische Bewußtsein der Intellektuellen, das nicht zuletzt das Resultat ihrer gesellschaftlichen Marginalisierung war, auf den Begriff der »freischwebenden Intelligenz« gebracht: die Vorstellung einer vom Klassenbewußtsein und der Ideologie unabhängigen Fähigkeit zur »Zusammenschau«. Genau betrachtet war diese Konstruktion viel stärker noch dem Bildungs- und Erziehungsbegriff der deutschen Klassik und des Idealismus verbunden als »dem Volk«, zu dem man sich im revolutionären Geiste hingezogen fühlte.

Aus der hier nur grob skizzierten »geistigen Situation« der Zeit heraus entstand ein so merkwürdiges Werk wie *Die Armen*. Mit ihr ist die gewisse politische und literarische Zumutung zu begreifen, die Heinrich Manns Proletarierroman darstellte. Denn eines ist schon nach wenigen Seiten der Lektüre gewiß: Dies ist kein Roman über das Proletariat, sondern ein Roman darüber, wie Heinrich Mann sich das Proletariat vorstellte – wie es war und wie es sein sollte!

Gibt es eine demokratische Form des Romans? In seinem *Zola*-Essay spricht Heinrich Mann von einer sozialpolitischen Wunschform der Literatur, einer »Poesie der Demokratie«. Er bekennt sich dazu, den dumpfen und noch unaufgeklärten Massen der Arbeiter eine Stimme zu verleihen, *seine* Stimme. Und mit ihr wiederum spricht nichts anderes als die ratio militans der Aufklärung: »Der einsame Denker bestimmt, schreibend und handelnd, das Schicksal der Menschen. Er nur zeugt in ihnen, vermittelst des Gefühls, die Ideen, von denen sie leben, und die sie mit aller ihrer Kraft festlegen in sozialen Wirklichkeiten. Er nur treibt sie zum Handeln an, zum Gutmachen durch Rechtlichkeit und Wahrheit.« [*Macht und Mensch*, S. 122f.]

Ein Grund für das Mißlingen ist womöglich, daß Heinrich Manns demokratisch gesonnener Proletarierroman *weltanschaulich* bereits fertig war, bevor er *literarisch* gestaltet wurde. Der moralisch und politisch fixierte Entwurf für den Roman mußte durch eine passende Bauform des Erzählens nur noch aufgefüllt werden. Die Gestaltung von Handlungen und Charakteren sollte einerseits an den *Untertan*-Roman anknüpfen und andererseits ein neues

Zentrum gewinnen: Nach dem bürgerlichen Heldenleben, das satirisch abgestraft wurde, jetzt ein proletarisches Heldenstück, das Heinrich Mann nun allerdings auch nicht einfach als ein Loblied auf die »arbeitenden Massen« verfassen konnte.

Diederich Heßlings Aufstieg zum Großkapitalisten, der schon in der Handlungsführung des *Untertan* kenntlich wurde, ist in den *Armen* vollzogen. In der »Villa Höhe« (vermutlich eine Anspielung auf die »Villa Hügel« der Familie Krupp), dem Symbol seiner Allmacht, residiert Heßling über seinen ausgedehnten Produktionsanlagen und einer Arbeiterschaft, die ihm absolut ausgeliefert ist. Die liberale Fraktion der Heuteufel und Lauer, die in dem vorausgegangenen Roman noch als ernstzunehmender Gegner des imperialistischen Bourgeois auftrat, erscheint in den *Armen* in ihrer kläglichen Kompromißbereitschaft nur noch am Rande des Geschehens. Wolfgang Buck, der im *Untertan* bereits den Verfall liberaler Gesinnung in Dekadenz und Tatenlosigkeit verkörperte, steht durch seine familiäre Bindung an Heßling nunmehr in unlösbarer Abhängigkeit von dem siegreichen Kapitalisten, wenn er auch den Forderungen der Arbeiter idealistisch die Wege zu ebnen sucht. Napoleon Fischer, den Diederich Heßling schon im *Untertan* als »seinen« Proleten titulierte, figurierte dort bereits als politischer Karrierist der SPD, wozu seine Verständigungsbereitschaft gegenüber dem Kapitalisten auf Kosten der Arbeiter nicht wenig beitrug. In den *Armen* erscheint Fischer als korrupter Verräter der Arbeiterinteressen, die er im Reichstag vertreten soll, und – wie Heinrich Mann darüber hinaus zu erkennen gibt – als Musterbeispiel der fortschreitenden Verbürgerlichung der Arbeiterpartei. In der Schlußszene des *Untertan*, die der Autor als »Kehraus« des Kaiserreichs gleich einer »betrunkenen Maskerade« aufbaute, wird das umstehende Volk unmißverständlich mit dem heraufziehenden Gewitter, mit Krieg und Revolution in Zusammenhang gebracht.

Auch in den *Armen* erscheint das Volk, milieurealistisch präzisiert, als lohnabhängiges Proletariat in den Heßlingschen Werkstätten. Situationsschilderungen aus dem Proletarierleben, in denen gängige Motive und Aspekte der Arme-Leute-Poesie des Naturalismus aufgegriffen werden (Trunksucht der Arbeiter, Triebhaftigkeit und Prostitution, elende Wohnverhältnisse und die Last des Kinderreichtums, dazu die Niederträchtigkeit in den menschlichen Beziehungen untereinander sowie Neid und Bosheit gegenüber den Bessergestellten), summieren sich hier eher zu einem vom bürgerlichen Vorurteil gekennzeichneten negativen Menschenbild als zu einer der Idealisierung fähigen Daseinsbeschreibung der »arbeitenden Menschheit«. Im Rahmen dieser, auf negative Symptome reduzierten Gesamtschilderung der Arbeiter finden sich kaum Ansätze zu einer individualisierenden Charakterzeichnung. Für die Charakterphysiognomie seines proletarischen Helden notierte sich Heinrich Mann folgende Merkmalskette: »(...Schopf, zusammengewachsene schwarze Brauen, die er oft faltet, breiter Mund, breite Stirn, breite Schultern, breite Hände.)« Diese und ähnliche Kennzeichen, zu denen noch deutlich animalische Züge hinzukommen, sollen die Plumpheit und Grobheit des Arbeiters signalisieren.

Aus diesem nur in der Unkenntlichkeit kenntlichen Figurenensemble, aus der bestenfalls versinnlichten Schilderung des proletarischen Alltagselends läßt Heinrich Mann nun eine Heldenfigur heraussteigen, den Arbeiter und Arbeiterführer Karl Balrich. Mit ihm wird die Geschichte von den *Armen* zum proletarischen Bildungs- und Aufklärungsroman. Balrich erhält Kenntnis von der Existenz eines Schuldscheins, der die Teilhabe des alten Arbeiters Gellert am Heßlingschen Gründungskapital belegt. Er folgert hieraus das Recht der »enterbten« Arbeiter auf Eigentum an den Fabrikanlagen Heßlings. Balrich fühlt sich zum Anwalt dieses Rechts der Arbeiter berufen. Wolfgang Buck, ›Décadent‹, Schwächling und Kostgänger der Familie Heßling, bringt ihn in den Besitz der alten Schuldverschreibung. Balrichs »Berufung« wird wörtlich genommen. Der Arbeiter Balrich lernt Latein. Mit Hilfe des Schulmeisters Klinkorum tut er die ersten Schritte in die Vorbereitung auf den Beruf des Rechtsanwalts mit dem Ziel, den Prozeß gegen Heßling selbst führen zu können.

Daß damit der Widerspruch von Lohnarbeit und Kapital auf einen juristischen Kasus verkürzt wird, ist für Heinrich Manns ideelle Konzeption in der Ausweitung des Romangeschehens wenig relevant. Der selbsternannte Arbeiterführer streitet für die Arbeiterinteressen, indem er vorab und unbedingt für die Vernunft Partei ergreift. Und er streitet in erster Linie für Heinrich Manns aufklärerisches Ideal wahrer Menschlichkeit. Damit nicht genug: Die Überhöhung der Figur in ihren Reden folgt deutlich einer pseudoreligiösen Rhetorik. In der Außenseiterhaltung, in der sich dennoch der »Zukunftsdrang der Massen« spiegeln soll, ist auch das Martyrium bereits angelegt. Dem Arbeiterführer wird ein intellektueller Habitus zugeschrieben. Aufklärungsideen und zeitgenössische Potenzphantasien vom Übermenschen gehen in der plakativen Charakterzeichnung Balrichs eine seltsame Verbindung ein.

Getreu dem Muster des bürgerlichen Bildungs- und Erziehungsromans konzentriert Heinrich Mann die Deutung des Geschehens auf den »inneren Kampf« seines Helden, in dem der Machtkampf gegen den Kapitalisten abgeklärt wird. Den »Auftrieb der Massen« faßt Heinrich Mann als sittlichen Läuterungsprozeß, als Katharsis des Kampfes um die Befriedigung materieller Bedürfnisse zum emanzipatorischen Kampf um die Ideale von Wahrheit und Gerechtigkeit, die allein menschliches Glück verbürgen. Die dem proletarischen Helden zugeschriebene Identität ist demnach ein merkwürdiges Konstrukt aus der (noch) latenten Tatkraft des Volkes und der Geist-Dynamik des Intellektuellen. Die »innere« Handlung des Romans ist darauf ausgerichtet, die so begründete »Identität« des Helden zur Entfaltung zu bringen. Das Subjekt, das für die ideale Vorgabe der Geist-Tat-Synthese eintreten soll, ist jedoch als *handelndes* Subjekt immer schon zum Scheitern verurteilt, als Märtyrer stigmatisiert.

Beiläufig benennt Heinrich Mann die vier Stadien des »inneren Kampfes« Balrichs: »Sendung, Verrat, Erkenntnis und Abdankung« [S. 171]. Die »Sendung« Balrichs besteht im Erwerb der bürgerlichen Bildung. Der »Verrat« beginnt mit seiner Entfernung von den Arbeitern durch eben diesen Besitz an bürgerlicher Bildung: »Du, Balrich, denkst nicht mehr wie wir. Du hast etwas gelernt, brauchst nicht zu sorgen, und willst durch dick und dünn, weil du eine Idee hast. Wir aber sollen hungern für deine Idee.« [S. 170] Nur knapp entgeht Balrich der sich gegen ihn richtenden Gewalttätigkeit der Arbeiter. Der sich abzeichnende Klassenkonflikt erscheint in der Autorperspektive nunmehr als tragische Konstellation eines revolutionären Idealismus. Balrich fühlt sich seinerseits verraten von den Arbeitern, für deren Recht er streitet. Nicht um das künftige Reich der Vernunft und der Freiheit kämpfen die Arbeiter, sondern ziellos, getrieben von Neid und Haß, auf der Jagd nach Gewinn und Wohlstand – wie der Bourgeois. Balrich hat einen »Glauben« zu verlieren. Und in diesem Verlust spiegelt sich zweifellos Heinrich Manns Zweifel, wenn nicht seine Verzweiflung, über die in der Realität ausbleibende Verwirklichung des Geist-Tat-Ideals durch die »erwachende Masse«. Balrichs »innerer

Kampf« führt nunmehr zur nächsten Stufe der Erkenntnis, daß Wahrheit und Gerechtigkeit im *äußeren* Kampf der Klassen nicht errungen werden können. Ohne Vernunft und Gerechtigkeit ist der Kampf der Arbeiter jedoch nicht zu legitimieren.

Lesen wir Heinrich Manns Roman von den *Armen* nicht nur als sozialen, sondern auch als ideologischen »Experimentalroman«, so sind wir Zeugen einer dreifachen Niederlage der behaupteten aufklärerischen Vernunft: Der liberale Bourgeois, der Intellektuelle und nun auch der Arbeiter können das Vernunft- und Demokratieideal nicht einlösen. Eine Trägerkraft oder gar ein Klassensubjekt zur Verwirklichung des Ideals sind nicht auszumachen. Vielleicht erreicht Heinrich Manns Roman mit dieser Einsicht, die dem alternativen proletarischen Helden überschrieben wird, einen besonderen, nur ihm eigenen Realismus.

Der Annahme eines historischen Realismus, der dem im Roman vorgegebenen Idealismus entgegensteht, widerspricht allerdings der Romanschluß, mit dem die erzählerische Bauform ganz und gar, sowohl literarisch wie ideologisch, aus den Fugen gerät. Statt einer Apotheose der heraufdrängenden Massen in einer »vertiefenden« Deutung des »oberflächlichen« Klassenkampfes, die der Roman von den *Armen* hatte werden sollen, nimmt er die Wendung ins Anarchische, Elementare. Mit Balrichs Scheitern zwischen sozialer Wirklichkeit und idealem Anspruch kommt die »innere Handlung« des Romans, auf die der Autor so großen Wert legte, praktisch zum Abschluß. Was folgt – der Streik der Arbeiter, die Rekapitulation des durch die Schuldscheinaffäre begründeten Machtkampfes zwischen Heßling und Balrich in der direkten Konfrontation der beiden Kontrahenten – sind äußere Handlungsschritte, denen eine positivere »innere« Bedeutung nicht mehr abgewonnen werden kann. Nicht zufällig fehlt dem Schlußteil des Romans die schlüssige Komposition, die zuvor durch die dem Denken und Handeln Balrichs unterlegte »Ideengeschichte« immerhin gegeben war. Balrich findet äußerlich den Weg zurück an die Seite seiner Genossen. Er kämpft jetzt ihren Kampf, den der offenen Gewaltanwendung gegen die kapitalistische Ausbeutung. Bezeichnend ist, daß Heinrich Mann diese Wendung zur Realität des Klassenkampfes in der Entwicklungsgeschichte Balrichs als letztes Stadium, als »Abdankung« faßt. Balrich bekennt sich zur Ultima ratio des Anarchismus: »Gewalt stiften – und dann zusehen, wie sie sich vollzog: eine Führerrolle. ›Aber ich bin kein Führer; das war. Ich will nur noch dreinschlagen, es soll nur noch drunter und drüber gehen – zu welchem Ende? Zu keinem.‹« [S. 189] Balrichs Rückkehr in die Klassensolidarität wird gleichgesetzt mit Resignation, Ergebenheit und blinder Gewalt. Die neue Parole »Glaubt nichts, aber handelt!« ist in diesem Sinne Ausdruck der unterstellten Aussichtslosigkeit des proletarischen Kampfes. Den Ansturm der Arbeiter gegen die »Villa Höhe«, symbolisch gedeutet als die Zitadelle des Kapitals, zeichnet Heinrich Mann als Aufmarsch der Anarchie, als ekstatisches Sich-Aufbäumen vor der unangreifbaren Macht Heßlings. Die unvermeidliche Niederlage der Arbeiter wird herbeigeführt durch den Einsatz des Militärs, mit dem die »bürgerliche Ordnung« dem Kapitalisten zu Hilfe kommt. Sie hat ihren tieferen Grund nach dem Willen Heinrich Manns im Verlust der Moral, von Wahrheit und Gerechtigkeit, die durch Balrichs Selbsthelfertum für den Kampf der Arbeiter nicht zu gewinnen war.

In dem epilogartigen Schluß der *Armen*, der die Einberufung und den Zug der Arbeiter in den Krieg skizzenhaft darstellt, gelangt Heinrich Mann zu einer historischen Verallgemeinerung des Romangeschehens und seiner Deutung. Da der Klassenkampf, so wie der Autor ihn schildert, ohne innere Bedeutung im Sinne des zu erringenden Menschheitsideals blieb, kann der für die Menschheit sinnlose Krieg der Völker als Fortsetzung jenes sinnlos gewordenen Kampfes der Arbeitermassen begriffen werden. Der entschiedene Kriegsgegner Heinrich Mann läßt die *Armen* ihre Stimme für den Krieg erheben, da mit dem Kampf im normalen Leben kein Glück und kein menschenwürdiges Dasein zu erringen war. Man darf vermuten, daß Heinrich Mann hier die Burgfriedenspolitik der Sozialdemokratie vom August 1914 anklingen läßt. Das politische Versagen der SPD, die entgegen den Baseler Beschlüssen von 1912 die Kriegspolitik des Wilhelminischen Deutschland mehrheitlich unterstützte, deutet Heinrich Mann als moralisches Versagen der Arbeiterschaft. Damit wird der ideengeschichtliche Zusammenhang wieder sichtbar, in den der Autor seine Proletarierthematik stellt. Die Niederlage Balrichs erfährt vor diesem Hintergrund eine letzte Apotheose, die eigentlich, und zwar in positivem Sinne, der Gesamtheit der in die Zukunft drängenden Arbeitermenschheit hätte gelten sollen. Balrich, mit märtyrerhaften Zügen ausgestattet, tut gewissermaßen Buße für das Proletariat, das den Krieg nicht verhindert, da es in seinem Kampf die in Zukunft weisende Hoffnung auf Vernunft und Humanität nicht erfüllt: »Ich hatte teil an meiner Zeit und büße für sie. Dies ist das Ende.« [S. 209]

Als eine Niederlage seines politischen Denkens mußte Heinrich Mann seinen Roman von den *Armen* und seine Rezeption empfinden. Mit der Fehlkonstruktion von aufklärerischem Ideal und sozialer Wirklichkeit scheiterte auch die künstlerische Form. Nichts anderes bescheinigten ihm, bei allem Respekt vor seiner demokratischen Gesinnung, die zeitgenössischen Rezensenten in der sozialdemokratischen Presse. Seine proletarischen Gestalten seien Homunkuli, die nicht in der Wirklichkeit, sondern in der Ideenwelt des Autors lebten. Der Roman sei letztlich das Produkt der weltanschaulichen und politischen Orientierungslosigkeit, der auch der fortschrittlich gesonnene bürgerliche Schriftsteller nicht entgehen kann: »Burgfriedensstimmung, sentimentales Beschmerzen des Klassenkampfes! Auf altbackene bürgerliche Ethik, die nicht vorwärts bringt, läuft's hinaus, aber man soll's nicht so ausbieten, als wäre es durch langen, schweren Kampf als letzte Weisheit erworbene proletarische Philosophie.« [Franz Diederich in der ›Neuen Zeit‹ vom 16. November 1917; vgl. ›Zeitgenössische Rezensionen‹, S. 296].

Über die Unverrückbarkeit des »kleinbürgerlichen Demokratismus« hatte Karl Marx, den Heinrich Mann wohl kaum zu Rate zog, schon im *Achtzehnten Brumaire des Louis Bonaparte* ein vernichtendes Urteil gesprochen: »Jedenfalls geht der Demokrat ebenso makellos aus der schmählichen Niederlage heraus, wie er unschuldig in sie hineingegangen ist, mit der neu gewonnenen Überzeugung, daß er siegen muß, nicht, daß er selber und seine Partei den alten Standpunkt aufzugeben, sondern umgekehrt, daß die Verhältnisse ihm entgegenzureifen haben.« Vielleicht ist Heinrich Manns Experiment eines Arbeiterromans eine realistische Darstellung der gesellschaftlichen Wirklichkeit gerade darin zu attestieren, daß es scheitert. Die Romanrealität korrigiert den abstrakten Geist-Tat-Idealismus des Essays. Der im Roman gewissermaßen zur Bewährung ausgesetzte aufklärerische Idealismus bekommt Gelegenheit, sich selber zu dementieren. Das Ergebnis des Schreibexperiments der *Armen* war für den Autor schmerzlich, trieb ihn aber nicht in die erzählerische und politische Resignation. Im Gegenteil. In seinem politischen Rechenschaftsbericht *Kaiserreich und Republik* von 1919 erneuert Heinrich Mann seine demokratischen Überzeugungen und propagiert den Idealtypus des

»Arbeiterbürgers«, der berufen ist, »die wirklichsten Lebenstatsachen, die sittlichen, anzuerkennen und Gerechtigkeit und Wahrheit ebenso anzustreben wie seinen gediegenen Erwerb. Es [das Kleinbürgertum] wartet nur auf seine Lehrer.« [*Macht und Mensch*, S. 225]

Zur Entstehungs- und Überlieferungsgeschichte

»Konzipiert im bayrischen Gebirge, Sommer 1916, beendet München, April 1917« – so erinnerte sich Heinrich Mann später im Exil[1] an die Entstehung seines Romans *Die Armen*. Er ist der zweite Teil einer Romanreihe, die 1914 mit *Der Untertan* begonnen und 1925 mit *Der Kopf* abgeschlossen wurde. *Die Armen* sind als Fortsetzung des *Untertans* angelegt und spielen in den Jahren 1912 bis 1914, also ungefähr zwanzig Jahre später als die Handlung des ersten Bandes. Diederich Heßling ist zum Großindustriellen avanciert und als Fabrikherr von Gausenfeld der Gegenspieler der Arbeiter und ihrer Familien, eben der Armen.

Im Nachlaß Heinrich Manns[2] ist das durchweg mit Tinte geschriebene Roman-Manuskript [HMA 15; 194 Blatt, 244 Seiten, mit einer Ortsskizze des Autors – vgl. Abb., S. 231] erhalten. Auf einigen Rückseiten stehen Ergänzungen und gestrichene Passagen des Textes. Darüber hinaus existiert ein Konvolut mit Notizen und Entwürfen

1 Heinrich Mann an Karl Lemke, Los Angeles, 29. Januar 1947, Beantwortung eines Fragebogens. In: Heinrich Mann: *Briefe an Karl Lemke und Klaus Pinkus*. Hamburg: Claassen o. J. (1964), S. 46.

2 HMA = Heinrich-Mann-Archiv der Stiftung Archiv der Akademie der Künste zu Berlin. Zu den Nummern nach dieser Sigle vgl.: *Vorläufiges Findbuch der Werkmanuskripte von Heinrich Mann*. Bearbeitet von Rosemarie Eggert. Berlin (Ost) 1963 (= Deutsche Akademie der Künste zu Berlin, Schriftenreihe der Literatur-Archive, Heft 11) (hektograph. Typoskript).

[HMA 16; 65 Blatt, 91 (115) Seiten, Bleistift und Tinte], in dem sich die früheste überlieferte Aufzeichnung zum Roman auf der Rückseite eines an Heinrich Mann gerichteten Briefes vom 2. August 1916 findet. Aus diesen Notizen [Materialien, Nr. 2 und Nr. 3] sowie aus dem ursprünglichen Romanschluß, den Heinrich Mann für den Druck gekürzt und umgeändert hat [Materialien, Nr. 4 und Abb. S. 225], wird deutlich, daß der Erste Weltkrieg entscheidend die Konzeption des Buches beeinflußt hat. Der Roman endet mit dem Anfang des Krieges, der jedoch gleichzeitig der zeitgeschichtliche Hintergrund seiner Entstehung ist. Es ist nicht bekannt, was Heinrich Mann im einzelnen zur Umarbeitung des Schlusses bewogen hat. Die Erfahrungen mit der Selbstzensur der öffentlichen Meinung, die den Abbruch des Vorabdrucks von *Der Untertan* im August 1914 veranlaßt hatte, dürften dabei eine nicht unwesentliche Rolle gespielt haben; 1917 war darüber hinaus mit dem Eingreifen der staatlichen Kriegszensur zu rechnen. So hat Heinrich Mann auf eine Umfrage unter den »hervorragendsten Führern des deutschen Volkes auf dem Gebiete der Literatur, Musik und bildenden Kunst«, ob die gerade entstehenden größeren Werke »stofflich mit dem Krieg Berührungspunkte hätten«, sehr zurückhaltend geantwortet, daß er an einem »*sozialen* Roman« arbeite, und ausweichend hinzugefügt: »Seine Handlung vollzieht sich *vor dem Kriege*.« (›National-Zeitung‹. Berlin. 9. Januar 1917)

Noch vor Abschluß des Manuskripts erschien am 16. März 1917 (Jg. 70, Nr. 136, S. 2–3) in den ›Münchner Neuesten Nachrichten‹ unter dem Titel *Im Theater* ein Vorabdruck aus dem sechsten Kapitel des Romans. Die Redaktion hatte am 26. Februar den Eingang des Manuskripts bestätigt und am 10. März darum gebeten, den Abschnitt kürzen zu dürfen. Heinrich Mann schrieb zu diesem Vorabdruck eine einleitende Bemerkung [Materialien, Nr. 5].

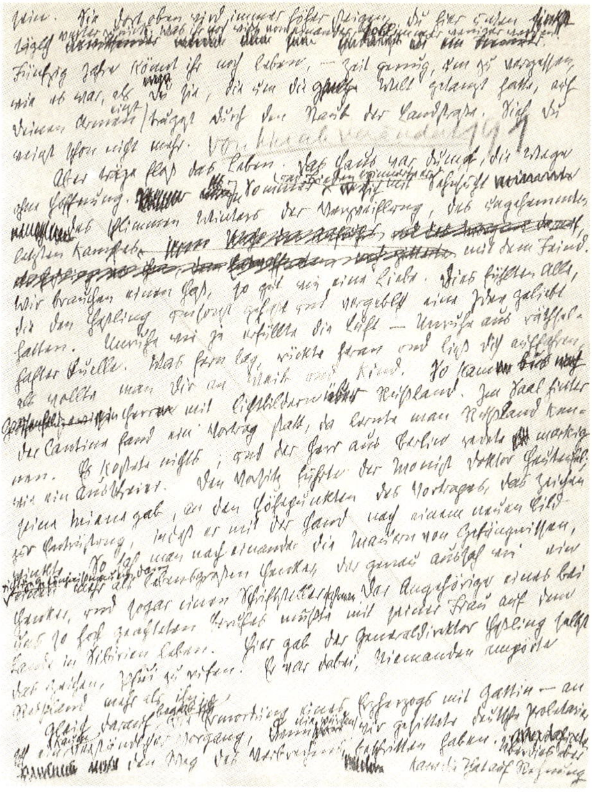

S. 191 des Manuskripts des Romans *Die Armen* in der Handschrift Heinrich Manns mit dem Beginn der Änderung des Schlusses: *»von hier ab verändert«*

Dem Briefwechsel des Autors mit seinem Verlag sind einige Informationen zu den Druckvorbereitungen zu entnehmen: Am 22. März drückt sein Verleger Kurt Wolff noch Vorfreude auf das Manuskript aus [vgl. Materialien, Nr. 6]. Aus einem Verlagsbrief vom 4. Juni geht hervor, daß der Autor zu diesem Zeitpunkt bereits die Korrekturen gelesen hatte und noch Revisionsabzüge erhalten sollte. Das Buch wurde im August 1917 ausgeliefert. Am 8. August 1917 druckte das ›Berliner Tageblatt‹ (Jg. 46, Nr. 401, Abend-Ausgabe, unterm Strich) unter dem Titel *Hassende, Liebende* den Anfang des Romans, was wohl Kurt Wolff veranlaßt hatte [vgl. Materialien, Nr. 6].

Die Armen erschienen zu einem äußerst günstigen Zeitpunkt: 1917 kam bei Kurt Wolff eine zehnbändige Ausgabe von Heinrich Manns *Gesammelten Romanen und Novellen* in hoher Auflage heraus, die nicht zuletzt seinen Durchbruch zum populären Autor bewirkt hat. Die früheren Romane wie *Im Schlaraffenland*, *Die Göttinnen, Die Jagd nach Liebe, Zwischen den Rassen* und *Die kleine Stadt*, die in ihren ersten Ausgaben bei anderen Verlegern zusammen nur wenige Tausend Auflage gehabt hatten, wurden jetzt in fast dreiviertel Millionen Exemplaren verkauft.

Vor diesem Hintergrund legte Kurt Wolff 1917 *Die Armen* in drei Auflagen mit insgesamt 60 000 Exemplaren auf, deren Einband die ausdrucksvolle Zeichnung von Käthe Kollwitz schmückte [vgl. Abb., S. 227]. Der Verleger ließ den Roman in der Reihe *Der Neue Roman. Sammlung zeitgenössischer Erzähler* erscheinen und warb auf dem heute nur noch selten erhaltenen Schutzumschlag wie auf den Anzeigenseiten seines Almanaches *Die neue Dichtung* (1918) für das Buch: »Heinrich Manns neues Romanwerk ist das Buch des Kampfes der Friedenszeit; des Kampfes des nach Freiheit der Entwicklung, nach Bildung, Licht hungernden Arbeiters gegen den satten Kapitalis-

Umschlagszeichnung von Käthe Kollwitz
für die Erstausgabe
des Romans *Die Armen*

mus. Kein gehässiges Buch, aber ein Buch leidenschaftlichen, ehrlichen Hasses, der die gegeneinander kämpfenden Klassen zu schmerzlichen Einsichten führt, über die der große Kampf nach außen hereinbrach. Manns künstlerisch reifste Tat: ein Buch vollkommenster Einfachheit und Klarheit, ein Buch, das alle angeht, ein Buch, das jeder verstehen soll und wird.«

1925 erschien der Roman im Paul Zsolnay Verlag (Wien) – zusammen mit *Der Untertan* in einem Band – als Teil der *Kaiserreich*-Trilogie im 61.–65. Tausend, 1931 als 65. Tausend nochmals in derselben Ausgabe. Auf dem Titelblatt aber stand jetzt der Titel, der 1925 nur auf einer eigenen Seite am Buchende zu finden war: *Das Kaiserreich. Die Romane der deutschen Gesellschaft im Zeitalter Wilhelms II.* Der Verkauf der 5000 Exemplare bei Zsolnay ging offenbar nur schleppend vonstatten.

Zuvor brachte das in Berlin erscheinende Zentralorgan der Kommunistischen Partei Deutschlands, ›Die Rote Fahne‹, vom 20. bis 28. Februar 1925 unter dem Titel *Mit allen Mitteln* das vierte Kapitel des Romans in sieben Fortsetzungen. Die Redaktion stellte folgende Einleitung voran: »Wir bringen hier ein Kapitel aus einem Roman des bekannten Dichters *H. Mann*, der zwar als radikaler Intellektueller durchaus kleinbürgerlich-anarchistisch in seiner Tendenz ist, aber als Künstler Teile der kapitalistischen Wirklichkeit sieht, so wie sie ist. Im Mittelpunkt der Handlung stehen der Fabrikant *Heßling* und Karl *Balrich*, ein syndikalistisch angehauchter Prolet. Balrich soll einen Brief besitzen, der Enthüllungen über den Ursprung des Heßlingschen Besitzes enthält. Von Rechts wegen gehört die Heßlingsche Fabrik ihm, meint Balrich, und er will den Betrieb, wenn ihm sein Recht geworden ist, mit seinen Arbeitskollegen fortführen. Zu einer positiven Lösung der von ihm aufgeworfenen Fragen kommt Heinrich Mann nicht. Natürlich nicht. Er müßte sonst heute Kommunist sein. Immerhin befähigt ihn seine grundsätzlich mißtrauische Einstellung, den *verräterisch-bürgerlichen Charakter des* reformistischen *Arbeiterführers* [gemeint ist der SPD-Reichstagsabgeordnete Napoleon Fischer] [...] klar herauszuarbeiten.«

Zu Heinrich Manns Lebzeiten wurden *Die Armen* in folgende Sprachen übersetzt: 1919 ins Italienische [vgl. Materialien, Nr. 13], mindestens viermal allein in der Zeit zwischen 1923 und 1927 ins Russische [zu einer dieser Übersetzungen vgl. ›Zeitgenössische Rezensionen‹, S. 298] und 1929 von Ch. Reber ins Französische [vgl. ›Zeitgenössische Rezensionen‹, S. 298].

1950 erschienen *Die Armen* in der Märkischen Druck- und Verlags-GmbH Potsdam, innerhalb der Reihe *Der soziale Roman*, herausgegeben von Konrad Haemmerling. Der Herausgeber, der unter dem Namen Curt Moreck bereits die Erstausgabe 1917 im ›Vorwärts‹ [vgl. ›Zeitgenössische Rezensionen‹, S. 296] besprochen hatte, holte 1948 Heinrich Manns Zustimmung zu dieser Ausgabe ein und versah sie mit einer Einleitung in das Gesamtwerk des Autors. Der Verlag tat ein weiteres und fügte der Ausgabe, die mit der Widmung »Heinrich Mann (1871–1950) dem Vorkämpfer für Demokratie und den Frieden der Welt« erschien, am Ende *Ein Nachwort an den Leser der »Armen«* an. Es bestand aus zwei Leserstimmen und stellt ein nicht uninteressantes Zeugnis der Rezeptionsgeschichte dar [Materialien, Nr. 17], weil hier teilweise die gleichen Einwände nach über dreißig Jahren vorgebracht wurden wie in den zeitgenössischen Rezensionen oder beim Abdruck in der ›Roten Fahne‹.

In der ›Nachbemerkung‹ zu der hier zugrundeliegenden Ausgabe des Romans innerhalb der *Gesammelten Werke* führt Sigrid Anger zur Textkonstitution aus:

Für die Textrevision des vorliegenden Bandes konnte neben den Ausgaben von Wolff und Zsolnay auch die

Handschrift [...] herangezogen werden. Die im Briefwechsel mit dem Kurt Wolff Verlag erwähnte Maschinenabschrift sowie die Korrekturbogen sind nicht erhalten.

Die Handschrift ist mit Tinte sorgfältig geschrieben, sie enthält Korrekturen, die offensichtlich schon während der Niederschrift entstanden.

Der Vergleich von Handschrift und Erstausgabe zeigt, daß Heinrich Mann bei der Herstellung der Druckvorlage oder beim Korrekturlesen eine Reihe kleiner stilistischer Korrekturen vorgenommen hat; gelegentlich können die Veränderungen auch redaktionelle Eingriffe des Verlages sein. In einigen Fällen fügte Heinrich Mann kurze Sätze gegenüber der Handschrift ein (z.B. auf S. 93, Z. 4, nach den Worten »zwei Prozent.« den Satz: »Hoch die internationale revolutionäre Sozialdemokratie!«; auf S. 204, Z. 34, nach den Worten »los aus ihr,« den Satz: »und künftige werden loskommen.«), oder er hat Sätze gegenüber der Handschrift gestrichen (z.B. S. 167, Z. 23, nach den Worten »darauf achtete sie nicht.« den Satz: »Jetzt hat sie ein Kind, aber du wirst dich hüten.«)

[...]

Dem Text dieses Bandes liegt die Erstausgabe des Kurt Wolff Verlages von 1917 zugrunde.

Der Druck des Zsolnay Verlages von 1925 war für die Textherstellung nicht relevant, da sie auf der Erstausgabe beruht und keine Textänderungen enthält. Die geringfügigen Abweichungen gegenüber der Erstausgabe gehen auf kleine redaktionelle Eingriffe des Zsolnay Verlages zurück. Zum Beispiel ist für die Kapitelzählung statt römischer Ziffern die Bezeichnung »Erstes Kapitel« und so fort eingeführt worden.

Der Kurt Wolff Verlag hat bereits, wie der Vergleich mit Heinrich Manns Handschrift beweist, Orthographie und Interpunktion durch erhebliche Eingriffe dem modernen Gebrauch angeglichen.

Einige kleine Textabweichungen zwischen Handschrift und Erstausgabe sind offensichtlich sinnentstellende Übertragungsfehler. In diesen Fällen erfolgte eine Konjektur nach der Handschrift. Eine Textstelle aus der Handschrift wurde in den Druck eingefügt, da es sich offenbar um eine versehentliche Auslassung bei der Abschrift oder beim Druck handelte (S. 145, Z. 5, nach den Worten »mit dem Sohn.« der Text: »Nein!« – »Mit meinem schlimmsten Feind.«)

Bei der Interpunktion sind gleichfalls einige Male, in Übereinstimmung mit den heutigen Regeln, Rückgriffe auf die Handschrift vorgenommen worden, zum Beispiel wenn das Komma vor Nebensätzen fehlte.

Die teilweise uneinheitliche Verwendung der Anführungszeichen bei gedachter Rede blieb erhalten, ebenso charakteristische sprachrhythmische Eigenheiten der Zeichensetzung, etwa die unterschiedliche Verwendung des Kommas bei appositionellen Fügungen und das Komma in der Funktion eines Gedankenstrichs.[3]

3 Heinrich Mann: *Die Armen / Der Kopf*. Berlin und Weimar: Aufbau-Verlag 1987 (= Heinrich Mann: *Gesammelte Werke*. Herausgegeben von der Akademie der Künste der DDR [...]. Redaktion: Sigrid Anger. Band 8), S. 662 f.

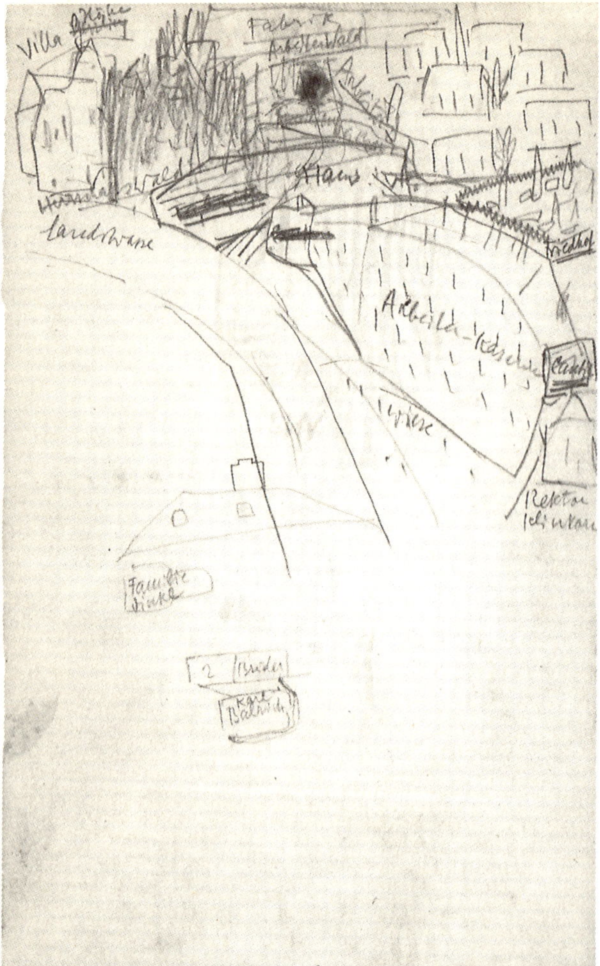

Heinrich Manns Ortsskizze
aus dem Manuskript
zum Roman *Die Armen*

Materialien

Heinrich Mann: Aufzeichnungen über den Ersten Weltkrieg (1916) [Auszüge]: 1

Den 20jährigen von 1936
– Wären wir noch auf lange zu einer scheinbaren Wirkungslosigkeit verurteilt, so bleibt mir immer die Gewißheit einer ungeheuren Aufgabe. Das ist die Übertragung unserer Erfahrungen auf das kommende Geschlecht – jenes Geschlecht, das den Machern von heute endlich antworten wird mit den Gefühlen, die sie sich verdient haben. Das zum Guten willige Geschlecht, das 20 Jahre nach jeder nieder- u. widermenschlichen Katastrophe noch immer erschienen ist, war bisher jedesmal unbelehrt, war belogen, u. hatte für seinen menschlicheren Glauben noch niemals das Thatsachenwissen, das ihn fest und wirklich machen kann. Liefern wir es ihm! Zeigen wir ihm, wie weit Menschen, die sich hoch entwickelt glaubten, hinabsteigen mußten, weil sie Lüge u. Ungerechtigkeit einmal zugelassen hatten. Auch dies *darf den schnell Vorübergehenden, die wir sind, genügen; es ist nicht wenig.*

Dieser Krieg, als erster, ist schon während er bestand, der Erkenntniss unterzogen worden. Viele haben ihn *erkennend miterlebt. Beweis, wie unangemessen er der heutigen Menschheit war!*

An Die, die jetzt geboren werden
Ihr sollt wissen, wie es in Wirklichkeit zuging: *das Innere*, das Niemand wissen würde, weil Die selbst, die es er-

lebt haben, nicht darum wissen, nicht darum wissen *wollen.*

Es war nicht, es war keineswegs, wie die Geschichtslehrer euch vorlügen werden.

Der Krieg ist nichts Begeisterndes, er versittlicht nicht, reinigt nicht, macht nicht wahr, noch gerecht. Er macht auch nicht brüderlich.

Von all dem ist das Gegentheil wahr, – und Jeder könnte es euch heute sagen, aber sie wollen es vergessen, sie wollen es nicht einmal erkennen.

Die Lügen.
Die ermordeten Gefangenen, man erzählt davon, aber noch jetzt werde ich Lügen gestraft werden.

Die Kriegsursache. Was sich die Bürger erzählen.

Wofür man kämpft: Kultur. »Wer ist Kant?« fragt ein Jasager. Zerstörung um ihrer selbst willen. Moralischer Effekt.

Die Bücher der Generale und Kriegsminister – und dann noch leugnen!

Die Brüderlichkeit Demokr[atie]
1 Million Toter: sehr bedauerlich, sagt Einer, als verscheuchte er eine Fliege. Und derselbe: »ich bin durch Corruption freigekommen.« – *Die Gleichgültigkeit der Menschen für einander, als letzte Ursache* des Krieges. Keine Menschengläubigkeit. Verspäteter Darwinismus: wir sind Thiere. Es giebt keine Kultur. Der Geist, die Ideen, Faxen. Menschen- u. Geist-feindlich. *Verkitschtes Einsamkeitsgefühl*, späte Folge der romantischen Literatur. *Auch wir* sind schuldig daran.

Die Lügen
Wer war Patriot im Kriege? Nicht die, die im Frieden ihr Volk am meisten geliebt hatten. Niemals die, die es im In-

nern größer und schöner wollten. Sondern vorwiegend die Individualisten, die Skeptiker am Menschen, die Verehrer eines Staates, die Volksfeinde.

Definition. Wer ist ein Verräter? Der nur an sein eigenes Volk denkt und seine Ideen, Freiheit, Wahrheit, Gerechtigkeit, Wohlfahrt, alle nur auf sein eigenes Volk bezieht (den andern aber gern von ferne wohl will)

Wer ist ein Patriot? Dessen Interessen sämtlich in Belgien, Frankreich, Polen, Serbien liegen und der zur Kultivirung oder Organisirung dieser Länder das Blut mehrer[er] Millionen Deutscher verlangt.

Lügen

Die Staatsmystik

Unmäßigkeit: aus dem endlich erlangten Staat sofort einen Popanz zu machen. Den Idealismus, mit dem man um ihn gekämpft hatte, sofort nach der Erfüllung gegen Andere zu richten.

Unmenschlichkeit des Staates beweist nur mangelnde Menschlichkeit der Bürger. Der Staat ist nichts Selbständiges. Er kann keine andere Sittlichkeit haben als seine Angehörigen.

Die Lüge des Krieges ist schon *in seiner Terminologie*. Man »säubert« einen Hügel vom Feind, – als ob der eigene Schweiß u. das eigene Blut weniger stänken als die des Feindes.

Man hat in unvergleichlich heldenhaftem Ansturm ein Panzerfort erobert. Am nächsten Tag »konnte der Feind wieder darin Fuß fassen«. Nebbich, was dazu schon für eine Heldenhaftigkeit nöthig ist!

Und diese völlige Falschheit u. Verlogenheit sämtlicher Maßstäbe u. Bewerthungen, geübt tagein tagaus durch Monate, durch Jahre, dies ist es, was der Krieg einem Volk sittlich zu geben hat.

Lügen Militärische
Englische Fischer lassen die Besatz[un]g eines Zeppelin ertrinken, der noch soeben Englische Häuser »mit Bomben belegt« hat. Grausamkeit, oder Feigheit! – Aber Offiziere sagen offen, daß die Besatz[un]g des Zeppelin, wenn sie *ihre Retter nicht überwältigt haben würde*, vor ein Kriegsgericht gestellt worden wäre.

Zum Überfluß kapert gleichzeitig ein Kriegsschiff namens Möwe ein englisches Handelsschiff, vermittelst der List, daß es sich sinkend stellt u. Nothsignale giebt.

Die Listen! Das gemeine Indianerthum, die niedrige Gaunerei, die der Krieg zur Sittlichkeit erhebt!

Und immer leugnen!

Ein Soldat, im Koller, prahlt mit Greuelthaten. Er hat Kinder gegen die Mauer geschmissen. »Mensch, schweigen Sie doch!« Er schweigt nicht. Irrenhaus.

Seine ganze Hoffnung auf den Terrorismus setzen – und ihn leugnen. Und dabei hatte man ihn anfangs offen zugegeben, als das Mittel, den Krieg abzukürzen und also »menschlicher« zu führen. – Er ist nicht abgekürzt worden, die Ausrede auf diesen Erfolg hat der Terrorismus nicht mehr. Er hat den Krieg nur unmenschlicher gemacht. Man kann ihn also nicht mehr eingestehen. Aber man giebt ihn auch nicht auf. Man verbeißt sich wüthend in die falsche Psychologie, die ihn eingegeben hat, und die der letzte Grund des ganzen Krieges ist.

Man kennt die Menschen nicht, geschweige die hochcivilisirten. Man ermangelt der Literatur, also des Sinnes für menschliche Dinge. Man tappt blind umher, wenn man die Gegner beurtheilt und auf sie einwirken will. Die letzte Zuflucht des Dummen ist immer die Gewalt; und zeitigt sie eine der Erwartung entgegengesetzte Wirkung, steht er da, ist betroffen – und lügt.

(?) *Letztes Stadium der Lüge*

Während der Schlacht bei Verdun (März 1916) haben deutsche Z[ei]t[un]gen Artikel über Italiens Zusammenbruch gebracht, voll verächtlichen Erbarmens mit dem verirrten Land, das jetzt vielleicht das Letzte thun wird u. ½ Million Mann an die »zusammenbrechende« französische Front schickt.

Dies war nämlich die Angst der zusammenbrechenden deutschen Angreifer.

Eine sehr menschliche Lüge. Ein Bluff um das Leben. Aber bestätigt er das edle Wesen des Krieges? Und diese Lügen sind, in diesem Stadium, nur noch Selbsttröstung; kein Draußenstehender, der sie nicht im Augenblick durchschaut, wo sie ausgesprochen werden.

Dieses Elend inmitten des Großthuns, diese Verlegenheit der Barbarei.

Aber die Lüge ist hier Instinkt geworden, sie ist völlig einmütig u. begreift aufs Wort. Der Finanzminister Ribot spricht (17. März 1916) von dem bevorstehenden Ende des Weltkrieges, das er *ohne eitlen Optimismus* voraussagen könne. Ganz Deutschl[an]d versteht: Er ist so pessimistisch, daß er voraussieht, man muß auf Verdun verzichten.

Paradoxe

Ein paradoxaler Kopf ist ein Kopf, der auf geistreiche Art der Wahrheit ausweicht. Auch Paradoxe haben kurze Beine. Sie haben es zu nöthig, durch den sofortigen, durchschlagenden Erfolg gestützt zu werden, sonst verfallen sie der Verachtung. Kein anderes Geschick kann der 1915 florirenden Staatsmystik vorbehalten sein. Sie ist nicht zu stützen, nicht durch den Erfolg, nicht durch die Anschauung. Paradoxe schreien gegen die Anschauung. Sie sind im vorhinein widerlegt durch die Anschauung. Solche Ideen laufen den menschlichen Thatsachen zuwider. Welche Idee vom Krieg als Erzieher, als Schöpfer, als Vater kommt auf gegen die Millionen Leichen, von denen wir umgeben sind. Welche Idee kommt auf gegen die Thatsache, daß es 50 Millionen blitzgewöhnlicher »Helden« giebt. – gegen die Thatsache, daß der Aushecker der Idee wohlbehalten dasitzt und sich nicht ins Grab schämt, wenn er schon nicht ins Grab geschossen worden ist: eben er nicht, der es seinem Vater, dem Krieg, am schuldigsten wäre!

– In der Ideologie des Krieges haben gewisse Militärs gelebt, bevor sogen[annte] Denker sie formulirt haben. Die »Realisten«, die über Literaten glaubten hinwegsehen zu können, waren Ideologen! Der Krieg – immer wieder hierauf stößt man – ist die Consequenz unrealistischen, weil unmenschlichen, unpsychologischen Denkens: die Strafe des Mangels an Literatur!

Die Grundlüge

Diese Metaphysik des Krieges, ausschließlich deutsch, ist aggressiv und bedeutet selbst schon den Krieg. Ein Angriff ist nicht mehr nothwendig. Man könnte zufällig sogar angegriffen werden – und wäre innerlich u. durch Natur u. Bestimmung doch immer der Angreifer.

Man giebt das zu – vor dem Kriege, im Kriege – politisch ebenso wie philosophisch, indem man den eigenen Staat für den auserwählten, die eigene Rasse für die Herrenrasse, das eigene Recht für absolut erklärt. Aber man schreckt zurück vor der letzten Folgerung aus allen seinen eigenen Behauptungen, und man leugnet, daß man wirklich angegriffen, militärisch angegriffen u. den Krieg zum Ausbruch gebracht habe. Das ist klägliche Unlogik, ödeste Oberflächlichkeit, – selbst wenn die Gegner den Krieg begonnen – oder die ungewisse Absicht gehabt hätten, ihn später einmal zu beginnen, wäre bei ihnen nicht die Verachtung der gesamten übrigen Welt, nicht der Wille zur

Tyrannei über sie, also nicht die innere Angriffskraft dagewesen. Ihr Angriff wäre äußerlich und zufällig gewesen. Und erst die deutsche Erwiderung u. Vertheidigung, froh ihres Anlasses, erst sie wäre der wahre Angriff gewesen.

Aber auf Grund des mangelnden Muthes zu sich selbst u. zu den eigenen Thaten, auf Grund der Selbsttäuschung, der fortgesetzten öffentlichen Behauptung des innerlich Unhaltbaren lebt man nun. Die Lüge hat gleich den ersten Tag des Krieges vergiftet. Sie wird das Element sein, worin man ihn führt.

Das Naturereigniss (zur Grundlüge)
Wer zu gut steht, um auf Menschen die Schuld abschieben zu können, giebt sie durch einen Verzweiflungsstreich der Natur. Der Krieg ist ein Naturereigniss, das 43 Jahre lang zielbewußt von Menschen vorbereitet wurde. Das Deutsche Reich hat die Kriegerkaste herrschen lassen u. den Gipfel u. das Ziel seiner Wirtschaft in Krupp gesehen. Hier ist im Innern in 43 Jahren nichts wesentliches geändert, nivellirt, menschenwürdiger gemacht. Aber die Ansprüche im Äußeren wurden immer toller, immer unverhältnissmäßiger. In Deutschland Latifundien über halbe Provinzen, Brachland, entrechtetes Volk. Aber an Kolonieen hatte man noch nicht genug, die 5 mal größer als Deutschland waren u. in denen 25 000 Deutsche wohnten. Denn England hatte größere! Conflikte mit aller Welt, wegen Dingen die das Wohl des deutschen Volkes nie u. nirgends angingen, sondern nur das der Nationalisten u. Exporteure. Im Innern auch: eine Kette von Militärkonflikten bezeichnet die Geschichte des Reiches. Und wenn die überheizte Maschine sich endlich – erstaunlich spät – in Bewegung setzt, dann ist es ein – – Naturereigniss.

Die Lügenzeit *Anfang* (Grundlüge I)
Deutschland war 43 Jahre lang ein Ineinander u. Durcheinander von Demokratie u. Absolutismus. Die Dem[okratie] hatte das Reich erstrebt, der Abs[olutismus] es gemacht, um es für sich zu retten. Die Dem[okratie] bereicherte es, der Abs[olutismus] beutete es aus.

Auf der Dem[okratie] lastete die Schuld des Dankes an den Abs[olutismus], der das Reich gemacht hatte.

Der Abs[olutismus] sah das Reich, das er nie gewollt hatte, als seine Sache an. [Die folgenden zwei Sätze sind gestrichen:] Die Dem[okratie] wuchs an, wie Reich im Reich, eine europäische Civilisation, die gegen den Absol[utismus] stand, ihn manchmal mitriß, ihn oft zurückließ, ihm im Grunde immer fremd war. Aber sie gewöhnte sich an Compromisse mit ihm. Er gewöhnte sich *nie* an die Compromisse, die er mit ihr schließen mußte. Er war der Stärkere, Rohere, Rückständige. Die Minderwerthigen nehmen nicht die Mentalität der Höherentwickelten an, mit denen sie leben; sondern umgekehrt.

Ein Theil der Demokratie paßte sich dem Absol[utismus] an. Ein Theil war zum Verrath gestimmt u. auf ihn vorbereitet. Die Demokratie war unterminirt. Ihre Einrichtungen u. Errungenschaften, die Gewissensfreiheit, die Öffentlichkeit des Staates, die Theilung der Gewalten, alles war eigentlich nur noch geduldet.

Die Dem[okratie] wußte es. Sie war mehrmals von Panik ergriffen, sie wollte sich zurückhaben, wollte Garantieen haben, aufräumen. *Daher* die Militärkrisen, zu*letzt Zabern*.

Daher auch der Entschluß, den Zabern dem Absolutismus abnöthigte. Dies ging nicht weiter. Die Dinge standen auf der Schneide. Der Krieg, der jetzt kam, war vor Allem ein Innerer Krieg. Unter der Bezeichnung »Burgfriede« war endlich erreicht worden, was während 43 Friedensjahren ersehnt worden war, die innere Einheit – zugunsten des Absolutismus, die Verschmelzung von Demokr[atie] und Absol[utismus], mit dem Ergebniss: Absolutismus. Die Demokratie war auf dieses Ergebniss immerhin schon so weit vorbereitet, daß es sie nicht aufbrachte. Demokraten fanden sich sogar, die es beseligte. »Unter der Militärdiktatur sind wir frei geworden!« war das erste Wort eines Solchen. Frei war man vielleicht nicht; aber man war, wie ein lange verfolgter Hochstapler, wenigstens aus der Ungewißheit heraus: man saß glücklich hinter Schloß u. Riegel. – Die Demokr[atie], die so lange nicht leben u. nicht sterben konnte, nannte sich *begeistert*, als sie endlich tot war. Trotzdem blieb bestehn: das innere Wesen der deutschen Civilisation war demokratisch, nur die äußere Gewalt hatte der Absolutismus. Wer, unter der Peitsche des Absolutismus, in den Krieg zog, das war das demokr[atische] Deutschland.

Einer Demokratie aber ist der Krieg nicht angemessen. Sie hat das Recht, ihr Leben zu vertheidigen – u. ihr Leben sind vor allem ihre Ideen, die die französ[ische] Revolution einst vertheidigt hat. Sie hat nicht das Recht anzugreifen, zu erobern, Völker zu erobern, die nach denselben Grundsätzen, von denen sie selbst lebt, ihre Selbstbestimmung verlangen dürfen. Sie ist seelisch u. moralisch behindert, Krieg zu führen, denn sie achtet den Menschen, welchen Grund könnte es für sie geben, ihre freien, gleichberechtigten Bürger hinzuopfern, den einen eher als den andern. Ein Volk, das schon Sozialpolitik treibt, hat innerlich dem Krieg entsagt. Der Krieg ist ein Fremder für ein Volk, das mit den Zielen der Wahrheit u. der Gerechtigkeit schon zu rechnen gelernt hat. Die demokratische Einricht[un]g der Presse leidet unter der Gefahr der Unwahrheit, ihr Zusammenwirken aber, die Öffentlichkeit u. gegenseitige Controlle erhalten sie alles in allem auf dem Weg der Wahrheit. Die Wahrheit ist das allen nothwendige Ziel, auch wenn es nicht das vom Einzelnen gewünschte wäre. »Gelogen wie telegraphirt«, möge man dennoch sagen. Gesagt hat es aber ein – talentvoller – Feind der Demokratie; u. als er es sagte, griff er vor; denn grade ihm konnte man es sagen. Die meisten Lügen, die in Friedenstagen die Presse enthielt, gingen von den Regierungen aus. Lüge ist nicht Lebensfunktion der Demokratie, aber sie ist Lebensfunktion des Absolutismus. Er lebt u. webt insgeheim. Klüngel, Camarillen, Intrigen, geräuschloses Absägen, Unwirksammachen, Corrumpirung, Verschwindenlassen, Ableugnen: so heißen einige seiner alltäglichen Übungen. Was er in die Öffentlichkeit verlauten läßt, ist grundsätzlich nicht bestimmt, sie aufzuklären, sondern sie, nach Bedarf, einzulullen oder zu reizen; nicht, Menschen zu erziehen, sondern nur Werkzeuge brauchbar zu erhalten. Welche Theile der Presse nahm im Frieden der unterrichtete Leser mit Mißtrauen auf? Die offiziösen Kundgebungen, die Depeschen der Agenturen, die von der Regierung gespeist werden. (Bayer. Die Staatszeit[un]g.) Die Agentur Wolff ist im Frieden nirgends so vielen Vorbehalten begegnet wie in Deutschland.

Der Krieg bricht aus – und nun lügt sie nicht mehr. Jeder ihrer Sätze entspringt dem ewigen Quell der Wahrheit selbst. Zwar ist gleich anfangs alles grobe Lüge (Revol[ution] in Paris, Petersburg etc. Der vergiftete Brunnen in Metz.) Vorbedachte Lüge, denn man kann den Feind nicht verächtlich genug machen, man kann nicht genug hetzen, ein Volk, das an dem Krieg, den es bestehen soll, kein wirkliches inneres Interesse hat. Denn Interesse haben seine Zuchtmeister u. seine Verräter, die Junker u. die Exporteure. Aber fortan ist jeder ein Verräter, der an ihr zweifelt. Man darf dem, was offiziell wahr ist, nicht mehr Widerstand leisten. Die Zensur steigt aus dem Grabe. Metternich ist wieder da. Die Spione, die Aufseher u. Angeber gehen um. Der Vormärz ist überboten durch vervollkommnete Technik.

Und alle diese unbändige Lüge ist unbedingt geboten, denn die Demokratie hat innerlich kein Recht auf den Krieg: und um ihn aufrecht zu erhalten, muß sie lügen u. das Lügen leiden, muß sich u. alles was sie ist, hinweglügen.

Das Umlernen (ein Schwindel)
besteht darin, daß Jemand die Fehler, die er niemals mitmachen wollte, in dem Augenblick übernimmt u. mit verantwortet, wo ihre Folgen überwältigend werden. Er sieht, dagegen kämpfen hilft nicht mehr, darum theilt er lieber mit den Andern die Schuld, als daß er allein bleibt. Umlernen heißt: sich ein Herz fassen – und es wegwerfen.

Der Krieg verschuldet die *Trivialisirung* nicht nur des Todes, sondern auch des tragischen Lebens; den Mißbrauch menschlicher Empfindensfähigkeit, seelischer Höhepunkte.

Welche Größe oder Furchtbarkeit soll später noch in Ausnahmefällen auf die Seelen wirken, eines Publikums oder eines Volkes, nachdem jeder Landwehrmann sie jahrelang stumpfsinnig verwendet hat wie sein Commißbrod.

Das Sterben als Abschluß seelischen Ringens wird doch immer nur ein einzelnes Sterben sein, und wenn man, wie unsereins, tagtäglich Tausende – – –

Die Vergiftung durch die Macht: Die L ü g e der Macht.
»Erwiesen ist die mangelnde Existenzberechtigung jener neutralen Staaten, die nicht imstande sind, ihre Neutralität selbst zu vertheidigen.«

Wer ist also berechtigt? Vielleicht die Schweiz, obwohl nicht sie, sondern ihre Berge sie vertheidigen, u. obwohl diese im »Ernstfall« nicht widerstandsfähiger sein dürften als die von Montenegro.

Aber die Neutralität der Schweiz ist von uns angenehmer Beschaffenheit. Man sieht es aus dem Prozeß zweier Obersten, die unsere Leute waren.

Die Macht, an sich das schändlichste aller Prinzipien, war überdies noch erlogen. Der ganze endlose Krieg ist nichts als ein langsames Aufreißen des Lügengewebes der Macht.

Guglielmo Ferrero:
le peuple français est le plus complet des peuples.

(C'est peut-être, parce que dans aucune autre nation au monde, il n'est aussi facile, par un mot qui touche au cœur, de rendre sérieux un titi, de changer un lâche en homme brave et un mauvais sujet en brave homme)

Matin 25 févr[ier] 16.

Der Krieg um der Information willen
Und die Information ist falsch. Man telegraphirt den zweifelhaften Neutralen u. ihren widerspänstigen Börsen die Einnahme eines (leeren, zerschossenen) Forts, das einmal zu Verdun gehört hat. Die Meldung ist voreilig, in gewissen Punkten bestätigt sie sich auch später nicht; – aber von 11 bis 6, also 7 Stunden lang ist ein Eindruck erreicht. Dafür haben 100 000 Menschen geblutet.

Die große Öffentlichkeit dieses Krieges (seine neue Atmosphäre) erlaubt es, ihm in Herz u. Nieren zu sehen. Er ist nun völlig entlarvt, sein Unernst, sein Bluff, seine Frivolität. Diese Unsolidität, die eine Augenblickswirkung erkauft mit den höchsten, nicht wieder zu bringenden Werthen, Menschenleben u. Wahrheit. Ein Name »Verdun« wird erobert, statt einer Festung, deren Einnahme den behaupteten Nutzen längst nicht mehr hat. Und mit diesem Namen wird man dann versuchen, zu werben, zu drohen, zu entmuthigen, Wirkung zu schinden, Reklame zu deichseln. Siegen heißt: dem Feind u. den Zuschauern die Überzeugung eintrichtern, einschwindeln, er sei besiegt. Siegen heißt, die eigenen Niederlagen weglügen u. paradiren bis nahe vor dem Niederbruch. Wer nie, nie einen Mißerfolg zugegeben hat, der hat zum Schluß das Recht, allen Anderen zuzurufen: was wollt ihr noch, Besiegte? – Denn sie haben Mißerfolge zugegeben; sie haben nicht so unentwegt gelogen, sie waren auf den Krieg nicht so ausgiebig gerüstet, u. daher auch auf die Lüge nicht, – die sein Wesen selbst ist.

Der Krieg ist nichts als eine Steigerung des gemeinsten, vom Geist unkontrollirten Lebens.
Alles was im Frieden hochstehenden Völkern schon unterdrückt schien u. jedenfalls nur insgeheim, mit Scham noch geschah, paradirt nun, ist nun Tugend, ist nun einzige Tugend.

Die Lüge als Pflicht. Bubenstreiche mit blutigem Ausgang, Torpedirungen, Sprengungen von Fabriken in neutralen Ländern, »Belegungen« mit Bomben, zwecklose Grausamkeiten, denen man Zweck beilegen will, nur um zu bemänteln, daß sie das Werk des Chaos, der Entsittlichung u. Lüge sind.

Schuljungen mit soeben ausgewachsenen Muskeln u. vom Staat ausgestattet zu Streichen, für die sie sonst der Fürsorge übergeben werden würden, heißen Helden.

Die Umfälschung aller Ereignisse, aller Zustände (Prozeß Egli-Wattenwyl), das Verläumden (d'Annunzio, Casement), das Verächtlichmachen (Poincaré, Zar), das Anspeien (Grey) – alles ist tägliche Übung, ist Lebensluft.

Eine Art zu leben ist da, die ins Bürgerliche u. Inländische übersetzt, darin bestehen würde, daß man zu Hause den Revolver nicht aus der Hand legt, und daß auf der Straße Jeder Jeden ins Gesicht speit und ihn ausraubt, sobald er mit ihm allein u. der Stärkere ist.

Und dies sollte nicht zu ändern, die Wiederholung nicht zu vermeiden sein?

Es wäre zu vermeiden, wenn die seelischen Schwächen, Rückfälle u. Abirrungen, die den Kriegszustand nicht nur begleiten, sondern ihn ausmachen, schon im Frieden abgestellt würden. Es genügt nicht, daß man es aus konventionellen Gründen vermeidet, den Nachbar anzuspeien u. zu erschießen; man muß auch das tiefe, persönliche Gefühl der Unmöglichkeit solcher Dinge haben.

Die Verläumdung, Mißachtung, der Wunsch zu untergraben, zu vernichten, muß abgestellt werden durch die ständige Gegenwart des Bewußtseins vom Recht des Andern, von seinem Werth, seiner Nützlichkeit, – die alle den eigenen Eigenschaften völlig gleich kommen. Demokratie, auch zwischen den Nationen! Es giebt keine andere Sittlichkeit, keine andere Zukunft.

Niemand wird im Stande sein, das gefälschte Bild eines Feindes im Kriege zu hassen, wenn er es nicht schon im Frieden vor sich hingestellt hat.

Man sehe das Bild Frankreichs. Sie sagen in Deutschland alle, daß die franz[ösische] Revolution entgeistigt u. versumpft, die Nation materialisirt, verloren für jede schöpferische Zukunft sei. In Paris intrigante, phrasenreiche Advokaten mit politischer Attitude, die Provinz lebloses, gleichgültiges Gefolge.

Die Übereinstimmung selbst, mit der dies, gleichlautend fast, einer dem andern nachschreibt, nachredet, hat noch Niemanden stutzig gemacht. Niemand fragt sich, selbst nicht nach 1 ½ Kriegsjahren, ob ein Land von dieser physischen Widerstandskraft, durch ein Jahrhundert so gelebt haben kann. Niemand sucht nach den Gründen der so schnellen Versumpfung, die er annimmt. Vor 100 Jahren der Strom der von einer Idee elektrisirten Armeen über die Welt, – u. dann nichts mehr, ein inhaltloser Lärm und ein halbtoter Morast. Erstaunlich, den Theil der Geschichte Frankreichs, den man mit eigenen Augen gesehen hat, man versucht ihn nicht einmal zu entwerten, man vergißt ihn einfach; so fest steht das vorgefaßte Bild in den Köpfen, der immer erneute Kampf um die Freiheit, das Ringen der Demokraten, immer wieder ans Licht aus den stets unwirksameren Fallen der Knechtschaft; die zunehmende Vergeistigung des Kampfes; der unblutige Bürgerkrieg um die Idee Dreyfuss, die errungene Verbürgerlichung des Staates, seine Befreiung von der Kirche: alles umsonst, alles nur eine Fantasmagorie aus Phrasen von 2 Dutzend Advokaten.

Und doch hatten die Deutschen, als dies alles geschah, leidenschaftlich Antheil genommen. *Kein deutsches Ereigniss hat so begeistert!* Es ist also, wenn man nicht mehr davon wissen will, etwas anderes im Spiel als einfache Stumpfheit: es ist *Scham* dabei; ein *Neid*, den wir nicht verachten wollen, und der uns, trotz allem, *hoffen* läßt.

siehe Frankreich (später)

Wir wollen gerecht sein gegen Frankreich, denn wir schulden es ihm und uns, wir schulden es dem Europa, in dem wir mit Würde leben wollen.

Einsame Größe gibt es nicht in diesem Europa. Es giebt den Weg Europas, der Befreiung heißt u. es giebt es giebt das fruchtlose Abseitsstehn, das zu Katastrophen führt. *Der gute Wille würde genügt haben, die Versöhnung mit dem Prinzip Europas herbeizuführen u. den Krieg unmöglich zu machen.*

Eine wirkliche Vaterlandsliebe ist gleichbedeutend mit der Liebe zum Ganzen unseres Erdtheils.

Nationalismus, (der trennt, abschnürt und vergewaltigt) ist der unversöhnliche Gegensatz zur Vaterlandsliebe. Gerechtigkeit u. Wahrheit allein sind Kraft, Macht u. Zukunft.

(Schluß)

Wir (»Literaten«, »Besserwisser«) können nur erkennen, unter dem furchtbarsten Druck, der auf das Wissen u. Gewissen je geübt wurde. Denn früher gab es Tyrannen u. das Volk. Heute nur den Staat, – u. er hat alles in sich gefressen.

Zum Schluß. Ohne Freundschaft mit Frankreich kein wahres Deutschland, keines mit reinem Gewissen u. gradem Weg.

War dieser Krieg zu denken, wenn wir befreundet mit Frankreich waren?

Und lohnte das Elsaß, das nicht deutsch ist, u. Lothringen, das französisch ist, die Erlebnisse dieses Krieges?

[...]

Die deutsche Einheit! Wer empfindet das »Deutsche Reich« als Vaterland? Nur die, die an ihm beträchtlich interessirt sind. Mein Vaterland ist Deutschland, keineswegs das durchaus künstliche, durchaus einseitig berechnete Gebilde, das D[eutsches] R[eich] heißt. Es ist nicht zu meinem Besten da, ich weigere mich, zu seinem da zu sein. Die Klasse, für die es funktionirt, ist grade so künstlich zusammengesetzt, wie es selbst; ich bin nicht darunter. Ein so wenig vom Volk aus gedachtes Reich kann nie eins werden, wohl aber können beträchtliche Volkstheile eine Einheit empfinden, die die Grenzen des »Reiches« überfliegt, eine Verbundenheit mit dem großen Begriff, der Europa u. die europ[äische] Demokratie heißt. So war es vor den Lügen des Krieges, und so wird es wohl wieder werden müssen, denn die Erfahrungen des Krieges lehren doch wohl, daß deutscher Patriotismus nur europ[äischer] Patriotismus sein kann, u. daß der Versuch in Feindschaft gegen Europa zu leben, gründlich mißglückt ist. Also: innere Umkehr, Umgestaltung, Reinigung.

Die Verachtung aller Welt hat die größten Mißerfolge

herbeigeführt. v. Bülow hat so plump versucht, Italien zu corrumpiren, daß es sich dann vor allem an die Interessen seines Herzens erinnert hat (und nicht nur an die englischen Kohlen). Aber v. Bülow konnte dies nur versuchen, weil hinter ihm das einmüthige Vorurtheil Deutschlands stand, das in jedem südlichen Volk ein Schmarotzer- und Diebsvolk, in jeder Demokratie einen Pfuhl der Verderbniss sah. Dies war in Deutschl[an]d die Frucht der halbhundertjährigen monarchistischen Propaganda. Mit der Wahrheit über den Menschen u. über den deutschen Menschen hat diese Propaganda nichts zu thun. Auch der deutsche Mensch würde rein sein können, ohne Zuchtruthe.

[...]

25. März 1916
Die Rede Haase's im Reichstag.
(indess der Reichskanzler schweigt, weil er die Eroberung von Verdun nicht geltend machen kann)

La vérité est en marche.

Erster Schein am Himmel. Und sofort spaltet sich die Sozialdemokratie.

Die Aufführung der blutrünstigen Bande von Bourgeois, beim ersten Wort der Wahrheit! Ihr kopfloses Wuthgeheul! Niederschreien, Fluchen, Höhnen, u. dann der Knebel! Aber bei der Feststellung »Die Redefreiheit ist beschränkt«, widerspricht das ganze Haus. Die Lüge sitzt in den Knochen dieser Hundsknochen. Sie rasselt los mit allen ihren Knochen, wenn in der vorgeblichen Volksvertret[un]g wiederholt wird, was schon längst das ganze Land denkt, fühlt und erbittert klagt.

Aber diese alten Lügenknochen dürfen weiter ihren Geschäften leben und ihre Ideale schieben.

Sterben müssen Die, deren Tod sie niederheulen, die ganze verlorene Jugend, die vor Verdun zu Leichenwällen erstarrt, indess im Hause des »Reiches« die Lügenknochen rasseln.

[...]

Zwischen den Deutschen und ihrem »Reich« (das Reich bis in den Krieg) liegt die Sache so, daß sie früher keine Eigenschaften verrathen haben, die es nothwendig gemacht haben würden. Der militaristische Kasten-Eroberer- u. Ausbeuterstaat genannt Deutsches Reich wurzelt weder in der deutschen Musik noch in der deutschen Landschaft, an ihm ist nicht der menschheitlich denkende Goethe betheiligt, nicht der freiheitliebende Schiller u. nicht der dem Frieden u. der Vernunft zugeneigte Kant, dieser Verehrer der franz[ösischen] Revolution. Das D[eutsche] R[eich], so wie es kam, ist von keinem einzigen Deutschen je ersehnt worden. Es ist ihnen, die ihr wirkliches Reich nicht zu schaffen verstanden, fertig aufgedrungen worden von Fremden, Halbfremden, der preußischen Colonialrasse.

Sie haben sich, als es entstand, damit abgefunden, obwohl es damals allen ihren Idealen zuwider war, ihrer Humanität, ihrer literarischen Geistesverfassung, ihrem Willen zur Demokratie. Sie haben sich abgefunden, weil sie es brauchten um zu leben, u. weil sie nicht die Wahl hatten, keineswegs aus wahrer Liebe, – obwohl sie sich einredeten, ihre Sehnsucht sei gestillt. Und nicht einmal alle fanden sich ab, nicht einmal wirklich die Meisten. Ganze Parteien waren »Reichsfeinde«, ganze Volkstheile gerieten unter Ausnahmegesetze. Jahrzehntelang gab es in diesem »einigen Reich« zwei Völker, von denen das eine, an Zahl geringer, die Führer u. Sprecher des Andern peinigte, hetzte, verbannt und rechtlos erhielt. Alle Gewalttat, die das Reich nach 43 Jahren seines Bestandes über Europa ausspeien sollte, hat es zuerst an seinen eigenen Unterthanen verübt. Ein Volk versucht nicht, andere Völker zu knechten, es sei denn selbst schon Knecht.

Die Fähigkeit, sich zu ducken u. einem Herrn zu willen zu sein, wenn er dich dafür leben, sogar gut leben läßt, diese negative Fähigkeit ist das Einzige im deutschen Menschen, worauf das »Reich« wirklich steht. Zuerst waren es nur ganz wenige Herren, nur die preußische Erobererkaste u. ihr wichtigster Prominenter, Bismarck. Der innere Ausbau des Reiches bestand darin, daß einer nach dem andern sich an die Herrenkaste heranmachte, seinen Pakt mit ihr schloß, sich mit ihr verschwägerte, wenn er reich war, die Stellungen gleich unter ihr erstrebte, wenn er geschickt war, von ihrer Macht lieh, was er konnte, um es wieder gegen die Unteren zu kehren. Im Krieg kamen noch schnell die sozialdem[okratischen] Führer an den Trog der Macht.

Die vormaligen Ideale der Deutschen, ihre romantische Natur, die Ehrlichkeit ihres Denkens und die Echtheit ihres Fühlens, ihr Wille zur Wahrheit, ihr Wille zum Guten: alles war in 43 Jahren unterminirt; oben nur noch schöne Worte, keine Überzeugungen mehr, drunten die Mine, der Tod. Und eines Tages springt alles in die Luft. Offenbar wird, daß die nackte Gewalt hier, nur hier, Alles ist, worauf man wirklichen, ganz ernsten Werth legt, das Einzige schon seit langem. Man hat sich wahrhaft rebarbarisirt unter dem dauernden Druck des »Reiches«.

Der Krieg wird gelehrt haben, wie sehr das Reich es nöthig hat, in Sinn u. Wurzel umgekehrt zu werden. Nachdem es solange nur von außen her den Deutschen auferlegt war, soll es nun aus ihrer eigenen, im Tiefsten sicherlich unzerstörten Natur kommen – Nicht von oben, sondern aus dem Volk. *Das Volk mit seiner Seele war nie heimisch in diesem Reich.* Der Landwehrmann mit blondem Bart, der vom Lärm der Stadt umgeben, die Hand seiner verhärmten Frau hält, steht u. sie nur immer hält, stumm und verlorenen Gesichts, dieser Arme und Gute ist nicht nur jetzt entrückt, von je war er weltenfern von dem Betrieb des »Reiches«, seinem sozusagen geistigen Betrieb, seinem Anspruch auf Vorherrschaft, seiner Leugnung des Rechtes, seiner Behaupt[un]g der Gewalt. Er wird gehen u. sich für ein Vaterland schlagen, für ein Vaterland sterben, das ihm in seiner heutigen Gestalt fremd ist wie nur je ein fremdes Land.

Welchen Vortheil brächte ihm der Sieg? Welchen Zuwachs an persönl[icher] Geltung, oder auch nur am Besitz? Aber er soll eines Tages, wie sein feindlicher Bruder, der Franzose, kämpfen für ein Land, das in Wahrheit sein ist, weil es ihn ausdrückt, Geschöpf seiner Seele. Soll für es leben u. von ihm: genau wie der Franzose, der dann sein Freund sein wird. *Denn die Seele Europas ist in ihnen Beiden.* Grausamen Zwischenfällen zum Trotz arbeiten sie sich dem gleichen Ziel zu, das Befreiung und Menschlichkeit heißt, unwandelbar, u. unwandelbar auch Wahrheit u. Gerechtigkeit heißt.

Die Franzosen kämpfen, jeder einzelne, für die Würde des Menschen, die die der Republik ist. Das Volk *weiß innerlich* um den Krieg, fühlt seine Nothwendigkeit. Das *deutsche nicht.* 20 Monate lang hat man es lügenhafter Weise vorgeben können, dann stimmte das Volk von Berlin, 6 Wahlkreise, darüber ab, ob seine Vertreter das Kriegsbudget bewilligen sollten, u. beschloß: *nein.*

Der Krieg wird seitdem von der Bourgeoisie allein geführt, für ihre Tasche, u. für ihre Ideologie, die ihr so wunderbar in die Tasche arbeitet. Sie allein wird ihn zu rechtfertigen haben, vor der Geschichte, oder, da Begriffe, die keine Brandbomben zur Verfügung haben, ihr nicht imponiren: vor dem von ihr belogenen u. vergewaltigten Volk.

[...]

Der deutsche Bürger
versteht seit dem Krieg keinen Spaß mehr. Wer ihn etwa noch »negativ« ansieht (soll heißen, ihn durchschaut) gehört der abgelaufenen, ewig verlorenen Zeit vor dem Krieg an, ist kleingeblieben, wie jene war, u. nicht groß geworden wie der Bürger mit seiner großen Zeit. Vielmehr, nicht nur groß – etwas wesentlich Anderes ist aus ihm geworden, er ist wiedergeboren u. steht neu da; man wage sich nur nicht heran, er wird der Kritik genau so gefährlich wie sein Heer den Feinden. Die Feinde freilich sind von der Unnützlichkeit ihres Widerstands niemals völlig überzeugt worden – u. auch die Erkenntniss, das sittliche Urtheil wird sich nicht ins Bockshorn jagen lassen, von einem verwilderten Spießer, der Furchtbarkeit mimt.

Dieses Geschöpf hat sein menschliches Theil durch Jahrzehnte unterminiren lassen, von den Phrasen der Unmenschlichkeit, die als Staatsgedanke, Reichsgedanke, Weltmachtgedanke verkappt gingen, – hat durch Jahrzehnte im Innern jeden Schritt vorwärts versäumt u. *daher* nicht ein auswärtiges Geschäft verhandeln können, im Laufe dessen ihm etwas Anderes geblieben wäre, als mit dem sogenannten Schwert auf den sogenannten Tisch zu schlagen. Und als es endlich zum materiellen »Ernstfall« kommt, der nur das Ergebniss seines geistigen Unernstes ist, zu den physischen 10 Millionen Heldenthaten, die aus seiner einzigen seelischen Feigheit stammen: da trumpft es auf, dies Geschöpf, u. verbittet sich weiteres Nörgeln, im Namen des Blutes, das ringsum fließt, u. das nicht einmal sein eigenes ist. Die ekelhaften Phrasen der Unmenschlichkeit, mit denen es schon immer behaftet war, heißen ihm Begeisterung, seit Blut floß.

Die Probleme, wie man mit ihm fertig werde, sind fort, die *sittlichen Befehle des Geistes* weggeschwemmt, seit Blut floß. Geist? Die ewige Sehnsucht unseres Erdtheils?

Seine Bestimmung, sein Weg, oft unterbrochen, nie verloren? O nein! Geist ist eine Falle, die Phrase unserer Feinde, u. unter seinen Phrasen ist auch der französische Spießer Homais ein Spießer wie wir. Ganz sicher, schon weil er kein Republikaner war, sondern unter dem Bürgerkönig lebte, wie deutsche Bürger jetzt. Der Unterschied betrifft nicht die Thatsache der Phrase, aber ihre Qualität u. ihre Wirkung. Mit der Phrase der Menschlichkeit kann man albern sein. Mit der Phrase der Unmenschlichkeit seid ihr auch albern, u. dazu noch Verbrecher.

Der ästhetisch-sittliche Grundirrthum des Bürgers von 1914

Er denkt, kleine, dumme Menschen werden größer mit den Wirkungen ihrer Dummheit.

Als ob Irrthümer bewundernswerth schön u. heroisch würden, wenn sie verhängnissvoll werden.

Als ob Blut, das fließt, die Mißgriffe rechtfertigte, die es endlich zum Fließen brachten.

Als ob ein verfehltes Leben tragisch verklärt würde, weil es Mord kostet.

Man kann auch aus so üblen Verkettungen Romane machen, die Geschichte sein werden, u. es soll geschehen. Nur versprechen läßt sich nicht, daß sie schmeichelhaft sein werden für den Helden.

Der Bürger u. sein Staat

Sein Staat als Absolutum. Dies ist so wenig wahr, daß es *von allen Lügen des Bürgers die größte ist.* Er will seinen Unglauben u. seine Gleichgültigkeit gegen die menschlichen Ideen, ja seinen Haß auf den Gedanken der Menschheit rechtfertigen durch das Bestehen auf seinen Staat, – der über der Menschheit u. über den Menschen selbst sei. Über ihm persönlich aber war er nie, denn er hat keinen Augenblick seinen Vortheil hinter das Wohl irgend eines Ganzen zurückgestellt, heiße es Deutschland oder Europa. Die Wucherer des Krieges haben so wenig ihre Art geändert, wie die Helden des Krieges oder die Wortführer des Krieges. Verdienen, was irgend der Staat erlaubt u. was irgend das Volksganze noch aushält: das war ihre Sittlichkeit im Frieden, u. ist es im Kriege geblieben. Denn man ist nicht altruistisch innerhalb eines Theiles der Menschheit, wenn man dem Ganzen gegenüber nur die Macht gelten läßt. Und *seinem Volk mit Liebe* zugewandt ist nur der Mensch, der auch zwischen den Völkern noch von Güte weiß. Der *Baron Grimm*, ein Deutscher, der es in der Literatur Frankr[eich]'s zu hohem Ansehen brachte, giebt ein Beispiel (De Vigny, p. 279). Wo sind 1914 solche Beispiele?

Original (Notizbuch): HMA 472. – Druck: *Heinrich Mann 1871–1950. Werk und Leben in Dokumenten und Bildern.* Mit unveröffentlichten Manuskripten und Briefen aus dem Nachlaß. Hg. von der Akademie der Künste zu Berlin anläßlich der Ausstellung zu seinem 100. Geburtstag. Ausstellung und Katalog: Sigrid Anger unter Mitarbeit von Rosemarie Eggert und Gerda Weißenfels. Berlin und Weimar: Aufbau-Verlag 1971, S. 469–488.

[Im folgenden zitiert: *Dok.*]

Diese Aufzeichnungen wurden im Frühjahr 1916 – nach anderthalbjähriger Dauer des Krieges – niedergeschrieben und zeigen Heinrich Manns erbitterte Auseinandersetzung mit dem herrschenden Zeitgeist. Diese Niederschriften nehmen fast das ganze Notizbuch ein; mit dem Text *Bitte um Entschuldigung (Der Unterthan)*, der sich darüber hinaus in diesem Notizbuch findet, ist die gedankliche Nähe der Aufzeichnungen zum 1914 abgeschlossenen Roman *Der Untertan* gegeben. Die Eintragungen haben lediglich Entwurfscharakter und lassen eine Zäsur vor den Notizen für den Schluß erkennen [vgl. S. 247, *Zum Schluß*].

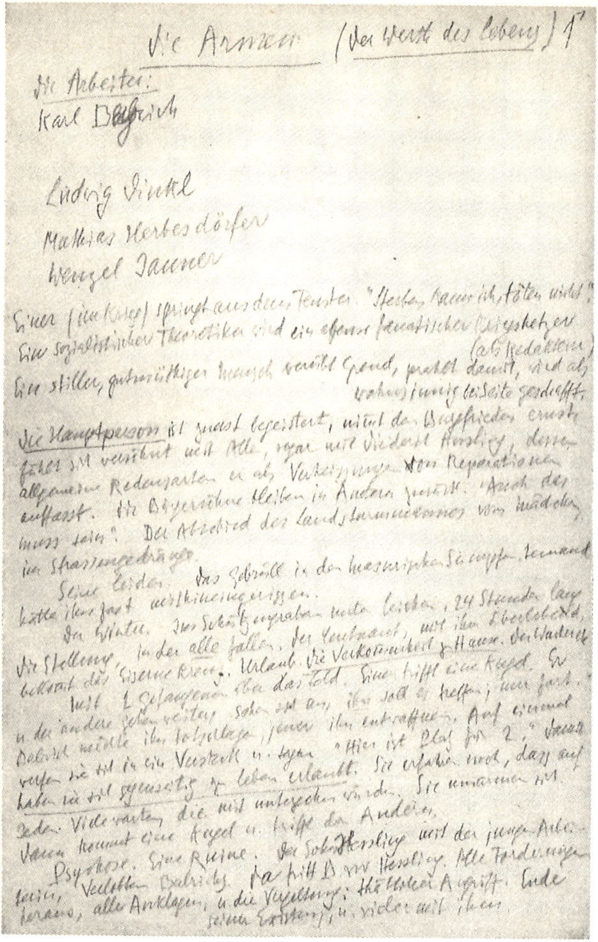

Die Armen (Der Wert des Lebens) 1

Die Arbeiter:

Karl Balrich

Ludwig Dinkel

Mathias Herbesdörfer

Wenzel Jauner

Einer (im Krieg) springt aus dem Fenster. „Sterben kann ich, töten nicht!"

Ein sozialistischer Theoretiker wird ein ebenso fanatischer Kriegshetzer (als Redakteur)

Ein stiller, gutmütiger Mensch verdient Geld, prahlt damit, wird als wahnsinnig beiseite geschafft.

Notizen zu *Die Armen*
in der Handschrift Heinrich Manns

Heinrich Mann: *Die Armen. (Der Werth des Lebens).* 2
Notizen zu *Die Armen*:

Die Armen. (Der Werth des Lebens)

Die Arbeiter:
Karl Beyrich [korrigiert aus ursprünglich: Balrich!]

Ludwig Dinkl
Mathias Herbesdörfer
Wenzel Jauner

Einer (im Krieg) springt aus dem Fenster. »Sterben kann ich, töten nicht.« Ein sozialistischer Theoretiker wird ein ebenso fanatischer Kriegshetzer (als Redakteur). Ein stiller, gutmüthiger Mensch verübt Greuel, prahlt damit, wird als wahnsinnig bei Seite geschafft.

Die Hauptperson ist zuerst begeistert, nimmt den Burgfrieden ernst, fühlt sich versöhnt mit Allen, sogar mit Diederich Hessling, dessen allgemeine Redensarten er als Verheissungen von Reparationen auffasst. Die Bürgersöhne bleiben in Ämtern zurück. »Auch das muss sein.« Der Abschied des Landsturmmannes vom Mädchen, im Strassengedränge.

Seine Leiden. Das Gebrüll in den Masurischen Sümpfen. Jemand hätte ihn fast mit hineingerissen.

Der Winter. Im Schützengraben unter Leichen. 24 Stunden lang die Stellung, in der *alle* fallen. Der Leutnant, mit ihm überlebend, bekommt das Eiserne Kreuz. Urlaub. *Die Verkommenheit zu Hause*. Der Wucher etc.

Mit 2 Gefangenen über das Feld. Einen trifft eine Kugel. Er u. der andere gehen weiter, sehen sich an, *ihn* soll es treffen, nur fort. Balrich möchte ihn totschlagen; jener ihn entwaffnen. Auf einmal werfen sie sich in ein Versteck u. sagen »Hier ist Platz für 2.« Damit *haben sie sich gegenseitig zu leben erlaubt*. Sie erfahren noch, dass auf Jeden Viele warten, die mit untergehn würden. Sie umarmen sich. Dann kommt eine Kugel u. trifft den Andern.

Psychose. Eine Ruine. Der Sohn Hessling mit der jungen Arbeiterin, Verlobten Balrichs. Da tritt B.[alrich] vor Hessling. Alle Forderungen heraus, alle Anklagen, u. die Vergeltung: thätlicher Angriff. Ende seiner Existenz, u. vieler mit ihm.

Original: HMA 16, vgl. S. 224 und Abb., S. 256. – Druck: Heinrich Mann: *Die Armen / Der Kopf*. Berlin und Weimar: Aufbau-Verlag 1987 (= Heinrich Mann: *Gesammelte Werke*. Herausgegeben von der Akademie der Künste der DDR [...]. Redaktion: Sigrid Anger. Band 8), ›Nachbemerkung‹, S. 654f. [Im folgenden zit.: *GW* 8]

Diese Notiz läßt in den Arbeitern ein potentielles Gegengewicht zu der herrschenden menschenverachtenden Kriegsmaschinerie erkennen. Sie steht damit in einem Zusammenhang mit einem Satz, den Heinrich Mann für einen Dialog zwischen Balrich und Buck am Schluß des Romans aufgezeichnet hat: »Es war ein Versuch, wir müssen uns fügen, *wir werden der Menschheit gutgeschrieben, verloren geht es nicht, nicht unsere Schmerzen, nicht unsere Kämpfe*.« Wie sich in der gedruckten Endfassung des Romans die Gewichte verschoben haben, lassen die Schlußworte Karl Balrichs ahnen: »Ich hatte teil an meiner Zeit und büße für sie. Dies ist das Ende.«

3 Heinrich Mann: *Carl-Zeiss-Stiftung*. Notizen zu *Die Armen*:

Carl-Zeiss-Stiftung

Das Abbe'sche Statut ist angefeindet worden. S. 153

Wem gehört eine Fabrik? S. 155

1) Dem Kapitalgeber

2) Den Werkthätigen *Buck*

3) Auch den Toten (*den alten Arbeitern*, die in der Sonne sich wärmen)

4) Auch der künftigen Generation

Summa: *Das Unternehmen muss gewissermassen sein eigener Besitzer sein*	[S.] 155/6 *Buck*
Die Mitarbeiter am Unternehmen müssen berücksichtigt werden: *Die Stadt*, in der es Boden gefasst hat. *Die Aktionäre, die damals so viel verloren, sollen entschädigt werden.*	[S.] 156 *Buck*
<u>*Der Unternehmer*</u> *Hessling ist abzufinden.* Er wird nicht unter dem Statut arbeiten wollen, andererseits wird er sich schämen, so viel für sich zu nehmen wie alle anderen zusammen. *Balrich aber verzichtet auf seinen Antheil. Aber es ist durchaus möglich*, dass die Stiftung im Gesellschaftsverhältniss zu einem persönl.[ichen] Sozius steht. (*Sein zuletzt erreichter Standpunkt.* 1) Er will alles. 2) Er will mehr als die andern. 3) *Er will um nichts mehr.*)	[S.] 156 *Balrich* [S.] 160 *Balrich*
Die günstige Arbeitsgelegenheit für zahlreiche Menschen ist ein Mittel u. Zweck der Stiftung zugleich, *die Nutzniesser der Stiftung sind zugleich ihre Erhalter u. Mehrer.* Beamte u. Arbeiter u. die Gemeinde haben ihren Theil an der Schaffung der Werthe u. sollen sie geniessen.	[S.] 157
Es soll sich *nicht um die Mehrung des Reingewinnes handeln*, vielmehr um die Steigerung des Gesamtertrages. <u>*Die Löhne*</u>, anderwärts eine Last, sind hier Ertrag. Sie stehen nicht nur auf der Verlust-, auch auf der Gewinnseite.	[S.] 158 *Balrich?*

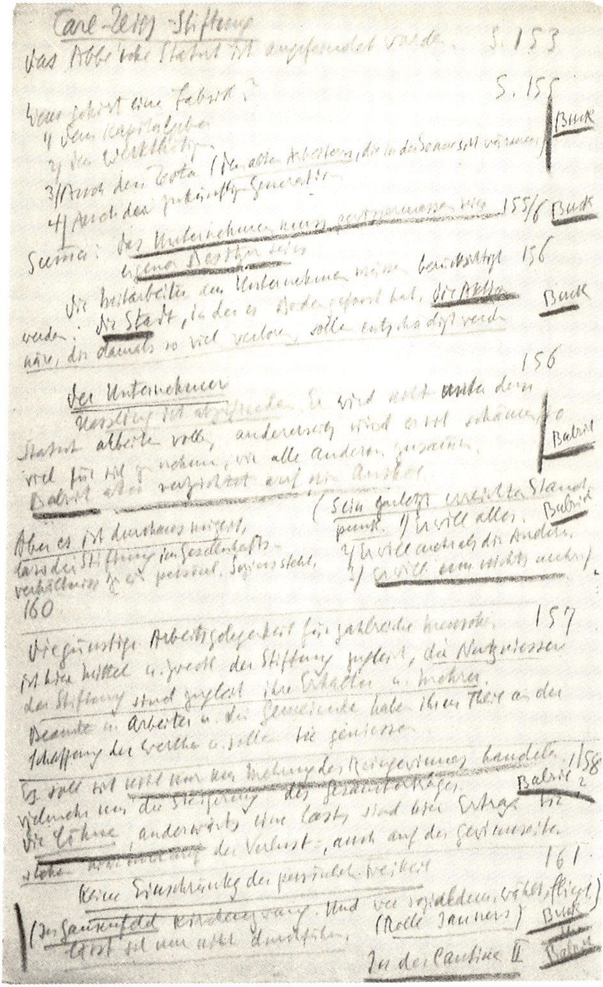
Carl-Zeiss-Stiftung

Das Abbe'sche Statut ist angefeindet worden. S. 153

Wem gehört eine Fabrik? S. 155

1) dem Kapitalgeber

2) der Werkleitung

3) Auch den Toten [illegible]

4) Auch den zukünftigen Generationen

Summa: Das Unternehmen [illegible] 155/6

[illegible] 156

Der Unternehmer [illegible] 156

Aber es ist durchaus [illegible] 160

[illegible] 157

[illegible] 158

[illegible] 161

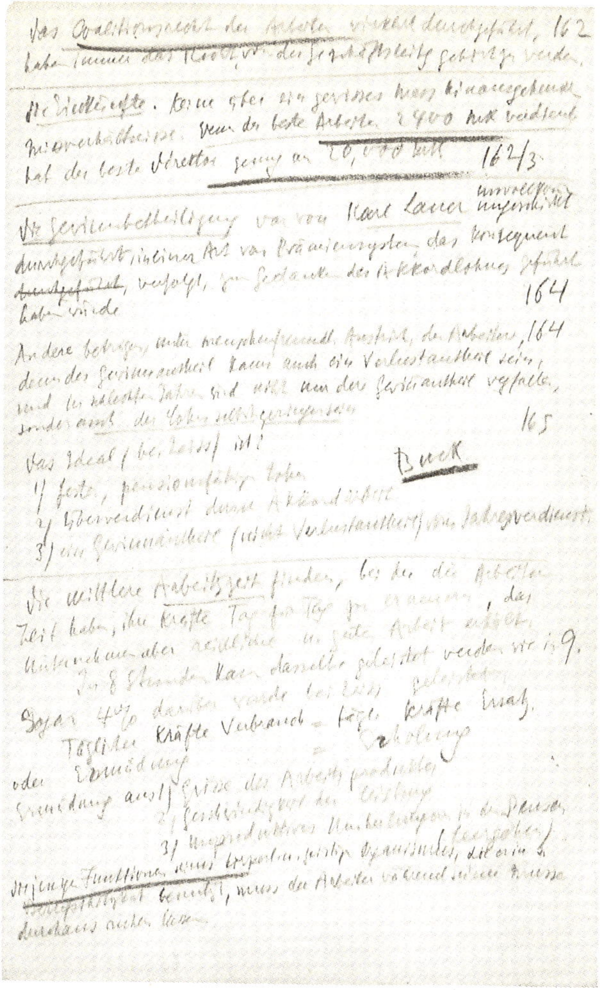

Carl-Zeiss-Stiftung. Notizen zu *Die Armen* in der Handschrift Heinrich Manns

Keine Einschränk[un]g der persönlichen Freiheit [S.] 161

(*In Gausenfeld* Kirchenzwang.
lässt sich nicht durchführen
Und wer sozialdem.[okratisch] wählt, fliegt.) *Buck u. Balrich*

(*Rolle Jauners*)
In der Cantine II

Das *Coalitionsrecht der Arbeiter* wirklich durchgeführt, haben immer das Recht, von der Geschäftsleitung gehört zu werden. [S.] 162

Die Einkünfte. Keine über ein gewisses Mass hinausgehenden Missverhältnisse. *Wenn der beste Arbeiter 2400 Mk* verdient, hat der beste Director *genug an 20000 Mk.* [S.] 162/3

Die Gewinnbetheiligung war von *Karl Lauer* ungeschickt/unvollkommen durchgeführt, in einer Art von Prämiensystem, das konsequent verfolgt, zum Gedanken des Akkordlohnes geführt haben würde. [S.] 164

Andere betrügen, unter menschenfreundl.[ichem] Anstrich, den Arbeiter, denn der Gewinnantheil kann auch ein Verlustantheil sein, und in schlechten Jahren wird nicht nur der Gewinnantheil wegfallen, sondern *auch der Lohn selbst geringer sein* [S.] 164

Das Ideal (bei Zeiss) ist: [S.] 165

1) fester, pensionsfähiger Lohn
2) Überverdienst durch Akkordarbeit *Buck*
3) ein Gewinnantheil (nicht Verlustantheil) vom Jahresverdienst.

Die mittlere *Arbeitszeit* finden, bei der die Arbeiter Zeit haben, ihre Kräfte Tag für Tag zu erneuern, das Unternehmen aber reichliche u. gute Arbeit erhält.

In 8 Stunden kann dasselbe geleistet werden wie in 9. Sogar 4% darüber wurde bei Zeiss geleistet.

Täglicher Kräfte
Verbrauch = tägl. Kräfte Ersatz
oder Ermüdung = Erholung

Ermüdung
aus 1) Grösse des Arbeitsproduktes
2) Geschwindigkeit der Leistung
3) Unproduktives Umherlungern in den Pausen (Leergehen)

Diejenigen Funktionen seines körperl.[ichen] u. geistigen Organismus, die er in s.[einer] Berufsthätigkeit benutzt, muss der Arbeiter während seiner Musse durchaus ruhen lassen

Original: HMA 16, vgl. S. 224 und Abb., S. 260f. –
Druck: *GW 8*, ›Nachbemerkung‹, S. 661 f.

Die Notizen dieses Konvoluts stehen größtenteils auf den Rückseiten von Briefen, die im Zeitraum vom 2. August 1916 bis 10. März 1917 an Heinrich Mann gerichtet worden waren. Er hat sie bis auf wenige Ausnahmen vermutlich nach der Verarbeitung im Roman durchgestrichen. Zu diesen Ausnahmen gehören diese Notizen über die »Carl-Zeiss-Stiftung«, für die Heinrich Mann eine bislang nicht identifizierte Publikation über die Stiftung benutzt hat. Aus dieser Quelle entnahm Heinrich Mann die Idee der »Gewinnbeteiligung«, die zwischen Balrich und Buck im Roman im Interesse der Arbeiter diskutiert, später aber von Diederich Heßling als Betrugsmanöver gegen die Arbeiter eingesetzt wird. Das in den Notizen erwähnte »Abbe'sche Statut« [gemeint ist: *Statut der von Ernst Abbe errichteten Carl Zeiss-Stiftung zu Jena*. Erstausgabe 1896, Neuredaktion 1906] hatte sämtliche geschäftlichen

Unternehmungen »in unpersönlichen Besitz und zugunsten unpersönlicher Interessen unter dauernde Bindung« gestellt. Die Lektüre dieser Quelle hat Heinrich Mann offenbar in seiner Sicht des ökonomischen Instrumentes »Gewinnbeteiligung« stark beeinflußt. Im dritten Kapitel des Romans hatte Buck in der ersten Fassung, wie sie in der Handschrift ersichtlich ist, Karl Balrich noch belehrt: »Sie müssen wissen, was Sie und ich als das Ideal der Gemeinwirtschaft besprachen, ist doch nur Selbstüberwindung eines gewissen Bürgersmannes, der da war und es wirklich geschaffen hat. Er hieß Abbe.‹ – ›So bin ich nicht der erste?‹ fragte der Arbeiter enttäuscht.« In der zweiten Version innerhalb der Handschrift nennt Buck den Namen Ernst Abbe als Begründer der Zeiss-Stiftung und sagt, er habe »gehandelt nach seiner Einsicht, und Tat gemacht aus Geist.« Heinrich Mann hat für die endgültige Fassung schließlich beide Versionen in der Handschrift ersatzlos gestrichen und die Gewinnbeteiligung als eine Illusion der Arbeiter und ein Ausbeutungsinstrument Diederich Heßlings dargestellt.

4 Heinrich Mann: Ursprünglicher Roman-Schluß von *Die Armen*:

Aber träge floß das Leben. Das Haus war dumpf, die Wege ohne Hoffnung. In Sommer und Frieden erinnerte er sich mit Sehnsucht des schlimmen Winters der Verzweiflung, des ungehemmten letzten Kampfes mit dem Feind. Wir brauchen einen Haß, so gut wie eine Liebe. Dies fühlten alle, die den Heßling umsonst gehaßt und vergeblich eine Idee geliebt hatten. Unruhe wie je erfüllte die Luft – Unruhe aus rätselhafter Quelle. Was fern lag, rückte heran und ließ dich auffahren, als wollte man dir an Weib und Kind. So kam bis nach Gausenfeld ein Herr mit Lichtbildern über Rußland. Im Saal hinter der Kantine fand ein Vortrag statt, da lernte man Rußland kennen. Es kostete nichts; und der Herr aus Berlin redete markig wie ein Ausschreier. Den Vorsitz führte der Monist Doktor Heuteufel; seine Miene gab, an den Höhepunkten des Vortrages, das Zeichen zur Entrüstung, indes er mit der Hand nach einem neuen Bild winkte. So sah man nacheinander die Mauern von Gefängnissen, richtige Gefängnismauern, dann einen mehr als lebensgroßen Henker, der genau aussah wie ein Henker, und sogar einen Schriftsteller sah man. Der Angehörige eines bei uns so hoch geachteten Berufes mußte mit seiner Frau auf dem Lande in Sibirien leben. Hier gab der Generaldirektor Heßling selbst das Zeichen, pfui zu rufen. Er war dabei, niemanden empörte Rußland mehr als ihn.

Gleich darauf begab sich die Ermordung eines Erzherzogs mit Gattin – an sich ein kaum verständlicher Vorgang, denn nie würden wir gesittete deutsche Proletarier den Weg des Verbrechens beschritten haben. Überdies aber kam die Tat auf Rechnung Rußlands mit seinen Offizieren, Orgien feiernd zwischen Leichen, mit seinem Blutzaren. Seht ihr? Schon mischt es sich ein. Können wir dem zusehen? Immer näher rückt der große Generalmarsch. Ja; doch hatte nicht einst Napoleon Fischer gesagt, hinter dem großen Generalmarsch stehe der große Kladderadatsch? Herbesdörfer war fest im Text der Partei, und dem Balrich, der nicht wollte, daß Deutschlands Frauen und Kinder das Opfer russischer Bestialitäten werden, erwiderte Herbesdörfer, Rußland sei keine Gefahr mehr für die Freiheit Westeuropas, weil selbst schon in Revolution. Er blieb mit seinesgleichen auch weiter halsstarrig.

Der Kriegszustand mußte leider verhängt werden. Auf dem Kaiserplatz von Netzig, ein Tambour schlug den Generalmarsch, der Polizeikommissär verkündete den Kriegszustand, da verbanden wir Genossen uns in Haß und Liebe der Sache des Vaterlandes.

Ein Rütlischwur – mitnichten im Widerspruch zu jenem anderen, im Münster zu Basel, vor noch nicht zwei Jahren, der lautete: Keine Schafe mehr, stumm zur Schlachtbank geführt, keine willenlosen Instrumente irgendwelcher Kriegsinteressenten. Napoleon Fischer, sogleich zur Stelle, bewies uns, daß wir dieselben blieben. In Gausenfeld erklärte der bewährte Führer, daß die Sache des Vaterlandes unsere eigene sei, die Sache der deutschen Proletarier. Götterdämmerung der bürgerlichen Welt, dies verheiße der Krieg. Der deutschen Reaktion ihre Stütze wegschlagen, Rußland! »Befreiungskrieg!« rief Balrich. »Wir, Genossen, werden dem geknechteten russischen Volk die Ketten abnehmen nach unserem Einmarsch in seine Hauptstadt; – und auch in Paris werden wir als Sieger erwartet von unseren französischen Genossen, die uns und unserer überlegenen organisatorischen Kraft die Oberaufsicht über ihr reiches, aber schlecht bewirtschaftetes Land freudig einräumen werden.« Worauf Napoleon Fischer: »Auch die Arbeitslosen sollen nach unfreiwilliger Schicht nun blutige Arbeit bekommen. Sie ziehen in den Krieg für die Kultur.« Worauf alle: »Für Recht und Freiheit!« – und stürmten, einer Einladung folgend, nach Villa Höhe.

Der Generaldirektor trat auf die Terrasse hinaus, zwischen die schaukelnden Rosenkränze. Die Arbeiter schwenkten die Hüte und riefen hurra. Vergessen war unter diesem hohen Sommerhimmel jene Nacht des Aufruhrs. »Ich kenne keine Parteien mehr!« rief in sein Volk hinab der Generaldirektor. »Ich kenne nur noch Deutsche. Das hat Seine Majestät gesagt, das sage auch ich. Mit mir durch Dick und Dünn, durch Not und Tod, bis zum letzten Hauch von Mann und Roß. Ein einziges Gefühl durchdringt alle deutschen Herzen. Schweigen muß, was trennend sonst zwischen uns stand.« Dies war der feierliche Teil der Rede. Jetzt trat der Generaldirektor näher und ward deutlicher. »Auch unsere Arbeiterschaft« –

Pause und blitzender Blick – »hat in diesen Tagen der Erhebung bewiesen, daß sie gottlob noch national zu denken vermag. Sie steht mit in der gemeinsamen Schlachtreihe, sie denkt nicht daran, die gefährliche Bahn zu betreten, die gewisse Führer ihr früher empfahlen.« Das Auge blitzend auf Balrich: »Auch mit diesen Führern will ich mich vorläufig nicht mehr auseinandersetzen. Gestern und vorgestern sind sie erheblich stiller geworden...« Und wieder mit Größe, in die Weite: »Der politische Kampf muß schweigen. Unter uns herrsche der Burgfriede! Dahin mit einem Schlage ist aller Egoismus. Ihr gebt euer Blut und ich meine uneigennützige Arbeit.«

Alle, im Garten, Park und auf der Landstraße, bestätigten dies mit Hochgeschrei. Bier kam; und der Generaldirektor ward abgelöst durch seinen Sohn Horst, der, schlank und jugendlich hochgemut, die Hand auf der Hüfte, an dem Geländer der Terrasse lehnte, sein Profil zeigte und sich feiern ließ. Hinter ihm sein Bruder Kraft schwang eine Fahne. Was Horst redete, kam nur in abgerissenen Krähtönen bis dort hinten zu Balrich; – herrlich und unübertrefflich, es geht wieder alles wie 1870, Gott sei Dank hat der Treubruch des Zaren uns das Stichwort gegeben, sie sind gerichtet vor der Welt, sie kannten uns nicht, jetzt sollen sie uns kennenlernen; – und anfangs sah Balrich mit gefalteten Brauen der herausfordernden Herrengestalt zu, wie sie den Mund vollnahm, wie sie sich ins Licht schob. Aber plötzlich, bei einem Wort, einer unbesorgten Gebärde des Erben, plötzlich wie ein süßes Schwindelgefühl kam ihm die Liebe. Die Augen gingen ihm auf; darum, darum hat Leni ihn geliebt!

Man verstand sich, welch Glück! Klinkorum – denn er war da, keinen wunderte es – ging umher und sprach uns allen aus dem Herzen vom Dreiverband der Wegelagerer, der politischen Spielhölle des King Edward sowie dem hochnäsigen Feigling Poincaré. Nie hatten wir uns, und nie die Welt so gut verstanden. Wir lachten uns zu und machten Fäuste, alle im gleichen Augenblick. »Frisch auf, mein Volk, die Flammenzeichen rauchen, du sollst den Stahl in Feindesherzen tauchen«, sang der Sohn Kraft und stieg, die Fahne voran, von der Terrasse herab. Ihm folgten seine Mutter Guste, Vorsitzende der Frauenhilfsaktion für die bedürftigen Frauen Einberufener, nebst Gretchen als Pflegerin und ihrem Klotzsche. Dann Heßling und sein Erbe, die Familie Buck, die Herren vom Vorstand, die Freunde Zillich und Heuteufel, – und wer immer wollte, ging mit von den Arbeitern, ging mit im Zuge der Einigkeit zur »Borkenhütte«; und auch dort lag, statt des Maschinengewehres, ein Bierfaß. An der Hütte aber ein Anschlag; zu lesen war: »Jedem jetzt zur Fahne einberufenen Angestellten zahlen wir –.« Tiefe Stille. Bis zu 80 Prozent für die Familien. So viele Monate, als Dienstjahre des Mannes. Hochanständig; auch Heßling lernte man endlich kennen. Und »wir bitten die einberufenen Angestellten, in diesen Zahlungen den Ausdruck unseres Dankes –« Zu viel, da wurden Augen naß – selbst die des Generaldirektors. Er sah ihnen zu, ihrer ausbrechenden Freude, ihrem Hochgeschrei, und erinnerte sich, daß sie hier schon einmal Bier bekommen hatten. Damals mußte er sie, um ihren kindischen Angriffen auf seinen Besitz und seine Macht zu begegnen, leider hineinlegen mit der sogenannten Beteiligung. Das nächste Mal kamen sie dann her, um Villa Höhe dem Erdboden gleichzumachen – wie aber jetzt. Kein Geld kommt jetzt in Frage, außer dem in edelmütigster, nachahmenswerter Weise von mir bewilligten; Lohnkämpfe nicht und nicht die Gefahr der Enteignung. Besitz und Macht bleiben unberührt. In Frage kommt einzig das Vaterland.

Herbei trat der Rechtsanwalt Buck. »Darf ich noch reden«, fragte er bescheiden, »wo so groß gehandelt wird? Wehe der Welt, will ich nur sagen, wenn wir untergingen.

Wir müssen siegen und wir werden siegen.« Beifall, und Buck genoß ihn, er fühlte sich ermutigt, weiterzusprechen. »Komme es aber wie immer, der sittliche Gewinn dieser Tage ist niemals auszutilgen. Auch der Intellektuelle –«

»Sehr wahr«, sagte Klinkorum – sprach fragend eine Zahl aus, die wohl sein leergebranntes Grundstück betraf, die Heßling zustimmend wiederholte – und versöhnt waren auch diese.

»– muß umlernen«, sagte Buck. »Muß ablegen, was er im verantwortungslosen Ballspiel der Gedanken vertrat. Konnte es etwa so weitergehn? Der Geist zerfraß uns wie eine ätzende Säure. Gott sei gedankt für diesen unseren schlichten Zustand, in dem wir nur noch handeln!«

Worauf, so ungeahnt wie ergreifend, Heßling und sein Schwager Buck sich in die Arme fielen. Drüben lagen sich in den Armen Horst und sein Vetter Hans. Der Arbeiter Balrich sah ihnen zu, dem Bürschlein, dem Erben, den beiden Alten. Dann sah er hinauf zu dem flammenden Sommerhimmel. Was Proletarier, was Bourgeois.

So flammte um diese Deutschen der Gedanke des Vaterlandes. Das Glück eines neuen Vertrauens ergriff Balrich; in den Augen des Arbeiters sah es der Generaldirektor, und jener in seinen. Beide traten vor; gefallen waren die Schranken; frei in ihrer volksbewußten Brüderlichkeit schüttelten sie einander die Hände. Dazu jubelten alle, und jubelnd zogen sie ab.

Auf wann die Einberufung – keinen Tag mehr mochten sie warten. Statt dessen erfuhren die meisten, sie sollten bleiben und weiter arbeiten – Munition. Die neuen, bisher unbekannten Maschinen waren aufgestellt, indes in Villa Höhe die hohe Begeisterung herrschte. Heßling, in weiser Voraussicht des Überfalles durch unsere Feinde, hatte sie beizeiten angeschafft. Wir sollten weiter arbeiten für Heßling, aber auch für das Vaterland, kein Papier mehr, Munition ... Dennoch zweifelte hier Balrich. Der Schwung war zu groß gewesen, die Hoffnung zu weiten Fluges. Hinaus, neu leben, den bis zum Tode vorgezeichneten Weg nun dennoch verlassen, noch einmal kämpfen und diesmal siegen! Auch dies nur wieder Vermessenheit und Traum? Statt mein Blut und Feuer hinauszuspritzen, nur wieder eine Maschine bedienen und noch Vorteil davon haben. Auch Heßling hatte noch Vorteil, und seine Zahlungen an die Familien Einberufener kamen groß wieder herein. Schwerer Zweifel ... Zum Glück ward es täglich klarer, welchen Segen das Walten des Generaldirektors dem Vaterlande brachte. Denn auch England erklärte sich nun; seinem kaltherzigen Geschäftsgeist gehorchend, hatte es die Rotte der Feinde gegen uns zusammengebracht und übernahm nun offen die Führung. Die Stunde der Prüfung für unser Volk hatte geschlagen, wie in der Kriegssitzung des Reichstages der Kanzler es sagte. Ihm aber antwortete Napoleon Fischer: »Auch wir Sozialdemokraten lassen unser Vaterland in der Stunde der Gefahr nicht im Stich« – und bewilligte die Kriegskredite.

Was willst du noch, der Feind bedrängt nicht nur die Grenzen, im Lande ist er. Brücken fliegen in die Luft, auf Nürnberg fallen Fliegerbomben, Serben in Mönchsgestalt gehen um, und Autos durchrasen das Land mit Gold nach Rußland. Wir kennen keine Spionenfurcht: aber sagt plötzlich in einem Lokal uns einer, was die Musik spiele, sei die russische Hymne, da schlagen wir zu, bis ein Schutzmann, auf den Trümmern der Einrichtung stehend, uns aufklärt. Manchem und auch dem Arbeiter Balrich kam es zum Bewußtsein, dies war der rechte Ausdruck nicht für unser heiliges Gefühl. Herbesdörfer freilich, Gewalttaten zugeneigt, fand gerade hier den Anschluß an die hereingebrochene große Zeit. Er bewachte die Eisenbahnbrücke und durfte schießen, damit war er gewonnen. In ein Auto, das nicht anhielt, schoß er hinein, erschoß einen

Offizier und konnte dennoch erhobenen Hauptes weiter umhergehn. Dies benutzte er, um die Gattin des Generaldirektors für einen verkleideten Spion auszugeben. »So große Schritte macht keine Frau«, rief er in die aufgehetzte Menge. Da Guste vor Furcht weinte, kreischte ein Junge: »Jetzt rührt sich das schlechte Gewissen.« Fünf Schutzleute genügten kaum, sie zu schützen und auf die Wache zu bringen.

Entschuldigung für solche Vorgänge waren die unerhörten Verbrechen unserer Feinde. Ein französischer Arzt in Metz hatte Brunnen vergiftet mit Cholerabazillen. Doktor Heuteufel sagte: »Würde die Nachricht nicht durch das amtliche Büro verbreitet, man müßte sie für die Ausgeburt einer krankhaften Phantasie halten.« Tags darauf aber fuhr er selbst, in seiner Uniform als Stabsarzt, durch die Stadt und rief in die Menge: »Nicht trinken! Wasserleitung vergiftet!« Wie hätten wir uns denn auch ohne Bestürzung mit der Tatsache abfinden sollen, daß durch den Arzt in Metz das einstmals ritterliche Frankreich aus der Reihe der Kulturstaaten gestrichen war. Jaurès, der ehrlich zu Deutschland hielt, war beseitigt. Die enge Verbrüderung mit der niedrigen Rasse der Russen hatte auch dies bewirkt. Am besten fühlte Frankreich selbst sein Ende, schwere Unruhen brachen aus. Unsere ersten Erfolge begünstigten sie!

Welche Tage! Und für den, der nicht durchschlief, welche Nächte! Du erwachtest, und »Wir sind in Kalisch!« hauchtest du glückdurchströmt in dein Kissen. »Wir haben Luxemburg besetzt. Paris brennt an vier Ecken, der Präsident ist ermordet. Ein Handstreich auf Lüttich, leider mißglückt, aber in der Kriegsgeschichte einzig dastehend; und der König von Serbien tot, der Kronprinz gefangen mit zweiunddreißigtausend der Seinen.« Du branntest vor Ungeduld, vor allem nach Namur, nach Brüssel, und niederwerfen das entmenschte Volk der Belgier, das Meuchelmorde an den tapferen Deutschen beging und Es lebe Frankreich! rief. Tage der Schwüle, Stunden der Entladungen. Die Menschheit ein Getreidefeld vor dem Gewitter – und jetzt ein Schlag. Mit Herzklopfen irrtest du in den Straßen, sangest die »Wacht am Rhein« in einem Lokal und zogest dahin mit den begeisterten Jugendlichen, die Kaiserbilder trugen und Ansprachen hielten an den Ecken. Horst Heßling, unabkömmlich als stellvertretender Leiter der Munitionsfabrik Gausenfeld, nimmt Stellung an einer Ecke gegen die Überrumpelung durch unsere sogenannten Vettern. Unverschämte Lüge, ihr sogenannter Schutz der kleinen Völker, und ihren wahren Wahlspruch, »Recht oder Unrecht, mein Land«, sollten wir endlich zu dem unseren machen. Worauf sein Bruder Kraft, dauernd untauglich, aber beim Jungsturm in Jungdeutschland, den Haßgesang auf England anstimmt. Balrich, wenn er Zeit hatte, sprach am liebsten gegen Rußland. Klinkorum wieder bevorzugte den Untergang Frankreichs. Der Verachtung anheimgefallen, werde es seine Moden nachgeäfft sehen wie je. So einst die Graeculi. Retten können nur wir es, indem wir es, wie eine Frau, zur Liebe zwingen, sagte Klinkorum.

Wer hielt dies aus. Der ungeheure Druck der Ereignisse brachte uns von Sinnen, begegneten wir ihm nicht, indem wir mit eingriffen. Die Spannung des Augenblicks war so maßlos, daß, schnellten wir erst ab –. Balrich und Hans Buck liefen atemlos aufeinander zu, von Gausenfeld her der Arbeiter, das Bürschlein aus der Stadt. Von fern schon wehte es mit dem Hut. »Ich habe mich freiwillig gemeldet!« – »Ich bin auf dem Weg!« rief Balrich. – »Endlich habe ich es erreicht«, das Bürschlein wollte ihn anhalten und seine Mühen berichten; aber Balrich hörte schon nicht mehr. An einer Wendung der Straße fuhr ihm das Auto des Generaldirektors so schroff vor die Füße, daß er sich in den Graben werfen mußte – und sonderbar, wie bedeutungsvoll der Generaldirektor ihn musterte. Dann erwies es sich, daß Balrich es nicht nötig hatte, sich freiwillig zu melden. Soeben sollte er eingezogen werden. Man behielt ihn gleich da.

Nun aber der Tag der hohen Erfüllung, als wir ausrückten!

In der Handschrift (S. 199) steht statt des für den Druck gekürzten Textes von »Die Autos hielten und ließen uns vorbeimarschieren.« (S. 207, Z. 30) bis »Die Bande gelöst,« (S. 208, Z. 10) folgender Text:

Die Autos hielten und ließen uns vorbeimarschieren. Da hält unser General von Popp, stramm wenden wir die Köpfe. Er trägt einen tiefernsten Gesichtsausdruck zur Schau; er hat sich mobil erklärt. Die Offiziere wissen, jetzt befinden sie sich in Ausübung ihres Berufes. Auch am Bahnhof hängen Fahnen und Kränze. Werden wir noch einmal die sehen, die uns suchen?

Einsteigen, es kostet nichts. Der Rechtsanwalt Buck, wie kommt er her, sagt mit seinem Gesicht, man weiß nie, was halten davon: »Jetzt lernt ihr doch Länder und Leute kennen.« – »Ich will lieber nach Frankreich«, ruft Schwager Dinkl, »wegen dem Champagner.« Dabei faßt er aber schon die zweite Tasse Fleischsuppe umsonst von einer Dame. Noch kommt Thilde nicht. Ach so, mit dem Bürschlein ist der Rechtsanwalt da. Er hält es an der Hand und zeigt es dem Klinkorum, der seine reichen Schüler entläßt. »Kaum siebzehn«, sagt der Vater. Das Bürschlein hat helle, aufgerissene Augen und lacht immer. An seinem andern Arm hält seine Mutter es fest. Welch ein Gedränge! Wer einander nicht am Arm hat, findet sich nie wieder. Wird Thilde noch herfinden? Die Züge entlang Haufen Gepäck, für Beförderung keine Garantie. Geschrei aus den Zügen: »Auf Wiedersehn in Paris!« – »Schreib mir aus London eine Ansichtskarte!« Und: »Sie,

Herr Leutnant, nun sorgen Sie doch bitte dafür, daß wir abfahren, wir wollen die Kerls verdreschen.« Worauf der Leutnant: »Ihr sollt Ihnen noch früh genug zeigen, was deutsche Hiebe sind.« Vertraulichkeit und freudiges Strammstehn, Drunter und Drüber, die Bande gelöst, [...]

In der Handschrift (S. 199f.) steht statt des für den Druck gekürzten Textes von »Dahin ist er« bis »seine Frau, und sie ihn.« (S. 208, Z. 17–22) folgender Text:

Dahin fuhr er, als der Pfiff gellte. Wird nicht mehr in Autos schießen, worin Offiziere sitzen. Dagegen die Familie Dinkl wird lustig erhalten von dem Gatten und Vater – er ist stark gerötet, besonders die Nase. Auf den Waggon zeichnet er mit Kreide zuerst einen Franzosen, der ausreißt, und dann eine Dame mit Federhut. Das sei diejenige welche, in Paris; – worauf Malli ihm in die Rippen stößt. »Bleibe gleich ganz weg! Von der Fürsorge bekomm ich mit meinen fünf Kindern mehr, als du mir verdienst.« – Balrich reicht ihr die Hand. Aber Thilde? Das Kind und Thilde?

Platz! Es geht los, und hier noch ein Offizier, Klotzsche – kommt gradeswegs von der Kriegstrauung mit Gretchen Heßling. Sie rankt an ihm. »Adieu! Adieu!« – »Was soll es mit dem gallischen Laut«, äußert ihre Mutter Guste. »Wie schal und abgestanden klingt er in der großen Zeit, die nun endlich emporflammt.« Der Generaldirektor stellt fest: »Die einrückenden Reservisten zeigen entschlossenen Ernst. Der feste Wille, auch Unmenschliches zu leisten, spricht aus ihren harten Zügen.« Grade findet er noch Zeit für eine patriotische Anregung; die vielen abschiednehmenden Hände geben sie ihm ein. »Die Vaterlandsverteidiger sollten ihre goldenen Ringe gegen eiserne umtauschen. Anstatt daß die Ringe mit den Gefallenen in die Erde versenkt werden –. 2 Millionen Ringe zu 20 Mark, wie viel macht es, Wolfdieter?« Und inzwischen schreit

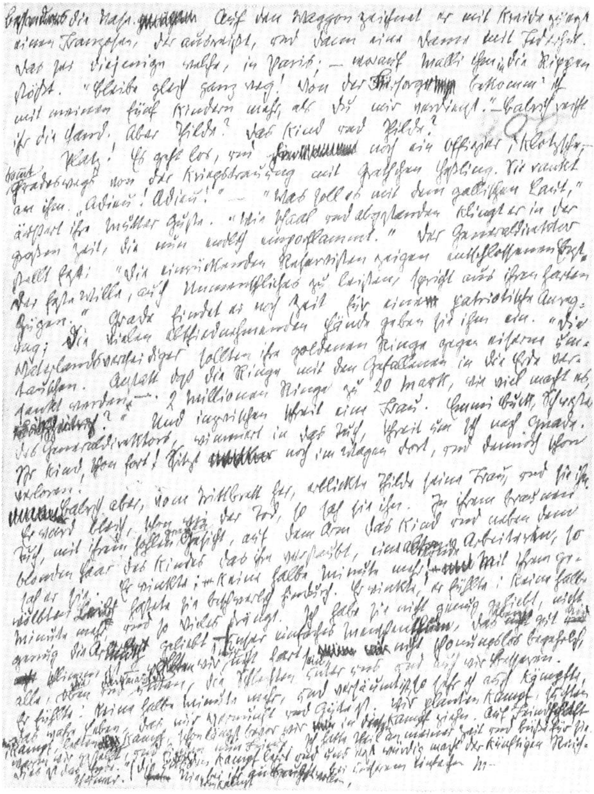

S. 200 des Manuskripts aus dem geänderten Schluß
des Romans *Die Armen*
in der Handschrift Heinrich Manns

eine Frau. Emmi Buck, Schwester des Generaldirektors, wimmert in das Tuch, schreit um sich nach Gnade. Ihr Kind, schon fort! Sitzt noch im Wagen dort, und dennoch schon verloren!

Balrich aber, vom Trittbrett her, erblickte Thilde, seine Frau, und sie ihn.

In der Handschrift (S. 200) steht nach den Worten »nicht genug die Armut geliebt,« (S. 208, Z. 30) folgender Text:

die uns doch den Kampf lehrt und uns erst würdig macht der künftigen Reichtümer. Nie vom Kampf bei ihr ausruhen wollen, bei unserem einfachen M-[enschentum]

Original: HMA 15, vgl. S. 223 und Abb., S. 225 und 275. – Druck: *GW 8*, ›Nachbemerkung‹, S. 664–672.
Auf Seite 191 der Handschrift hat Heinrich Mann mit Bleistift vor dem Satz »Aber träge floß das Leben.« [S. 264, Z. 13 v. u.] vermerkt »Von hier ab verändert« und den gesamten folgenden Text bis Seite 198 der Handschrift bis zu den Worten »als wir ausrückten« [S. 273, Z. 5 f.] gestrichen. In der Druckfassung ist diese Passage dann auf eine halbe Seite zusammengezogen. Mit »Rütlischwur – mitnichten im Widerspruch zu jenem anderen, im Münster zu Basel« [S. 265 f.] ist der ›Außerordentliche Internationale Sozialisten-Kongreß‹ am 24./25. November 1912 in Basel gemeint, der mit einer Friedenskundgebung im Baseler Münster eröffnet wurde.

5 Heinrich Mann: Einleitende Bemerkung zu einem Vorabdruck aus dem sechsten Kapitel des Romans *Die Armen* unter dem Titel *Im Theater*:

Der Held dieses sozialen Romans, ein Arbeiter, glaubt das Mittel in der Hand zu haben, um auf gesetzlichem Wege seinen Arbeitgeber zu enteignen und die Fabrik in den gemeinsamen Besitz der Arbeiter zu bringen. Er findet Gönner, die ihn studieren lassen, und seine Genossen glauben an ihn. Seine geliebte Schwester freilich mag nicht warten, bis er seine Aufgabe beendet hat, sie geht ihren eigenen Weg. Getrennt und verfeindet, begegnen sich die beiden armen Geschwister, jeder auf seine Art ein Lebenskämpfer, eines Abends im Theater, inmitten der Reichen, gegen die sie sich durchsetzen müssen. Hier die Szene.

In: ›Münchner Neueste Nachrichten‹. Jg. 70, Nr. 136 vom 16. März 1917, S. 2.

Kurt Wolff an Heinrich Mann, Baden-Baden, 22. März 1917: 6

Sehr verehrter Herr Mann:
diese Zeilen sollen Ihnen sagen, daß meine Adresse für einige Zeit die obenstehende ist, und daß ich mich außerordentlich freuen würde, in absehbarer Zeit die Maschinen-Abschrift Ihres Romans hier zu erhalten. Ich werde das Buch dann unmittelbar nach Empfang lesen und mit Theodor Wolff wegen des Vorabdrucks in Verbindung treten.

Inzwischen las ich mit großer Freude, daß auch Ihre Einakter in den Münchner Kammerspielen einen starken und einstimmigen Erfolg fanden, und hoffe, daß die Münchner Bühnenerfolge zu einer Reihe weiterer führen werden, um deren Zustandekommen von Seiten des Bühnenvertriebs meines Verlages alles Mögliche geschehen soll. Mein etwas unstetes Reisen, das mich längere Zeit von Leipzig fernhielt, verhinderte mich, mit Ihnen unmittelbar in der letzten Zeit zu korrespondieren. Ich bitte Sie nunmehr, alle wichtigeren Dinge und persönlichen Angelegenheiten, die Sie zu erörtern wünschen, freundlichst unmittelbar an meine obige Adresse gelangen zu lassen. Sollten die Schritte, die Sie vor irgendwelchen Folgen der *Zivildienst-Pflicht* schützen könnten, von Leipzig aus noch nicht unternommen sein, so schreiben Sie mir doch bitte darüber ein Wort, damit ich in diesem Sinne von hier aus das Erforderliche veranlasse.

Der Absatz Ihrer einzelnen Romane nicht nur sondern auch der zehnbändigen Gesamtausgabe gestaltet sich sehr erfreulich, trotzdem die wichtigsten Aufsätze in den grossen Zeitungen, auf die ich gerechnet hatte, noch nicht erschienen sind. Ich zweifle nicht daran, daß sie erscheinen werden, wenngleich die Angelegenheit mit dem ›Berliner Tageblatt‹ noch nicht in dem Sinne, wie ich es wünschte, geregelt ist. Nachdem Salten mir Ende Dezember bereits ein großes Feuilleton im ›Berliner Tageblatt‹ zugesagt hatte, dieses Feuilleton aber nicht erschien, habe ich ihm mehrmals in höflicher Form geschrieben und mehrmals telegraphiert. Endlich erhielt ich vor drei Wochen auf ein R. P.-Telegramm die Nachricht, daß er längere Zeit krank gelegen, daß aber binnen kürzester Frist der Aufsatz in der ›Neuen Freien Presse‹ erscheinen soll. Nun ist mir an sich das Feuilleton in der ›Neuen Freien Presse‹ genau so lieb und erwünscht wie das im ›B. T.‹, aber ich hatte ja grade ausdrücklich mit Theodor Wolff vereinbart, daß er das Thema Heinrich Mann im ›B. T.‹ Felix Salten vorbehalten solle. Nun müßten wir uns darüber schlüssig werden, ob wir unter diesen Umständen doch auf Herrn Friedenthal zurückkommen. Wie denken Sie darüber? Zunächst einmal müßten ja vierzehn Tage verstreichen, nachdem soeben die kurze Charakteristik von Wilhelm Herzog erschien. So ausgezeichnet diese Charakteristik an sich ist, so wäre es mir um ihren Abdruck leid, wenn sie etwa das ›B. T.‹ verhindern sollte, einen ausführlichen Aufsatz zu bringen, der von dem soeben erschienenen Gesamtwerk seinen Ausgang nähme und auf dieses besonders hinwiese. Doch glaube ich das nicht befürchten zu müssen.

Ich hoffe, bald von Ihnen zu hören und grüße Sie aufrichtig ergeben

Kurt Wolff

In: Kurt Wolff: *Briefwechsel eines Verlegers 1911–1963.* Frankfurt am Main: Fischer Taschenbuch Verlag 1980, S. 230f. [Im folgenden zit.: *Wolff-Bw*]
Kurt Wolff (1887–1963) war seit 1916 der Verleger Heinrich Manns.

Hermann Hesse an Kurt Wolff, 7
Bern, 19. September 1917:

Werter Herr Wolff!
Über die *Armen* von Heinrich Mann habe ich einige Zeilen im ›März‹ geschrieben.

Das Buch ist aber dennoch eine Enttäuschung! Sie haben bessere im Verlag.

Vom Technischen, das zum Teil wieder glänzend ist, will ich nichts sagen. Aber schlimm und schade ist es, daß Mann, wenn er schon ein so klar umrissenes Problem vornimmt, sich die Sache wie ein Lustspieldichter vereinfacht, indem er einfach die eine Partei bis zur Lächerlichkeit degradiert. Interessant und schwierig ist der Kampf zwischen Arbeitern und Kapitalisten, wenn auf beiden Seiten etwas wie guter Wille da ist, wenn der Kapitalist zwar reich, aber immerhin ein anständiger Mensch ist. Wenn er sein Geld gestohlen hat wie in Manns Buch, verliert das ganze Problem seinen Ernst, aus einer geistigen Angelegenheit wird ein Detektivstück. Es ist schade dafür, es steckt Großes in dem Buch, aber nur dichterisch. Als Gedanke ist es nicht groß.

Mit Dr. Scheler war ich zweimal zusammen und habe mich gut mit ihm angefreundet.

Grüßend Ihr

H Hesse

In: *Wolff-Bw*, S. 270f.
Zur Rezension von Hermann Hesse vgl. ›Zeitgenössische Rezensionen‹, S. 296)

8 Arthur Schnitzler an Heinrich Mann, Wien, 3. Oktober 1917 [Auszug]:

Lieber Freund.
Mit der stärksten Anteilnahme und in steter Spannung habe ich die *Armen* gelesen. Was ich noch weiter sagen möchte nehmen Sie nicht als ein Urteil, sondern als Ausdruck einer Empfindung. In Ihrem Roman scheint mir etwas durchaus Neues gewollt, aber ich bin nicht sicher, ob dieses Neue auch durchaus geglückt ist. Die Realitäten, die Sie bringen, in all ihrer manchmal erschütternden Macht, erscheinen mir bisweilen ins Karikaturistische verzerrt, öfters auch ins Symbolische erhöht, ohne daß mir überall das innere Gesetz einleuchtete, nach dem Verzerrungen und Erhöhungen sich vollzogen haben. Nicht dagegen, daß eine Tendenz in Ihrem Werke mit solcher Schärfe sich ausspricht, fällt es mir ein etwas einzuwenden: – Ein Roman unserer Zeit hat nicht nur das Recht, er hat beinahe die Pflicht zur Tendenz; aber gewisse Überdeutlichkeiten, wie ich sie nicht so sehr in der Handlung, als in der eigenwillig hastenden stilistischen Durchführung zu finden glaube, die Sie diesmal wählten, haben mich befremdet – etwa so, als wenn ich Sie Ihrem eigenen Genie mißtrauen sähe, das doch als ein im höchsten Sinn gestaltendes, solcher Kunst- und Überzeugungsmittel, die nicht höchsten Ranges sind, ohneweiters entraten könnte und bisher auch immer entraten hat (außer dort, wo das Karikaturistisch-Groteske durchgängig gewollter einheitlicher Stil war, wie z. B. in *Professor Unrath*). Sie sind ein Weisender, ein Weiser (und dies ist mehr als ein Wortspiel), wie Wenige unter denen, die heute leben und schaffen; – und der Dichter, will er überdies noch ein Beweisender sein, schwächt nicht nur die künstlerische Wirkung, sondern nach einem wunderbaren, unverzüglich rächenden Gesetz, sogar die Beweiskraft seines Werkes (auf

die es am Ende niemandem ankam als ihm). Dieses sind die Bedenken, mit denen ich den *Armen* gegenüberstehe, angeregt von Ihrem Wesen, Ihrem Geist, Ihrem Werk wie immer, doch nicht beglückt wie sonst. Da ich Sie nicht nur bewundere, sondern auch liebe, durfte ich Ihnen, mußte ich Ihnen das sagen, auf die Gefahr hin, nicht daß Sie es mir verübeln, denn ich weiß, daß Ihnen das ferne liegt, sondern auf die Gefahr hin, daß ich mich irre. Ein Gefühl, mein Freund, kein Urteil, ich wiederhole es.

[...]

Und nun leben Sie für diesmal wohl. Ich will Ihnen nur noch sagen, daß der *Fliederbusch* am 14. November zugleich in Wien, Berlin und München aufgeführt wird, zur Première bin ich jedenfalls hier, ob ich zu ein paar Proben nach Berlin fahre, steht noch dahin, jedenfalls verständige ich Sie, sobald ich mich entschieden habe.

An die paar Stunden in Ihrem Hause denken wir mit Freuden zurück; man sollte einmal länger beisammen sein, im Freien und womöglich im Frieden.

Alles Herzliche von Haus zu Haus

der Ihrige
[A. S.]

In: Arthur Schnitzler: *Briefe 1913–1931*. Herausgegeben von Peter Michael Braunwarth, Richard Miklin, Susanne Pertlik und Heinrich Schnitzler. Frankfurt am Main: S. Fischer Verlag 1984, S. 147–149.

Heinrich Mann hatte den Wiener Schriftsteller und Arzt Arthur Schnitzler (1862–1931) 1907 kennengelernt. Beide korrespondierten miteinander und trafen sich öfters in München und Wien. In seiner Autobiographie *Ein Zeitalter wird besichtigt* widmete Heinrich Mann dem »geliebten Freund«, mit dem er sich gut verstand, wenn auch »in den Grenzen, die immer bleiben«, in dem Kapitel »Gefährten« einen ganzen Abschnitt [vgl. Heinrich Mann: *Ein Zeitalter wird besichtigt. Erinnerungen*. Frankfurt am Main 1988 = Fischer Taschenbuch, Bd. 5929, S. 257–266].

9 Kurt Wolff Verlag (Georg Heinrich Meyer)
an Heinrich Mann,
Leipzig, 9. Oktober 1918 [Auszug]:

Sehr verehrter Herr Mann:
Heute kann ich Ihnen endlich die Absatzaufstellung über das letzte Geschäftsjahr übermitteln. Ich glaube, daß das Resultat Sie immerhin einigermaßen befriedigen wird. Wie ich Ihnen schon mündlich in Kohlgrub sagte, ist es ziemlich ausgeschlossen, daß im neuen Geschäftsjahr ein Rückgang eintreten kann und meinerseits bin ich überhaupt der Überzeugung, daß der Absatz speziell Ihrer Bücher, wenn wir zielbewußt weiter zusammenarbeiten, sich in absehbarer Zeit auf dieser Höhe halten kann.

Original: HMA 3473. – Druck: *Dok.*, S. 146.

10 Heinrich Mann an Eugen Bautz,
München, 17. September 1920:

Herrn Lehrer Eugen Bautz,
Magdeburg

Sehr geehrter Herr,
die Informationen, die Sie wünschen, sind, wie mir scheint, in dem Brief enthalten, den ich auf seinen Wunsch dem Herausgeber der englischen Ausgabe meines *Untertan* schrieb. Ich gebe Ihnen, nur für Ihren privaten Gebrauch, eine Abschrift davon. Diese Antwort auf Ihr Schreiben vom 16. August hat sich infolge meiner Sommerreise verspätet.

Wenn Sie mich fragen, in welchem Geist ich gearbeitet habe, kann ich es Ihnen heute wohl sagen, aber als ich anfing und noch viel später wußte ich es nicht. Ich dachte einmal die so ungewöhnlich herausfordernde Gesellschaft meiner Zeit in Romanen auftreten zu lassen, ein anderes Mal wünschte ich Alles auszudrücken, was ich als schön empfand. Meistens ergab sich beides gleichzeitig, und ein Werk entstand, das satyrisch und pathetisch in einem war. Mir ist es, als sei ich oft von einer, in meiner Zeit liegenden Idee ausgegangen. Vielleicht aber gelangte ich zu ihr erst, wenn ich den tieferen Sinn der von mir erfundenen Personen und Begebenheiten erkannte. Ich bin wohl kein »Realist«, ich habe stilisirt; aber nur das Leben selbst gab mir den Stil, der so viel war als Bewegung, Steigerung, letzter Ausdruck.

Wie den Menschen und Begebenheiten, war ich genöthigt, auch meinen Fähigkeiten Volldampf zu geben; ich habe kein geruhsames Leben gehabt. Dieses Schicksal ist den Deutschen meiner Generation gemeinsam, man nannte es Amerikanismus. In meinen Büchern kennzeichnete es sich auf den ersten Blick durch ein rapides Tempo, das mir entweder als Verdienst oder als Gebrechen angerechnet wurde. Ich glaube, daß ich den ernsten deutschen Roman, der es vor mir weniger war, amüsant gemacht habe dadurch, daß ich ihn überaus zeitgemäß machte – sogar zu sehr für den Anfang, wie es scheint, denn erst 10 bis 15 Jahre nach ihrem Erscheinen wurden, ab 1916, meine Bücher populär.

Die zeitgemäße Idee, die in den verschiedensten Verkörperungen von mir abgewandelt wurde, ist die Idee der Macht, und sie wurde mir zweifellos aufgedrängt durch den ganz auf Macht gerichteten Sinn des Wilhelminischen Imperialismus, den ich heraufkommen sah. Den *Untertan* entwarf ich schon 1906, als der politische Niedergang des Reiches noch kaum sichtbar geworden war, und ich beendete die Arbeit 1914, drei Wochen vor dem Krieg. Ich ging ferner mit dem Begriff der Macht ins Gericht, als ich 1904 *Professor Unrat oder Das Ende eines Tyrannen* schrieb, und 1918 in einem Napoleondrama *Der Weg zur Macht*.

Ein einziges Mal wurde das Problem aufgehoben und erledigt – in meiner *Kleinen Stadt*: aber nur durch die demokratisch-bürgerliche Sinnesart ihrer Bewohner. Meine *Kleine Stadt* lag in Italien, wo ich manche Jahre verbracht habe. In Deutschland fand ich keine Gelegenheit, zu versöhnen und selbst versöhnlich zu sein – so gern ich es gewollt hätte. Ich kannte von Hause aus ein Gemeinwesen, wo die Menschen auf Grund von mehr oder weniger demokratischen Gesetzen beisammenlebten; es war mein Geburtsort Lübeck, eine alte Hafenstadt, die Republik blieb selbst unter dem Kaiserreich. Ich habe das Kaiserreich, das nur herrschen, trennen und verfeinden konnte, bekämpft mit Allem was ich that. Ich habe im Krieg 1917 ein Stück, *Madame Legros*, überall aufführen lassen, das die Revolution vorführte und sie den Herzen nahebrachte; aber geschrieben war es schon 1913.

Diese ganze Thätigkeit wäre zwecklos gewesen, wenn ich nicht geglaubt und gewußt hätte, daß, selbst in dem Reich der von Machtgier verdummten Untertanen, immer noch der ehrenhafte, der Erkenntniß und Güte zugängliche Deutsche von ehemals lebendig war. Er war viel zahlreicher als man damals sehen konnte, sonst hätte ich nicht für ihn schreiben können; und durch die Revolution ist er der führende Theil der Nation geworden oder will es werden. Die Welt möge dies anerkennen! Ich für meinen Theil bezeuge es ihr, und zeuge mit Freuden für das Land, dem ich angehöre und dem ich eine seiner würdige Zukunft wünsche. Wenn Sie recht hätten, zu sagen, daß Bücher von mir von Volk zu Volk Wunden heilen und Menschen einander verbinden können, wäre dies für einen fast Fünfzigjährigen, der einen Haupttheil seiner Leistung hinter sich hat, der schönste der noch erreichbaren Erfolge.

– Wenn diese Erklärungen englisch erschienen sein

werden, veröffentliche ich sie voraussichtlich auf deutsch. Inzwischen dienen sie gern der Befriedigung ihrer persönlichen Wißbegier, die mir ernst scheint.

Ihnen ergeben
Heinrich Mann

Original: Heinrich-und-Thomas-Mann-Zentrum im Buddenbrookhaus, Lübeck (Sign.: BBH 1994.2).
Der erwähnte Brief an den »Herausgeber der englischen Ausgabe« ist bislang nicht bekannt; es könnte sich dabei um einen Brief an Ernst Boyd handeln, dessen Übersetzung des *Untertan* unter dem Titel *The Patrioteer* 1921 in New York – als erstes ins Englische übersetzte Buch Heinrich Manns überhaupt – erschien, 1945 in New York unter dem Titel *Little Superman* und 1947 unter dem Titel *Man of Straw* in London nachgedruckt wurde.

Heinrich Mann an Paul Hatvani [d. i. Paul Hirsch], München, 3. April 1922 [Auszug]: 11

1914 vollendete ich auch den *Untertan*, der 1912 begonnen, aber schon 1906 entworfen war. Die Romanreihe, die hiermit anfing, ist in meinem Gesamtwerk nichts Alleinstehendes oder Neues. Durchweg sind meine Romane soziologisch. Den menschlichen Verhältnissen, die sie darstellen, liegen überall zu Grunde die Machtverhältnisse der Gesellschaft. Die am häufigsten von mir durchgeführte Idee ist eben die der Macht. Einfälle, denen Niemand es angesehen haben würde, führten sich mir, je länger je deutlicher, auf jene Idee zurück. [...] Ich hatte, wo immer ich saß und fremde Zeitungen las, die Probleme des deutschen Kaiserreiches in mir. Romane, wie Meinesgleichen sie schreibt, sind die innere Zeitgeschichte, die Geschichte, die noch Niemand sieht oder wahr haben will, bis Schicksalstage sie furchtbar bekräftigen.

Faksimile in: *Heinrich Mann*. Herausgegeben von Heinz Ludwig Arnold. Stuttgart, München, Hannover: Boorberg 1971 (= ›Text + Kritik‹-Sonderband), S. 7f.

12 Heinrich Mann an Félix Bertaux, München, 19. Oktober 1922 [Auszug]:

Sehr geehrter Herr,
um sogleich Ihre Fragen zu beantworten: der *Untertan* hat 100000 Auflage, wovon ca 80000 verkauft sind, der größte Theil in den ersten Wochen nach Erscheinen, Dezember 1918.

Macht und Mensch hat 10000 Auflage, verkauft waren 5000 in Luxusausgabe schon bei Erscheinen, Dezember 1919; von den 5000 der gewöhnlichen Ausgabe liegen wohl noch 2000 da und gehen nur langsam weg. Ich habe nicht den Eindruck, daß man diese beiden Kritiken der Zeit immer ganz freiwillig und aus innerem Bedürfnis gelesen hat. Man las sie vielfach nur, weil die gegebenen Thatsachen sie aufdrängten. Es war eine Forderung der Stunde, sie zu lesen; Aber man war froh, als die Stunde vorbei war, und kehrte gern zu Büchern anderer Richtungen zurück.

Dies heißt nicht, daß ich meine Zeitkritik für unwirksam halte. Auch der Widerspruch, den sie erregt hat, wirkt fort; und wenn ich der nationalistischen Jugend verhaßt bin, zieht die republikanische Jugend mich gern zu ihren Kundgebungen heran. Die republikanische Jugend fängt erst jetzt an, geschlossen hervorzutreten und sich für oder gegen einen Schriftsteller zu erklären. Ich habe Grund zu hoffen, daß grade die unter meinen Büchern, die in diesen letzten Jahren der Gegenrevolution die unbeliebtesten waren und mir geschadet haben, allmählich den tieferen Einfluß erlangen werden, den sie zu Zeit ihres ersten Erfolges noch nicht haben konnten. Damals war es ein Erfolg durch Überraschung, er traf rathlose und des Urtheils unfähige Leser. Das fernere Erleben des Landes wird hoffentlich ein Geschlecht heranbilden, das hinter den Ideen von *Macht und Mensch* nicht mehr wesentlich zurückbleibt. [...]

Ich arbeite an dem Roman, der auf den *Untertan* und *Die Armen* folgt und die Politik und die Geistesart der wilhelminischen Ära in ihren höchsten Vertretern, vom Anfang bis ans Ende – behandelt. Ich hoffe, daß mein Gesichts- und Gedankenkreis sich darin erweitert zeigen wird; aber es wäre kühn von mir, es zu behaupten.

Original: Privatbesitz; Fotokopie: HMA SB 24/2. – Druck: *Dok.*, S. 192f. und 194.
Félix Bertaux (1881–1948), französischer Germanist und Übersetzer, war mit Heinrich und Thomas Mann befreundet und setzte sich für die Verbreitung der Werke beider Brüder in Frankreich maßgeblich ein. Der Briefwechsel mit Heinrich Mann begann 1922 und dauerte bis zum Tode Bertaux'; weit über 200 Briefe Heinrich Manns an Bertaux sind aus diesem Zeitraum erhalten.

Heinrich Mann an Félix Bertaux, 13
München, 29. Dezember 1923 [Auszug]:

Ohnedies lebt man überall in Konflikten. Ich habe drei Prozesse, theils schon eingeleitet, theils im Entstehen: einen in Berlin, wo die Schauspieler meine Aufführung verhindert haben; einen in München, wo mein Verlag seinen Vertrag nicht hält; einen in Mailand, wo *Untertan* u. *Armen* ohne Autorisation erschienen und nicht honorirt sind. Ähnlich ergeht es jetzt den meisten Autoren. Die Wildheit der jetzigen Wirthschaft macht sich vor allem den Schutzlosen, Schlechtorganisirten fühlbar.

Original: Privatbesitz; Fotokopie: HMA SB 24/17. – Druck: *Dok.*, S. 208.
Auf Betreiben von Mario Mariani (1884–1951) erschienen bereits 1919 *Der Untertan* und *Die Armen* in Italien: *Il suddito.* Con prefazione di Mario Mariani. Milano: Sonzogno 1919. – *I poveri.* Milano: Sonzogno 1919.
Der Sozialist Mariani war im Vorkriegs-Berlin Korrespondent für die Mailänder Zeitung ›Il Secolo‹ und konnte den Verleger Sonzogno, damals Eigentümer von ›Il Secolo‹, zu diesen beiden Übersetzungen bewegen.

14 Heinrich Mann: *Autobiographie* (1946) [Auszug]:

Als der Verfasser den *Untertan* schrieb, einen Roman, der nach jedem Weltkrieg zu neuen Ehren kommt, hat er gelacht. Dabei stand der Weltkrieg Nummer eins vor der Tür; gerade dieser Roman sieht ihn klar voraus. Aber mit seinem Gefühl glaubte er die künftigen Schrecken noch nicht; und der Stoff war komisch. Ein prahlerischer Nationalismus ist in jedem Fall, auch im furchtbarsten, komisch. Er bringt lächerliche Gestalten hervor, sie mögen übrigens vor Blut triefen. Das änderte sich während der beiden folgenden Bände. *Die Armen* gehören schon dem Krieg an, *Der Kopf*, ein besonders inhaltreicher Roman, den Jahren 1918 bis 1925. Die drei Monographieen – des Bürgers, des Proletariers und der Spitzen – umfassen »das Kaiserreich«, nach dem sie insgesamt benannt sind.

Original: HMA 464. – Druck: *Dok.*, S. 549f.
Diesen autobiographischen Text schrieb Heinrich Mann für einen Katalog des Verlages Mondadori, anläßlich dessen vierzigjährigen Bestehens.

Heinrich Mann: *Ein Zeitalter wird besichtigt* (1946) [Auszug]: 15

Ich brauchte sechs Jahre immer stärkerer Erlebnisse, dann war ich reif für den *Untertan*, meinen Roman des Bürgertums im Zeitalter Wilhelms des Zweiten. Der Roman des Proletariates, *Die Armen* benannt, kam im Krieg 1916 zustande. An die leitenden Gestalten des Kaiserreiches ging ich erst im Sommer 1918, wenige Monate vor seinem Zusammenbruch – dessen Zeitpunkt bis zuletzt unbestimmt war. Für meinen ersten Entwurf des Romans *Der Kopf* fand ich es noch geraten, die Handlung in ein Land mit ausgedachtem Namen zu verlegen.

Früh war ich nicht aufgestanden, meine Eingebung hatte nichts von Prophetie. Allerdings begann ich, als die Tatsachen noch dämmerten. Als Sonnen sind sie nicht gerade aufgegangen. Litt ich an meinen Erkenntnissen, die zu der gleichen Zeit ein jeder hätte empfangen können? War ich ein Kämpfer? Ich gestaltete, was ich sah, und suchte mein Wissen überzeugend, wenn es hoch kam, auch anwendbar zu machen.

Es ist nicht angewendet worden. Nach dem Kaiserreich betrachtete ich die Republik und hielt von ihr ziemlich genausoviel, wie sie wert war.

In: Heinrich Mann: *Ein Zeitalter wird besichtigt*. Erinnerungen. Mit einem Nachwort von Klaus Schröter und einem Materialienanhang, zusammengestellt von Peter-Paul Schneider. Frankfurt am Main: Fischer Taschenbuch Verlag 1989 (= Heinrich Mann: *Studienausgabe in Einzelbänden*. Herausgegeben von Peter-Paul Schneider. Fischer Taschenbuch, Bd. 5929), S. 245.

16 Heinrich Mann an Klaus Pinkus,
Santa Monica, 18. März 1949 [Auszug]:

Ich bin im Briefwechsel mit einem Berliner Arbeiter, der die Pandekten lateinisch liest; aber er war immer Arbeiter. Obwohl nicht mehr jung, bestätigt er mir den Helden meiner *Armen*.

In: Heinrich Mann: *Briefe an Karl Lemke und Klaus Pinkus*. Hamburg: Claassen o. J. (1964), S. 163.

17 Ein Nachwort an den Leser der *Armen* (1950):

Nach der Lektüre dieses Werkes aus der Feder eines Dichters, der im imperialistischen Zeitalter und seinem extremen Stadium des deutschen Faschismus zum verantwortungsvollen Bewahrer und Weiterentwickler bester deutscher demokratisch-humanistischer Tradition wurde, nach der Lektüre dieses Werkes also mag es dir vielleicht nicht unlieb sein, ein weniges über seinen kultur- und literarhistorischen Zusammenhang zu erfahren. Aus diesem Grunde bringen wir zwei Leserstimmen zum Abdruck.

Der Verlag

Die Armen und ihre Problematik

Thomas Mann hatte in *Buddenbrooks*, der kulturkritischen Analyse verfallenden Bürgertums, die Ablösung des patriarchalischen, aristokratisch-kultivierten Bürgers hanseatischer Prägung durch den plebejischen Bourgeois, den hemdsärmeligen Neureich der Gründerzeit, sichtbar werden lassen. Dem um vier Jahre älteren Bruder Heinrich blieb es vorbehalten, den Bourgeois auf seiner letzten Entwicklungsstufe in der kapitalistischen Gesellschaft zu entlarven, auf der Stufe des geist- und kulturfeindlichen Bannerträgers des Imperialismus, von dem es nur ein kleiner

Schritt zum hemmungslosen Nazi-Barbaren war. Diese Entlarvung wurde in der Kaiserreich-Trilogie vorgeführt, deren zweiter Band den Titel des vorliegenden Werkes trägt: *Die Armen*.

Diesen »ersten wirklich handfest sozialen deutschen Roman«, wie ein Heinrich Mann nahestehender Biograph *Die Armen* einmal nennt, hat der Dichter im Ersten Weltkrieg niedergeschrieben. 1917 ist er erschienen, noch ein Jahr vor dem *Untertan*, der genialen, von der Zensur seit 1914 gewalttätig unterdrückten Satire auf den Staat Wilhelms des Zweiten, deren Fortsetzung er darstellt. Hatte die obrigkeitliche Zensur, was ja vorgekommen sein soll, diesmal geschlafen? Immerhin: dem hier einmal dröhnend-machtvoll entfesselten Geläut der Sturmglocken zum Kampf gegen die kapitalistisch-imperialistische Bourgeoisie konnte nun nicht mehr Einhalt geboten werden.

Trotzdem wirst du nach beendeter Lektüre diesem Werk mit gewissen Vorbehalten gegenüberstehen müssen. Wohl war sein dem Bürgertum entstammender Schöpfer ein konsequent-kämpferischer Kritiker der bürgerlichen Welt, der als Dichter in visionärer Schau die Entwicklung voraussah, dem aber bei aller Solidarität mit der Masse der Werktätigen nicht die dichterische Gestaltung des Schicksals der Arbeiter*bewegung* gegeben war.

So begegnet dir in dem »Helden« des Romans, dem Arbeiter Karl Balrich, ein zwar instinktiv seiner Klasse ergebener Proletarier, aber auch ein revolutionärer Einzelgänger, der noch nicht bis zu letzter ideologischer Klarheit durchdringt und nicht frei von anarchistischen Anwandlungen ist (siehe z. B. seine Äußerung am Schluß des 6. Abschnittes und seine Überlegungen auf Seite 189, die um-Komplexe wie »Gewalt stiften« und »Führerrolle« kreisen). Und wenn er beispielsweise zu dem Schluß kommt, daß ein Proletarier, der die Werke des wissenschaftlichen Sozialismus zwar erfaßt, es darum seinen Kindern noch lange nicht leichter machen kann (Seite 26), so wirst du mit Recht die Stichhaltigkeit dieser Schlußfolgerung anzweifeln und fragen: warum nicht? Kann dieser Proletarier nicht sein erarbeitetes fruchtbar-kämpferisches Wissen als Vermächtnis an seine Kinder weitergeben, das diese in den Stand setzt, Begonnenes zum Siege zu führen?

Es gibt dafür genug Beispiele. Du wirst ganz gewiß an Männer wie August Bebel, Ernst Thälmann oder Wilhelm Pieck, den Präsidenten der Deutschen Demokratischen Republik, denken und feststellen, daß unsere heutigen gesellschaftlichen Errungenschaften durch die aus der Praxis gewonnenen theoretischen Erkenntnisse und Einsichten mitbedingt sind, die wir als Erben von den älteren Generationen des Proletariats und seinen aus ihm hervorgegangenen Führern übernommen, weiterentwickelt und in die Tat umgesetzt haben.

Im Falle des Arbeiters Balrich nun siehst du, wie sich aus der individuellen Problematik seiner Natur Schwierigkeiten für die bewußtseinsklare Durchführung des Klassenkampfes ergeben, dessen aktive Auswirkung hier in dem Streik und dem Sturm auf »Villa Höhe« geschildert wird, Ereignisse, zu deren Herbeiführung eine so wichtige Arbeiterkampforganisation wie die Gewerkschaft gar nicht auf den Plan tritt (weil in dem Buch von ihr überhaupt nicht die Rede ist).

Und der Schluß? Die Arbeiter ziehen – wenn auch nicht gerade mit Hochgefühlen – in den Krieg, den das unaufhörlich provozierende Säbelgerassel ihres Lohengrin-Kaisers endlich vom Zaun gebrochen hat. Die Führung der Sozialdemokratie – ihren symbolischen Vertreter wirst du leicht in dem wendungsfähigen Partei»beamten« Napoleon Fischer erkennen – hat mit den expansionslüsternen Kaisertreuen ihren Burgfrieden geschlossen und sieht in aller Seelenruhe zu, wie ihre Anhänger zur Schlachtbank der Völker geführt werden. Und nicht nur das, mehr als das: die verräterische Parteiführung der deutschen Arbeiterbewegung bewilligt nicht nur laufend die Kriegskredite, sondern tutet sogar recht kräftig ins Horn der jetzt ganz besonders tonangebenden Militärkaste und ruft die Massen zur Erfüllung »heiliger nationaler Pflichten«, zur Vaterlandsverteidigung (lies: zum imperialistischen Raubkriegsabenteuer) auf.

Du wirst nun, lieber Leser, verstehen, daß die Zensur keineswegs geschlafen hatte, sondern um dieses Schlusses und einiger anderer, nach Kompromiß mit dem herrschenden Regime aussehender Stellen willen, die in Wahrheit eine bewußte Irreführung der Zensur durch den Verfasser darstellen, ihr »Imprimatur« erteilt hatte. Daß sie dabei den kürzeren gezogen hatte, wird dir ohne weiteres einleuchten, denn der Hauptinhalt des Romans wird zweifellos von jener schonungslosen Gesellschaftskritik bestritten, in der Heinrich Mann ein großer Meister war.

Vielleicht wirst du nun sagen: genug mit dem kritischen »zwar« und »aber«. Dabei bedenke jedoch: meine Kritik will die unbestrittene Größe des dir dargebotenen Werkes auf keinen Fall beeinträchtigen oder gar herabsetzen; sie will dir lediglich eine kleine Hilfe sein, dich vor Irrtümern und Mißverständnissen dem Autor gegenüber bewahren.

Gedanken eines Arbeiters zu Heinrich Manns *Die Armen*

Die Armen nennt Heinrich Mann dieses Werk. Der Titel ist irreführend; er hätte es »Die Reichen« nennen sollen, denn unbestreitbar gut ist ihm die Zeichnung der Reichen gelungen. Das war seine Welt, aus der er kam, deren Verfall er sah, und in die er uns Einblick gab. Dafür müssen wir ihm danken.

Aber die Arbeiter, die kannte Heinrich Mann zu der Zeit, als er dieses Buch schrieb, nicht.

Was ist das für ein Mensch, dieser Balrich? Das ist kein Arbeiter, der für seine Klasse eintritt und für sie kämpft. Dieser Balrich ist ein Anarchist, ein Kleinbürger, ihm geht es um die Villa Höhe; wohlgemerkt, um die Villa, nicht um die Arbeitsplätze, nicht um die Fabrik. Es ist bezeichnend, welchen Weg er einschlägt, um zu seinem Recht zu kommen: er will studieren, Akademiker werden, sich in die Klasse des Bürgertums einreihen – um sie zu bekämpfen. Welche falsche, abwegige Idee.

Von der gleichen Art sind denn auch seine Gedanken, die er äußert: »In kurzem bin ich Student, dann fordere ich Sie«, sagt er dem Verführer seiner Schwester, von dem er verlangt, daß er sie heiratet. Und weiter: »Ich habe mich aus der Lohnsklaverei befreit.« Als ob das dem einzelnen möglich sei, als ob der stundengebende Balrich nicht genau so abhängig ist wie der Arbeiter in der Papierfabrik.

Dieser Balrich sieht nicht den Kampf der Klassen; er sieht nicht, daß die Arbeiter, in Gausenfeld wie überall, um ihr Recht kämpfen. Einmal, als die Rede davon ist, daß die Parteischriften – darunter *Das Kapital* – in der Bibliothek zur Verfügung stehen, scheint er richtig zu denken: »Die Bücher, mit denen Ausbeutung und Elend zu besiegen wären, liegen in unserer Lade…« Doch auch hier zieht er einen falschen Schluß: »Kommt dennoch einer von uns dahin, die wissenschaftlichen Werke zu erfassen, seinen Kindern kann er es darum nicht leichter machen.«

Nun Karl Balrich, die Geschichte hat es bewiesen, daß du unrecht hast. Das Studium der Werke des wissenschaftlichen Marxismus hat die Arbeiter auf einem Viertel unserer Erde befähigt, ihr Recht zu erkämpfen. In der Sowjetunion und in vielen Ländern sind die Heßlings und auch die Napoleon Fischers nicht mehr da. Und die Arbeiterklasse hat es ihren Kindern leichter gemacht. Sie sitzen auf den Universitäten, ihnen gehören die Fabriken und auch die Villen auf der Höhe. Und sie lernen für ihr Volk und für ihre Klasse – die morgen in der ganzen Welt ihr Recht geltend machen wird.

In: Heinrich Mann: *Die Armen*. Roman. Potsdam: Märkische Druck- und Verlags-GmbH 1950 (= Der soziale Roman. Herausgegeben von Konrad Haemmerling), S. 241–247.

Zeitgenössische Rezensionen
Auswahlbibliographie

E. K.: Heinrich Manns neuer Roman.
In: ›Neue Zürcher Zeitung‹. Jg. 138, Nr. 1500 vom 15. August 1917, Erstes Abendblatt, S. 1 und 2, unterm Strich, ›Feuilleton‹.

Leonhard, Rudolf: Heinrich Mann: *Die Armen.*
In: ›Berliner Börsen-Courier‹. Jg. 49, Nr. 386 vom 19. August 1917, ›Beilage‹, ohne Seitenzählung [erste Seite der Beilage].

R.: Bei der Redaktion eingelaufene Schriften: *Die Armen*, Roman von Heinrich Mann.
In: ›Münchener Post‹. Jg. 31, Nr. 197 vom 25./26. August 1917, S. 5, ›Literatur‹.

Block, Paul: Heinrich Mann und *Die Armen.*
In: ›Berliner Tageblatt und Handels-Zeitung‹. Jg. 46, Nr. 472 vom 15. September 1917, Abend-Ausgabe, S. 2 und 3, unterm Strich.

Hesse, Hermann: Neue Bücher.
In: ›März. Eine Wochenschrift‹. Stuttgart. Jg. 11, Dritter Band (Juli bis September), Heft 39 vom 29. September 1917, S. 923.

Rubiner, Ludwig: Die neue Schar.
In: ›Zeit-Echo‹. Bümpliz-Bern und Leipzig. Jg. 3, August–September 1917, S. 1–12.
Ebenso u. d. T.: *Heinrich Mann und Stefan George* in: ›Die Aktion. Wochenschrift für Politik, Literatur, Kunst‹. Berlin. Jg. 8, Heft 3/4 vom 26. Januar 1918, Sp. 29–39.

Auernheimer, Raoul: Heinrich Mann.

In: ›Neue Freie Presse‹. Wien. Nr. 19078 vom 2. Oktober 1917, Morgenblatt, S. 1–3, unterm Strich, ›Feuilleton‹.
v. Perfall, K.: Heinrich Manns neuer Roman.
In: ›Kölnische Zeitung‹. Nr. 984 vom 14. Oktober 1917, Morgen-Ausgabe, ›Literatur- und Unterhaltungsblatt‹, Beilage Nr. 41 (1917), [S. 2], ›Bücherbesprechungen‹.
Moreck, Curt [d. i. Konrad Haemmerling]: Heinrich Manns Roman *Die Armen.*
In: ›Vorwärts. Berliner Volksblatt. Zentralorgan der sozialdemokratischen Partei Deutschlands‹. Berlin. Jg. 34, ›Sonntag‹. Beilage zum ›Vorwärts‹ Berliner Volksblatt. Nr. 43 vom 28. Oktober 1917, [S. 1–2].
Fontana, Oskar Maurus: Anmerkung zu Heinrich Manns Roman *Die Armen.*
In: ›Die Wage. Eine Wiener Wochenschrift‹. Jg. 20, Nr. 40 vom 7. Oktober 1917, S. 500–502.
Graetzer, Franz: Das Buch von den Hungernden.
In: ›Leipziger Neueste Nachrichten und Handels-Zeitung‹. Jg. 58, Nr. 307 vom 7. November 1917, S. 2, unterm Strich.
Steiger, Edgar: Heinrich Mann, *Die Armen.*
In: »Die Neue Zeit. Wochenschrift der Deutschen Sozialdemokratie‹. Stuttgart. Jg. 36, Bd. 1, Nr. 6 vom 9. November 1917, S. 141 f., ›Aus unserer Bücherei‹.
Diederich, Franz: Heinrich Manns Roman von den Armen.
In: ›Die Neue Zeit. Wochenschrift der Deutschen Sozialdemokratie‹. Stuttgart. Jg. 36, Bd. 1, Nr. 7 vom 16. November 1917, S. 161–166.
Graetzer, Franz: Heinrich Mann, der Sozialist.
In: ›Rheinisch-Westfälische Zeitung‹. Dortmund, Essen, Duisburg. Jg. 180, Nr. 921 vom 19. November 1917, III. Ausgabe, S. 2, unterm Strich, ›Kunst und Wissenschaft‹.

Beyer, Georg: *Die Armen.*
In: ›Die Glocke. Sozialistische Wochenschrift‹. Berlin. Jg. 3 (1917/18), Bd. 2, Heft 34 vom 24. November 1917, S. 310–315.
[Anonym]: Heinrich Mann, *Die Armen.*
In: ›Demain. Pages et Documents‹. Genève. Jg. 2, Nr. 19, November 1917, S. 83 f., ›Parmi les livres‹.
Strecker, Karl: Neues vom Büchertisch.
In: ›Velhagen & Klasings Monatshefte‹. Bielefeld, Leipzig, Wien. Jg. 32, Bd. 1, Heft 4, Dezember 1917, S. 476–479; zu *Die Armen*, S. 477–479.
-r: Ein sozialer Roman von Heinrich Mann.
In: ›Donauland. Illustrierte Monatsschrift‹. Wien. Jg. 1, II. Halbjahr, Nr. 9, Dezember 1917, S. 983 f.
Kayser, Rudolf: *Die Armen* von Heinrich Mann.
In: ›Die neue Generation. Publikationsorgan des deutschen Bundes für Mutterschutz und der internationalen Vereinigung für Mutterschutz und Sexualreform‹. Berlin. Jg. 13, 1917, S. 501–503.
Tagger, Theodor [d. i. Ferdinand Bruckner]: Chronik.
In: ›Marsyas. Eine Zweimonatsschrift‹. Berlin. Jg. 1, 1917, 1. Semesterband., S. 259–262.
Heine, Anselma: Heinrich Manns Führerberuf.
In: ›Das Literarische Echo. Halbmonatsschrift für Literaturfreunde‹. Berlin. Jg. 20, Heft 7 vom 1. Januar 1918, Sp. 377–381.
Kahn, Harry: Die Armen.
In: ›Die Weltbühne. Wochenschrift für Politik, Kunst, Wirtschaft‹. Charlottenburg. Jg. 14 (der ›Schaubühne‹), Erstes Halbjahr, Nr. 1 vom 3. Januar 1918, S. 10–12.
Bry, C. Ch.: Heinrich Mann, *Die Armen.*
In: ›Das neue Deutschland. Halbmonatsschrift‹. Gotha. Jg. 6, Nr. 7, Januar 1918, S. 193 f., ›Neue Bücher‹.
Goth, Ernst: Neue deutsche Bücher.
In: ›Pester Lloyd‹. Budapest. Jg. 65, Nr. 32 vom 7. Fe-

bruar 1918, Morgenblatt, S. 1, unterm Strich, ›Feuilleton‹.

Haymann, Hermann: Irrenärztliche Bemerkungen zu Heinrich Mann's neuem Buch.
In: ›Zeitschrift für die gesamte Neurologie und Psychiatrie‹. Berlin. 39. Bd.: Erstes, zweites und drittes Heft, Originalien, ausgegeben am 27. Februar 1918, S. 225 bis 228.

Hartmann, Walther: Heinrich Mann, *Die Armen.*
In: ›Die Tat. Monatsschrift für die Zukunft deutscher Kultur‹. Jena. Jg. 10, 1918, Bd. 1, Religiöses Sonderheft September 1918, S. 471 f., ›Umschau‹.

Schneider, Kurt: [Über Heinrich Mann, *Die Armen.*]
In: ders., *Der Dichter und der Psychopathologe.* Köln: Rheinland-Verlag 1922, S. 15.

I. P.: Heinrich Mann, *Die Armen.*
In: ›Novyi Mir‹. Moskau. 1925, Nr. 11, S. 151. [Zur russischen Übersetzung; in russischer Sprache.]

Bertaux, Félix: Heinrich Mann, *Les Pauvres.*
In: »Europe. Revue mensuelle‹. Paris. Bd. 23, Nr. 91 vom 15. Juli 1930, S. 419 f., ›Comptes Rendus‹.
[Zur französischen Übersetzung 1929 im Pariser Verlag Kra.]

Brion, Marcel: Heinrich Mann, *Les Pauvres.*
In: ›Cahiers du Sud‹. Marseille. Jg. 17, Oktober 1930, S. 636–639.
[Zur französischen Übersetzung 1929 im Pariser Verlag Kra; ebenso zu den Übersetzungen von *Mutter Marie* und von Thomas Manns *Der Tod in Venedig.*]

Zeittafel

1870/1871	Deutsch-Französischer Krieg. Gründung des Deutschen Reiches unter preußischer Vorherrschaft (18. 1. 1871). Bismarck Reichskanzler
1871	Luiz Heinrich Mann am 27. März als erster Sohn von Thomas Johann Heinrich Mann und seiner Ehefrau Julia, geb. da Silva-Bruhns, in Lübeck geboren
1875	Geburt des Bruders Thomas
1877	Wahl des Vaters zum Senator von Lübeck
1878–1890	Sozialistengesetz
1884	Reise nach St. Petersburg
Seit 1885	Erste erzählerische, seit 1887 erste poetische Versuche
1889	Abgang vom Gymnasium aus Unterprima. Buchhandelslehrling in Dresden. Heinrich Manns erste Veröffentlichung einer Erzählung in den ›Lübeckischen Nachrichten‹
1890	Entlassung Bismarcks
1891–1892	Volontär im S. Fischer Verlag, Berlin. Studien an der Friedrich-Wilhelms-Universität
1891	Tod des Vaters (geb. 1840). Liquidierung der Firma Johann Siegmund Mann. Erste Rezensionen in ›Die Gesellschaft‹
1892	Sanatoriumsaufenthalt nach Lungenblutung in Berlin; danach Kuraufenthalte in Wiesbaden, im Schwarzwald und in Lausanne. Rezensionen in ›Die Gegenwart‹

1893	Übersiedlung der Familie nach München Reisen nach Paris, Italien
1894	*In einer Familie*, Roman
1895–1896	Herausgeber der Monatsschrift ›Das Zwanzigste Jahrhundert. Blätter für deutsche Art und Wohlfahrt‹
1895–1898	Aufenthalt in Rom und Palestrina, zeitweilig zusammen mit dem Bruder Thomas *Im Schlaraffenland* begonnen Erste Notizen zu den *Göttinnen*
1897	*Das Wunderbare und andere Novellen*
1898	*Ein Verbrechen und andere Geschichten*
1899–1914	Ohne festen Wohnsitz. Aufenthalte in München, Berlin, meistens in Italien, oft in Riva am Gardasee im Sanatorium von Dr. von Hartungen
1900	*Im Schlaraffenland. Ein Roman unter feinen Leuten*
1903	*Die Göttinnen oder Die drei Romane der Herzogin von Assy* *Die Jagd nach Liebe*, Roman
1905	*Flöten und Dolche*, Novellen *Professor Unrat oder Das Ende eines Tyrannen*, Roman *Eine Freundschaft: Gustave Flaubert und George Sand*, Essay Übersetzung von Choderlos de Laclos' *Gefährliche Freundschaften* Bekanntschaft mit Inés (Nena) Schmied
1906	Erste Notizen zum *Untertan* Drei Novellenbände: *Schauspielerin, Stürmische Morgen, Mnais und Ginevra*
1907	*Zwischen den Rassen*, Roman
1908	*Gretchen*, Novelle aus dem Stoffkreis des *Untertans*. *Die Bösen*, Novellen

1909	*Die kleine Stadt*, Roman
1910–1913	Jährliche Uraufführungen der Schauspiele Heinrich Manns in Berlin
1910	*Französischer Geist* (später *Voltaire – Goethe); Geist und Tat*, kulturpolitische Essays
	Das Herz, Novellen
	Freitod der Schwester Carla (geb. 1881)
	Variété, Einakter
1911	*Die Rückkehr vom Hades*, Novellen
	Schauspielerin, Drama
1912	Bekanntschaft mit der Prager Schauspielerin Maria (Mimi) Kanová während der Proben zu *Die große Liebe* im Deutschen Theater, Berlin
	Beginn der Niederschrift von *Der Untertan*
1913	*Madame Legros*, Drama
1914	*Der Untertan* als Fortsetzungsroman in ›Zeit im Bild‹
	13. August: Abbruch des Vorabdrucks nach Beginn des Ersten Weltkrieges. Weiterer Abdruck der russischen Übersetzung bis Oktober in Petersburg (›Sowremennij Mir‹)
	12. August: Heirat mit Maria (Mimi) Kanová. Wohnsitz in München
1915	Russische Buchausgabe des *Untertan*
	Konflikt mit dem Bruder. Abbruch der Beziehungen nach dem Erscheinen von Thomas Manns *Gedanken im Kriege*
	Zola, Essay; in ›Die Weißen Blätter‹, hg. von René Schickele
1916	*Der Untertan*, Privatdruck in etwas mehr als 10 Exemplaren
	Geburt der Tochter Henriette Maria Leonie

1917 *Die Armen*, Roman
Brabach, Drama
Madame Legros an den Münchener Kammerspielen und am Lessing-Theater in Berlin uraufgeführt
Grabrede auf Frank Wedekind
Versuch einer Versöhnung mit Thomas Mann

1918 Ende des Ersten Weltkrieges. Abdankung Wilhelms II. Novemberrevolution in Deutschland
Mitarbeit Heinrich Manns im ›Politischen Rat geistiger Arbeiter‹ in München
Der Untertan, Roman
Beginn der Arbeit am Roman *Der Kopf*

1919 Ermordung Karl Liebknechts und Rosa Luxemburgs. Friedrich Ebert Reichspräsident. Beginn der Weimarer Republik (Weimarer Reichsverfassung)
Macht und Mensch, Essays (Gewidmet *Der deutschen Republik*)
Gedenkrede für Kurt Eisner, den ermordeten Ministerpräsidenten der bayerischen Räterepublik

1920 *Der Weg zur Macht* im Residenz-Theater München uraufgeführt. In den folgenden Jahren wachsende publizistische Tätigkeit
Die Ehrgeizige, Novelle

1921 *Die Tote und andere Novellen*

1922 Aussöhnung mit Thomas Mann
Bekanntschaft mit dem französischen Germanisten Félix Bertaux
Rapallo-Vertrag zwischen Deutschland und der UdSSR

1923 Ruhrbesetzung, Generalstreik. Putschver-

1923	such der Nationalsozialisten in München. Hitler in Festungshaft. Inflation und erster Nachkriegsbesuch Heinrich Manns in Frankreich (Teilnahme an den Entretiens de Pontigny) Rede bei der Verfassungsfeier in der Staatsoper Dresden 11. März: Tod der Mutter Julia (geb. 1851). *Diktatur der Vernunft*, Reden und Aufsätze
1924	Reise in die Tschechoslowakei, Begegnung mit Tomáš G. Masaryk auf Schloß Lana bei Prag *Abrechnungen*, Novellen *Der Jüngling*, Novellen *Das gastliche Haus*, Komödie
1925–1932	*Gesammelte Werke in 13 Bänden* im Paul Zsolnay Verlag, Wien
1925	Zweite Frankreichreise nach dem Krieg, erste Impulse für den *Henri Quatre* in den Pyrenäen und in Pau *Der Kopf*, Roman *Kobes*, Novelle Tod Friedrich Eberts. Hindenburg zum Reichspräsidenten gewählt. Zusammenfassung der Romane *Der Untertan, Die Armen, Der Kopf* zur *Kaiserreich-Trilogie,* der *Romane der deutschen Gesellschaft im Zeitalter Wilhelms II.*
1926	Wahl zum Mitglied der Preußischen Akademie der Künste zu Berlin, Sektion Dichtkunst am 27. Oktober *Liliane und Paul*, Novelle
1927	Verstärktes Wirken für eine Verständigung zwischen Deutschland und Frankreich

1927 Rede im Trocadéro, Paris, zum 125. Geburtstag von Victor Hugo

Begegnungen Gustav Stresemanns mit Aristide Briand

Freitod der Schwester Julia (geb. 1877)

Mutter Marie, Roman

1928 Trennung von Maria Mann, Übersiedlung nach Berlin

Vorsitzender des Volksverbandes für Filmkunst

Eugénie oder Die Bürgerzeit, Roman

1929 Bekanntschaft mit Nelly Kröger, seiner späteren zweiten Frau

Sie sind jung, Novellen

Sieben Jahre. Chronik der Gedanken und Vorgänge (1921–1928), Essays

Weltwirtschaftskrise

1930 Scheidung von Maria Mann

›Der blaue Engel‹, Verfilmung des Romans *Professor Unrat*

Die große Sache, Roman

1931 Wahl zum Präsidenten der Sektion Dichtkunst bei der Preußischen Akademie der Künste. Feier in Berlin zu Heinrich Manns 60. Geburtstag mit Reden von Gottfried Benn, Lion Feuchtwanger, Adolf Grimme, Max Liebermann und Thomas Mann. Teilnahme an einem internationalen Schriftstellerkongreß in Paris. Gespräch mit Aristide Briand. Rede im Admiralspalast zur deutsch-französischen Verständigung

Geist und Tat. Franzosen 1780–1930, Essays

1932 Wiederwahl Hindenburgs zum Reichspräsidenten

1932	*Ein ernstes Leben*, Roman *Das öffentliche Leben*, Essays *Das Bekenntnis zum Übernationalen*, Essay Beginn der Arbeit am *Henri Quatre*
1932/1933	Unterzeichnung von Aufrufen zur Aktionseinheit von KPD und SPD gegen die Nationalsozialisten, gemeinsam mit Käthe Kollwitz und Albert Einstein
1933	30. Januar: Hitler Reichskanzler 15. Februar: Ausschluß mit Käthe Kollwitz aus der Akademie der Künste 21. Februar: Flucht nach Frankreich über Frankfurt am Main, Kehl am Rhein und Straßburg 25. August: Aberkennung der deutschen Staatsbürgerschaft *Der Haß. Deutsche Zeitgeschichte*, Essays
1933–1940	Wohnsitz in Sanary-sur-Mer, dann in Nizza. Reisen nach Prag, Genf und Zürich. Politische Artikel in der ›Dépêche de Toulouse‹ Vorsitzender des Vorbereitenden Ausschusses der deutschen Volksfront, Ehrenpräsident des SDS. Antifaschistische Flug- und Tarnschriften
1934	10. Mai: Heinrich Mann Präsident der Deutschen Freiheitsbibliothek *Der Sinn dieser Emigration*, Essays
1935	Juni: Rede auf dem Internationalen Schriftstellerkongreß zur Verteidigung der Kultur in Paris *Die Jugend des Königs Henri Quatre*, Roman
1936	Heinrich Mann wird tschechoslowakischer Staatsbürger

1936 Beginn des spanischen Bürgerkriegs
Es kommt der Tag. Deutsches Lesebuch, Essays

1937 10./11. April: Volksfrontkonferenz in Paris, Eröffnungsansprache Heinrich Manns

1938 Münchner Abkommen
Die Vollendung des Königs Henri Quatre, Roman

1939 *Mut*, Essays; *Nietzsche* (Kommentar zu einer Auswahl)
9. September: Heirat mit Nelly (Emmy) Kröger in Nizza
Hitler-Stalin-Pakt. Ausbruch des Zweiten Weltkriegs
Verschleppung Maria Manns ins KZ Theresienstadt

1940 Kapitulation Frankreichs vor den Hitler-Truppen
Flucht über Spanien und Portugal in die USA. Aufenthalte in New York, Princeton, Hollywood, Wohnsitz in Los Angeles und Santa Monica bis zum Tod

1941 Beginn der Arbeit am Roman *Empfang bei der Welt*

1943 Ehrenpräsident des Lateinamerikanischen Komitees der Freien Deutschen
Lidice, Roman

1944 17. Dezember: Freitod Nelly Manns (geb. 1898)

1945 Bedingungslose Kapitulation Deutschlands
Ein Zeitalter wird besichtigt, Autobiographie
Klaus Mann bringt die gesundheitlich schwer geschädigte Maria Mann aus dem KZ Theresienstadt nach Prag zurück

1947	Ehrendoktor der Humboldt-Universität Berlin Tod Maria Manns in Prag (geb. 1886)
1949	Nationalpreis I. Klasse für Kunst und Literatur der DDR Tod des Bruders Viktor (geb. 1890) *Der Atem*, Roman
1950	Berufung Heinrich Manns zum ersten Präsidenten der neugegründeten Akademie der Künste zu Berlin/DDR. Vorbereitung zur Rückkehr mit dem polnischen Dampfer ›Batory‹ 12. März: Tod Heinrich Manns in Santa Monica bei Los Angeles
1951	DEFA-Verfilmung von *Der Untertan*
1955	Thomas Mann stirbt am 12. August
1956	*Empfang bei der Welt*, Roman
1958/1960	*Die traurige Geschichte von Friedrich dem Großen*, szenisches Romanfragment
1961	Überführung der Urne Heinrich Manns von Kalifornien nach Prag 25. März: Überführung der Urne nach Berlin und Beisetzung auf dem Dorotheenstädtischen Friedhof in Anwesenheit von Leonie Mann

Herausgeber und Verlag danken dem Heinrich-Mann-Archiv der Akademie der Künste zu Berlin und dem Deutschen Literaturarchiv, Marbach am Neckar, für vielfältig gewährte Unterstützung durch Auskünfte und Bereitstellung von Abbildungsvorlagen.

Heinrich Mann
Studienausgabe in Einzelbänden
Herausgegeben von Peter-Paul Schneider

Der Atem
Roman. Band 5937

Die Armen
Roman. Band 12432

Empfang bei der Welt
Roman. Band 5930

Ein ernstes Leben
Roman. Band 5932

Es kommt der Tag
Essays. Band 10922

Flöten und Dolche
Novellen. Band 5931

Die Göttinnen
Die drei Romane
der Herzogin von Assy
I. Band: Diana
Band 5925
II. Band: Minerva
Band 5926
III. Band: Venus
Band 5927

Der Haß
Deutsche Zeitgeschichte
Band 5924

Im Schlaraffenland
Ein Roman
unter feinen Leuten
Band 5928

Die Jagd nach Liebe
Roman. Band 5923

Die Jugend des
Königs Henri Quatre
Roman. Band 10118
Die Vollendung des
Königs Henri Quatre
Roman. Band 10119

Die kleine Stadt
Roman. Band 5921

Der Kopf
Roman. Band 12731

Macht und Mensch
Essays. Band 5933

Mut
Essays. Band 5938

Professor Unrat oder
Das Ende eines Tyrannen
Roman. Band 5934

Sieben Jahre
Chronik der Gedanken
und Vorgänge
Essays. Band 11657

Stürmische Morgen
Novellen. Band 5936

Der Untertan
Roman. Band 10168

Ein Zeitalter
wird besichtigt
Band 5929

Zwischen den Rassen
Roman. Band 5922

Fischer Taschenbuch Verlag

fi 375 / 16

Thomas Mann

Briefe

Briefe
Erika Mann (Hg.)
3 Bände:
Band 1/1889-1936
Band 2136
Band 2/1937-1947
Band 2137
Band 3/1948-1955
und Nachlese
Band 2138

Briefwechsel mit seinem Verleger Gottfried Bermann Fischer
Peter de Mendelssohn (Hg.)
2 Bände: Band 1566

Wagner und unsere Zeit
Aufsätze, Briefe, Betrachtungen
Erika Mann (Hg.)
Band 2534

Essays

Essays in der Fassung der Erstdrucke
Sechs Bände
Kommentiert und herausgegeben von Hermann Kurzke/ Stephan.Stachorski
I. Frühlingssturm
1893-1918
Band 10899
II. Für das neue Deutschland
1919-1925
Band 10900
III. Ein Appell an die Vernunft
1926-1933
Band 10901
IV. Achtung, Europa!
1933-1938
Band 10902

Selbstkommentare

›Buddenbrooks‹
Hans Wysling (Hg.)
Band 6892

›Doktor Faustus‹ und ›Die Entstehung des Doktor Faustus‹
Hans Wysling (Hg.)
Band 6893

›Der Erwählte‹
Hans Wysling (Hg.)
Band 6890

›Königliche Hoheit‹ und ›Bekenntnisse des Hochstaplers Felix Krull‹
Hans Wysling (Hg.)
Band 6891

Fischer Taschenbuch Verlag

fi 226 / 5

Joachim Fest

Die unwissenden Magier

Über Thomas und Heinrich Mann

Band 11259

Mit den Betrachtungen zweier Unpolitischer, unwissender Magier, setzt Joachim Fest sich in diesen beiden Essays auseinander. »Unwissend, weil schlecht informiert, weil wirklichkeitsfern, Magier, weil sich andere Wirklichkeiten erträumend oder Lieblingsträume mit Wirklichkeit gleichsetzend«, hat Golo Mann das Politisieren seines Vaters Thomas und seines Onkels Heinrich genannt. Gegensätzlichkeit der Temperamente – aus Thomas' Sicht »ethischer Individualist« der eine, »Sozialist« der andere – und Rivalität im Repräsentationsbedürfnis bestimmen nach Fest die Ausgangspositionen ihrer »politisch gebundenen Dienstleistungen« (Th. Mann). Thomas' ästhetisierender Kunstbegriff ließ ihn Heinrichs Romane kritisch, ja verächtlich beurteilen, Heinrich provozierte ihn daraufhin durch »parteiergreifenden Übertritt ins Politische« (Fest), indem er Volk, Fortschritt und Menschheitsglück zum Thema seines Schreibens machte. Thomas blieb als Erzähler von »Verfalls-und Verfeinerungsgeschichten« ein Betrachter, in dessen Werk das »gesamte politische Faszinationsvokabular der Zeit« (Fest) ohne Echo blieb. Erst Hitler hat es bewirkt, daß Thomas seine Haltung änderte, das Menschenrecht, unpolitisch zu sein, aufgab und in Sendungen der BBC von 1940-1945 »Deutsche Hörer« zum Widerstand aufrief.

Fischer Taschenbuch Verlag

fi 1547 / 3

Marianne Krüll

Im Netz der Zauberer

Eine andere Geschichte
der Familie Mann

Band 11381

»Was für eine sonderbare Familie sind wir! Man wird später Bücher über uns - nicht nur über einzelne von uns - schreiben«, ahnte Klaus Mann bereits 1936. Jetzt, da neben den Werken auch Briefe und Tagebücher von Thomas, Heinrich, Erika und Klaus Mann vorliegen, dazu die Erinnerungen anderer Familienmitglieder, ist dieses »Später« erreicht, um ihre erlebten und Literatur gewordenen Geschichten im Vergleich mit - und zueinander kritisch zu beleuchten. Die Soziologin und Familienforscherin Marianne Krüll folgte in ihrer, auf langjährigen intensiven Forschungen basierenden Biographie der Familie Mann den Fäden des Netzes, in dem sie alle verstrickt waren. Ihr Ausgangspunkt ist der Selbstmord von Klaus Mann, den sie vor dem Hintergrund des Generationen umspannenden Gewebes von Schuld, Verzweiflung, Hoffnungslosigkeit und Tod betrachtet. Sie legt dar, wie Erfolg und Scheitern, Selbstverwirklichung und Selbstvernichtung auf unterschiedlichste Weise von den Mitgliedern dieser Familie gelebt wurden. Mit ihrer – biographische Details und Werkzitate unkonventionell zusammenführenden – Betrachtungsweise entwickelt Marianne Krüll ein faszinierendes Panorama und Psychogramm einer Familie, die für die Literatur des 20. Jahrhunderts von eminent wichtiger Bedeutung war.

Fischer Taschenbuch Verlag

fi 1314 / 3

Marcel Reich-Ranicki

Thomas Mann und die Seinen

Band 6951

Marcel Reich-Ranicki gehört zu den besten Kennern der an herausragenden Begabungen und Persönlichkeiten reichen Familie Mann. »Aber so glücklich wir sein müssen, daß es diese einzigartige Familie gibt, so aufschlußreich, so faszinierend ihre Geschichte ist, so wenig brauchen wir (und die Manns) einen Hofberichterstatter.« Von einem solchen freilich ist Reich-Ranicki weit entfernt. »Entmonumentalisierung« heißt vielmehr sein Gebot. Gerade wer über Thomas Mann schreibt, »der, allen Interpreten mißtrauend, die Deutung seines Lebens und seines Werkes schon früh in die eigenen Hände genommen hat«, kann die Aufgabe nur erfüllen, »wenn sie aus der direkten oder indirekten Polemik gegen sein Autoporträt hervorgeht.« Was Reich-Ranicki über Golo Mann schreibt, der sich »nur mit oder gegen, doch nicht ohne Thomas Mann entfalten konnte«, gilt für alle Mitglieder der Familie, in höherem Maße für die Söhne Golo und Klaus, in geringerem für die Tochter Erika, möglicherweise sogar noch für den Bruder Heinrich. In ihm finden wir die zweite charakterliche und künstlerische Autorität, den einzigen Widerpart, mit dem oder gegen den auch Thomas Mann sich nur entfalten konnte. Die Gegensätze und Abhängigkeiten, die Kämpfe und der Zusammenhalt der Familie werden von Reich-Ranicki in biographischen und literaturkritischen Studien, vor allem aber vor dem Hintergrund der Tagebücher und Korrespondenzen untersucht.

Fischer Taschenbuch Verlag

fi 1578 / 2

Viktor Mann

Wir waren fünf

Bildnis der Familie Mann

Band 12275

Die bunte und reiche Lebenschronik der Familie Mann, der die Welt zwei der bedeutendsten Schriftsteller verdankt, ist hier von dem jüngsten Bruder von Heinrich und Thomas Mann aufgezeichnet. In vielfacher Hinsicht ist dieses Buch außerordentlich: als Geschichte einer Familie, die als Buddenbrooks inzwischen der Weltliteratur angehört; als Dokument europäisch-weltbürgerlichen Geistes in Deutschland während zweier Generationen zwischen Bismarck und Hitler; als Biograph zweier Dichter von Weltgeltung und Erläuterung ihrer Werke; und als eine literarische Leistung von überraschendem Rang. Kundiger und getreuer, als jeder von außen kommende Biograph es vermocht hätte, ordnet und gestaltet Viktor Mann die überquellende Fülle seines Stoffes. So wird dieser fesselnde Band zugleich auch zu einem wesentlichen Quellenwerk der literaturhistorischen Forschung und gibt authentisches Material für eine sachliche Diskussion um die bedeutendste Schriftstellerfamilie dieses Jahrhunderts.

»Dieses Buch hat dokumentarischen Wert, weil es mit Liebe geschrieben ist. Selbst ohne jeden Bezug auf die Großen der Familie besäße dieses Buch seinen Reiz.«

Frankfurter Allgemeine Zeitung

Fischer Taschenbuch Verlag

fi 519 / 6

Heinrich Mann

Die kleine Stadt

Roman

440 Seiten. Leinen

Die kleine Stadt liegt in Italien. Ihr Vorbild mag das Landstädtchen Palestrina in den Sabiner Bergen gewesen sein (die Geburtsstadt des großen Musikers gleichen Namens), wo die Brüder Heinrich und Thomas Mann Ende der neunziger Jahre einige lange italienische Sommer verbrachten. Alles beginnt mit dem Erscheinen einer Theatertruppe in der kleinen Stadt. »Unsere Ankunft«, so der jugendliche Held und Liebhaber der Truppe, »hat belebend gewirkt auf die Einwohner dieser Stadt, auf einmal ist ihnen der Mut gekommen, ihre Laster in Freiheit zu setzen«. Es beginnt ein Fastnachtstreiben, ein Liebes- und Rüpelspiel, heiter und böse, zart und leidenschaftlich. In seltsamen, manchmal gespenstischen Reigen verbinden sich die Schicksale der fahrenden Künstler und der Kleinbürger – Kunst und Leben, das große literarische Thema der Jahrhundertwende klingt an. Die kleine Stadt ist ein utopischer Gegenentwurf zur politisch unmündigen Gesellschaft der Wilhelminischen Ära. »Was hier klingt«, schrieb Heinrich Mann zu diesem Roman, »ist das hohe Lied der Demokratie. Es ist da, um zu wirken in einem Deutschland, das ihr endlich zustrebt. Dieser Roman, so weitab er zu spielen scheint, ist im höchsten Sinn aktuell.«

Willi Jasper

Der Bruder

Heinrich Mann

Eine Biographie

Band 11885

Es gibt wenige deutsche Schriftsteller von Rang, denen in ihrer Überlieferungsgeschichte so erfolgsverhindernd mitgespielt wurde wie Heinrich Mann. Bis heute sind noch nicht einmal alle Texte aus dem Nachlaß ediert; und nicht zufällig fehlte bis vor kurzem eine biographische Untersuchung, die sich angemessen mit Leben und Werk von Heinrich Mann auseinandersetzte. Zeitlebens stand Heinrich Mann im Schatten seines Bruders Thomas, des Prominenteren, des Nobelpreisträgers. Dabei hat Heinrich mit Büchern wie ›Der Untertan‹, ›Professor Unrat‹ oder den beiden ›Henri IV‹-Romanen Werke hinterlassen, die es nach Qualität und Bedeutung gewiß mit den Werken von Thomas aufnehmen können. Heinrich war Radikaldemokrat, der politisch Entschiedenere, früher Antifaschist. Das ist ihm nicht gut bekommen. » ›Eigentlich haben sie mich nie gemocht‹, kommentierte Heinrich Mann kurz vor seinem Tode im kalifornischen Exil die eigene Wirkungsgeschichte.« So lautet der erste Satz dieser sorgfältig recherchierten und solide gearbeiteten Biographie. Von der ersten Seite bis zum Schluß kann der Leser verfolgen, warum Heinrich Mann bei den einen als einer der größten deutsch-sprachigen Satiriker dieses Jahrhunderts und bei den anderen als der ›Boulevard-Moralist‹ schlechthin gilt. Vor allem zeigt Jasper, daß Heinrich Mann ein höchst eigenständiger Schriftsteller war, einer der wichtigsten Autoren zwischen Kaiserreich und Exil.

Fischer Taschenbuch Verlag

fi 1548 / 3